JUDE DEVERAUX es la autora de más de cuarenta best sellers que han entrado en las listas del New York Times, la mayor parte de ellos publicados en los distintos sellos de Ediciones B. Su saga Montgomery es una de las más conocidas y apreciadas por las lectoras de novelas románticas. Entre sus títulos se cuentan *La seductora*, *El corsario*, *El despertar*, *La doncella* y *El caballero de la brillante armadura*. Deveraux lleva vendidos más de sesenta millones de ejemplares y ha sido traducida a numerosos idiomas.

La serie Audaz está integrada por las novelas *Tierra audaz*, *Ángel audaz*, *Promesa audaz* y *Canción audaz*.

judedeveraux.com

Papel certificado por el Forest Stewardship Council®

MIXTO
Papel procedente de
fuentes responsables
FSC® C117695
FSC
www.fsc.org

Título original: *Velvet Promise*

Primera edición: marzo de 2018

© 1981, Deveraux Inc.
© 1996, 2018, Penguin Random House Grupo Editorial, S. A. U.
Travessera de Gràcia, 47-49. 08021 Barcelona
© Edith Zilli, por la traducción

Printed in Spain – Impreso en España

ISBN: 978-84-9070-442-4
Depósito legal: B-388-2018

Impreso en Novoprint
Sant Andreu de la Barca (Barcelona)

BB 0 4 4 2 4

Penguin
Random House
Grupo Editorial

Promesa audaz

JUDE DEVERAUX

Para Jennifer

Prólogo

Judith Revedoune miró a su padre por encima de las anotaciones contables. A su lado estaba Helen, su madre. La muchacha no sentía miedo de aquel hombre, pese a todo lo que él había hecho, de año en año, para atemorizarla. Le vio los ojos enrojecidos, rodeados de grandes ojeras. Ella sabía que aquel rostro desolado se debía al dolor de haber perdido a sus amados hijos varones: dos hombres ignorantes y crueles, réplicas exactas del padre.

Judith estudió a Robert Revedoune con una vaga curiosidad. Normalmente no dedicaba tiempo alguno a su única hija mujer. De nada le servían las mujeres desde que, tras la muerte de su primera esposa, la segunda (una mujer asustada) no le había dado más que una hembra.

—¿Qué queréis? —preguntó ella con calma.

Robert miró a su hija como si la viera por primera vez. En realidad, la muchacha había pasado casi toda su vida escondida, sepultada con su madre en habitaciones aparte, entre libros y registros de contabilidad. Notó con satisfacción que se parecía a Helen a la misma edad. Judith tenía esos extraños ojos dorados que volvían locos a algunos hombres, pero que a él le resultaban inquietantes. El pelo era de un fuerte tono rubio rojizo. La frente, amplia y enérgica, al igual que el mentón; la nariz, recta; la boca, generosa. «Sí, servirá», se dijo. Esa belleza se podía aprovechar con ventaja.

—Eres lo único que me queda —dijo con voz cargada de disgusto—. Te casarás y me darás nietos.

Judith le clavó la vista, espantada. Desde el principio Helen la había educado para el convento. No se trataba de una piadosa instrucción de plegarias y cánticos, sino de enseñanzas muy prácticas, que le permitirían desempeñar la única carrera posible para una mujer de la nobleza. Podría llegar a abadesa antes de los treinta años. Las abadesas se diferenciaban tanto de la mujer vulgar como el rey de un siervo; mandaban sobre tierras, propiedades, aldeas y caballeros; compraban y vendían según su propio criterio; hombres y mujeres las consultaban por igual, buscando su sabiduría. Las abadesas daban órdenes y no estaban a las de nadie.

Judith sabía llevar los libros de grandes propiedades, dictar sentencias justas en caso de disputas y calcular el trigo necesario para alimentar a determinada cantidad de personas. Sabía leer y escribir, organizar la recepción de un rey y dirigir un hospital: todo cuanto necesitaría le había sido enseñado.

Y ahora se esperaba de ella que dejara todo eso para convertirse en la sierva de un hombre cualquiera.

—No lo haré.

La voz era serena, pero esas pocas palabras no habrían resonado más si se las hubiera gritado desde el tejado. Por un momento, Robert Revedoune quedó desconcertado. Ninguna mujer lo había desafiado nunca con tanta firmeza. En verdad, de no haber sabido que se trataba de una muchacha, habría confundido su expresión con la de un hombre. Cuando se recobró de la sorpresa, abofeteó a Judith, arrojándola al otro extremo del pequeño cuarto. Aun tendida en el suelo, con un hilo de sangre corriéndole desde la comisura de la boca, ella lo miró sin rastro de miedo en los ojos; sólo había en ellos disgusto y una pizca de odio. Él contuvo la respiración por un instante; en cierto modo, aquella muchacha casi lo asustaba.

Helen se lanzó hacia su hija sin pérdida de tiempo. Agazapada junto a ella, extrajo de entre sus ropas una daga de mesa.

Ante aquella escena primitiva Robert olvidó su momentáneo nerviosismo. Su esposa era de esas mujeres a las que él conocía bien. Pese a la apariencia externa de animal furioso, en el fondo de los ojos se le veía la debilidad. En cuestión de segundos la aferró por el brazo y el cuchillo voló al otro lado de la habitación. Sonriendo ante su hija, sujetó el antebrazo de la mujer entre sus poderosas manos y rompió el hueso como si fuera una ramita.

Helen se derrumbó a sus pies sin decir una palabra.

Robert miró a su hija, que seguía tendida en el suelo, sin poder comprender aquella brutalidad.

—Y ahora, ¿qué respondes, muchacha? ¿Te casarás o no?

Judith hizo una breve señal de asentimiento y acudió en ayuda de su madre inconsciente.

1

La luna arrojaba sombras largas sobre la vieja torre de piedra, de tres pisos de altura, y parecía mirar con cierto cansancio ceñudo la muralla rota y medio derrumbada que la rodeaba. Aquella torre había sido construida doscientos años antes de aquella húmeda noche primaveral de 1501, en el mes de abril. Ahora reinaba la paz; ya no hacían falta las fortalezas de piedra. Pero ése no era el hogar de un hombre trabajador. Si su bisabuelo había habitado la torre en tiempos en que semejantes fortificaciones tenían sentido, Nicolas Valence pensaba (cuando estaba lo bastante sobrio como para pensar) que la vivienda también era buena para él y las generaciones futuras.

Una gran caseta de guardia vigilaba las murallas medio derruidas y la vieja torre. Allí dormía un custodio solitario, con el brazo alrededor de una bota de vino medio vacía. Dentro de la torre, la planta baja estaba sembrada de perros y caballeros dormidos. Las armaduras se amontonaban contra los muros, desordenadas y herrumbrosas, entremezcladas con los sucios juncos que cubrían las tablas de roble.

Tal era la finca de Valence: un castillo pobre, anticuado y de mala fama, objeto de chistes en toda Inglaterra. Se decía que, si las murallas fueran tan fuertes como el vino, Nicolas Valence estaría en condiciones de rechazar el ataque de todo el reino. Pero nadie lo atacaba. No había motivos para hacerlo. Muchos años antes, Nicolas había perdido casi todas sus tierras ante caballeros jóvenes, ansiosos y pobres, que acababan de ganarse las espuelas. Sólo quedaba la torre antigua (que, según la opinión unánime, debería haberse derribado) junto con algunas alejadas tierras de cultivo que servían de sostén a la familia.

En el piso más alto había una ventana iluminada. Ese cuarto estaba frío y húmedo; la humedad nunca abandonaba los muros, ni siquiera en medio del verano más seco. Entre las piedras brotaba el musgo y por el suelo se escurrían sin cesar pequeñas sombras reptantes. Pero en ese cuarto estaba toda la riqueza del castillo, sentada ante un espejo.

Alice Valence se inclinó hacia el cristal y aplicó un oscurecedor a sus pestañas cortas y claras. Se trataba de un cosmético importado de Francia. Se echó hacia atrás para analizarse con aire crítico. Era objetiva con respecto a su apariencia personal; conocía sus puntos fuertes y sabía usarlos para mayor ventaja.

Vio en el espejo un pequeño rostro oval, de facciones delicadas, boca pequeña, como botón de rosa; nariz recta y fina. Los ojos grandes y almendrados, de color azul intenso, eran su rasgo mejor. Enjuagaba siempre su cabellera rubia con jugo de limón y vinagre. Ela, su doncella, hizo caer un mechón muy claro sobre la frente de su señora y le puso una capucha de grueso brocado, bordeada por una ancha franja de terciopelo anaranjado.

Alice abrió la boca para echar otra mirada a sus dientes. Eran su punto flojo: torcidos y algo salientes. Con el correr de los años había aprendido a mantenerlos ocultos, a sonreír con los labios cerrados, a hablar con suavidad y sin levantar del todo la cabeza. Ese amaneramiento era una ventaja, pues intrigaba a los hombres, haciéndoles pensar que ella no tenía noción de su propia belleza y que podrían despertar esa tímida flor a todos los deleites del mundo.

Se levantó para alisarse el vestido sobre el cuerpo esbelto. No tenía muchas curvas. Sus pequeños pechos descansaban sobre una estructura recta, sin forma en las caderas ni en la cintura. A ella le gustaba así: su cuerpo parecía pulcro y limpio comparado con el de otras mujeres.

Lucía ropas lujosas, que parecían fuera de lugar en ese miserable ambiente. Sobre el cuerpo llevaba una camisa de hilo tan fino que se lo hubiera tomado por gasa. Después, un rico vestido, del mismo brocado que la capucha, con gran escote cuadrado y corpiño muy ceñido a la delgada silueta. La falda era una suave y graciosa campana. El brocado azul estaba bordeado de blancas pieles de conejo que formaban un ancho borde y puños amplios en las mangas. Le rodeaba la cintura una banda de cuero azul, incrustada de grandes granates, esmeraldas y rubíes.

Alice continuó analizándose, en tanto Ela le deslizaba un manto de brocado forrado de piel de conejo sobre los hombros.

—No podéis reuniros con él, mi señora. Justamente ahora que vos vais a...

—¿A casarme con otro? —preguntó Alice, en tanto se sujetaba el pesado manto a los hombros. Se volvió para mirarse en el espejo, complacida por el resultado. La combinación de azul y anaranjado resultaba muy llamativa. Aquel atuendo no le permitiría pasar inadvertida—. ¿Y qué tiene mi casamiento que ver con cuanto yo haga ahora?

—Vos sabéis que es pecado. No podéis ir al encuentro de un hombre que no es vuestro esposo.

Alice dejó escapar una risa breve, mientras acomodaba los pliegues del manto.

—¿Quieres que salga al encuentro de mi prometido, del querido Edmund? —preguntó con mucho sarcasmo. Antes de que la doncella pudiera contestar, continuó:

—No hace falta que me acompañes. Conozco el trayecto y, para lo que voy a hacer con Gavin, no hace falta nadie más.

Ela no se escandalizó; estaba al servicio de Alice desde hacía mucho tiempo.

—No, iré. Pero sólo para cuidar de que vos no sufráis daño alguno.

Alice ignoró a la anciana, tal como la había ignorado toda la vida. Tomó una vela del pesado candelabro puesto junto a su cama y se acercó a la puerta de roble, reforzada con bandas metálicas.

—Silencio, entonces —dijo por encima del hombro, al tiempo que hacía girar la puerta sobre las bisagras bien aceitadas.

Recogió el manto y la falda para cargarlos sobre el brazo. No podía dejar de pensar que en pocas semanas abandonaría aquella decrépita torre para vivir en una casa: la casa solariega de Chatworth, construida con piedra y madera y rodeada de altas murallas protectoras.

—¡Silencio! —ordenó a Ela, cruzando un brazo ante el blando vientre de la mujer.

Ambas se apretaron contra la húmeda pared de la escalera. Uno de los guardias de su padre cruzó a paso torpe allá abajo, se ató las calzas y reanudó la marcha hacia su jergón de paja. Alice se apresuró a apagar la vela, rogando que el hombre no hubiera oído la exclamación ahogada de Ela. La quietud negra y pura del viejo castillo las envolvió a ambas.

—Vamos —susurró Alice, sin tiempo ni deseos de prestar oídos a las protestas de su doncella.

La noche era clara y fresca. Tal como Alice esperaba,

había dos caballos preparados. La joven, sonriente, se lanzó sobre la silla del potro oscuro. Más tarde recompensaría al palafrenero que tan bien atendía a su señora.

—¡Mi señora! —gimió Ela, desesperada.

Pero Alice no se volvió; sabía que Ela era demasiado gorda para montar sin ayuda. No estaba dispuesta a perder siquiera uno de sus preciosos minutos con una vieja inútil, considerando que Gavin la esperaba.

La puerta que daba al río la habían dejado abierta para ella. Había llovido horas antes y el suelo aún estaba húmedo, pero en el aire flotaba un toque de primavera. Y con él, una sensación de promesa... y de pasión.

Una vez segura de que los cascos del caballo no serían oídos, Alice se inclinó hacia adelante, susurrando:

—Anda, mi demonio negro. Llévame hasta mi amante.

El potro hizo una cabriola para demostrar que comprendía y estiró las patas delanteras. Conocía el camino y lo devoró a una velocidad tremenda.

Alice sacudió la cabeza, dejando que el aire le refrescara las mejillas, en tanto se entregaba al poder y la fuerza de la magnífica bestia. Gavin, Gavin, Gavin, parecían decir los cascos, al tronar por el camino apisonado. En muchos sentidos, los músculos de un caballo entre sus muslos le hacían pensar en Gavin. Sus manos fuertes sobre la piel, su potencia, que la dejaban débil de deseo. Su rostro, el claro de luna brillando en sus pómulos, los ojos brillantes hasta en la noche más oscura.

—Ah, dulzura mía, con cuidado ahora —dijo Alice con ligereza, mientras tiraba de las riendas.

Ya estaba cerca del sitio de sus goces y empezaba a recordar lo que tanto se había esforzado por borrar de su mente. Esta vez Gavin estaría enterado de su inminente casamiento y se mostraría furioso con ella.

Giró la cara para ponerla bien frente al viento, y parpadeó con rapidez hasta que las lágrimas empezaron a formarse. Las lágrimas serían una ayuda. Gavin las detestaba, de modo que ella las había usado con prudencia en esos dos años. Sólo cuando deseaba desesperadamente algo de él recurría a esa triquiñuela; de ese modo no le restaba efectividad.

Suspiró. ¿Por qué no podía hablar francamente con Gavin? ¿Por qué era preciso tratar siempre con suavidad a los hombres? Si él la amaba, debería amar cuanto ella hacía, aunque le fuera desagradable. Pero era inútil desearlo así, y ella lo sabía. Si decía la verdad, perdería a Gavin. ¿Y dónde podría hallar a otro amante?

El recuerdo de su cuerpo, duro y exigente, hizo que Alice clavara los tacones de sus zapatitos en los flancos del caballo. Oh, sí, usaría las lágrimas y cuanto hiciera falta para conservar a Gavin Montgomery, caballero de renombre, luchador sin igual... ¡y suyo, todo suyo!

De pronto le pareció oír las acuciantes preguntas de Ela. Si deseaba tanto a Gavin, ¿por qué se había comprometido con Edmund Chatworth, el de la piel pálida como vientre de pescado, el de las manos gordas y blandas, el de la fea boca que formaba un círculo perfecto?

Porque Edmund era conde. Poseía tierras desde un extremo de Inglaterra al otro; tenía fincas en Irlanda, en Gales, en Escocia y, según algunos rumores, también en Francia. Claro que Alice no conocía con exactitud la suma de sus riquezas, pero ya lo averiguaría. Oh, sí, cuando fuera su esposa lo sabría. Edmund tenía la mente tan débil como el cuerpo; ella no tardaría mucho en dominarlo y manejar sus propiedades. Lo mantendría contento con unas cuantas rameras y atendería personalmente las fincas, sin dejarse estorbar por las exigencias masculinas ni las órdenes maritales.

La pasión que Alice sentía por el apuesto Gavin no

le nublaba el buen juicio. ¿Quién era Gavin Montgomery? Un barón de poca monta, más pobre que rico. Soldado brillante, hombre fuerte y hermoso; pero, comparado con Edmund, no tenía fortuna. ¿Y cómo sería la vida con él? Las noches serían noches de pasión y éxtasis, pero Alice sabía bien que ninguna mujer dominaría jamás a Gavin. Si se casaba con él, se vería obligada a permanecer de puertas adentro, haciendo labores femeninas. No, Gavin Montgomery no se dejaría dominar jamás por una mujer. Sería un esposo exigente, tal como era exigente en su papel de amante.

Azuzó a su caballo. Ella lo quería todo: la fortuna y la posición social de Edmund junto con la pasión de Gavin. Sonriente, se acomodó los broches de oro que sostenían el vistoso manto sobre sus hombros. Él la amaba, de eso estaba segura, no perdería su amor. ¿Cómo podía perderlo? ¿Qué mujer la equiparaba en belleza?

Alice empezó a parpadear con rapidez. Bastarían unas pocas lágrimas para hacerle comprender que ella se veía *obligada* a casarse con Edmund. Gavin era hombre de honor. Comprendería que la muchacha debía respetar el acuerdo de su padre con Edmund. Sí; si se conducía con cautela, podría tenerlos a ambos: a Gavin para la noche, a Edmund y su fortuna durante el día.

Gavin esperaba en silencio. Sólo un músculo se movía en él, tensando y aflojando la mandíbula. El claro de luna plateaba sus pómulos, asemejándolos a hojas de puñal. Su boca firme y recta formaba una línea severa por encima de la barbilla hendida. Los ojos grises, oscurecidos por la ira, parecían casi tan negros como el pelo que se rizaba asomando por el cuello de la chaqueta de lana.

Sólo sus largos años de rígido adiestramiento en las

reglas de la caballería le permitían ejercer tanto dominio sobre su exterior. Por dentro, estaba hirviendo. Esa mañana se había enterado de que su amada iba a casarse con otro; se acostaría con otro hombre; de él serían sus hijos. Su primer impulso fue cabalgar directamente hasta la torre de Valence para exigir que ella desmintiera el rumor, pero el orgullo lo contuvo. Como había concertado aquella cita con ella semanas antes, se obligó a esperar hasta que llegara el momento de verla otra vez, de abrazarla y oírle decir, con sus dulces labios, lo que él deseaba escuchar: Que no se casaría sino con él. Y de eso estaba seguro.

Clavó la vista en la vacuidad de la noche, alerta al ruido de cascos. Pero el paisaje permanecía en silencio; era una masa de oscuridad, quebrada sólo por las sombras más oscuras. Un perro se escurrió de un árbol a otro, desconfiando de aquel hombre quieto y silencioso. La noche le traía recuerdos de la primera cita con Alice en ese claro: un rincón protegido del viento, abierto al cielo. Durante el día, cualquiera podría haber pasado a caballo ante él sin verlo siquiera, pero por la noche las sombras lo transformaban en una negra caja de terciopelo, con el tamaño justo para contener una gema.

Gavin había conocido a Alice en la boda de una de las hermanas de ella. Si bien los Montgomery y los Valence eran vecinos, rara vez se veían. El padre de Alice era un borracho que se ocupaba muy poco de sus propiedades. Su vida (como la de su esposa y sus cinco hijas) era tan mísera como la de algunos siervos. Si Gavin asistió a los festejos, fue sólo por cumplir con un deber y para representar a su familia, pues sus tres hermanos se habían negado a hacerlo.

En ese montón de mugre y abandono, Gavin descubrió a Alice: su bella e inocente Alice. Al principio no pudo creer que perteneciera a aquella familia de mujeres gordas y feas. Sus ropas eran de telas caras; sus modales, refinados; en cuanto a su belleza...

Se sentó a mirarla, tal como lo estaban haciendo tantos jóvenes. Era perfecta: pelo rubio, ojos azules y una boca pequeña que él habría hecho sonreír a cualquier coste. Desde ese mismo instante, sin haber siquiera hablado con ella, se enamoró. Más adelante tuvo que abrirse paso a empellones para llegar hasta la muchacha. Su violencia pareció espantar a Alice, pero sus ojos bajos y su voz suave lo hipnotizaron aún más. Era tan tímida y reticente que apenas podía responder a sus preguntas. Alice era todo lo que él habría deseado y más aún: virginal, pero también muy femenina.

Esa noche le propuso casamiento. Ella le dirigió una mirada de sobresalto; por un momento sus ojos fueron como zafiros. Después agachó la cabeza y murmuró que debía consultar con su padre.

Al día siguiente, Gavin se personó ante el borracho para pedir la mano de Alice, pero el hombre le dijo alguna sandez: algo así como que la madre necesitaba a la niña. Sus palabras sonaban extrañamente entrecortadas, como si repitiera un discurso aprendido de memoria. Nada de cuanto Gavin dijo le hizo cambiar de opinión.

Gavin se marchó disgustado y furioso por verse privado de la mujer que deseaba. No se había alejado mucho cuando la vio. Llevaba la cabellera descubierta bajo el sol poniente, que la hacía relumbrar, y el rico terciopelo azul de su traje reflejaba el color de sus ojos. Estaba ansiosa por saber cuál era la respuesta de su padre. Gavin se la comunicó, furioso; luego le vio las lágrimas. Ella trató de disimularlas, pero el joven las sintió además de verlas. En segundos, desmontó y la arrancó de su cabalgadura.

No recordaba bien qué había pasado. Estaba consolándola y, un minuto después, se encontró en las garras de la pasión, en medio de aquel lugar oculto, desnudos ambos. Luego, no supo si disculparse o regocijarse. La dulce Alice no era una sierva que se pudiera tumbar en el heno, sino una dama, que algún día sería su señora. Además, virgen. De eso estuvo seguro al ver las dos gotas de sangre en sus delgados muslos.

¡Dos años! Eso había sido dos años atrás. Si él no hubiera pasado la mayor parte de ese período en Escocia, patrullando las fronteras, habría exigido al padre que se la entregara en matrimonio. Pero ya estaba de regreso, y era lo que planeaba hacer. En caso necesario, llevaría su súplica al rey. Valence no se mostraba razonable. Alice le habló de sus diálogos con el padre, de sus súplicas y ruegos sin éxito. Una vez le mostró el cardenal que le había costado su insistencia en favor de Gavin. El muchacho estuvo a punto de enloquecer; tomó la espada, dispuesto a ir en busca del hombre, pero Alice se colgó de él, con lágrimas en los ojos, suplicándole que no hiciera daño a su padre. Él nada podía negar a sus lágrimas; por lo tanto, envainó el acero y le prometió esperar. Alice le aseguraba que su padre acabaría por comprender.

Por eso continuaron reuniéndose en secreto, como niños caprichosos, aunque la situación disgustaba a Gavin. Alice le rogaba que no hablara con su padre, asegurando que ella lo persuadiría.

Gavin cambió de postura y volvió a escuchar. Una vez más, sólo percibió el silencio. Esa mañana había oído que Alice se casaría con Edmund Chatworth, aquel pedazo de alga marina. Chatworth pagaba enormes sumas al rey para que no se le obligara a combatir en guerra alguna. En opinión de Gavin, no era un hombre. No merecía su título de conde. Sólo imaginar a Alice casada con él le resultaba imposible.

De pronto, todos sus sentidos se alertaron: oía el ruido apagado de unos cascos en el suelo húmedo. De inmediato estuvo junto a Alice, que cayó en sus brazos.

—Gavin —susurró—, mi dulce Gavin.

Y se aferró a él, casi como si estuviera aterrorizada.

El joven trató de apartarla para verle la cara, pero ella se abrazaba con tanta desesperación que le quitó el valor. Sentía la humedad de sus lágrimas en el cuello. De inmediato lo abandonó la cólera que había experimentado durante todo el día. La estrechó contra sí, murmurándole frases cariñosas al oído, mientras le acariciaba el pelo.

—¿Qué pasa?, dime. ¿Qué te hace sufrir tanto?

Ella se apartó para permitirle que la mirara, segura de que la noche no delataría el escaso enrojecimiento de sus ojos.

—Es demasiado horrible —susurró con voz ronca—. Es insoportable.

Gavin se puso algo tenso al recordar lo que había oído sobre el casamiento.

—Entonces, ¿es cierto?

Alice sollozó delicadamente, se tocó la comisura del ojo con un solo dedo y lo miró por entre las pestañas.

—No he podido convencer a mi padre. Hasta me negué a comer para hacerle cambiar de idea, pero él hizo que una de las mujeres... No, no te contaré lo que me hicieron. Dijo que... Oh, Gavin, no puedo repetir las cosas que me dijo.

Sintió que el joven se ponía rígido.

—Iré a buscarlo y...

—¡No! —exclamó ella, casi frenética, aferrándose a sus brazos musculosos—. ¡No puedes! Es decir... —bajó los brazos y las pestañas—. Es decir, ya es cosa hecha. El compromiso matrimonial está firmado ante testigos. Ya no hay nada que se pueda hacer. Si mi padre se desdijera, tendría que pagar mi dote a Chatworth de cualquier modo.

—La pagaré yo —dijo Gavin, pétreo.

Alice le miró con sorpresa; nuevas lágrimas se agolparon en sus ojos.

—Daría igual. Mi padre no me permite casarme contigo; ya lo sabes. Oh, Gavin, ¿qué voy a hacer? —Lo miró con tanta desesperación, que él la estrechó contra sí—. ¿Cómo voy a soportar el perderte, amor mío? —susurró contra su cuello—. Tú eres mi carne y mi vino, sol y noche. Moriré... moriré si te pierdo.

—¡No digas eso! ¿Cómo podrías perderme? Sabes que yo siento lo mismo por ti.

Ella se apartó para mirarlo, súbitamente reconfortada.

—Entonces, ¿me amas? ¿Me amas de verdad, de modo que, si nuestro amor es puesto a prueba, yo pueda estar segura de ti?

Gavin frunció el ceño.

—¿Puesto a prueba?

Alice sonrió entre lágrimas.

—Aun si me caso con Edmund, ¿me amarás?

—¿Casarte? —estuvo a punto de gritar, y la apartó de sí—. ¿Piensas casarte con ese hombre?

—¿Acaso tengo alternativa?

Guardaron silencio. Gavin la fulminaba con la mirada. Alice mantenía los ojos castamente bajos.

—Entonces me iré. Desapareceré de tu vista. No tendrás que volver a verme.

Estaba ya a punto de montar a caballo cuando él reaccionó. La aferró con dureza, besándola hasta magullarla. Ya no hubo palabras; no hacían falta. Sus cuerpos se comprendían bien, aun cuando ellos no estuvieran de acuerdo. La tímida jovencita había desaparecido, reemplazada por la apasionada Alice que Gavin había llegado a conocer tan bien. Ella le tironeó frenéticamente de la ropa hasta que todas sus prendas quedaron amontonadas en el suelo.

Rió gravemente al verlo desnudo ante sí. Gavin tenía los músculos abultados por sus muchos años de adiestramiento y le sacaba fácilmente una cabeza, aunque Alice solía sobrepasar a muchos hombres. Sus hombros eran anchos; su pecho, poderoso. Sin embargo tenía las caderas estrechas, el vientre plano y los músculos divididos en cadenas. Se abultaban en los muslos y en las pantorrillas, fortalecidos por el frecuente uso de la pesada armadura.

Alice se apartó un paso y tomó aliento entre los dientes, devorándolo con los ojos. Alargó las manos hacia él como si fueran garras.

Gavin la atrajo hacia él y besó aquella boquita, que se abrió con amplitud bajo la suya, hundiéndole la lengua. Él la apretó contra sí; el contacto del vestido contra la piel desnuda lo excitaba. Llevó sus labios a la mejilla y al cuello. Tenían toda la noche por delante y él tenía intención de pasarla entera haciéndole el amor.

—¡No! —exclamó Alice, impaciente, apartándose con brusquedad. Se quitó el manto de los hombros, sin preocuparse de la costosa tela, y apartó las manos de Gavin de la hebilla de su cinturón—. Eres demasiado lento —afirmó con sequedad.

Gavin frunció el ceño, pero a medida que las capas de vestimenta femenina caían al suelo sus sentidos acabaron por imponerse. Ella estaba tan deseosa como él. ¿Qué importaba si no quería perder tiempo para unir piel con piel?

Gavin habría querido saborear su cuerpo delgado por un rato, pero ella lo empujó rápidamente al suelo y lo guió con la mano hacia su interior. Entonces él dejó de pensar en ociosos juegos de amor o en besos lentos. Alice estaba bajo él, acicateándolo con voz áspera; con las manos en las caderas, lo impulsaba cada vez con más fuerza. Por un momento Gavin temió hacerle daño, pero ella parecía glorificarse con su potencia.

—¡Ya, ya! —exigió.

Y ante su obediencia emitió un gutural sonido de triunfo.

Inmediatamente se apartó de él. Le había dicho repetidas veces que lo hacía porque no lograba reconciliar su pasión con su condición de soltera. Sin embargo, a él le habría gustado abrazarla un rato más, gozar de su cuerpo, tal vez hacerle el amor por segunda vez. Lo habría hecho entonces con lentitud, ya agotada la primera pasión. Trató de ignorar su sensación de vacío; era como si acabara de paladear algo y aún no estuviera saciado.

—Tengo que irme —dijo ella.

Se incorporó para iniciar el intrincado proceso de vestirse.

A él le gustaba verle las esbeltas piernas cuando se ponía las ligeras medias de hilo; al menos, observándola así aliviaba un poco ese vacío. Inesperadamente, recordó que pronto otro hombre tendría derecho a tocarla. Y entonces tuvo necesidad de herirla, tal como ella lo estaba hiriendo.

—Yo también he recibido una propuesta matrimonial.

Alice se detuvo instantáneamente, con la media en la mano. Lo miró a la espera de más detalles.

—De la hija de Robert Revedoune.

—Él no tiene hijas. Sólo varones, los dos casados —afirmó Alice instantáneamente.

Revedoune era uno de los condes del rey; sus propiedades convertían las fincas de Edmund en parcelas de siervo. Alice había empleado los dos años que Gavin pasó en Escocia en averiguar la historia de todos los condes, los hombres más ricos de Inglaterra, antes de decidir que Edmund era la presa más segura.

—¿No sabes que sus dos hijos murieron hace dos meses de una terrible enfermedad?

Ella lo miró con fijeza.

—Pero nunca supe que tuviera una hija.

—Una muchacha llamada Judith, más joven que los varones. Dicen que su madre la había destinado a la Iglesia. La muchacha permanece enclaustrada en casa de su padre.

—¿Y se te ha ofrecido a esa Judith en matrimonio? Pero será la heredera de su padre, una mujer de fortuna. ¿Por qué habría de ofrecerla a ...? —Alice se interrumpió, recordando que tenía que disimular sus pensamientos.

Él apartó la cara; en la mandíbula se le contraían los músculos y el claro de luna se reflejaba en su pecho desnudo, levemente sudado por el acto de amor.

—¿Por qué habría de ofrecer semejante presa a un Montgomery? —completó Gavin con voz fría.

En otros tiempos la familia Montgomery había sido lo bastante rica como para despertar la envidia del rey Enrique IV, quien había declarado traidores a todos sus miembros. Tuvo tanto éxito en sus intentos de destruirlos que sólo ahora, cien años después, comenzaban los Montgomery a recobrar algo de lo perdido. Pero la familia tenía buena memoria y a ninguno de ellos le gustaba recordar, por referencias ajenas, lo que habían sido en otros tiempos.

—Por los brazos de mis hermanos y por los míos —continuó él, después de un rato—. Las tierras de Revedoune lindan con las nuestras por el norte, y él teme a los escoceses. Comprende que sus propiedades estarán protegidas si se alía con mi familia. Uno de los cantantes de la Corte le oyó comentar que los Montgomery, cuanto menos, producen varones que sobreviven. Al parecer, si me ofrece su hija es para que le haga concebir hijos varones.

Alice ya estaba casi vestida. Lo miró fijamente.

—El título pasará a través de la hija, ¿verdad? Tu primogénito será conde. Y tú lo serás cuando Revedoune muera.

Gavin se volvió bruscamente. No había pensado en eso; tampoco le importaba. Resultaba extraño que se le ocurriera justamente a Alice, a quien le importaban tan poco los bienes mundanos.

—¿Te casarás con ella? —preguntó Alice, erguida ante él, que empezaba a vestirse de prisa.

—Todavía no he tomado una decisión. El ofrecimiento llegó hace apenas dos días y por entonces yo pensaba...

—¿La has visto? —interrumpió la joven.

—¿A quién? ¿A la heredera?

Alice apretó los dientes. Los hombres solían ser insufribles. Pero se repuso.

—Es bella, lo sé —dijo, lacrimosa—. Y una vez casado con ella, te olvidarás de mí.

Gavin se puso velozmente de pie. No sabía si encolerizarse o no. Ella hablaba de esos casamientos como si no fueran a alterar en absoluto la relación entre ambos.

—No la he visto —respondió en voz baja.

De pronto la noche pareció cerrarse sobre él. Había albergado la esperanza de que Alice desmintiera los rumores de su boda; en cambio, se encontraba pensando en la posibilidad de casarse a su vez. Deseaba huir, huir de las complejidades femeninas para volver a la sólida lógica de sus hermanos.

—No sé qué va a suceder.

Alice, con el ceño fruncido, se dejó tomar del brazo y conducir hasta su caballo.

—Te amo, Gavin —dijo apresuradamente—. Pase lo que pase, te amaré siempre, siempre te querré.

Él la levantó rápidamente hasta la silla.

—Tienes que regresar antes de que alguien descubra tu ausencia. No conviene que semejante historia llegue a oídos del bravo y noble Chatworth, ¿verdad?

—Eres cruel, Gavin —dijo ella, pero no se percibían lágrimas en su voz—. ¿Vas a castigarme por lo que no está en mi mano remediar, por lo que escapa a mi voluntad?

Él no tuvo respuesta.

Alice se inclinó para besarlo, pero se dio cuenta de que estaba pensando en otra cosa y eso la asustó. Entonces agitó bruscamente las riendas y se alejó al galope.

2

Era ya muy tarde cuando Gavin se acercó al castillo de Montgomery. Aunque todas sus propiedades les habían sido robadas por un rey codicioso, aquellas murallas seguían siendo de la familia. Desde hacía más de cuatrocientos años habitaba allí un Montgomery: desde que Guillermo había conquistado Inglaterra, trayendo consigo a la familia normanda, ya rica y poderosa.

Con el paso de los siglos el castillo había sufrido ampliaciones, refuerzos y remodelaciones, hasta que sus murallas, de cuatro metros de anchura, llegaron a encerrar más de una hectárea. Dentro, la tierra se dividía en dos partes: el baluarte exterior y el interior. El baluarte exterior albergaba a los sirvientes, a los caballeros de la guarnición y a los cientos de personas y animales necesarios para mantener el castillo; además, protegía el recinto interior, donde estaban las casas de los cuatro hermanos Montgomery y sus servidores privados. Todo el conjunto ocupaba la cumbre de una colina y se recostaba contra un río. En ochocientos metros a la redonda no se permitía el crecimiento de ningún árbol; cualquier enemigo tenía que acercarse a campo abierto.

Durante cuatro siglos, los Montgomery habían defendido esa fortaleza de un rey avaricioso y de las guerras entre caballeros feudales. Gavin miró con orgullo los altos muros que constituían su hogar, y condujo su caballo hacia el río. Luego desmontó para llevarlo de la brida por el estrecho paso del río. Aparte del enorme portón principal, ésa era la única entrada. El portón principal estaba cubierto por una reja terminada en picas, que se podía levantar o bajar por medio de cuerdas. A esas horas, siendo ya de noche, los guardias habrían tenido que despertar a cinco hombres para levantarla. Por lo tanto, Gavin se encaminó hacia la estrecha puerta excusada. Unos cuatrocientos metros de muralla de dos metros y medio de altura conducían a ella; arriba caminaban varios guardias, paseándose durante toda la noche. Ningún hombre que apreciara su vida se quedaba dormido estando de guardia.

Durante los dieciséis años del reinado actual, la mayoría de los castillos habían entrado en decadencia. En 1485, al ascender al trono, Enrique VII había decidido quebrar el poder de los grandes señores feudales. Prohibió entonces los ejércitos privados y puso la pólvora bajo el control del Gobierno. Puesto que los señores feudales ya no podían librar guerras particulares para obtener ganancias, vieron mermadas sus fortunas. Los castillos resultaban caros de mantener, por lo cual fueron abandonados uno tras otro por la comodidad de las casas solariegas.

Pero algunos, gracias a una buena administración y mucho trabajo, aún mantenían en uso aquellas poderosas estructuras antiguas. Entre ellos se contaban los Montgomery, respetados en toda Inglaterra. El padre de Gavin había construido una fuerte y cómoda casa solariega para sus cinco hijos, pero siempre dentro de las murallas del castillo.

Una vez dentro de la fortificación, Gavin cayó en la cuenta de que reinaba allí una gran actividad.

—¿Qué ha pasado? —preguntó al palafrenero que se hizo cargo de su caballo.

31

—Los amos acaban de regresar de sofocar un incendio en la aldea.

—¿Grave?

—No, señor. Sólo algunas casas de comerciantes. No hacía falta que los amos se molestaran. —Y el muchacho se encogió de hombros, como para expresar que no había modo de comprender a los nobles.

Gavin lo dejó para entrar en la casa solariega, construida contra la antigua torre de piedra que ahora sólo se usaba como depósito. Los cuatro hermanos varones preferían la comodidad de la gran casa. Varios de los caballeros se estaban arrellanando para dormir. Gavin saludó a algunos mientras subía apresuradamente la ancha escalera de roble, rumbo a sus propias habitaciones del segundo piso.

—He aquí a nuestro caprichoso hermano —le saludó Raine, alegremente—. ¿Puedes creer, Miles, que pasa las noches cabalgando por la campiña, sin atender a sus responsabilidades? Si nosotros actuáramos a su manera, media aldea se habría quemado hasta los cimientos.

Raine era el tercero de los varones: el más bajo y fornido de los cuatro, un hombre poderoso. Su aspecto habría sido formidable (y en el campo de batalla lo era, por cierto); pero sus ojos azules estaban siempre danzando y las mejillas se le llenaban de profundos hoyuelos.

Gavin miró a sus hermanos menores sin sonreír. Miles, con las ropas ennegrecidas por el hollín, llenó una copa de vino y se la ofreció.

—¿Has recibido malas noticias?

Miles era el menor: un muchacho serio, de penetrantes ojos grises a los que nada pasaba inadvertido. Rara vez se le veía sonreír.

Raine se sintió contrito de inmediato.

—¿Ocurre algo malo?

Gavin tomó la copa y se hundió pesadamente en una silla de nogal tallado, frente al fuego. La habitación donde estaban era amplia; el suelo de roble estaba cubierto en parte por alfombras orientales. De las paredes pendían tapices de lana con escenas de cacerías o de las Cruzadas. El techo mostraba fuertes vigas arqueadas, tan decorativas como prácticas; entre una y otra la superficie era de yeso. El mobiliario oscuro, de intrincadas tallas, terminaba de darle un aspecto masculino. En el extremo sur se veía una profunda ventana salediza, con asientos rojos.

Los tres hermanos vestían ropas sencillas y oscuras: camisas de hilo, flojamente fruncidas en el cuello y ajustadas al cuerpo; largos chalecos de lana que les llegaban hasta el muslo y una pesada chaqueta, corta y de mangas largas. Las piernas quedaban expuestas desde el muslo, envueltas en calzas de lana oscura que ceñían los gruesos músculos. Gavin calzaba botas hasta la rodilla y lucía una espada a la cadera, con tahalí incrustado de piedras preciosas.

Bebió largamente el vino y guardó silencio mientras Miles volvía a llenarle la copa. No podía compartir su desdicha amorosa, ni siquiera con sus hermanos.

Como él no respondía, Miles y Raine intercambiaron una mirada. Sabían adónde había ido el hermano mayor, y no les costaba adivinar qué noticia le daba ese aire de fatalidad. Raine, presentado cierta vez a Alice ante la discreta insistencia de Gavin, veía en ella una frialdad que no le gustaba. Pero para el embrujado muchacho ella era la mujer perfecta; Raine, pese a sus opiniones, sintió pena por él.

Miles no. No lo conmovía el menor rastro de amor por una mujer. Para él eran todas iguales y servían al mismo propósito.

—Robert Revedoune ha enviado hoy a otro mensajero —dijo, interrumpiendo el silencio—. Creo que le preocupa la posibilidad de que su hija muera sin dejarle herederos.

—¿Está enferma? —preguntó Raine, que era el humanitario de la familia; se preocupaba por cualquier yegua herida, por cualquier siervo enfermo.

—No tengo noticias de que así sea —respondió el menor—. Pero el hombre está enloquecido por la pérdida de sus hijos y porque sólo le queda una mísera muchacha. Dicen que castiga regularmente a su esposa por no haberle dado más hijos varones.

Raine frunció el ceño ante su copa de vino. No le gustaba que se castigara a las mujeres.

—¿Le darás respuesta? —insistió Miles, puesto que Gavin no respondía.

—Que uno de vosotros la tome por esposa —propuso Gavin—. Haced que Stephen vuelva de Escocia. O tú, Raine; necesitas una esposa.

—Revedoune quiere sólo al hijo mayor —replicó Raine, sonriendo—. De lo contrario, me declararía más que dispuesto.

—¿Por qué tanta resistencia? —objetó Miles, enfadado—. Ya tienes veintisiete años y necesitas casarte. Esa Judith Revedoune es rica. Te aportará el título de conde. Tal vez gracias a ella los Montgomery comenzaremos a recuperar lo que perdimos.

Alice estaba perdida. Cuanto antes lo aceptara, antes comenzaría a curar. Gavin se decidió:

—Está bien. Acepto el casamiento.

De inmediato Raine y Miles exhalaron el aliento que estaban conteniendo sin saberlo.

Miles dejó su copa.

—Pedí al mensajero que pasara aquí la noche, con la esperanza de poder darle tu respuesta.

Mientras el hermano menor abandonaba la sala, Raine dejó que se impusiera su sentido del humor.

—Dicen que no levanta sino esto del suelo —indicó, poniendo la mano cerca de su cintura— y que tiene dientes de caballo. Por lo demás...

La vieja torre estaba llena de corrientes de aire; el viento silbaba en las rendijas. El papel engrasado que cubría las ventanas no ayudaba a evitar el frío.

Alice durmió cómodamente, desnuda bajo los cobertores de hilo rellenos de plumón.

—Mi señora —susurró Ela—, él ha venido.

La joven se dio la vuelta, soñolienta.

—¿Cómo te atreves a despertarme? —dijo en feroz siseo—. ¿Y a quién te refieres?

—Al hombre de la casa Revedoune. Ha...

—¡Revedoune! —Alice se incorporó, ya del todo despierta. —Tráeme una bata y haz que venga a verme.

—¿Aquí? —Ela se mostró horrorizada. —No, señora, no puede ser. Alguien podría oíros.

—Sí —reconoció Alice, distraída—, el riesgo es demasiado grande. Deja que me vista, y me reuniré con él bajo el olmo de la huerta.

—¿De noche? Pero...

—¡Ve! Dile que pronto estaré con él.

Alice enfundó apresuradamente los brazos en una bata de terciopelo carmesí, forrada con pieles de ardilla gris. Después de atarse un ancho cinturón, deslizó los pies en suaves zapatillas de cuero dorado.

Hacía casi un mes que no veía a Gavin ni tenía noticias suyas. Pero, pocos días después de aquella cita en el bosque, había sabido que iba a casarse con la heredera de Revedoune. Por todo el país se estaba anunciando un torneo para celebrar las bodas. Todos los hombres importantes estaban recibiendo invitaciones; todo caballero de cierta habilidad era instado a participar. Con cada noticia, Alice sentía aumentar sus celos. ¡Cuánto le habría gustado sentarse junto a un esposo como Gavin para presenciar un torneo organizado para celebrar *sus propios* esponsales! Pero su boda pasaría sin tales festejos.

Sin embargo, pese a los planes conocidos, nadie podía decirle una palabra sobre la tal Judith Revedoune. La muchacha era un nombre sin rostro ni figura. Dos semanas antes, Alice había concebido la idea de contratar a un espía para que hiciera averiguaciones sobre esa esquiva Judith; quería saber cómo era y con quién se veía obligada a competir. Ela tenía órdenes de advertirla sobre la llegada de ese hombre, fuera la hora que fuese.

Corrió por el sendero de la huerta invadida por la hierba, con el corazón palpitante. Esa tal Judith tenía que ser un verdadero sapo. Era preciso.

—Ah, señora mía —dijo el espía al verla—. Vuestra belleza opaca el fulgor de la luna.

Y le tomó la mano para besársela.

Ese hombre le daba asco, pero no conocía a otro que tuviera acceso a la familia Revedoune. ¡Y se había visto forzada a pagarle un precio indignante! Era un hombre furtivo y aceitoso, pero al menos hacía bien el amor. Quizá como cualquiera.

—¿Qué noticias tienes? —preguntó, impaciente, mientras le retiraba la mano—. ¿La has visto?

—No... de cerca no.

—¿La has visto o no? —interrogó Alice, mirándolo a los ojos.

—Sí, la he visto —respondió él con firmeza—, pero la custodian celosamente.

Quería complacer a esa bella rubia, y para eso debía ocultar la verdad, obviamente. Sólo había visto a Judith Revedoune desde lejos, mientras ella se alejaba a caballo de la casa solariega, rodeada de sus damas de compañía. Ni siquiera estaba seguro de cuál, entre todas aquellas siluetas abrigadas, correspondía a la heredera.

—¿Por qué la custodian tanto? ¿Acaso no tiene la mente sana, puesto que no la dejan moverse en libertad?

De pronto, el hombre tuvo miedo de aquella mujer, que lo interrogaba con tanta agudeza. Había poder en aquellos fríos ojos azules.

—Corren rumores, ciertamente. Sólo se deja ver por sus doncellas y su madre. Ha pasado la vida entera entre ellas, preparándose para el convento.

—¿El convento? —Alice comenzaba a tranquilizarse. Era bien sabido por todos que, cuando una familia adinerada tenía una hija deforme o retardada, se le otorgaba a la pobre una pensión y se la entregaba al cuidado de las monjas—. ¿Piensas, por ventura, que es débil mental o que padece alguna malformación?

—¿Por qué otro motivo se la mantendría tan oculta, señora? Robert Revedoune es un hombre duro. Su esposa aún renquea desde que él la arrojó escaleras abajo. No querrá que el mundo vea a una hija monstruosa.

—Pero no estás seguro de que ésa sea la razón de su encierro.

Él sonrió. Se sentía más a salvo.

—¿Qué otro motivo podría haber? Si la muchacha estuviera sana, ¿por qué no mostrarla al mundo? ¿No la habría ofrecido en matrimonio antes de verse obligado a ello por la muerte de sus hijos varones? ¿Qué hombre dedicaría a su única hija a la Iglesia? Eso sólo se lo permiten las familias que tienen muchas hijas.

Alice contempló la noche en silencio. El hombre fue

cobrando audacia. Se acercó un poco más, le cubrió una mano con los dedos y le susurró al oído:

—No tenéis motivo alguno para sentir miedo, señora. No habrá bella novia que aleje a lord Gavin de vos.

Sólo la brusca respiración de Alice dio señales de que ella hubiera escuchado esas palabras. ¿Acaso hasta el último de los plebeyos sabía de sus relaciones con Gavin? Con toda la habilidad de una gran actriz, se volvió para sonreírle.

—Has hecho un buen trabajo y serás... debidamente recompensado.

No quedaba duda alguna sobre el significado de sus palabras. Él se inclinó para besarla en el cuello. Alice se apartó, disimulando su repugnancia.

—No, esta noche no —susurró en tono íntimo—. Mañana. Se dispondrá todo para que podamos pasar más tiempo juntos. —Deslizó una mano bajo el tabardo, a lo largo del muslo, y sonrió seductoramente al ver que él quedaba sin aliento. —Tengo que irme —agregó con aparente renuencia.

Pero cuando dio la espalda a su espía, no quedaron en su cara rastros de la sonrisa. Tenía una diligencia más que cumplir antes de volver a la cama. El palafrenero la ayudaría de buen grado. No debía permitir que hombre alguno hablara libremente de sus relaciones con Gavin... y el que lo hiciera pagaría caras sus palabras.

—Buenos días, padre —saludó Alice alegremente, mientras se inclinaba para rozar con los labios la mejilla de aquel viejo sucio y contrahecho.

Estaban en el primer piso de la torre, que constituía una sola estancia abierta. Era el gran salón, utilizado para comer, para que durmieran los sirvientes del castillo y para todas las actividades cotidianas. La muchacha reparó en la copa de su padre, que estaba vacía.

—¡Eh, tú! —dijo ásperamente a un sirviente que pasaba—. Trae más cerveza para mi padre.

Nicolas Valence tomó la mano de su hija entre las suyas y la miró con gratitud.

—Eres la única que se interesa por mí, mi encantadora Alice. Todas las otras, tu madre y tus hermanas, tratan de impedirme que beba. Pero tú sabes que eso me reconforta.

Ella se apartó, disimulando la sensación que le provocaba aquel contacto.

—Desde luego, querido padre. Y es porque sólo yo te amo.

Y le sonrió con dulzura.

Después de tantos años, Nicolas aún se maravillaba de que él y su fea mujercita hubieran podido dar vida a una niña tan encantadora. La pálida belleza de Alice formaba un notable contraste con su propia tez morena. Y cuando las otras lo regañaban y le ocultaban el licor, Alice le alcanzaba subrepticiamente una botella. Era cierto: lo amaba, sí. Y él también la amaba. ¿Acaso no le daba para ropas las pocas monedas que hubiera? Su encantadora Alice vestía de seda, mientras que sus hermanas usaban telas caseras. Habría hecho por ella cualquier cosa. ¿Por ventura no negaba su mano a Gavin Montgomery, siguiendo las indicaciones de Alice? Por su parte, no lograba comprender que una muchacha no quisiera casarse con un hombre fuerte y rico como Gavin. Pero Alice tenía razón. Nicolas tomó la copa rebosante y la bebió. Alice tenía razón, sí; ahora iba a casarse con un conde. Claro que Edmund Chatworth no se parecía en nada a los apuestos Montgomery, pero Alice siempre sabía lo que era mejor.

—Padre —dijo ella, sonriendo—, necesito pedirte un favor.

Él bebió la tercera copa de cerveza. A veces no era fácil satisfacer las peticiones de su hija. Trató de cambiar de tema.

—¿Sabes que anoche un hombre cayó desde el muro? Un desconocido. Al parecer, nadie sabe de dónde vino.

Cambió la expresión de la joven. Ahora el espía no podría revelar sus relaciones con Gavin ni su interés por saber de la heredera Revedoune. Se apresuró a descartar la idea; la muerte de aquel hombre no tenía la menor importancia para ella.

—Quiero asistir a la boda de Gavin con la Revedoune.

—¿Quieres una invitación a la boda de la hija de un conde? —se extrañó Nicolas.

—Sí.

—¡Es que no puedo! ¿Qué pretendes de mí?

Esta vez Alice despidió al sirviente y llenó la copa de su padre con sus propias manos.

—Tengo un plan —dijo de inmediato, con su sonrisa más dulce.

3

El fuego ascendía por el muro de piedra y devoraba la planta alta de la tienda, construida en madera. El aire estaba denso de humo; los hombres y las mujeres que formaban cola para pasar los cántaros de agua ya estaban negros. Sólo ojos y dientes se mantenían blancos.

Gavin, desnudo de la cintura hacia arriba, usaba enérgicamente el hacha de mango largo para destruir la tienda vecina de la incendiada. El vigor con que trabajaba no permitía sospechar que llevaba dos días completos esforzándose de ese modo.

La ciudad donde ardía el edificio (y donde había otros tres reducidos a cenizas) le pertenecía. La circundaban murallas de tres metros y medio, que descendían por la colina desde el gran castillo Montgomery. Sus impuestos constituían el ingreso de los hermanos; a cambio, los caballeros protegían y defendían a sus habitantes.

—¡Gavin! —aulló Raine por encima del rugir de las llamas. También estaba sucio de humo y sudor—. ¡Baja de ahí! ¡El fuego está demasiado cerca!

Gavin pasó por alto la advertencia de su hermano. Ni siquiera miró la pared incendiada que amenazaba caer sobre él. Sus hachazos se tornaron más vigorosos, mientras luchaba por dar la vuelta a la madera seca que recubría el muro de piedra, para que el hombre que esperaba abajo pudiera empaparla de agua.

Raine sabía que era inútil seguir gritando. Hizo una señal cansada a los exhaustos hombres que lo acompañaban para que continuaran arrancando la madera de la pared. Estaba ya agotado, aunque había dormido cuatro horas: cuatro más que Gavin. Sabía por experiencia que, mientras un centímetro cuadrado de la propiedad de Gavin estuviera en peligro, su hermano no dormiría ni se permitiría descansar.

Permaneció abajo, conteniendo el aliento, mientras Gavin trabajaba junto a la pared en llamas. Se derrumbaría en cualquier momento. Sólo cabía esperar que acabara pronto con su tarea y descendiera la escalerilla hasta un lugar seguro. Raine murmuró todos los juramentos que conocía, en tanto su hermano coqueteaba con la muerte. Mercaderes y siervos ahogaron una exclamación al ver que el muro ígneo se tambaleaba. Raine habría querido bajar a Gavin por la fuerza, pero sabía que sus fuerzas no superaban a las de su hermano mayor.

De pronto, los maderos cayeron dentro de los muros de piedra. Inmediatamente Gavin se lanzó por la escalerilla. Apenas tocó tierra, su hermano se arrojó contra él para derribarlo, poniéndolo lejos de la cortina de fuego.

—¡Maldito seas, Raine! —aulló Gavin junto al oído de Raine, aplastado por su peso—. ¡Me estás asfixiando! ¡Apártate!

El otro estaba demasiado habituado a sus reacciones como para ofenderse. Se levantó con lentitud; le dolían los músculos por el trabajo realizado en esos últimos días.

—¿Así me agradeces que te haya salvado la vida? ¿Por qué demonios te has entretenido tanto tiempo allí arriba? En pocos segundos más te habrías asado.

Gavin se incorporó con prontitud y volvió la cara ennegrecida hacia el edificio que acababa de abandonar. El incendio ya estaba contenido dentro de los muros de pie-

dra y no pasaría a la construcción vecina. Seguro ya de
que los edificios estaban a salvo, se volvió hacia su hermano.

—¿Y qué podía hacer? ¿Dejar que se incendiara todo?
—preguntó, flexionando el hombro; lo tenía desollado y
cubierto de sangre, allí donde Raine lo había hecho rodar por entre escombros y grava—. O bien detenía el incendio, o bien me quedaba sin ciudad.

Los ojos de Raine despedían chispas.

—Pues yo preferiría perder cien edificios y no a ti.

Gavin sonrió, haciendo brillar sus dientes blancos
y parejos contra la negrura de la cara sucia.

—Gracias —dijo serenamente—, pero creo que yo
prefiero perder un poco de piel y no otro edificio.

Volvió la espalda a su hermano y fue a dirigir la actividad de otros hombres, que estaban empapando de agua
los edificios contiguos al derribado.

Raine se encogió de hombros y optó por alejarse.
Gavin era el amo de las fincas familiares desde los dieciséis años y se tomaba muy en serio la responsabilidad. Lo
suyo era suyo, y combatiría a muerte por conservarlo. Sin
embargo, hasta el siervo más indigno y el peor de los la-
drones recibían de él un tratamiento justo mientras resi-
dieran en la propiedad Montgomery.

Gavin volvió a la casa solariega ya avanzada la noche.
Se encaminó hacia el salón de invierno, un cuarto contiguo a la gran estancia que servía como comedor familiar. El suelo estaba cubierto de gruesas alfombras de
Antioquía. Aquel cuarto era un agregado reciente, recu-
bierto por un nuevo tipo de tallas realizadas en nogal que
parecían la ondulación de una tela. Un extremo estaba
ocupado por una chimenea enorme. En la repisa de piedra lucían los leopardos heráldicos de la familia Montgomery.

Raine ya estaba allí, limpio y vestido de lana negra; ante sí tenía una enorme bandeja de plata, cargada de cerdo asado, trozos de pan caliente, manzanas y melocotones secos. Pensaba comer hasta la última migaja. Con un gruñido gutural, señaló una gran tina de madera, llena de agua humeante, que habían instalado ante la gran hoguera.

La fatiga estaba venciendo a Gavin, que se quitó las calzas y las botas para deslizarse en la tina. El agua causó un desagradable efecto en sus ampollas y sus desolladuras recientes. Una joven criada salió de entre las sombras para lavarle la espalda.

—¿Dónde está Miles? —preguntó Raine, entre un bocado y otro.

—Lo envié a casa de Revedoune cuando me recordó que hoy debía efectuarse el compromiso. Ha ido en representación mía.

Gavin se inclinó hacia adelante, dejando que la muchacha lo lavara. No miraba a su hermano. Raine estuvo a punto de atragantarse con el cerdo.

—¿Qué has hecho?

Gavin levantó la vista, sorprendido.

—Envié a Miles como representante para el compromiso con la heredera de Revedoune.

—¡Por Dios, hombre! ¿No tienes un poco de sentido común? ¡No puedes enviar a otra persona, como si fueras a comprar una yegua de primera clase! ¡Se trata de una mujer!

Gavin miró fijamente a su hermano. La luz del fuego destacó los profundos huecos de sus mejillas, mientras él apretaba los dientes.

—Sé perfectamente que se trata de una mujer. De lo contrario no se me obligaría a casarme con ella.

—¿Que se te obliga?

44

Raine se echó atrás en la silla, incrédulo. En verdad, los tres hermanos menores habían viajado libremente por el país, visitando castillos y mansiones solariegas de Francia, hasta de Tierra Santa, mientras Gavin permanecía encadenado a los registros contables. Tenía veintisiete años y hacía once que apenas abandonaba su heredad, excepto por el alzamiento de Escocia. Ignoraba que sus hermanos disculpaban con frecuencia lo que tomaban por ignorancia, puesto que el primogénito no había tratado más mujeres que las vulgares.

—Gavin —comenzó otra vez con paciencia—, Judith Revedoune es una dama, hija de un conde. Se le ha enseñado a esperar ciertas cosas de ti, tales como cortesía y respeto. Deberías haber ido en persona a decirle que deseas casarte con ella.

Gavin estiró el brazo para que la criada le pasara el paño enjabonado. La pechera empapada de la muchacha se adhería a sus pechos llenos. Él la miró a los ojos y le sonrió, sintiendo los primeros impulsos del deseo. Después volvió los ojos a Raine.

—Es que no quiero casarme con ella. No ha de ser tan ignorante como para pensar que me caso con ella por algo más que sus tierras.

—¡No puedes decirle eso! Debes hacerle la corte y...

Gavin se puso de pie en la bañera. La muchacha se subió a un banquillo y le echó agua caliente en la cabeza para enjuagarlo.

—Será *mía* —dijo secamente—. Hará lo que yo le diga. He visto a demasiadas damas de alcurnia y sé cómo son. Pasan la vida sentadas en sus habitaciones, cosiendo y chismorreando; comen frutas almibaradas y engordan. Son perezosas y estúpidas; tienen todo cuanto desean. Sé cómo tratar a esas mujeres. Hace una semana mandé traer de Londres algunos tapices de Flandes; escenas tontas, como ninfas correteando por los bosques, para que no la asusten las escenas de guerra. Los colgaré en sus habitaciones; después pondré a su disposición todos los hilos de seda y las agujas de plata que pueda necesitar. Y estará satisfecha.

Raine permaneció en silencio, pensando en las mujeres a las que había conocido durante sus viajes. La mayoría de ellas respondían a la descripción de Gavin, pero también las había de fogosa inteligencia, que eran casi como compañeras de sus esposos.

—¿Y si desea intervenir en las cuestiones de la finca?

Gavin salió de la tina y tomó la suave toalla de algodón que le entregaba la criada.

—No se entrometerá en lo que es mío. Hará lo que yo le diga o tendrá que lamentarlo.

4

La luz del sol entraba a torrentes por las ventanas abiertas y caía oblicuamente sobre el suelo cubierto de juncos, jugando con las pequeñas motas de polvo que centelleaban como partículas de oro. Era un perfecto día de primavera; el primero de mayo. Brillaba el sol y en el aire flotaba esa dulzura que sólo la primavera puede aportar. La habitación, grande y abierta, ocupaba la mitad del cuarto piso. Sus ventanas daban al sur y dejaban entrar luz suficiente para calentar la estancia. El ambiente era sencillo, pues Robert Revedoune no gustaba de malgastar el dinero en cosas que le parecían frívolas, como alfombras y tapices.

Sin embargo, esa mañana el cuarto no parecía tan austero. Todas las sillas estaban cubiertas de color, pues había vestiduras por todas partes: bellas, lujosas prendas, todas nuevas, todas ellas parte de la dote de Judith Revedoune. Había sedas de Italia, terciopelos orientales, cachemiras de Venecia, algodón de Trípoli. Por doquier centelleaban las piedras preciosas: en zapatos, cinturones y collares. Había esmeraldas, perlas, rubíes, esmaltes. Y todo eso, contra un fondo de pieles: marta, armiño, castor, ardilla, cordero de Astracán, lince...

Judith, sola en medio de tanto esplendor, guardaba silencio. Si alguien hubiera entrado en la habitación habría pasado inadvertida, de no ser porque su figura opacaba el brillo de las telas y las joyas. Sus piececitos estaban enfundados en suave cuero verde, forrado y ribeteado de armiño blanco con manchas negras. Por encima de la cintura, el traje se ajustaba bien a su cuerpo. Las largas mangas se estiraban desde las muñecas hasta por debajo del cinturón. Su talle era muy esbelto. El escote cuadrado exhibía ventajosamente los pechos llenos de Judith. La falda era una blanda campana que se mecía con suavidad al caminar. Su tela era un tejido de oro, frágil y pesado, iridiscente al sol. Le rodeaba la cintura una estrecha banda de cuero dorado con incrustaciones de esmeraldas. En su frente, un fino cordón de oro sostenía una esmeralda grande. Le ceñía los hombros un manto de tafetán verde, completamente forrado de armiño.

En cualquier otra mujer, el mero brillo de ese atuendo verde y dorado habría sido excesivo, pero Judith era más bella que prenda alguna. Aunque menuda, sus curvas quitaban el aliento a los hombres. La cabellera rubio-rojiza le pendía hasta la cintura y terminaba en abundantes rizos. Mantenía alto el mentón y apretadas las fuertes mandíbulas. Aunque pensaba en los horribles sucesos que sobrevendrían, sus labios se mantenían suaves y llenos. Pero eran los ojos los que llamaban la atención: su color dorado intenso captaba la luz solar y los destellos de su traje.

Giró apenas la cabeza para contemplar el bello día. En cualquier otro momento habría sentido deseos de montar a caballo para cruzar praderas floridas, pero ese día permanecía muy quieta, cuidando de no moverse para no arrugar el vestido. Sin embargo, no era su atuendo lo que la mantenía tan quieta, sino lo triste de sus pensamientos. Pues aquel era el día de su boda, día largamente temido, que acabaría con su libertad y con la felicidad conocida.

De pronto, se abrió la puerta y sus dos doncellas entraron en la gran habitación. Estaban ruborizadas, pues habían venido corriendo desde la iglesia, adonde habían ido para echar un primer vistazo al novio.

—Oh, señora mía —dijo Maud—, ¡es tan apuesto! Alto, de pelo oscuro, ojos oscuros y hombros de este tamaño —estiró los brazos en toda su longitud, con un suspiro dramático—. No me explico cómo cruza las puertas. Ha de hacerlo de costado.

Sus ojos danzaban al observar a su ama. No le gustaba verla tan desdichada.

—Y camina así —agregó Joan. Echó los hombros hacia atrás, hasta que los omóplatos llegaron casi a juntarse, y dio varios pasos largos y firmes por el cuarto.

—Sí —aseveró Maud—, es orgulloso. Tan orgulloso como todos los Montgomery. Actúan como si fueran los dueños del mundo.

—Ojalá fuera así —rió Joan. Y miró de soslayo a Maud, que hacía lo posible por no reír con ella.

Pero Maud estaba más atenta a su señora. Pese a todas las bromas, Judith no había esbozado siquiera una sonrisa. La muchacha alargó una mano, indicando a su compañera que guardara silencio.

—Señora —dijo en voz baja—, ¿hay algo que deseéis? Tenemos tiempo, antes de partir hacia la iglesia. Tal vez...

Judith meneó la cabeza.

—Ya no hay ayuda posible para mí. ¿Mi madre está bien?

—Sí. Descansa antes de montar para ir a la iglesia. La distancia es larga y su brazo...

Maud se interrumpió, captando la expresión dolorida de su ama. Judith se culpaba por la fractura de Helen. Le bastaban sus remordimientos sin que Maud cometiera la torpeza de recordársela. Maud habría querido darse de puntapiés.

—¿Estáis lista? —preguntó con suavidad.

—Mi cuerpo está listo. Sólo mis pensamientos necesitan más tiempo. ¿Tú y Joan os encargaréis de mi madre?

—Pero, señora...

—No —interrumpió Judith—. Quiero estar sola. Tal vez sea mi último instante de intimidad por algún tiempo. ¿Quién sabe qué traerá el mañana?

Y volvió a mirar hacia la ventana.

Joan iba a replicar a tanta melancolía, pero Maud se lo impidió. Joan no comprendía a Judith. Tenía fortuna, éste era el día de su boda y, por añadidura, iba a casarse con un caballero joven y apuesto. ¿Por qué no era feliz? Se encogió de hombros, resignada, mientras Maud la empujaba hacia la puerta.

Los preparativos para la boda habían requerido semanas enteras. Sería una festividad suntuosa y compleja, que costaría a su padre las rentas de todo un año. Ella había anotado en los registros cada compra, extrañada por los miles de piezas de tela necesarios para formar los grandes doseles, a fin de cobijar a los invitados. ¡Y la comida que se iba a servir!: mil cerdos, trescientos terneros, cien bueyes, cuatro mil pasteles de ternera, trescientos toneles de cerveza. Las listas eran interminables.

Y todo eso por algo que ella detestaba desesperadamente.

A casi todas las niñas se las educaba para que consideraran el matrimonio como parte del futuro. No era el caso de Judith. Desde el día de su nacimiento, se la había tratado de modo diferente. Su madre estaba ya desgastada por los abortos y por los años pasados junto a un esposo que la castigaba a la menor oportunidad. Al contemplar aquella menudencia de vida pelirroja, Helen quedó prendada. Aunque nunca se oponía a su esposo, por esa criatura se enfrentaría al mismo Diablo. Quería dos cosas para su pequeña Judith: protección contra un padre brutal y violento, y la seguridad de que jamás caería en manos de hombres similares.

Por primera vez en muchos años de matrimonio, Helen se irguió ante el esposo al que tanto temía y exigió que su hija fuera destinada a la Iglesia. Poco le importaba a Robert lo que fuera de la madre o de la hija. ¿Qué le importaba esa niña? Tenía dos hijos varones de su primera esposa; lo único que había podido darle esa mujer medrosa y gimoteante eran bebés muertos y una hembra inútil. Riendo, aceptó que la niña fuera entregada a las monjas a la edad debida. Pero para demostrar a aquella criatura gemebunda lo que pensaba de sus exigencias, la arrojó por la escalera de piedra. Helen aún renqueaba de resultas de una doble fractura en la pierna, pero había valido la pena. Conservaba a su hija consigo, en completa intimidad. A veces, ni siquiera recordaba que estaba casada. Le gustaba imaginar que era viuda y que vivía sola con su encantadora hija.

Fueron años felices en los que adiestró a su niña para la exigente carrera del convento.

Y ahora todo eso quedaría en la nada. Judith iba a convertirse en esposa: una mujer sin más poder que el que le permitiera su esposo y señor. Judith nada sabía de la vida de esposa: cosía mal y no sabía tejer. Nadie le había enseñado a permanecer sentada y quieta durante horas, permitiendo que los sirvientes trabajaran por ella. Peor aún: Judith ignoraba el sometimiento. Una esposa debía mantener los ojos bajos ante su marido y pedir su consejo en todo. A Judith, en cambio, se le había enseñado que algún día sería abadesa, única mujer a la que se consideraba igual a los hombres. Miraba a su padre y a sus hermanos de frente, ni siquiera se acobardaba cuando el padre le levantaba el puño. Eso, por algún motivo, parecía divertir a Robert. Su orgullo no era común entre las mujeres... ni tampoco entre la mayoría de los hombres, en realidad. Caminaba con los hombros echados hacia atrás y la espalda erguida.

Ningún hombre toleraría que, con voz serena, analizara las relaciones del rey con los franceses o expresara sus radicales opiniones sobre el tratamiento de los siervos. Las mujeres debían hablar de joyas y adornos. Judith, en cambio, solía dejar que sus doncellas le eligieran la vestimenta, pero en cuanto faltaban de las despensas dos sacos de lentejas, su ira era formidable.

Helen se había tomado grandes molestias para apartar a su hija del mundo exterior. Temía que algún hombre, al verla, la solicitara, y que Robert accediera al enlace. Eso equivaldría a perderla. Judith debería haber ingresado en el convento a los doce años, pero su madre no soportaba separarse de ella. La conservó consigo año tras año, egoístamente, sólo para que todos sus esfuerzos se disolvieran en la nada.

Judith había tenido meses enteros para hacerse a la idea de que se casaría con un desconocido. No lo había visto ni quería verlo, demasiado tendría que tratarlo en el futuro. No conocía a más hombres que su padre y sus hermanos; por lo tanto, esperaba una vida junto a un hombre que odiaría a las mujeres y les pegaría; lo imaginaba nada instruido e incapaz de aprender algo, salvo el uso de la fuerza. Siempre había planeado escapar de una existencia semejante; ahora sabía que era imposible. En el curso de diez años ¿sería como su madre? ¿Un ser trémulo, siempre temeroso, cuyos ojos se desviaban hacia los rincones?

Judith se levantó, y la pesada falda de oro cayó al suelo con un agradable susurro. ¡No sería así! Jamás mostraría su miedo a aquel hombre. Sintiera lo que sintiera, conservaría la cabeza en alto y la mirada firme.

Por un momento se le encorvaron los hombros. Sentía temor de aquel desconocido que sería su amo y señor. Sus doncellas reían y hablaban de sus amantes con alegría. ¿Acaso el matrimonio de los nobles podía ser igual? ¿Habría caballeros capaces de amor y ternura, tal como las mujeres? Lo sabría en poco tiempo.

Volvió a erguir los hombros. Le daría una oportunidad, se dijo para sus adentros. Sería como su espejo: cuando él se mostrara amable, ella sería amable. Pero si él era como su padre, se encontraría con la horma de su zapato. Ningún hombre había mandado nunca sobre ella y jamás lo haría. Ése fue su juramento.

—¡Señora! —llamó Joan, excitada, irrumpiendo en el cuarto—. Afuera están sir Raine y su hermano, sir Miles. Han venido a veros. —Como su ama la mirara inexpresivamente, puso cara de exasperación—. Son los hermanos de vuestro esposo, mi señora. Sir Raine quiere conoceros antes de la boda.

Judith hizo un gesto de asentimiento y se levantó para recibir a los visitantes. El hombre que iba a desposarla no evidenciaba interés alguno por ella. Hasta el compromiso había sido realizado por medio de un representante. Y ahora no era él quien la visitaba, sino sus hermanos. Respiró hondo y se obligó a no temblar, aunque estaba más asustada de lo que había pensado.

Raine y Miles descendían juntos la amplia escalera de la casa Revedoune. Habían llegado apenas la noche anterior, pues Gavin insistía en postergar el inminente enlace hasta el último instante. Raine trató de que visitara a su novia, pero él se negó. Puesto que tendría que verla durante tantos años venideros, ¿a qué encarar anticipadamente la maldición?

Cuando Miles regresó del compromiso, tras oficiar

de representante, fue Raine quien le interrogó con respecto a la heredera. Como de costumbre, Miles dijo poca cosa, pero Raine adivinó que estaba ocultando algo. Y al verse frente a la novia, comprendió qué era.

—¿Por qué no dijiste nada a Gavin? —acusó—. Sabes cuánto teme que se trate de una heredera fea.

Miles no sonrió, pero le brillaban los ojos al recordar a su futura cuñada.

—Tal vez convenga demostrarle, por una vez, que puede equivocarse.

Raine sofocó una carcajada. A veces Gavin trataba a su hermano menor como si fuera un niño y no un hombre de veinte años. El hecho de que Miles no le describiera la belleza de su novia era un pequeño castigo para tanto autoritarismo.

—¡Pensar que Gavin me la ofreció y ni siquiera hice el intento! Si la hubiera visto habría peleado por ella. ¿Te parece que es demasiado tarde?

Si hubo respuesta, Raine no la escuchó. Sus pensamientos estaban fijos en aquella pequeña cuñada, que apenas le llegaba al hombro. Había apreciado ese detalle antes de verle la cara. Después de enfrentarse a sus ojos, oro puro y rico como el de Tierra Santa, ya nada vio. Judith Revedoune lo había encarado con una mirada inteligente y serena, como justipreciándolo. Raine, incapaz de pronunciar palabra, se sentía sumergido en la corriente de aquellos ojos. Ella no hacía caritas ni reía infantilmente, como casi todas las vírgenes: lo miraba de igual a igual, y esa sensación le resultó embriagadora. Miles tuvo que darle un codazo para que hablara, mientras el otro se imaginaba llevándosela lejos de aquella casa y de toda aquella gente para hacerla suya. Había sentido la necesidad de marcharse antes de tener más pensamientos indecentes con respecto a la prometida de su hermano.

—Miles —dijo al bajar, con las mejillas surcadas por los hoyuelos, como le ocurría cuando contenía la risa—, tal vez podamos desquitarnos de nuestro hermano mayor por habernos exigido tantas horas en el campo de adiestramiento.

—¿Qué planes tienes? —los ojos del menor ardían de interés.

—Si no me falla la memoria, acabo de ver a una enana espantosa, de dientes podridos y trasero increíblemente gordo.

Miles empezó a sonreír. En verdad habían visto a un verdadero espantajo al bajar la escalera.

—Comprendo. No tenemos que mentir, pero nada nos obliga a decir toda la verdad.

—Es lo que yo pienso.

Aún era temprano cuando Judith siguió a sus doncellas por la escalera, hasta el gran salón del segundo piso. El suelo estaba cubierto de juncos frescos; los tapices almacenados habían sido colgados allí, y el trayecto entre la puerta y la parte trasera del salón era un grueso camino de lirios y pétalos de rosa. Por allí caminaría al regresar de la iglesia, ya casada.

Maud marchaba detrás de su ama, sosteniendo en alto la larga cola del frágil vestido dorado y el manto forrado de armiño. Judith se detuvo durante un segundo antes de abandonar la casa y respiró hondo para darse valor.

Tardó un momento en adaptarse a la fuerte luz del sol; entonces vio la larga fila de personas que habían acudido para presenciar las bodas de la hija de un conde. No estaba preparada para recibir los vítores con que la saludaron: un alarido de bienvenida y de placer por la visión de una joven tan espléndida.

Judith sonrió a manera de respuesta, saludando con la cabeza a los huéspedes montados, a siervos y mercaderes.

El trayecto hasta la iglesia sería como un desfile, ideado para exhibir la riqueza y la importancia de Robert Revedoune. Más tarde, podría vanagloriarse de que a la boda de su hija habían asistido tantos condes y tantos barones. Los juglares encabezaban la procesión, anunciando con entusiasmo el paso de la novia. Judith fue subida al caballo blanco por su propio padre, que hizo una señal de aprobación ante su atuendo y su porte. Para aquella gran ocasión debía montar de costado; la desacostumbrada posición la hacía sentirse incómoda, pero lo disimuló. Su madre cabalgaba detrás, flanqueada por Miles y Raine. Los seguía una multitud de invitados, en orden de importancia.

Con gran estruendo de címbalos, los juglares comenzaron a cantar y la procesión se puso en marcha. Avanzaban lentamente, siguiendo a los músicos y a Robert Revedoune, que iba a pie, llevando de la brida el caballo de su hija.

Pese a todos sus votos y juramentos, Judith descubrió que se estaba poniendo más y más nerviosa. La curiosidad con respecto a su prometido comenzaba a carcomerla. Permanecía muy erguida, pero aguzaba la vista, tratando de divisar las dos siluetas que ocupaban la puerta de la iglesia: el sacerdote y el desconocido que sería su esposo.

Gavin no tenía la misma curiosidad. Aún sentía el estómago revuelto por la descripción de Raine: al parecer, la muchacha era medio idiota, además de fea. Trató de no mirar el cortejo que se acercaba rápidamente, pero el ruido de los juglares y los ensordecedores vítores de los siervos, reunidos a la vera del camino, le impedían oír sus propios pensamientos. Contra su voluntad, sus ojos giraron hacia el desfile.

Al levantar la vista, vio a la muchacha de cabellera

rojo-dorada a lomo de un caballo blanco. No tenía ni idea de quién podía ser, y tardó todo un minuto en comprender que se trataba de su novia. El sol centelleaba en ella como si fuera una diosa pagana rediviva. La miró boquiabierto. Después, estalló en una sonrisa.

¡Raine! ¡Era de esperar que Raine mintiera! Su alivio y su felicidad fueron tales que, sin darse cuenta, abandonó el atrio de la iglesia para bajar la escalinata saltando los peldaños de dos en dos y de tres en tres. La costumbre dictaba que el novio esperara hasta que el padre de la desposada bajara a la muchacha de su caballo y la acompañara por la escalinata para presentarla a su nuevo señor. Pero Gavin quería verla mejor. Sin oír las risas y los vítores de los espectadores, apartó a su suegro de un empellón y tomó a su novia de la cintura para bajarla del caballo.

Desde cerca era aún más hermosa. Los ojos de Gavin se regodearon con aquellos labios blandos, llenos e invitantes. Su piel era límpida, más suave que el mejor satén. Y cuando al fin reparó en los ojos estuvo a punto de lanzar una exclamación.

Sonrió de puro placer y ella le devolvió la sonrisa, descubriendo sus dientes blancos. El rugido de la multitud lo devolvió a la realidad. Contra su voluntad, Gavin la depositó en tierra y le ofreció el brazo, sujetando la mano enlazada a su codo como si temiera verla huir. Tenía toda la intención de conservar aquella nueva pertenencia.

Los espectadores quedaron totalmente complacidos por su impetuosa conducta y expresaron de viva voz su aprobación. Robert frunció profundamente el ceño por haber sido empujado, pero luego vio que todos sus invitados reían.

La ceremonia matrimonial se realizó en el atrio de la iglesia, para que todos pudieran presenciarla, puesto que en el interior sólo habrían cabido unos pocos. El sacerdote preguntó a Gavin si aceptaba a Judith Revedoune por esposa. Gavin contempló a la mujer que estaba a su lado, con la cabellera suelta hasta la cintura, donde se rizaba a la perfección, y replicó:

—Acepto.

Luego el sacerdote interrogó a Judith, que miraba a su prometido con la misma franqueza. Éste vestía de gris de la cabeza a los pies; el chaleco y la amplia chaqueta eran de suave terciopelo italiano; esta última estaba completamente forrada de visón oscuro, y la piel formaba un ancho cuello, además de un estrecho borde en la pechera. Su único adorno era la espada que pendía baja desde su cadera; la empuñadura lucía un gran diamante que centelleaba bajo el sol.

Si bien las doncellas habían dicho que Gavin era apuesto, Judith no esperaba encontrarse con tal aire de fuerza, sino con algún joven delicado y rubio. Observó su denso pelo negro, que se rizaba a lo largo del cuello, los labios que le sonreían y aquellos ojos, que de pronto le hicieron correr un escalofrío por la columna. Para deleite de la multitud, el sacerdote tuvo que repetirle la pregunta. Judith sintió que le ardían las mejillas al dar el sí. Decididamente, estaba muy dispuesta a aceptar a Gavin Montgomery.

Prometieron amarse, honrarse y obedecerse. Después vino el intercambio de anillos, en tanto la multitud, momentáneamente callada hasta entonces, soltaba otro bramido amenazador para el tejado del templo. La lectura de la dote que aportaría la novia casi no se oyó. Aquellos hermosos jóvenes contaban con el gran afecto de todos. Los novios tomaron después sendas canastillas con monedas de plata, para arrojarlas al gentío reunido al pie de la escalinata. Luego, la pareja siguió al sacerdote al interior de la catedral, silenciosa y relativamente oscura.

Gavin y Judith ocuparon sitiales de honor en el coro, por encima de la muchedumbre de los invitados. Parecían niños por el modo en que se miraban furtivamente, a lo largo de aquella misa larga y solemne. Los invitados los observaban con adoración, encantados por aquel matrimonio que se iniciaba como un cuento de hadas. Los juglares ya estaban componiendo las canciones que entonarían después, durante el banquete. Los siervos y la clase media permanecían fuera de la iglesia, intercambiando comentarios sobre las exquisitas vestimentas de los invitados y, más que nada, sobre la belleza de la novia.

Pero había allí una persona que no era feliz. Alice Valence, sentada junto a la gorda y soñolienta silueta de su futuro esposo, Edmund Chatworth, miraba a la desposada con todo el odio de su corazón. ¡Gavin había quedado como un tonto! Hasta los siervos se habían reído al verle correr por la escalinata en busca de aquella mujer, como el muchachito que corre tras su primer caballo.

¿Y cómo podía alguien decir que aquella bruja pelirroja era hermosa? Alice sabía que el pelo rojo siempre va acompañado de pecas.

Apartó la vista de Judith para fijarla en Gavin. Era él quien la enfurecía. Alice lo conocía mejor de lo que él se conocía a sí mismo. Aunque una cara bonita pudiera hacerlo brincar como un payaso, sus emociones eran profundas. Le había dicho que la amaba y era cierto. Y ella se ocuparía de recordárselo cuanto antes. No le permitiría olvidarse de eso cuando estuviera en el lecho con aquel demonio pelirrojo.

Se miró las manos y sonrió. Era dueña de un anillo... sí, lo tenía consigo. Algo más tranquila, miró otra vez a los novios, mientras iba formando un plan en su mente.

Vio que Gavin tomaba la mano de Judith para besarla, sin prestar atención a Raine, quien le recordaba que estaban en la iglesia. Alice meneó la cabeza; esa tonta ni siquiera sabía cómo reaccionar. Debería haber entornado los ojos y ruborizarse; por su parte, sabía ruborizarse de un modo muy favorecedor. Pero Judith Revedoune se limitó a mirar fijamente a su esposo, atenta a cada uno de sus movimientos. Muy poco femenino.

En ese momento alguien la estaba observando. Raine clavó la vista en Alice desde el coro y reparó en la arruga que fruncía su frente perfecta. Sin duda alguna, la joven no tenía idea de que estaba haciendo ese gesto, pues siempre ponía mucho cuidado en mostrar sólo lo que debía ser visto.

«Fuego y hielo», pensó. La belleza de Judith era como fuego junto a la gélida palidez de Alice. Sonrió al recordar la facilidad con que el fuego derretía el hielo, pero luego recordó que todo dependía de la intensidad de las llamas y del tamaño del bloque helado. Su hermano era un hombre cuerdo y sensato, racional en todos los aspectos, salvo en uno: Alice Valence. Gavin la adoraba; se enfurecía cuando alguien hacía la más leve mención de sus defectos. Esa nueva esposa ejercía su atracción sobre él, pero ¿por cuánto tiempo? ¿Podría superar el hecho de que Alice le hubiera robado el corazón?

Raine rezó porque así fuera. Mientras paseaba su mirada entre las dos mujeres, comprendió que Alice podía ser una mujer para adorar, pero Judith era para el amor.

5

Al terminar la larga misa de esponsales, Gavin tomó a Judith de la mano y la condujo hasta el altar, donde se arrodillaron ante el sacerdote para que los bendijera. El santo hombre dio a Gavin el beso de la paz, que él transmitió a su esposa. Debería haber sido un beso simbólico; en verdad fue leve, pero los labios de Gavin se demoraron en ella. Judith le echó una mirada, sus ojos dorados reflejaban placer al tiempo que sorpresa.

Gavin sonreía ampliamente, lleno de puro gozo. La tomó nuevamente de la mano y la llevó afuera casi corriendo. Una vez en el exterior, la muchedumbre les arrojó una lluvia de arroz que, por su volumen, resultó casi mortífera. Él levantó a Judith para sentarla en su montura; aquel talle era muy estrecho, aun envuelto en tantas capas de tela. El joven habría querido subirla a su grupa, pero ya había faltado sobradamente a las costumbres al verla por primera vez. Iba a tomar las riendas del animal, pero Judith se hizo cargo de ellas. Gavin quedó complacido: su esposa debía ser, necesariamente, buena amazona.

Los novios encabezaron el cortejo hasta la casa solariega de Revedoune; cuando entraron en el gran salón Gavin la llevaba con firmeza de la mano. Judith contempló los lirios y los pétalos de rosa esparcidos por el suelo. Pocas horas antes, esas flores le habían parecido el presagio de algo horrible que estaba a punto de ocurrirle. Ahora, al mirar aquellos ojos grises que le sonreían, la idea de ser su esposa no le parecía horrible en absoluto.

—Daría cualquier cosa por conocer vuestros pensamientos —dijo Gavin, acercándole los labios al oído.

—Pensaba que el matrimonio no parece tan mala cosa como yo creía.

Gavin quedó aturdido por un momento; luego echó la cabeza atrás, en un bramido de risa. Judith no tenía idea de que acababa de insultarlo y elogiarlo en una misma frase. Una joven bien educada jamás habría admitido que le disgustaba la idea de casarse con el hombre elegido para ella.

—Bueno, esposa mía —dijo con ojos chispeantes—, eso me complace sobremanera.

Eran las primeras palabras que intercambiaban... y no tuvieron tiempo para más. Los novios tenían que ponerse al frente de la fila para saludar a los cientos de invitados que iban a felicitarlos.

Judith permaneció serena junto a su esposo, sonriendo a cada uno de los invitados. Conocía a muy pocos de ellos, puesto que su vida había transcurrido en reclusión. Robert Revedoune, a un lado, la observaba para asegurarse de que no cometiera errores. No estaría seguro de haberse liberado de ella hasta que el matrimonio se consumara.

La joven había temido, en un principio, que sus ropas fueran excesivamente ostentosas, pero al observar a sus huéspedes, murmurando palabras de agradecimiento, comprendió que su atuendo era conservador. Los asistentes vestían colores de pavo real... varios de ellos al mismo tiempo. En las mujeres se veían rojos, purpúreos y verdes. Había cuadros, listas, brocados, aplicaciones y lujosos bordados. El vestido verde y oro de Judith se destacaba por su discreción.

De pronto, Raine la tomó por la cintura y la levantó en vilo, por encima de su cabeza, para plantarle un sonoro beso en cada mejilla.

—Bienvenida al clan de los Montgomery, hermanita —le dijo con dulzura, con las mejillas surcadas por profundos hoyuelos.

A Judith le gustó esa franqueza. El siguiente fue Miles, a quien ella conocía por haber oficiado él de representante durante el compromiso. Aquella vez la había mirado como con ojos de halcón.

Miles seguía observándola de ese modo extraño y penetrante. Ella desvió los ojos hacia su marido, que parecía estar regañando a Raine por alguna broma sobre una mujer fea. Raine, más bajo que Gavin, vestía de terciopelo negro con ribetes plateados; sus profundos hoyuelos y los risueños ojos azules hacían de él un hombre apuesto. Miles era tan alto como el mayor, pero de constitución más ligera. De los tres, era quien vestía con más lujo: chaleco de lana verde oscuro y chaqueta verde brillante, forrada de martas oscuras. Le ceñía las esbeltas caderas un ancho cinto de cuero con esmeraldas incrustadas.

Los tres eran fuertes y gallardos, pero al verlos juntos Gavin eclipsaba a los otros. Al menos, así era a los ojos de Judith. Él sintió aquella mirada fija en su persona y giró hacia ella. Le tomó la mano y le aplicó un beso en los dedos. Judith sintió que su corazón se aceleraba: Gavin acababa de tocarle con la lengua la punta de un dedo.

—Creo que deberías esperar un rato, hermano, aunque comprendo los motivos de tu impaciencia —rió Raine—. Háblame otra vez de las herederas gordas y demasiado alimentadas.

Gavin soltó con desgana la mano de su esposa.

—Puedes burlarte de mí cuanto quieras, pero soy yo

quien la posee, de modo que reiré el último. O tal vez no corresponda hablar de risas.

Raine dejó escapar un sonido gutural y asestó un codazo a su hermano menor.

—Vamos a ver si encontramos alguna otra diosa de ojos dorados en esta casa. Da un beso de bienvenida a tu cuñada y ponte en marcha.

Miles tomó la mano de Judith y la besó largamente, sin dejar de mirarla a los ojos.

—Creo que reservaré el beso para un momento de mayor intimidad —dijo, antes de seguir a Raine.

Gavin la rodeó posesivamente con un brazo.

—No dejes que te alteren. Sólo están bromeando.

—Pues me gustan sus bromas.

Gavin le sonrió, pero de pronto apartó el brazo. Ese contacto había estado a punto de hacerlo arder. El lecho estaba a muchas horas de distancia. Si quería llegar al fin de la jornada, tendría que mantener las manos lejos de ella.

Más tarde, mientras Judith aceptaba un beso de cierta mujer marchita, condesa de alguna parte, sintió que Gavin se ponía rígido a su lado. Siguió la dirección de su mirada; estaba fija en una mujer tan bella que varios hombres la miraban boquiabiertos. Cuando la tuvo ante sí, quedó asombrada ante el odio que ardía en aquellos ojos azules. Estuvo a punto de persignarse a manera de protección. Algunas risitas le llamaron la atención: a varias personas les divertía grandemente el espectáculo de aquellas dos mujeres, ambas hermosas y muy diferentes, enfrentadas entre sí.

La rubia pasó rápidamente junto a Gavin, negándose a mirarlo a los ojos. Judith notó una expresión de dolor en la cara de su marido. Se trataba de un encuentro desconcertante, que no logró comprender.

Por fin, acabó la recepción. Todos los huéspedes habían felicitado a los recién casados y recibido un regalo del padre de la novia, según su importancia. Por fin, sonaron las trompetas, indicando que se iniciaba el festín.

Mientras los invitados saludaban a los novios, se habían puesto las mesas en el gran salón y ya estaban cubiertas de comida: pollo, pato, perdiz, cigüeña, faisán, codorniz, cerdo y carne de vaca. Había pasteles de carne y doce clases de pescado. Abundaban las hortalizas, sazonadas con especias de Oriente. Se servirían las primeras fresas de la temporada, además de algunas raras y costosas granadas.

La riqueza del ajuar de la finca estaba a la vista en los platos de oro y plata que usaban los huéspedes más importantes, sentados a la mesa principal, en una plataforma algo elevada. Judith y Gavin tenían copas gemelas: altas, esbeltas, hechas de plata y con bases de oro finamente trabajado.

En el centro había una zona despejada donde cantaban y actuaban los juglares. Había bailarinas orientales que se movían tentadoramente, acróbatas y un elenco de artistas itinerantes que representaban una obra. El tremendo bullicio colmaba aquel inmenso salón, cuya altura era de dos plantas.

—No comes mucho —observó Gavin, tratando de no gritar, aunque resultaba difícil hacerse oír en medio de tanto estruendo.

—No —ella lo miró con una sonrisa. La idea de que aquel desconocido era su esposo le cruzaba por la mente con insistencia. Sentía deseos de tocarle la hendidura del mentón.

—Ven —propuso él.

Y la tomó de la mano para ayudarla a levantarse. Hubo silbidos y bromas obscenas a granel, en tanto Gavin conducía a su desposada fuera del gran salón. Ninguno de ellos volvió la cabeza.

Pasearon por los campos, llenos de flores primaverales que rozaban la larga falda de Judith. A la derecha se alzaban las tiendas de quienes participarían en el torneo del día siguiente. En cada tienda flameaba un estandarte que identificaba a su ocupante. Por doquier, el leopardo de los Montgomery. El estandarte mostraba a tres leopardos dispuestos en sentido vertical, bordados en centelleante hilo de oro sobre un campo verde esmeralda.

—¿Todos son parientes tuyos? —preguntó Judith.

Gavin miró por encima de su cabeza.

—Tíos y primos. Cuando Raine dijo que éramos un clan no mentía.

—¿Eres feliz con ellos?

—¿Feliz? —Gavin se encogió de hombros. —Son Montgomery. —Para él, eso parecía respuesta suficiente.

Se detuvieron en una pequeña loma, desde donde se veían las tiendas elevadas abajo. Él la retuvo de la mano, mientras Judith esparcía sus faldas para sentarse. Gavin se tendió a su lado cuan largo era, con las manos detrás de la nuca.

La muchacha permaneció sentada, algo más adelante, con las piernas del mozo extendidas ante sí. Apreció la curva de los músculos por encima de las rodillas, allí donde se redondeaban hacia el muslo. Supo, sin lugar a dudas, que cada uno de aquellos muslos era más ancho que su cintura. Inesperadamente se estremeció.

—¿Tienes frío? —preguntó Gavin, inmediatamente alertado. Se incorporó sobre los codos para observarla. Ella meneó la cabeza—. Espero que no te haya molestado salir un rato. Pensarás que no tengo educación: primero, lo de la iglesia; ahora, esto. Pero había demasiado ruido y yo quería estar a solas contigo.

—Yo también —reconoció ella con franqueza, mirándolo a los ojos.

Él levantó una mano para tomar un rizo de su cabellera, dejando que se le enroscara a la muñeca.

—Me llevé una sorpresa al verte. Me habían dicho que eras fea.

Sus ojos chisporroteaban.

—¿Quién te dijo eso?

—Todo el mundo opinaba que si Revedoune mantenía oculta a su hija era por eso.

—Antes bien, se me mantenía oculta de él.

Judith no dijo más, pero Gavin comprendió. Poco le gustaba aquel hombre pendenciero, que castigaba a los débiles y se acobardaba ante los fuertes.

Le sonrió.

—Me complaces mucho. Eres más de lo que cualquier hombre podría desear.

De pronto, ella recordó aquel dulce beso en la iglesia. ¿Cómo sería besarse otra vez, sin prisa? Tenía muy poca experiencia en las costumbres entre hombres y mujeres.

Gavin contuvo el aliento al notar que ella le miraba la boca. Una rápida mirada al sol le indicó que aún faltaban muchas horas para tenerla sólo para sí. No comenzaría algo que no pudiera terminar.

—Tenemos que volver a la casa —dijo bruscamente—. Nuestra conducta ya ha de haber provocado maledicencia para varios años.

La ayudó a ponerse de pie. Al tenerla tan cerca le miró la cabellera, inhalando su especiada fragancia. Sabía que el sol la había entibiado; su única intención fue aplicar un casto beso a aquellos cabellos, pero Judith levantó la cara para sonreírle. A los pocos segundos la tenía abrazada y la estaba besando.

El escaso conocimiento que Judith tenía sobre las relaciones sexuales provenía de sus doncellas, que reían como niñitas al comparar las proezas amatorias de un hombre y otro. Por eso reaccionó al beso de Gavin no con la reticencia de una verdadera dama, sino con todo el entusiasmo que sentía.

Él le puso las manos tras la nuca y la muchacha abrió los labios, apretándose a él. ¡Qué corpulento era! Los músculos de su pecho se sentían duros contra su suavidad; sus muslos eran como acero. Le gustaba su contacto, su olor, y estrechó el abrazo.

De pronto, Gavin se echó atrás, respirando con jadeos breves.

—Pareces saber demasiado de besos —observó, enfadado—. ¿Has besado mucho?

La mente y el cuerpo de Judith estaban tan llenos de sensaciones nuevas que no reparó en su tono.

—Nunca antes había besado a un hombre. Mis doncellas me dijeron que era agradable, pero es más que eso.

Él la miró con fijeza; sabía reconocer la sinceridad de aquella respuesta.

—Ahora volvamos y recemos para que anochezca temprano.

Ella apartó la cara enrojecida y lo siguió. Caminaron con lentitud hacia el castillo, sin pronunciar palabra. Gavin parecía concentrar su atención en la tienda que se estaba erigiendo. Si no hubiera sujetado con tanta firmeza la mano de su esposa, ella habría pensado que la tenía olvidada.

Como miraba hacia el lado opuesto, el joven no vio a Robert Revedoune, que los estaba esperando. Judith sí. Reconociendo la ira en su mirada, se preparó para enfrentarse a él.

—¡Desgraciada! —siseó el padre—. Andas jadeando

tras él como una perra en celo. ¡No quiero que toda Inglaterra se ría de mí! —Levantó la mano y la descargó de revés contra la cara de Judith.

Gavin tardó un momento en reaccionar. Nunca habría imaginado que un padre podía golpear a su hija. Cuando reaccionó, lo que hizo fue hundir el puño en la cara de su suegro, con lo cual lo dejó despatarrado en tierra, totalmente aturdido.

Judith echó un vistazo a su marido. Tenía los ojos negros y la mandíbula convertida en granito.

—No os atreváis a tocarla nunca más —ordenó él en voz baja y mortífera—. Siempre conservo lo que me pertenece... y lo cuido.

Dio otro paso hacia Revedoune, pero Judith lo sujetó por el brazo.

—No, por favor. No me ha hecho daño, y ya le has hecho pagar esa pequeña bofetada.

Gavin no se movió. Los ojos de Robert Revedoune iban de su hija a su yerno. Tuvo la prudencia de no pronunciar palabra; en vez de ello se levantó para alejarse con lentitud.

Judith tiró de la manga de su esposo.

—No dejemos que nos arruine el día. Él nada sabe, salvo usar los puños.

Su mente era un torbellino. Los pocos hombres que conocía habrían pensado que todo padre estaba en su derecho si castigaba a una hija. Tal vez Gavin sólo la consideraba propiedad suya, pero su modo de hablar había hecho que ella se sintiera protegida, casi amada.

—Deja que te mire —pidió Gavin. Su voz demostraba que le estaba costando dominar su carácter.

Le deslizó la punta de los dedos por los labios, buscando magulladuras o cortes. Ella estudió la sombra de su mentón, allí donde acechaba la barba bajo la piel bien rasurada. Su solo contacto le aflojaba las rodillas. Levantó la mano y apoyó un dedo en la hendidura del mentón. Él interrumpió su exploración para mirarla a los ojos. Ambos guardaron silencio durante largos instantes.

—Tenemos que regresar a la casa —dijo Gavin con tristeza. La tomó del brazo para conducirla otra vez al castillo.

Habían estado ausentes más tiempo del que pensaban. La comida había sido retirada y las mesas de caballete, desmanteladas, estaban amontonadas contra la pared. Los músicos afinaban sus instrumentos, pues estaba a punto de iniciarse el baile.

—Gavin —llamó alguien—, tú la tendrás el resto de tu vida. No debes acapararla hoy también.

Judith se aferró al brazo del mozo, pero pronto se vio atraída a un círculo de enérgicos bailarines. En tanto la llevaban y la traían con pasos rápidos y vigorosos, trató de no perder de vista a su marido. Un hombre rió entre dientes, haciéndole levantar la vista.

—Hermanita —dijo Raine—, de vez en cuando deberías reservar una mirada para nosotros, los demás.

Judith le sonrió; tuvo apenas tiempo de hacerlo antes de que un brazo fuerte la hiciera girar, levantándola del suelo. Cuando volvió al lado de Raine, dijo:

—¿Cómo ignorar a hombres tan apuestos como mis cuñados?

—Buena réplica, pero, si tus ojos no mienten, es sólo mi hermano el que enciende la luz de las estrellas en esos trozos de oro.

Una vez más, alguien se llevó a Judith. En el momento en que giraba en brazos de otro, vio que Gavin sonreía a una bonita mujer de vestido verde y púrpura. Vio también que la menuda mujer tocaba el terciopelo de la pechera masculina.

—¿Por qué has perdido la sonrisa? —le preguntó Raine cuando volvieron a encontrarse. Y giró para observar a su hermano.

—¿Verdad que es bonita? —preguntó Judith.

El joven se dominó para no soltar una carcajada.

—¡Es fea! Parece un ratón. Gavin no la tomaría. «Porque todo el mundo ya lo ha hecho», agregó para sus adentros. Y suspiró:

—Ah, vamos a tomar un poco de sidra.

La tomó del brazo para conducirla al otro lado del salón, lejos de Gavin. Judith permaneció muy quieta a su lado, observando a Gavin, que guiaba a la mujer de pelo castaño por la pista de baile; cada vez que él tocaba a la mujer, un dolor veloz cruzaba el pecho de su esposa. Raine estaba absorbido por una conversación con otro hombre. Ella dejó su copa y caminó lentamente hacia afuera.

Detrás de la casa solariega había un pequeño jardín amurallado. Cada vez que Judith necesitaba estar sola, acudía a ese lugar. Tenía grabada a fuego, ante sus ojos, la imagen de Gavin con la mujer entre sus brazos. ¿Por qué la molestaba tanto? Apenas hacía unas cuantas horas que lo conocía. ¿Qué importaba que él tocara a otra?

Se sentó en un banco de piedra, oculto al resto del jardín. ¿Era posible que estuviera celosa? En toda su vida no había experimentado esa emoción, pero sólo sabía que no quería ver a su marido atento a otra.

—Sabía que te encontraría aquí.

Judith miró a su madre y volvió a bajar la vista. Helen se apresuró a sentarse a su lado.

—¿Ocurre algo malo? ¿Ha sido él poco amable contigo?

—¿Gavin? —preguntó Judith con lentitud, saboreando el sonido de ese nombre—. Al contrario. Es más que amable.

A Helen no le gustó lo que veía en la cara de su hija. Ella también había sido así. La tomó por los hombros, aunque el movimiento afectaba a su brazo no del todo curado.

—¡Debes escucharme! Hace demasiado tiempo que postergo esta conversación contigo. Día a día esperaba que algo impidiera este casamiento, pero no fue así. Te diré algo que tienes que saber: nunca jamás confíes en un hombre.

Judith quiso defender a su esposo.

—¡Pero si Gavin es un hombre honorable! —dijo, terca. Su madre dejó caer las manos en el regazo.

—Ah, sí, son honorables entre ellos y hasta con sus caballos. Pero para todo hombre una mujer representa menos que su caballo. Una mujer se reemplaza con más facilidad y cuesta menos. El hombre incapaz de mentir al más miserable de sus vasallos no duda en contar las peores fábulas a su esposa. No tiene nada que perder. ¿Qué es una mujer?

—No —dijo Judith—. No puedo creer que todos sean así.

—En ese caso, te espera una vida tan larga y desdichada como la mía. Si yo hubiera aprendido eso a tu edad, mi vida habría sido diferente. Yo me creía enamorada de tu padre. Hasta se lo dije. Él se rió de mí. ¿Sabes lo que significa para una mujer entregar su corazón a un hombre y ver que él lo recibe con una carcajada?

—Pero los hombres aman a las mujeres... —comenzó Judith. No podía creer lo que su madre le estaba diciendo.

—Aman a las mujeres, sí, pero sólo a aquellas cuyas camas ocupan... y cuando se cansan de una, aman a otra.

Sólo hay un momento en que la mujer tiene algún poder sobre su esposo: cuando aún es nueva para él, cuando aún opera la magia del lecho. Entonces él la «ama» y ella puede dominarlo.

Judith se levantó, dándole la espalda.

—No todos los hombres serán como tú dices. Gavin... —Pero no pudo terminar.

Helen, alarmada, se acercó a ella y la miró de frente.

—No me digas que te sientes enamorada de él. Oh, Judith, mi dulce Judith, ¿has vivido diecisiete años en esta casa sin aprender nada, sin ver nada? Tu padre también era así en otros tiempos. Aunque te cueste creerlo, yo también era hermosa y le agradaba. Es por eso por lo que te digo estas cosas. ¿Crees que me gusta revelarlas a mi única hija? Te preparé para la Iglesia, para salvarte de estas cosas. Préstame atención: tienes que afirmarte ante él desde un principio, de ese modo te escuchará. Nunca le demuestres miedo. Cuando la mujer lo deja traslucir, el hombre se siente fuerte. Si planteas exigencias desde un principio, tal vez te escuche... pero pronto será demasiado tarde. Habrá otras mujeres y...

—¡No! —gritó Judith.

Helen la miró con gran tristeza. No podía ahorrar a su hija el dolor que le esperaba.

—Tengo que volver junto a los invitados. ¿Me acompañas?

—No —murmuró la muchacha—. Iré dentro de un momento. Necesito pensar.

Helen se encogió de hombros y entró por el portón lateral. No había otra cosa que pudiera hacer.

Judith permaneció sentada en el banco de piedra, con las rodillas recogidas bajo el mentón. Mentalmente defendía a su esposo de lo que su madre había dicho. Una y otra vez pensó en cien maneras de demostrar que Gavin era muy diferente de su padre, pero casi todas eran producto de su imaginación.

Interrumpió sus pensamientos el ruido del portón al abrirse. Una mujer delgada entró en el jardín. Judith la reconoció de inmediato, pues vestía de modo tal que la gente reparaba en ella. El costado izquierdo de su corpiño era de tafetán verde; el derecho, rojo; los colores se invertían en la falda. Caminaba con aire seguro. Judith la observó desde su banco, oculto entre las madreselvas. Su primera impresión, al verla en la recepción, había sido que Alice Valence era bella, pero ahora ya no le parecía así. Tenía el mentón débil y la boca apretada, como para revelar lo menos posible. Sus ojos centelleaban como el hielo, Judith oyó un pesado paso masculino al otro lado del muro y caminó hacia el portón más pequeño, el que había usado su madre. Quería dar a la mujer la oportunidad de recibir a su amante en privado, pero las primeras palabras hicieron que se detuviera. Ya reconocía esa voz.

—¿Por qué me has pedido que te esperara aquí? —preguntó Gavin, muy tieso.

—Oh, Gavin —dijo Alice, apoyándole las manos en los brazos—, qué frío eres conmigo. ¿No has podido perdonarme? ¿Tan fuerte es el amor por tu nueva esposa?

Gavin la miró con el entrecejo fruncido y sin tocarla, pero no se apartó.

—¿Y tú me hablas de amor? Te rogué que te casaras conmigo. Ofrecí desposarte sin dote. Ofrecí devolver a tu padre lo que debiera entregar a Chatworth. Pero te negaste.

—¿Y me guardas rencor por eso? —acusó ella—. ¿Acaso no te mostré los moretones que me hizo mi pa-

74

dre? ¿No te hablé de las veces que me encerró sin agua ni comida? ¿Qué podía yo hacer? Me reunía contigo cuando podía. Te di cuanto podía dar a un hombre. Y mira cómo me pagas. Ya amas a otra. Dime, Gavin, ¿alguna vez me has amado?

—¿Por qué dices que amo a otra? No he dicho eso —el fastidio de Gavin no había disminuido—. Me casé con ella porque era una buena propuesta. Esa mujer me aportará riquezas, tierras y también un título, como tú misma me hiciste ver.

—Pero cuando la viste... —protestó Alice de prisa.

—Soy un hombre y ella es hermosa. Me gustó, por supuesto.

Judith quería abandonar el jardín. Aun al ver a su esposo con la rubia quiso retirarse, pero su cuerpo parecía convertido en piedra; no podía moverse. Cada palabra que oía pronunciar a Gavin era como un cuchillo en el corazón: él había suplicado a aquella mujer que se casara con él; aceptaba a Judith por sus riquezas, a falta de otra mejor. ¡Qué tonta había sido al ver en sus caricias una chispa de amor!

—¿No la amas? —insistió Alice.

—¿Cómo quieres que la ame? No he pasado con ella sino unas pocas horas.

—Pero podrías enamorarte de ella —le espetó la rubia, seca. Giró la cabeza a un costado. Cuando volvió a mirarlo había lágrimas en sus ojos: enormes y encantadoras lágrimas—. ¿Puedes asegurar que no la amarás jamás?

Gavin guardó silencio.

Alice suspiró profundamente. Luego sonrió entre lágrimas.

—Tenía la esperanza de verte aquí. He hecho que nos envíen un poco de vino.

—Tengo que volver a la fiesta.

—No te distraeré por mucho tiempo —aseguró ella con dulzura, mientras lo guiaba a un banco instalado contra el muro de piedra.

Judith la observaba fascinada. Estaba contemplando a una gran actriz. Había visto cómo se clavaba diestramente la uña en la comisura de un ojo para provocar las lágrimas necesarias. Sus palabras eran melodramáticas. La joven recién casada la observó, mientras Alice se sentaba en el banco con cuidado, para no arrugar el tafetán de su vestido, y servía dos copas de vino. Con movimientos lentos y rebuscados, se quitó del dedo un anillo grande, abrió el compartimiento disimulado y dejó caer un polvo blanco en su propia bebida.

En tanto ella comenzaba a sorber el vino, Gavin le arrancó la copa de la mano y la arrojó al otro lado del jardín.

—¿Qué haces? —acusó.

Alice se reclinó lánguidamente contra la pared.

—Querría acabar con todo, amor mío. Puedo soportar cualquier cosa si es por los dos. Puedo soportar que me casen con otro y que tú desposes a otra, pero necesito tu amor. Sin él nada soy. —Bajó lentamente los párpados; su expresión de paz era tal que ya parecía ser un ángel del Señor.

—Alice —exclamó Gavin, tomándola en sus brazos—, no puedes quitarte la vida.

—Mi dulce Gavin, no sabes qué es el amor para las mujeres. Sin él ya estoy muerta. ¿Para qué prolongar el tormento?

—¿Cómo puedes decir que no tienes amor?

—¿Me amas, Gavin? ¿Sólo a mí?

—Por supuesto. — Él inclinó para besarla en la boca, aún con restos de vino. El sol poniente intensificaba el color aplicado a sus mejillas. Las pestañas oscuras lanzaban una sombra misteriosa en ellas.

—¡Júramelo! —pidió ella con firmeza—. Tienes que jurarme que me amarás sólo a mí, a nadie más.

Parecía poco precio por evitar que se matara.

—Lo juro.

Alice se levantó con prontitud.

—Tengo que regresar antes de que se note mi ausencia —parecía completamente recobrada—. ¿No me olvidarás? ¿Ni siquiera esta noche? —susurró contra sus labios, hurgándole bajo la ropa. Sin esperar respuesta, escapó de entre sus manos y cruzó el portón.

Un sonido de aplausos hizo que Gavin se volviera. Allí estaba Judith, con los ojos y el vestido brillando en un reflejo del sol poniente.

—¡Excelente representación! —dijo ella, bajando las manos—. Hacía años que no veía una igual. Esa mujer tendría que estar en los escenarios de Londres. Dicen que se necesitan buenos cómicos.

Gavin avanzó hacia ella con la ira reflejada en el rostro.

—¡Pequeña mentirosa y falsa! ¡No tienes derecho a espiarme!

—¡Espiarte! —bramó ella—. Salí del salón para tomar un poco de aire, puesto que mi *esposo* —pronunció con burla esa palabra— me dejaba sola. Y aquí, en el jardín, he visto cómo mi esposo se arrastraba a los pies de una mujer llena de afeites, capaz de manejarlo con el dedo meñique.

Gavin levantó un brazo y le dio una bofetada. Una hora antes habría jurado que por nada del mundo era capaz de hacer daño a una mujer.

Judith rodó por tierra, en un alboroto de cabellera arremolinada y seda de oro. El sol pareció arrimarle una antorcha.

De inmediato Gavin se sintió contrito, asqueado de lo que había hecho, y se arrodilló para ayudarla a levantarse.

Ella se apartó, con el odio brillando en sus ojos. Su voz sonó tan serena, tan seca, que él apenas pudo entender lo que decía.

—Dices que no querías casarte conmigo, que sólo lo has hecho por las riquezas que yo te aportaba. Yo tampoco quería casarme contigo. Me negué hasta que mi padre, delante de mi vista, rompió un brazo a mi madre como si fuera una astilla. No siento amor alguno por ese hombre, pero menos aún por ti. Él, por lo menos, es sincero. No jura amor eterno ante un sacerdote y cientos de testigos, para jurar ese mismo amor a otra apenas una hora después. Eres más despreciable que la serpiente del Edén. Siempre maldeciré el día en que me unieron a ti. Has hecho un juramento a esa mujer. Ahora yo te haré otro. Ante Dios juro que lamentarás este día. Puedes obtener la riqueza que ansías, pero jamás me entregaré a ti de buen grado.

Gavin se apartó de Judith, como si se hubiera convertido en veneno. Su experiencia con las mujeres se limitaba a las rameras y a su amistad con unas pocas damas de la Corte. Todas eran castas y pudorosas, como Alice. ¿Qué derecho tenía Judith a plantearle exigencias, a maldecirlo, a hacer juramentos con Dios como testigo? El dios de toda mujer era su marido. Cuanto antes se lo enseñara, mejor sería.

Gavin tomó a Judith por la cabellera y tiró de ella hacia sí.

—Te poseeré cuantas veces lo desee y cuando quiera que se me antoje, y deberás estar agradecida. —La soltó y le dio un empujón que volvió a dar con ella por tierra.— Ahora levántate y prepárate para convertirte en mi mujer.

—Te odio —dijo ella por lo bajo.

—¿Qué me importa? Yo tampoco te amo.

Sus miradas se encontraron: gris acero contra oro. Ninguno de los dos se movió hasta que llegaron las mujeres encargadas de preparar a Judith para la noche nupcial.

6

Se había preparado un cuarto especial para los novios, separando un rincón grande de las habitaciones altas, alrededor de una chimenea. Allí había una cama enorme, cubierta con las más suaves sábanas de hilo y un cubrecama de ardilla gris, forrado de seda carmesí. El lecho estaba sembrado de pétalos de rosa.

Las doncellas de Judith y varias de las invitadas ayudaron a desvestir a la novia. Cuando estuvo desnuda, apartaron los cobertores y la joven se acostó. No pensaba en lo que estaba ocurriendo a su alrededor, sino en su propia sandez. En unas pocas horas había olvidado una experiencia de diecisiete años sobre los hombres; por unas pocas horas había creído que uno de ellos podía ser bueno y amable, hasta capaz de amar. Pero Gavin era igual que todos; tal vez peor.

Las mujeres reían estruendosamente ante su silencio. Pero Helen comprendió que en la conducta de su hija no había sólo nerviosismo. Rezó en susurros, pidiendo a Dios que ayudara a la joven.

—Eres afortunada —le susurró al oído una mujer mayor—. En mi primer matrimonio me encontré en la cama con un hombre cinco años mayor que mi padre. Me extraña que nadie lo ayudara a cumplir con sus deberes.

Maud rió agudamente.

—Lord Gavin no necesitará ayuda. De eso estoy segura.

—Tal vez sea lady Judith quien necesite ayuda... y yo ofrecería de buena gana mis servicios —rió otra.

Judith apenas las escuchaba. Sólo recordaba el juramento de amor de su esposo a otra mujer, el modo en que le había visto abrazar y besar a Alice. Las mujeres la cubrieron con la sábana hasta debajo de los brazos. Alguien le peinó la cabellera para que formara una suave cascada sobre sus hombros desnudos.

Al otro lado de la puerta de roble se oyó llegar a los hombres, con Gavin a hombros. Él entró con los pies hacia adelante, ya medio desvestido. Los hombres le ofrecían ayuda a gritos y hacían apuestas sobre su desempeño en la tarea que debía realizar. Sólo guardaron silencio al ponerlo de pie, para mirar a la novia que esperaba en la cama. La sábana destacaba el tono cremoso de sus hombros y la curva plena de sus pechos. La luz de las velas acentuaba las sombras de las sábanas. Su cuello desnudo palpitaba de vida. Había en su cara una firme seriedad que le oscurecía los ojos como si echaran humo; sus labios parecían tallados en duro mármol bermellón.

—¡Manos a la obra! —gritó alguien—. ¿A quién se tortura? ¿A él o a mí?

Se quebró el silencio. Gavin fue rápidamente desvestido y empujado al lecho. Los hombres observaron con avidez cuando Maud apartó los cobertores, dejándoles entrever el contorno de un muslo y una cadera desnudos.

—¡Fuera todos! —ordenó una mujer alta—. ¡Dejadlos en paz!

Helen echó una última mirada a su hija, pero Judith mantenía la vista clavada en las manos, cruzadas sobre el regazo.

Cuando la pesada puerta se cerró con violencia, la

habitación pareció de pronto sobrenaturalmente silenciosa. Judith cobró dolorosa conciencia del hombre que tenía a su lado. Gavin permanecía sentado, mirándola. La única luz del cuarto era la de las llamas que ardían en el hogar, ante los pies de la cama. Esa luz bailaba sobre la cabellera de la muchacha, arrojando sombras sobre sus delicadas clavículas. En ese momento él no recordaba haber reñido. Tampoco pensaba en el amor. Sólo sabía que estaba en el lecho con una mujer deseable. Movió la mano para tocarle el hombro; quería comprobar si la piel era tan suave como parecía.

Judith se apartó bruscamente.

—¡No me toques! —dijo, con los dientes apretados.

Gavin la miró con sorpresa. Había odio en sus ojos dorados y tenía las mejillas arrebatadas. La rabia le otorgaba más belleza, si eso era posible. Y él nunca había sentido un deseo tan furioso. Le rodeó el cuello con una mano, hundiéndole el pulgar en la carne suave.

—Eres mi esposa —dijo en voz baja—. ¡Eres mía!

Ella se resistió con todas sus fuerzas, pero nada eran comparadas con las de Gavin, que la atrajo hacia sí con facilidad.

—¡Jamás seré tuya! —le espetó ella, antes de que sus labios la silenciaran.

Gavin quería ser suave con ella, pero aquella mujer lo enfurecía, le inspiraba deseos de maldecirla, de volver a pegarle. Por encima de todas las cosas, deseaba poseerla. Su boca descendió hacia la de ella con brutalidad.

Judith trató de apartarse, pero él le hizo daño. No se trataba del dulce beso de aquella tarde, sino de una especie de castigo para disciplinarla. Trató de patalear, pero la sábana que los separaba le enredó los pies hasta que le fue casi imposible moverse.

—Te ayudaré —dijo Gavin.

Y arrancó la sábana, sacándola de bajo el colchón. Aún la tenía cogida por el cuello. Cuando la tuvo desnuda ante sí, aflojó la mano para contemplarla, maravillado: los pechos plenos, la cintura estrecha, las redondeadas caderas. Luego volvió a observar su rostro, sus ojos llameantes. Tenía los labios enrojecidos por el beso. De pronto sintió que ninguna potencia terrestre podía impedirle poseerla. Actuó como si estuviera muerto de hambre, desesperado por el alimento, capaz de matar o mutilar para obtener lo deseado.

La empujó contra el colchón. Judith vio su expresión sin comprenderla, pero tuvo miedo. Lo que él planeaba era algo más que un puñetazo, de eso estaba segura.

—¡No! —susurró, forcejeando.

Gavin era un caballero bien adiestrado.

Las fuerzas de Judith eran las de un mosquito contra un trozo de granito. Y él le prestó tanta atención como a un insecto. En vez de hacerle el amor, usó su cuerpo. Sólo sabía que la deseaba, que la necesitaba desesperadamente. Se arrojó sobre ella, abriéndole las piernas con un muslo, y la besó otra vez con violencia.

Al sentir la diminuta membrana que lo detenía quedó momentáneamente desconcertado. Pero siguió pujando, sin prestar atención al dolor que eso provocaba a Judith. Cuando ella gritó, él le cerró los labios con su boca y continuó.

Al terminar, se dejó caer a un lado, con un pesado brazo cruzado sobre los pechos de la muchacha. Para él, había sido un alivio; para Judith, nada parecido al placer.

Pocos minutos después se oía su respiración lenta. Judith, comprendiendo que dormía, se levantó silenciosamente. El cubrecama de ardilla había caído al suelo. Ella lo levantó para envolverse el cuerpo, con la vista clavada en el fuego, ordenándose no llorar. ¿Por qué llorar? Casada contra su voluntad con un hombre que, en el día de su boda, había jurado no amarla jamás. Un hombre que no le daba importancia. ¿Qué motivos tenía para llorar, si la vida futura se presentaba tan atrayente? Le esperaban años de hacer poco más que darle hijos y pasarse la vida en casa, mientras él paseaba por el campo con su bella Alice.

¡No haría semejante cosa! Buscaría una vida propia y, dentro de lo posible, su propio amor. Su esposo llegaría a no importarle en absoluto.

Permaneció de pie, en silencio, dominando sus lágrimas. No parecía recordar otra cosa que el dulce beso de aquella tarde, tan diferente del ataque sufrido un rato antes.

Gavin se movió en la cama y abrió los ojos. Al principio no pudo recordar dónde estaba. Giró la cabeza y vio la cama vacía a su lado. ¡Ella se había ido! Cada centímetro de su piel se puso tenso hasta que descubrió a Judith frente a la chimenea. Olvidó su brusco miedo en el alivio de tenerla aún consigo. Ella parecía estar en otro mundo; ni siquiera le oyó removerse en la cama. Las sábanas estaban generosamente salpicadas de sangre; Gavin las miró con el entrecejo fruncido. Sabía que le había hecho daño, pero no comprendía por qué. Alice también había sido virgen hasta aquel primer encuentro, pero no había dado muestras de dolor.

Miró otra vez a su esposa. Tan pequeña, tan solitaria. Si bien era cierto que no la amaba, la había utilizado con dureza. Una doncella no merecía la violación.

—Vuelve a la cama —dijo con suavidad, algo sonriente. Le haría el amor con lentitud, a manera de disculpa.

Judith irguió los hombros.

—No iré —dijo con firmeza. Para comenzar, no debía permitir que él la dominara.

Gavin quedó horrorizado. ¡Aquella mujer era intratable! Hacía de cada frase un enfrentamiento de voluntades. Con los dientes apretados, se levantó de la cama para erguirse ante ella.

Judith no le había visto sin ropa hasta entonces, al menos con claridad. Aquel pecho desnudo, cubierto de vello oscuro sobre la piel bronceada, atrajo sus ojos. Se le veía formidable.

—¿No te han enseñado que debes acudir cuando llamo?

Ella levantó el mentón para mirarlo a los ojos.

—¿No has comprendido que no te daré nada de buen grado? —contraatacó.

Gavin alargó una mano para tomar un rizo de su cabeza. Se lo enroscó a la muñeca una y otra vez, jalando de Judith para atraerla hacia sí, mientras ella cedía para evitar el dolor. El cubrecama cayó, y él pegó a su cuerpo la piel desnuda.

—Ahora usas el dolor para obtener lo que deseas —susurró ella—, pero acabaré por ganar yo, porque te cansarás de luchar.

—¿Y qué habrás ganado? —preguntó él, con los labios muy cerca de los suyos.

—Verme libre de un hombre al que odio, un hombre brutal, mentiroso, fal...

Él la interrumpió con un beso. No era el beso de un rato antes, sino algo suave.

En un primer momento, Judith se negó a reaccionar, pero las manos se le elevaron solas hasta los brazos de él. Eran brazos duros, de músculos prominentes, y la piel quemaba. Cobró conciencia del vello apretado a sus pechos.

Al acentuarse el beso, él le soltó el pelo para abrazarla por los hombros. La movió de modo tal que la cabeza de Judith quedó anidada en la curva de su hombro.

La muchacha dejó de pensar. Era una masa de sensaciones, todas nuevas y nunca imaginadas. Se apretó más a él, deslizándole las manos por la espalda para sentir el movimiento de los músculos, tan diferentes de su propia espalda. Él comenzó a besarle las orejas y a darle pequeños mordiscos en los lóbulos. Emitió una risa gutural y grave: las rodillas de Judith habían perdido la fuerza y ella estaba caída contra la fuerza de su brazo. Se inclinó para pasarle el otro brazo bajo las rodillas, sin dejar de besarla en el cuello, y la llevó al lecho. Allí la besó desde la frente hasta la punta de los pies, en tanto ella guardaba silencio. Sólo sus sentidos estaban vivos.

No pasó mucho tiempo sin que los besos le fueran insoportables. Tenía un dolor sordo en todo el cuerpo. Lo aferró por el pelo para poder besarlo mejor y se prendió a aquellos labios con hambre, con codicia.

También a Gavin le daba vueltas la cabeza. Nunca había tenido la oportunidad de hacer el amor largamente a una mujer, como lo estaba haciendo; ni siquiera sospechaba que pudiera ser tan placentero. La pasión de Judith era tan feroz como la suya, pero ninguno de los dos apresuraba el acto de amor. Cuando él se tendió sobre ella, Judith lo estrechó con fuerza para acercarlo a sí. Esa vez no hubo dolor, estaba bien dispuesta. Se movió con él, lentamente al principio, hasta que estallaron gozosamente juntos.

Por fin, Judith cayó en un sueño profundo y exhausto, con una pierna cruzada sobre la de Gavin y el pelo enroscado a su brazo.

Pero su esposo no se durmió de inmediato. Sabía que aquella era la primera vez para la mujer que tenía en sus brazos, pero, en cierto sentido, tenía la sensación de que él también acababa de perder su virginidad. Y la idea le resultaba absurda, ciertamente. Ni siquiera podía recordar a las diferentes mujeres que había llevado a su lecho.

Sin embargo, esta noche era infinitamente distinta. Nunca antes había experimentado tanta pasión. Las otras mujeres se retiraban cuando él se sentía más excitado. Judith no: le había dado tanto como él daba.

Tomó un mechón de pelo que le cruzaba el cuello y lo sostuvo a la luz del fuego, dejando que los reflejos corrieran por aquellas hebras. Se lo acercó a la nariz y a los labios. Ella se movió contra su cuerpo y él se acurrucó mejor. Aun dormida necesitaba tenerlo cerca.

Los ojos grises de Gavin se tornaron pesados. Por primera vez desde que tenía memoria estaba saciado y satisfecho. Ah, pero aún quedaba la mañana por delante. Y se durmió sonriendo.

Jocelin Laing puso el laúd en su estuche de cuero e hizo una leve señal de asentimiento a la dama rubia, antes de que ella abandonara la habitación. Esa noche había recibido varias invitaciones de distintas mujeres que lo querían en su lecho. El estímulo de la boda y, sobre todo, el ver desnuda a la apuesta pareja habían impulsado a muchos a buscar placeres propios.

El cantante era un joven especialmente apuesto: de grandes ojos ardientes bajo las densas pestañas; el pelo oscuro se alejaba en ondas de la piel perfecta, estirada sobre los altos pómulos.

—Parece que esta noche estás ocupado —dijo otro de los cantantes, riendo.

Jocelin sonrió, mientras cerraba el estuche de su laúd, pero no dijo nada.

—Envidio al hombre que se ha llevado semejante esposa. —El otro señaló las escaleras con la cabeza.

—Es hermosa, sí —reconoció Jocelin—, pero hay otras.

—No como ella —el hombre se le acercó—. Algunos de nosotros vamos a encontrarnos con las doncellas de la novia. Si quieres venir, serás bien recibido.

—No puedo —manifestó Jocelin en voz baja.

El cantante lo miró de soslayo. Luego recogió su salterio y abandonó el gran salón.

Cuando la enorme sala quedó en silencio, esparcidos por el suelo cien colchones de paja para los sirvientes y los invitados de menor importancia, Jocelin subió la escalera. Se preguntaba cómo habría hecho aquella mujer para contar con un cuarto privado. Alice Valence no era rica; aunque su belleza le había ganado la palabra de casamiento de un conde, no era una de las invitadas de mayor alcurnia. Y en esa noche, con el castillo desbordante, solamente los novios podían contar con una habitación para ellos solos. Los otros invitados compartían los lechos instalados en las habitaciones de las damas o en el dormitorio principal. Eran camas grandes, de hasta dos metros y medio; rodeadas por los pesados cortinajes, parecían casi habitaciones individuales.

Jocelin no tuvo dificultad en entrar al cuarto designado para las mujeres solteras; varios hombres estaban ya allí. Fue fácil ver que las cortinas se apartaban, dejando entrever a la rubia. Se acercó a ella con celeridad, pues el solo verla lo llenaba de deseo. Alice le tendió los brazos, hambrienta, casi violenta en su pasión; cualquier intento que Jocelin hiciera de prolongar los placeres topaba con su resistencia. Ella era como una tormenta, llena de relámpagos y truenos.

Cuando todo terminó, Alice no quiso que él la tocara. Siempre sensible al humor femenino, él obedeció la tácita orden. Nunca había conocido a una mujer que no quisiera ser abrazada después de hacer el amor. Comenzó a ponerse las ropas rápidamente apartadas.

—Me casaré dentro de un mes —dijo ella en voz baja—. En esa ocasión vendrás al castillo de mi esposo.

Él no hizo comentarios. Ambos sabían que acudiría a la cita. Sólo se preguntó a cuántos otros habría invitado.

Por la ventana entraba un solo rayo de sol, cuyo calor hacía cosquillas a Judith en la nariz. Trató de apartarlo con la mano, soñolienta, pero algo la retenía por la cabellera. Abrió perezosamente los ojos y vio allá arriba el dosel extraño. Al recordar dónde estaba sintió que le ardía la cara. Hasta su cuerpo pareció ruborizarse.

Volvió la cabeza al otro lado de la cama para mirar a su esposo dormido. Tenía las pestañas cortas, gruesas y oscuras; en las mejillas asomaba ya la barba crecida. Así, dormido, sus pómulos parecían afilados. Hasta la profunda hendidura de su barbilla se veía relajada.

Gavin yacía de costado, de cara a ella. Judith dejó que sus ojos lo recorrieran por entero. Tenía el pecho amplio, generosamente cubierto de vello oscuro y rizado. Sus músculos formaban grandes bultos bien formados. La mirada de la joven descendió hasta el vientre duro y plano. Sólo un momento después descendió más. Lo que allí veía no parecía tan poderoso. Pero, ante sus ojos, aquello comenzó a crecer.

La muchacha ahogó una exclamación y lo miró a la cara. Él estaba despierto, observándola; sus pupilas se oscurecían segundo a segundo. Ya no era el relajado hombre que había estado observando, sino un mozo lleno de pasión. Ella trató de apartarse, pero Gavin aún la tenía sujeta por la cabellera. Peor aún; en verdad, Judith no deseaba resistirse. Recordó que lo odiaba, pero sobre todo recordó el placer de hacer el amor.

—Judith —dijo él.

El tono de su voz le provocó escalofríos en los brazos.

Él la besó en la comisura de la boca. Las manos de la muchacha pujaron vanamente contra sus hombros, pero aun ese ligero contacto le hizo cerrar los ojos, rendida. Él le besó la mejilla, el lóbulo de la oreja y la boca. Su lengua buscó dulcemente la punta de la otra. La muchacha se echó atrás, sobresaltada, y él sonrió como si comprendiera. Si Judith había creído aprender en el curso de la noche cuanto cabía saber sobre el amor entre hombre y mujer, ahora pensaba que sabía muy poca cosa.

Los ojos de Gavin habían tomado un tono de humo. La atrajo otra vez contra sí y le deslizó la lengua por los labios, tocando especialmente las comisuras. Ella entreabrió los dientes para degustarlo.

Sabía mejor que la miel: cálido y frío, suave y firme. Exploró su boca como él lo había hecho con la de ella, olvidada de toda timidez. En realidad, olvidada de todo.

Cuando los labios de Gavin le tocaron los pechos estuvo a punto de gritar. Temía morir bajo esa tortura. Trató de atraerle la cabeza hacia la boca, pero él emitió una risa grave y gutural que la hizo temblar. Tal vez era su dueño, después de todo.

Cuando estaba a punto de perder el juicio, él se acostó sobre ella, acariciándole la cara interna de los muslos hasta hacerla temblar de deseo. Lo recibió con un grito; no había alivio para el tormento. Se aferró de él, ciñéndole la cintura con las piernas, elevándose para acompañar cada impulso. Por fin, cuando se sentía ya a punto de estallar, experimentó las palpitaciones que la aliviaban. Gavin se dejó caer sobre ella, apretándola tanto que apenas le permitía respirar. Pero en ese momento poco le importaba no respirar nunca más.

Una hora después se presentaron las doncellas para vestir a Judith y despertaron a los recién casados. De pronto, ella cobró aguda conciencia de que su cuerpo y su cabellera estaban enredados a Gavin. Maud y Joan hicieron varios comentarios sobre ese abandono. Las sábanas estaban manchadas y había más ropa de cama en el suelo que sobre el colchón. El cubrecama de ardilla yacía al otro lado de la habitación, junto a la chimenea.

Las doncellas levantaron a Judith y la ayudaron a lavarse. Gavin holgazaneaba en el lecho, observando cada uno de sus movimientos.

Judith no lo miraba; no podía. Estaba abochornada hasta el fondo de su alma. Detestaba a aquel hombre. Era todo cuanto odiaba: vil, mentiroso, codicioso... Sin embargo, ella había actuado sin el menor orgullo ante su solo contacto. Pese a haber prometido ante Dios que no le daría nada de buen grado, daba más de lo que habría deseado.

Apenas notó que sus doncellas le deslizaban una camisa de hilo fino por la cabeza y un vestido de terciopelo verde intenso, cubierto con intrincados bordados de oro. La falda dividida dejaba asomar una ancha franja de enagua de seda. Las mangas, bien amplias, se fruncían en las muñecas; presentaban algunos cortes por los que asomaba la seda verde claro del forro.

—Y ahora, señora... —dijo Maud, entregándole una gran caja de marfil.

Judith miró a su doncella con asombro, al tiempo que abría la caja. Sobre un acolchado de terciopelo negro se veía un amplio collar de filigrana de oro, tan fino como un cabello. De la parte inferior pendía una hilera de esmeraldas, ninguna más grande que una gota de lluvia.

—Es... bellísimo —susurró la muchacha—. ¿Cómo ha podido mi madre...?

—Es el regalo de bodas de vuestro esposo, mi señora —corrigió Maud con chispas en los ojos.

Judith sintió la mirada de Gavin fija en su espalda y se volvió para mirarlo. Al verlo en la cama, con la piel tan oscura contra la blancura de las sábanas, se le aflojaron las rodillas. Le costó un gran esfuerzo, pero se inclinó en una reverencia.

—Gracias, mi señor.

Gavin apretó los dientes ante tanta frialdad. Habría querido que el regalo la ablandara un poco. ¿Cómo podía mostrarse tan ardiente en la cama y tan fría fuera de ella?

Judith se volvió hacia sus doncellas. Maud terminó de abotonarle el vestido. Joan le trenzó el pelo, que fue intercalando con cintas de oro. Antes de que hubieran terminado, Gavin les ordenó salir de la habitación. Judith prefirió no mirarlo mientras él se afeitaba y se vestía apresuradamente. Se puso un chaleco castaño oscuro, calzas y una chaqueta de lana parda con forro de lince dorado.

Cuando dio un paso hacia ella, Judith tuvo que esforzarse por calmar su precipitado corazón. Gavin le ofreció el brazo y la condujo abajo, hasta donde esperaban los invitados.

Asistieron juntos a misa, pero en esa ocasión no se miraron a los ojos ni él le besó la mano. Permanecieron solemnes y sobrios a lo largo de todo el servicio.

7

Ante la casa solariega de Revedoune imperaba el bullicio; el aire estaba cargado de entusiasmo. Por todas partes flameaban coloridos estandartes, ya en lo alto de los palcos, ya en las tiendas que cubrían los terrenos. Los atavíos centelleaban como piedras preciosas bajo el sol. Había niños que corrían por entre los grupos de personas y vendedores, con grandes cajas colgadas del cuello, pregonando su mercancía; vendían de todo, desde frutas y pasteles hasta reliquias sagradas.

La liza en sí era un campo cubierto de arena, de cien metros de longitud, bordeado por dos cercas de madera y con otra en el medio. La cerca interior medía apenas un metro veinte de altura, pero la exterior llegaba casi a los dos metros y medio. El espacio interior era para los escuderos y los caballos de los señores que iban a participar. Fuera de la alta cerca, los mercaderes y los vasallos se apretujaban, tratando de lograr un mejor sitio para ver las justas.

Las damas y los caballeros que no participarían ocupaban bancos escalonados, lo bastante altos como para verlo todo. Estos bancos estaban cubiertos por doseles y señalados con estandartes que exhibían los colores de las diversas familias. Varios sectores presentaban los leopardos del clan Montgomery.

Antes de que se iniciara la justa, los caballeros desfilaron con sus armaduras. La calidad y el diseño de la armadura variaba notablemente, según la riqueza de cada uno. Las había de anticuada cota de malla; otras, más modernas, eran placas metálicas cosidas sobre cuero; los más adinerados usaban la nueva armadura Maximilian, de Alemania, que cubría al hombre de pies a cabeza con acero fino, sin dejar un centímetro sin protección. Era una defensa pesada, que sobrepasaba los cincuenta kilos. Sobre los yelmos ondulaban las plumas con los colores del caballero.

Judith caminaba con Gavin hacia la zona donde se celebrarían los torneos, aturdida por el ruido y los olores que los rodeaban. Para ella todo era nuevo y estimulante, pero Gavin tenía pensamientos contradictorios. La noche había sido una revelación. Nunca había disfrutado tanto con una mujer como con esa flamante esposa. Con demasiada frecuencia, sus cópulas habían sido citas apresuradas o secretas con Alice. Gavin no amaba a la mujer que había desposado (por el contrario, hablarle lo enfurecía), pero tampoco conocía pasión tan desinhibida como la suya.

Judith vio que Raine se acercaba a ellos, con la armadura completa. El acero tenía grabadas diminutas flores de lis de oro. Llevaba el yelmo bajo el brazo y caminaba como si estuviera habituado al enorme peso de la armadura. Y así era.

Judith, sin darse cuenta, soltó el brazo de su marido al reconocer a Raine. El cuñado se acercaba a paso rápido, con una sonrisa llena de hoyuelos, de las que aflojaban tantas rodillas femeninas.

—Hola, hermanita mía —le sonrió—. Esta mañana me he despertado pensando que tu belleza había sido un sueño, pero veo que era real y hasta más acentuada.

Ella quedó encantada.

—Y tú das más brillo al día. ¿Vas a participar? —preguntó, señalando los campos cubiertos de arena.

—Tanto Miles como yo participaremos en el torneo.

Ninguno de los dos pareció prestar atención a Gavin, que los miraba con el entrecejo fruncido.

—Esas cintas que usan los hombres —inquirió la muchacha—, ¿qué significan?

—Una dama puede elegir a un caballero y darle una prenda.

—En ese caso, ¿me permites que te dé una cinta? —Judith sonreía.

Raine clavó inmediatamente una rodilla en tierra, haciendo chirriar las bisagras de la armadura.

—Será un honor.

La joven se levantó el velo transparente que le cubría la cabellera y quitó una de las cintas doradas de sus trenzas. Obviamente, sus doncellas conocían bien la costumbre.

Raine, sonriente, se puso una mano contra la cadera, mientras ella le ataba la cinta al antebrazo. Antes de que hubiera terminado, Miles se le acercó por el lado opuesto y se arrodilló de igual modo.

—No pensarás favorecer a un hermano sobre el otro, ¿verdad?

Al mirar entonces a Miles, Judith descubrió lo que otras mujeres habían visto en él desde la pubertad. El día anterior, en su virginidad, no había comprendido el significado de aquella mirada intensa. Ruborizándose de un modo muy favorecedor, inclinó la cabeza para quitarse otra cinta y la ató al brazo del menor de sus cuñados.

Raine reparó en sus rubores y se echó a reír.

—No te ensañes con ella, Miles —aconsejó. Las mujeres de Miles eran chiste viejo en el castillo de los Montgomery. Stephen, el segundo de los hermanos, solía quejarse de que el jovencito hubiera dejado embarazadas a la mitad de las siervas antes de los diecisiete años y a la otra mitad antes de los dieciocho—. ¿No ves que Gavin nos está fulminando con la mirada?

—Los dos estáis haciendo el tonto —observó Gavin con un gruñido—. Hay mujeres de sobra aquí. Id a buscar a otra para pavonearos como asnos.

Apenas Judith terminó de atar la cinta de Miles, los dedos de su marido se le clavaron en el brazo, apartándola por la fuerza.

—¡Me haces daño! —exclamó, tratando de liberarse, pero sin lograrlo.

—Haré algo peor si insistes en exhibirte ante otros hombres.

—¡Exhibirme! —Tiró de su brazo, pero sólo consiguió que Gavin la sujetara con más fuerza. A su alrededor había muchos caballeros que se arrodillaban ante las damas para recibir cintas, cinturones, mangas de vestido y hasta joyas. Y él la acusaba de exhibirse. —La persona deshonesta siempre piensa que los otros lo son. Tal vez quieres acusarme de tus propios defectos.

Él se detuvo para mirarla con fijeza, oscuros los ojos.

—Te acuso sólo de lo que tengo a la vista. Estás ardiendo en deseos por un hombre y no permitiré que hagas de ramera ante mis hermanos. Ahora siéntate aquí y no causes más reyertas entre nosotros.

Giró sobre sus talones y se marchó a grandes pasos, dejando sola a Judith en los palcos que exhibían el escudo de los Montgomery.

Por un momento los sentidos de Judith dejaron de funcionar; no veía ni oía nada. Lo que Gavin había dicho era injusto. Habría podido olvidarlo sin prestarle atención, pero él acababa de arrojarle a la cara lo que ellos hacían en privado. Eso era imperdonable. ¿Acaso había hecho mal en responder a sus caricias? Y en ese caso, ¿cómo se hacía para evitarlo? Apenas recordaba los acontecimientos de la noche, porque todo se había convertido en una deliciosa niebla rojiza en su memoria. Aquellas manos sobre su cuerpo, que provocaban oleadas de deleite... Recordaba poca cosa más. Pero él se lo echaba en cara como si estuviera impura. Parpadeó para contener las lágrimas de frustración. Tenía razón en odiarlo.

Subió los peldaños para acomodarse en los asientos de la familia. Su marido la había dejado sola, sin presentarla a sus familiares. Judith mantuvo la cabeza en alto, para no demostrar que sentía deseos de llorar.

—Lady Judith.

Por fin una voz suave penetró en sus sentidos. Al volverse vio a una mujer mayor, vestida con el sombrío hábito de las monjas.

—Permitidme presentarme. Nos conocimos ayer, pero no creo que vos lo recordéis. Soy Mary, la hermana de Gavin.

Mary tenía la vista fija en la espalda de su hermano. Resultaba extraño en él que se alejara, dejando sin atención a una mujer. Los cuatro varones eran sumamente corteses. Sin embargo, Gavin no había sonreído una sola vez a su esposa y, aunque no participaba en los juegos, iba rumbo a las tiendas. Mary no comprendía nada.

Gavin caminaba por entre la muchedumbre hacia las tiendas instaladas detrás de la liza. Muchos le daban palmadas en la espalda o le hacían guiños de entendimiento. Cuanto más se acercaba a las tiendas, más alto se tornaba el resonar familiar del hierro y el acero. Era de esperar que la cordura de esa guerra fingida le calmara los nervios.

Echó los hombros hacia atrás, con la mirada fija hacia adelante. Nadie habría adivinado la ciega ira que lo colmaba. ¡Ella era una bruja! ¡Una bruja magistral, llena de artimañas! Sentía deseos de castigarla y de hacerle el amor, todo al mismo tiempo. Ante sus mismos ojos, sonreía con dulzura a sus hermanos, pero a él lo miraba como si fuera algo detestable.

Y él no podía pensar sino en la noche pasada, en el fervor de sus besos y la codicia de sus abrazos. Pero eso sólo después de que él la obligara a acercarse. La primera vez, había sido una violación; la segunda, una orden dada tirándole dolorosamente del pelo. Aun la tercera vez había tenido que actuar contra la protesta inicial de la muchacha. Sin embargo, a sus hermanos les dedicaba sonrisas y cintas de oro... oro como el de sus ojos. Si era capaz de demostrar tanta pasión por él, después de haber admitido que lo odiaba, ¿cómo sería con el hombre a quien amara? Al verla con Raine y Miles, Gavin la imaginaba tocándolos, besándolos... Le había costado no hacerla rodar por tierra. Quería hacerle daño. Y lo había hecho. Eso, siquiera, le daba cierta satisfacción, aunque no placer. En verdad, la expresión de Judith no hacía sino ponerlo aún más furioso. Esa maldita mujer no tenía derecho a mirarlo con tanta frialdad.

Apartó con furia la solapa de la tienda de Miles. Debía estar desierta, puesto que el muchacho estaba en la liza, pero no era así. Allí estaba Alice, con los ojos serenamente bajos y la boquita sumisa. Para Gavin fue un verdadero alivio, después de pasar todo un día con una mujer que lo maltrataba y lo enloquecía con su cuerpo. Alice era como debía ser una mujer: serena y subordinada al hombre. Sin pensar en lo que hacía, la abrazó para besarla con violencia. Ella se aflojó en sus brazos, sin resistencia, y eso lo regocijó.

Alice nunca lo había visto de tan mal humor. Para sus adentros dio las gracias al responsable de ello, quienquiera que fuese. Sin embargo, el deseo no le restaba inteligencia. Un torneo era algo demasiado público, sobre todo considerando que muchos parientes de Gavin habían acampado allí cerca.

—Gavin —susurró contra sus labios—, éstos no son el momento ni el lugar adecuados.

Él se apartó inmediatamente. En esos momentos no podía soportar a otra mujer renuente.

—¡Vete, entonces! —tronó, al tiempo que salía de la tienda.

Alice lo siguió con la vista; una arruga le quebraba la suave frente. Por lo visto, el placer de acostarse con su nueva esposa no lo había alejado de ella. Aun así, no era el mismo que ella conociera.

Walter Demari no podía apartar los ojos de Judith, que permanecía en silencio en el pabellón de los Montgomery, escuchando con atención los saludos de sus nuevos familiares. Desde que la viera por primera vez, durante el trayecto hasta la iglesia, no había dejado de observarla. La había visto escapar al jardín amurallado, había captado la expresión de su cara al regresar. Tenía la sensación de conocerla a fondo. Más aún, la amaba. Amaba su modo de caminar, con la cabeza en alto y el mentón firme, como si estuviera dispuesta a enfrentarse al mundo, pasara lo que pasara. Amaba sus ojos y su pequeña nariz.

Había pasado la noche solo, pensando en ella, imaginándola suya.

Y ahora, tras esa noche de insomnio, comenzaba a preguntarse por qué no era suya. Su familia era tan rica como los Montgomery, quizá más. Visitaba con frecuencia la casa de Revedoune y había sido amigo de los hermanos de Judith.

Robert Revedoune acababa de comprar varias tortas fritas a un vendedor y tenía en la mano una jarra de refresco ácido. Walter no vaciló ni perdió tiempo en explicar lo que, para él, era un tema acuciante.

—¿Por qué no me ofrecisteis la muchacha a mí? —acusó, irguiéndose ante el hombre sentado.

Robert levantó la vista, sorprendido.

—¿Qué te pasa, muchacho? Deberías estar en la liza, con los otros.

Walter tomó asiento y se pasó la mano por el pelo. No le faltaba atractivo, pero no podía decirse que fuera hermoso. Sus ojos eran azules, pero descoloridos; su nariz, demasiado grande. Sus labios delgados carecían de forma y podían expresar crueldad. Llevaba el pelo pajizo cuidadosamente rizado hacia adentro alrededor del cuello.

—La muchacha, vuestra hija —repitió—. ¿Por qué no me la ofrecisteis en casamiento? Yo era amigo de vuestros hijos. No soy rico, pero mis propiedades pueden compararse ventajosamente con las de Gavin Montgomery.

Robert se encogió de hombros mientras comía una torta; la jalea chorreaba por los extremos. Bebió un buen sorbo del jugo agrio.

—Hay otras mujeres ricas para ti —dijo sin comprometerse.

—¡Pero no como ella! —contestó Walter con vehemencia.

Robert lo miró, sorprendido.

—¿No veis lo hermosa que es?

Robert miró a su hija, sentada al otro lado.

—Sí, es hermosa —dijo con disgusto—. Pero, ¿qué es la belleza? Desaparece de un momento a otro. Su madre también era así. Y ya la ves ahora.

Walter no necesitaba mirar a aquella mujer flaca y nerviosa, sentada en el borde de la silla, lista a levantarse de un brinco en cuanto su esposo decidiera darle un coscorrón. Pasó por alto el comentario.

—¿Por qué la teníais oculta? ¿Qué necesidad había de separarla del mundo?

—Fue idea de su madre —Robert sonreía apenas—. Y ella pagaba su manutención. Para mí era igual una cosa u otra. ¿Por qué vienes ahora a preguntarme estas cosas? ¿No ves que la justa está a punto de comenzar?

Walter lo tomó del brazo con fuerza. Conocía bien a aquel hombre y sabía que era un cobarde.

—Porque la quiero. En mi vida he visto mujer tan deseable. ¡Debió ser mía! Mis tierras lindan con las vuestras. Habría sido un buen enlace. Pero vos ni siquiera me la mostrasteis.

Robert arrancó su brazo de entre aquellos dedos.

—¡Tú! ¡Un buen enlace! —se burló—. Mira a los Montgomery que rodean a la muchacha. Allí está Thomas, que tiene casi sesenta años. Tiene seis hijos varones, todos vivos, cada uno con hijos varones a su vez. A su lado ves a Ralph, su primo, con cinco hijos varones. Le sigue Hugh, con...

—¿Y eso qué tiene que ver con vuestra hija? —le interrumpió Walter, furioso.

—¡Varones! —aulló Robert al oído del joven—. Los Montgomery tienen más varones que ninguna otra familia de Inglaterra. ¡Y qué mozos! Observa la familia a la que ahora pertenece mi hija. Miles, el menor, se ganó las espuelas en el campo de batalla antes de haber cumplido los dieciocho años, y ya ha engendrado tres varones en sus vasallas. Raine pasó tres años recorriendo el país, de un torneo a otro; nunca fue derrotado y ganó una fortuna por su cuenta. Stephen está sirviendo al rey en Escocia, a la cabeza de ejércitos enteros, aunque sólo tiene veinticinco años. Y por fin, el mayor. A los dieciséis se encontró huérfano, con fincas que administrar y hermanos a los que atender. No tenía tutores que le enseñaran a ser hombre. ¿Qué joven de dieciséis años hubiera podido hacer lo que él hizo? Casi todos gimotean cuando no se hace su voluntad.

Con los ojos clavados en Walter, concluyó:

—Pregúntame ahora por qué he entregado a Judith a ese hombre. Si yo no he podido engendrar hijos varones capaces de sobrevivir, tal vez ella me dé nietos sanos y fuertes.

Walter estaba furioso. Había perdido a Judith sólo porque el viejo soñaba con tener nietos varones.

—¡Yo también podría habéroslos engendrado! —dijo entre dientes.

—¡Tú! —Robert se echó a reír—. ¿Cuántas hermanas tienes? ¿Cinco, seis? He perdido la cuenta. ¿Y qué has hecho? Es tu padre quien administra las fincas. Tú no haces más que cazar y fastidiar a las siervas. Ahora vete y no vuelvas a gritarme. Si tengo una yegua que quiero hacer servir, la entrego al mejor de los sementales. Dejemos las cosas así. —Le volvió la espalda para mirar la justa y olvidó a Walter.

Pero Demari no era tan fácil de desechar. Cuanto Robert había dicho era cierto: Walter había hecho poca cosa en su corta vida, pero sólo porque no se veía obligado a ello, como se habían visto los Montgomery. En caso necesario, ante la temprana muerte de su padre, él no dudaba de que lo habría hecho tan bien como cualquiera. Quizá mejor.

Cuando abandonó los palcos, era un hombre distinto. En su mente había sido plantada una semilla que comenzaba a brotar. Mientras presenciaba los juegos, con el leopardo de los Montgomery brillando por doquier, comenzó a tomarlo por enemigo. Quería demostrar a Robert y a los Montgomery, pero sobre todo demostrarse a sí mismo, que no les iba a la zaga. Cuanto más contemplaba esos estandartes en verde y oro, más odiaba a aquella familia. ¿Qué había hecho Gavin para merecer las ricas tierras de los Revedoune? ¿Por qué se les daba lo que le pertenecía a él? Había soportado durante años enteros la compañía de los hermanos de Judith, sin recibir nada a cambio. Lo que debería haber recibido era entregado a los Montgomery.

Walter se alejó de la cerca y echó a andar hacia el pabellón de sus enemigos. La furia provocada por esa injusticia le daba coraje. Conversaría con Judith, le dedicaría su tiempo. Después de todo, era suya por derecho. ¿O no?

8

Judith cerró la puerta de su alcoba con tanta fuerza que hasta los muros de piedra parecieron estremecerse. Así terminaba su primer día de casada, que bien podía figurar como el más horrible de toda su vida. Debería haber sido un día feliz, lleno de amor y alegría, ¡pero no con un esposo como el suyo, que no había perdido oportunidad de humillarla!

Por la mañana, la había acusado de hacer de ramera ante sus hermanos. Al marcharse él, dejándola sola, Judith se dedicó a conversar con otras personas. Cierto hombre, Walter Demari, tuvo la amabilidad de sentarse a su lado para explicarle las reglas del torneo. Así, por primera vez en el día, ella empezó a disfrutar. Walter tenía la habilidad de señalar lo ridículo y a ella le gustaba su sentido del humor.

De pronto, reapareció Gavin y le ordenó que le siguiera. Judith no quiso provocar una escena en público, pero en la intimidad de la tienda de Raine dijo a Gavin todo lo que pensaba de su conducta. La dejaba que se valiese por sí sola, pero en cuanto ella empezaba a divertirse, él reaparecía para impedírselo. Era como los niños que no quieren cierto juguete, pero lo niegan a cualquier otro.

Gavin respondió en tono burlón, pero Judith notó con satisfacción que no sabía qué decir.

La llegada de Raine y Miles interrumpió la riña. Más tarde, mientras ella regresaba a los pabellones con Miles, Gavin la humilló de verdad, corriendo prácticamente hacia Alice Valence. Parecía comérsela con los ojos, pero al mismo tiempo la miraba con devoción, como si se tratara de una santa. A Judith no le pasó inadvertida la mirada triunfal que esa mujer le envió de soslayo. Entonces, ella irguió la espalda y tomó el brazo de Miles. No quería mostrar públicamente su bochorno.

Más tarde, durante la cena, Gavin la ignoró por completo, aunque ocupaban asientos contiguos ante la larga mesa. Ella festejó las gracias del bufón y se fingió complacida cuando un juglar, extremadamente apuesto, compuso y cantó una oda a su belleza. En realidad, apenas lo escuchaba. La proximidad de Gavin ejercía un efecto perturbador sobre ella, sin permitirle disfrutar de nada.

Después de la comida, las mesas de caballete fueron desarmadas y puestas contra la pared para dejar sitio al baile. Después de bailar una pieza juntos, para salvar las apariencias, Gavin se dedicó a girar por el espacio abierto con una mujer y otra. Judith recibió más invitaciones de las que podía aceptar, pero pronto adujo que estaba fatigada y corrió a la intimidad de su cuarto.

—Un baño —exigió a Joan, a quien arrancó de un rincón donde yacía entrelazada con un joven—. Tráeme una tina y agua caliente. Tal vez pueda quitarme parte del hedor de esta jornada.

Pese a lo que Judith creía, Gavin había estado muy consciente de su presencia. No hubo momento en que él no supiera con quién estaba su esposa o dónde encontrarla. Al parecer, durante el torneo había conversado con un hombre durante horas enteras, festejando todas sus palabras y sonriéndole hasta dejarlo obviamente embobado.

Gavin la había alejado de él por su propio bien, sabiendo que ella ignoraba el efecto de su presencia en los hombres. Era como una niña. Todo le resultaba nuevo; lo miraba sin ocultar nada, sin reservas, riendo abiertamente de cuanto él decía. Gavin vio que el hombre tomaba aquella cordialidad por algo más profundo.

La intención de Gavin había sido la de explicarle todo eso, pero ella lo atacó, acusándolo de ser insultante. Él habría preferido morir antes que dar explicaciones por sus actos. Temía que el impulso le llevara a estrangularla. Por suerte, una breve aparición de Alice lo había tranquilizado. Alice era como un sorbo de agua fresca para quien acabara de salir de un infierno.

Con las manos apoyadas en las gordas caderas de una joven nada atractiva, vio que Judith subía la escalera. No bailaba con ella por no disculparse. ¿Disculparse por qué? Había sido bondadoso para con ella hasta que, en el jardín, a la muchacha le dio por actuar como una demente, haciendo juramentos que no debía. Al separarla de ese hombre, que estaba interpretando mal sus sonrisas, Gavin había hecho lo más conveniente; sin embargo, se sentía como si hubiera obrado mal.

Aguardó un rato y bailó con otras dos mujeres, pero Judith no volvió al salón. Entonces subió la escalera, impaciente. En esos breves instantes la imaginó haciendo todo tipo de cosas.

Al abrir la puerta de la alcoba, la encontró sumergida hasta el cuello en una tina de agua humeante, con el pelo rojodorado recogido sobre la coronilla, en una suave masa de rizos. Tenía los ojos cerrados y la cabeza apoyada en el borde de la tina. El agua debía de estar muy caliente, porque su cara estaba algo húmeda de sudor. Al verla, todos los músculos de Gavin quedaron convertidos en piedra. Era magnífica aun cuando lo miraba con el entrecejo fruncido, iracunda; pero en esos momentos parecía la inocencia en persona. De pronto, él comprendió que eso era lo que necesitaba de ella. ¿Qué importaba si ella lo despreciaba? Era suya, sólo de él. Con el corazón palpitante, cerró la puerta a su espalda.

—¿Joan? —preguntó Judith, lánguida.

Como no recibía respuesta, abrió los ojos. Le bastó ver la expresión de Gavin para adivinar sus pensamientos. A pesar de sí misma, el corazón empezó a palpitarle con fuerza.

—Déjame sola —logró susurrar.

Él avanzó sin prestarle atención, con los ojos oscurecidos. Se inclinó hacia ella y le tomó el mentón con la mano. Judith trató de apartarse y no pudo. Gavin la besó; en un principio, con rudeza; después, sus dedos y su beso cobraron suavidad.

Judith se sintió mareada. El placer del agua caliente, la mano apoyada en su mejilla, el beso mismo, la debilitaban. Él se apartó para mirarla a los ojos, aquellos ojos de oro cálido. Cualquier idea de odio había desaparecido. Sólo existía la proximidad de los cuerpos. El mutuo apetito sobrepasó toda hostilidad.

Gavin se arrodilló junto a la tina y apoyó la mano tras el cuello de la muchacha. Volvió a besarla y deslizó la boca por la curva de su cuello. Su piel estaba húmeda y caliente. El vapor que se elevaba del agua era como su acicateada pasión. Estaba listo, pero quería prolongar el placer, llevarlo hasta el límite con el dolor. Las orejas de Judith eran dulces y olían a jabón de rosas.

De pronto, quiso verla toda, por entero. La tomó por debajo de los brazos y la alzó. Ella ahogó una exclamación de sorpresa ante el impacto del aire frío. Había una toalla suave al alcance de la mano y Gavin la envolvió con ella. La muchacha no dijo nada. En el fondo, sabía que las palabras habrían roto el hechizo. Él la tocaba con ternura, sin exigencias rudas, sin magullarla. Se sentó en un banco ante el fuego y la puso de pie entre sus piernas, como si fuera una criatura.

Si alguien hubiera descrito esa escena a Judith, ella habría negado que pudiera producirse, puesto que Gavin era un bruto sin sentimientos. No experimentaba azoramiento alguno por estar desnuda, mientras que él permanecía totalmente vestido; sólo le maravillaba la magia de aquel momento. Gavin la secó con cuidado. Era un poco torpe: demasiado brusco a veces, demasiado suave otras.

—Vuélvete —le ordenó.

Ella obedeció, permitiendo que le secara la espalda. Por fin, Gavin arrojó la toalla al suelo y Judith contuvo el aliento. Pero él no dijo nada. Se limitó a deslizar los dedos por el surco profundo de la columna. La muchacha sintió escalofríos. Un solo dedo decía más que cien caricias.

—Eres bella —susurró él con voz ronca, apoyando las palmas en la curva de sus caderas—. Muy bella.

Judith no respiraba. No se movió siquiera al sentir los labios de su marido en el cuello. Aquellas manos se movían con torturante lentitud hacia el vientre, hacia los pechos que lo esperaban, suplicantes. Entonces soltó el aliento y se reclinó contra él, apoyándole la cabeza en el hombro.

Cuando la tuvo casi enloquecida por el deseo, la llevó a la cama. En pocos segundos sus ropas cayeron al suelo y él estuvo a su lado. Ella lo atrajo hacia sí, buscándole la boca. Gavin reía ante la codicia de sus manos, pero los ojos grises no expresaban burla, sólo el deseo de prolongar el placer. En las pupilas de Judith se encendió una chispa: sabía que ella sería la última en reír.

Pocos segundos después ambos lanzaron un grito ahogado al unísono, liberados del dulce tormento. Judith se sentía exhausta, como si los huesos se le hubieran debilitado. En cuanto Gavin se dejó caer a un lado, con una pierna cruzada sobre las de ella y un brazo contra sus pechos, suspiró profundamente y se quedó dormida.

A la mañana siguiente, despertó desperezándose como un gato después de la siesta. Deslizó un brazo por la sábana y la descubrió fría. Entonces abrió bruscamente los ojos. Gavin había desaparecido. A juzgar por el sol que entraba a torrentes por la ventana, la mañana estaba ya muy entrada. Su primera idea fue salir apresuradamente, pero la cama abrigada y el recuerdo de la noche anterior la retuvieron entre las sábanas. Se volvió de costado, deslizando la mano por la marca hundida del colchón, a su lado, y sepultó la cara en la almohada. Aún tenía el olor de Gavin. ¡Qué pronto había llegado a identificar su olor!

Sonrió, soñadora. La noche anterior había sido paradisíaca. Recordó los ojos de Gavin, su boca... Él colmaba todas sus visiones.

Un suave toque a la puerta puso su corazón al galope. Se calmó de pronto al ver que era Joan.

—¿Estáis despierta, señora? —preguntó su doncella con una sonrisa sabedora.

Judith se sentía demasiado bien como para ofenderse.

—Lord Gavin se ha levantado temprano. Se está poniendo la armadura.

—¿La armadura? —Judith se incorporó bruscamente.

—Sólo para participar en los juegos. No sé por qué; siendo el novio, no tiene necesidad de hacerlo.

Judith se recostó contra la almohada. Ella sí lo sabia. Esa mañana habría podido volar desde lo alto de la casa para posarse con levedad en tierra, y Gavin debía de sentir lo mismo. La justa era sólo una manera de gastar energías.

Arrojó a un lado los cobertores y saltó de la cama.

—Tengo que vestirme. Es tarde. ¿Crees que nos hemos perdido su participación?

—No —rió Joan—, estaremos a tiempo.

Judith se vistió rápidamente con un traje de terciopelo añil sobre enaguas de color celeste. Ceñía su cintura un fino cinturón de cuero azul adornado con perlas.

Joan se limitó a peinarle la cabellera y a cubrírsela con un velo de gasa azul bordeado de pequeñas perlas. Se sostenía con una diadema de perlas trenzadas.

—Estoy lista —dijo la muchacha, impaciente.

Se encaminó rápidamente a los terrenos donde se celebraba el torneo y ocupó su sitio en el pabellón de los Montgomery. Sus pensamientos guerreaban unos contra otros. Lo de la noche anterior ¿había sido pura imaginación? ¿Un sueño? Gavin le había hecho el amor: no había otra forma de expresarlo. Claro que ella no tenía experiencia, pero no era posible que un hombre tocara a una mujer como él la tocaba sin sentir nada por ella. De pronto, el día le pareció más luminoso. Tal vez era una tonta, pero estaba dispuesta a intentar que el matrimonio resultara bien.

Estiró el cuello para ver el extremo de la liza, en busca de su esposo, pero había demasiadas personas y demasiados caballos en el medio.

Silenciosamente, abandonó los palcos para caminar hacia las tiendas. Se detuvo junto a la cerca exterior, sin prestar atención a los siervos y a los mercaderes que se agolpaban a su alrededor. Pasaron algunos minutos antes de que viera a Gavin.

Con su atuendo normal era imponente, pero con la armadura tomaba un aspecto formidable. Montaba un enorme caballo de guerra, de pelaje gris oscuro, con arreos de sarga y cuero gris, estampado y pintado con leopardos de oro. Se movía con facilidad en la silla, como si los cincuenta kilos de armadura no fueran nada. El escudero le entregó el yelmo, el escudo y la lanza.

El corazón de Judith se le subió a la garganta y estuvo a punto de sofocarla. Ese juego era peligroso. Contuvo el aliento al ver que Gavin cargaba con su gran caballo, la cabeza gacha y el brazo firme. Su lanza golpeó de lleno el escudo de su adversario, al tiempo que el suyo también recibía un golpe. Las lanzas se rompieron y los combatientes continuaron hasta los extremos opuestos de la liza, donde se les darían otras. Por fortuna, las lanzas que se usaban en batalla eran más fuertes que las de torneos. El objetivo era romper tres lanzas sin caer. El hombre que fuera derribado antes de los tres enfrentamientos debía pagar el valor de su caballo y su armadura al vencedor; la suma no era nimia. Así había hecho fortuna Raine, de torneo en torneo.

Pero a veces había heridos. Los accidentes eran numerosos. Judith, que no lo ignoraba, contempló con temor a su esposo, que cargaba otra vez. Tampoco en esa oportunidad hubo caídas.

Cerca de Judith, una mujer lanzó una risita tonta. Ella no prestó atención sino al oír su comentario:

—Su esposo es el único que no lleva prenda; sin embargo, ella dio cintas de oro a los hermanos. ¿Qué opinas de esa mala pécora?

Esas maliciosas palabras estaban dirigidas a los oídos de Judith; sin embargo, al volverse no vio que nadie le prestara atención. Estudió a los caballeros que caminaban entre los caballos, a poca distancia. Lo que esa mujer decía era cierto: todos los caballeros tenían prendas flameando en las lanzas o en los yelmos. Raine y Miles lucían varias, además de la raída cinta de oro que cada uno llevaba al brazo.

Judith sólo pensó en correr hacia el extremo para alcanzar a Gavin antes de la tercera carga. Las justas eran nuevas para ella; ignoraba que actuar así era peligroso, pues los caballos de combate, criados por su fuerza, su tamaño y su resistencia, estaban adiestrados para ayudar al jinete en la batalla y utilizaban los cascos para matar, tal como el hombre usaba su espada.

No reparó en las exclamaciones con que los hombres iban frenando a sus caballos para apartarlos de aquella mujer lanzada a toda carrera. Tampoco reparó en que varios de los espectadores se habían puesto de pie y la seguían con la vista, conteniendo el aliento.

Gavin apartó la vista de su escudero, que le entregaba una nueva lanza. Había notado que en la multitud se iba haciendo el silencio. De inmediato vio a Judith y comprendió que no podía hacer nada; antes de que lograra desmontar, ella lo habría alcanzado. Esperó, con todos los músculos en tensión.

Judith no tenía cinta alguna que darle, pero era forzoso que le entregara una prenda. ¡Era su esposo! Se quitó el velo de gasa, sin dejar de correr por la liza, y volvió a ponerse la trenza de perlas sobre la cabellera.

Al llegar junto a Gavin, le tendió el velo con una sonrisa vacilante.

—Una prenda —dijo.

Él tardó un momento en moverse. Luego tomó la lanza y la bajó hacia ella. La muchacha se apresuró a atar con fuerza una esquina del velo a la vara. Después lo miró con una sonrisa. Él se inclinó para ponerle una mano tras la nuca y la besó, casi levantándola en vilo. Fue un beso duro, acentuado por el frío del yelmo contra su mejilla. La dejó aturdida, con los talones clavados en la arena.

Judith no había cobrado conciencia del súbito silencio reinante, pero Gavin sí. Su flamante esposa había arriesgado la vida para entregarle una prenda. Levantó la lanza en señal de triunfo. La sonrisa parecía llegar desde un extremo del yelmo al otro.

La muchedumbre lanzó un rugido ensordecedor.

Judith giró en redondo y vio que todas las miradas estaban fijas en ella. Se llevó las manos a la cara para ocultar el rubor. Miles y Raine corrieron desde los costados para rodearla protectoramente con los brazos y la llevaron a un lugar seguro, medio en vilo.

—Si no hubieras complacido tanto a Gavin, te daría una zurra por lo que has hecho —aseguró Raine.

En medio de nuevos vítores, Gavin desmontó a su adversario. A Judith no le gustó ser el blanco de tantas risas. Recogió sus faldas y volvió al castillo tan silenciosamente como le fue posible. Tal vez si pasaba algunos minutos a solas en el jardín, sus mejillas recobrarían el color normal.

Alice entró bruscamente en la tienda del conde de Bayham, hecha de finas sedas y alfombras bizantinas, erigida para mayor comodidad de Edmund Chatworth.

—¿Ocurre algo? —preguntó una voz grave tras ella.

Alice giró sobre sus talones para fulminar con la mirada a Roger, el hermano menor de Edmund. Estaba sentado en un banquillo, sin camisa, y deslizaba cuidadosamente el filo de su espada contra una piedra de afilar que hacía girar con el pie. Era un hombre apuesto, de pelo rubio veteado por el sol, recta nariz aguileña y boca firme. Bajo el ojo izquierdo tenía una cicatriz curva que no desmerecía en absoluto su belleza.

Alice lamentaba muchas veces que Roger no fuera el conde en vez de Edmund. Iba a responder a su pregunta, pero se interrumpió. No podía revelarle la rabia que le causaba ver a la esposa de Gavin convertida en espectáculo ante varios cientos de personas. Alice le había ofrecido una prenda sin que él la aceptara. Gavin opinaba que ya habían provocado demasiados rumores y no convenía causar más.

—Juegas con fuego, ¿sabes? —dijo Roger, deslizando el pulgar por el filo de la espada. Como Alice no hizo comentarios, continuó:

—Los Montgomery no ven las cosas como nosotros. Para ellos, lo bueno es bueno y lo malo, malo. No hay términos medios.

—No tengo ni idea de lo que quieres decir —respondió ella, altanera.

—A Gavin no le agradará descubrir que le has mentido.

—¡No he mentido!

Roger arqueó una ceja.

—¿Qué motivos adujiste para casarte con mi hermano, el conde?

Alice se dejó caer en un banco, frente al joven.

—No pensabas que la heredera sería tan hermosa, ¿verdad?

Los ojos de la mujer echaban chispas.

—¡No es hermosa! Es pelirroja. Sin duda está cubierta de pecas. —Sonrió con astucia.— Tengo que preguntar qué crema usa para disimular las de la cara. Gavin no la creerá tan deseable cuando vea...

Roger la interrumpió.

—Estuve en la ceremonia del lecho y vi gran parte de

114

su cuerpo. No tiene pecas. No te engañes. ¿Crees que podrás retenerlo cuando esté solo con ella?

La joven se levantó para caminar hasta la entrada. No permitiría que Roger viera su preocupación. Necesitaba conservar a Gavin a toda costa. Él la amaba profunda y sinceramente, como nadie la había amado en su vida, y eso le era tan necesario como la riqueza de Edmund. Ella no permitía que la gente viera su interior; escondía bien su dolor. De niña, había sido una hija hermosa nacida entre varias hermanas feas y enfermizas. Su madre otorgaba todo su amor a las otras, pensando que Alice recibía demasiada atención de sus niñeras y de los visitantes del castillo. La niña había buscado el amor de su padre. Pero Nicolas Valence sólo amaba las cosas que venían en botella. Ella acabó por aprender a apoderarse de lo que no se le daba. Enredaba a su padre para que le comprara ropas lujosas, y ese realce de su belleza hacía que las hermanas la odiaran aún más. Nadie la había amado aparte de su vieja doncella, Ela, hasta la llegada de Gavin. Pero todos esos años de lucha para conseguir unos pocos centavos hacían que la seguridad económica le resultara tan deseable como el amor. Gavin no era lo suficientemente rico como para darle esa seguridad. Edmund sí.

Y ahora, la mitad de lo que necesitaba le era robado por una bruja de pelo rojo. Alice no estaba dispuesta a quedarse cruzada de brazos. Pelearía por lo que deseaba.

—¿Dónde está Edmund? —preguntó a Roger.

Él señaló con la cabeza el cortinaje que separaba la parte trasera de la tienda.

—Durmiendo. Demasiado vino y demasiada comida —dijo con repugnancia—. Ve con él. Necesitará que alguien le sostenga la cabeza dolorida.

—¡Tranquilo, hermano! —ordenó Raine a Miles—. Demasiado le duele la cabeza sin necesidad de golpeársela contra el poste de la tienda.

Llevaban a Gavin sobre el escudo, con las piernas colgando y los pies arrastrándose en el polvo. Al desmontar a su segundo adversario, la lanza del hombre se había deslizado hacia arriba en la caída. El arma golpeó a Gavin justo por encima de la oreja, con fuerza suficiente como para abollarle el yelmo. Gavin lo vio todo negro y oyó un zumbido en la cabeza que ahogaba todos los demás ruidos. Logró mantenerse en la silla, más por puro adiestramiento que por fuerza física, mientras que su caballo giraba y volvía al extremo del campo. Gavin miró a sus hermanos y a su escudero, esbozó una sonrisa dolorida y cayó poco a poco en los brazos extendidos.

Raine y Miles llevaron a su hermano a un jergón. Le quitaron el yelmo abollado y le pusieron una almohada bajo la cabeza.

—Buscaré a un médico —dijo Raine a su hermano—. Y tú trae a su esposa. Nada gusta tanto a las mujeres como un hombre desvalido.

Algunos minutos después, Gavin comenzó a recobrar la conciencia. Alguien le estaba poniendo agua fría en el rostro acalorado. Manos frescas le tocaban la mejilla. Abrió los ojos, aturdido. La cabeza le daba vueltas. Al principio, no pudo reconocer a la persona que estaba viendo.

—Soy yo, Alice —susurró ella. A Gavin le alegró que no hubiera ruidos más fuertes—. He venido a cuidarte.

Él sonrió un poco y cerró los ojos. Había algo que no lograba recordar.

Alice vio que aún tenía en la mano derecha el velo que Judith le había dado, el mismo que él desatara de la lanza en el momento de caer. No le gustó lo que eso parecía significar.

—¿Está malherido? —preguntó una mujer preocupada, junto a la tienda.

Alice se inclinó hacia adelante y aplicó los labios a la boca insensible de Gavin, guiándole un brazo para que rodeara su cintura.

La luz que penetraba por la solapa recogida y la presión de aquellos labios hicieron que Gavin abriera los ojos. Entonces recobró los sentidos. Vio que su esposa, flanqueada por sus ceñudos hermanos, lo miraba fijamente. Estaba abrazando a Alice. Apartó a la mujer y trató de incorporarse.

—Judith —susurró.

La cara de la muchacha perdió todo el color. Sus ojos estaban oscuros, enormes. Y su expresión volvía a ser de odio. Súbitamente se convirtió en frialdad.

Gavin trató de incorporarse, pero el rápido cambio de presión en la cabeza golpeada fue demasiado, sintió un dolor insoportable. Por suerte todo volvió a borrarse. Cayó pesadamente contra la almohada.

Judith giró prontamente sobre sus talones y abandonó la tienda, seguida de cerca por Miles, que parecía protegerla de algún mal.

Raine miró a su hermano con el rostro oscurecido.

—Grandísimo malnacido... —empezó. Pero se interrumpió al notar que estaba inconsciente. Entonces giró hacia Alice, que lo miraba con aire triunfal. La tomó del antebrazo y la levantó con violencia.

—¡Tú lo has planeado todo! —le espetó—. ¡Dios mío! ¿Es posible que mi hermano sea tan tonto? No vales una sola de las lágrimas que has hecho derramar a Judith, según temo.

Se enfureció más aún al ver una leve sonrisa en la comisura de aquella boca. Sin pensarlo, levantó la mano y la abofeteó sin soltarla. Un momento después, ahogó una exclamación; Alice no estaba enfadada. Por el contrario, le miraba los labios con un inconfundible fuego de pasión.

Nunca en su vida había recibido una impresión tan repugnante. La arrojó contra un poste de la tienda, con tanta fuerza que ella quedó casi sin aliento.

—¡Aléjate de mí! —dijo en voz baja—. Harás bien en temer por tu vida si nuestros caminos vuelven a cruzarse.

Cuando ella se hubo ido, Raine se volvió hacia su hermano, que empezaba a moverse. El médico que había acudido para atenderlo esperaba en un rincón, tembloroso. La furia de los Montgomery no era espectáculo agradable.

Raine le habló por encima del hombro.

—Ocúpate de él. Y si conoces algún tratamiento que aumente su dolor, úsalo.

Giró en redondo y salió de la tienda.

Era ya de noche cuando Gavin despertó de un sueño atontado, inducido por alguna droga. Estaba solo en la tienda oscura. Sacó cautelosamente las piernas del catre y se incorporó. Tenía la sensación de que alguien le había hecho un profundo corte en la cabeza, de ojo a ojo, y que las dos mitades se le estaban separando. Hundió la cara entre las manos, con los ojos cerrados.

Poco a poco logró volver a abrirlos. Su primer pensamiento fue de extrañeza por verse solo. Su escudero o sus hermanos deberían haber estado allí. Irguió la espalda y cobró conciencia de un nuevo dolor: había dormido varias horas con la armadura puesta; cada articulación, cada borde se le había clavado en la piel a través del cuero y el fieltro. ¿Cómo era posible que su escudero no se la hubiera quitado si el muchacho solía ser tan responsable?

Algo en el suelo le llamó la atención. Era el velo azul de Judith. Lo levantó con una sonrisa, recordando cómo había corrido para entregárselo, sonriente, con la cabellera suelta al viento. Nunca en su vida se había sentido tan orgulloso, pese al miedo que le provocaba verla correr tan cerca de los caballos. Deslizó los dedos por el borde de perlas y apoyó la gasa contra su mejilla. Le parecía oler el perfume de su cabellera, pero eso era imposible: el velo había estado junto a su caballo sudoroso. Recordó su rostro levantado hacia él. ¡Ésa era una cara por la que valía la pena combatir!

Luego Gavin creyó recordar un cambio en ella. Dejó caer la cabeza entre las manos. Faltaban piezas en el acertijo. Le dolía tanto la cabeza que le resultaba difícil recordar. Veía a una Judith diferente, que no sonreía ni rugía como la primera noche: lo miraba como si él ya no existiera. Luchó por reunir todas las piezas. Poco a poco, recordó el golpe de la lanza. Recordó que alguien le hablaba.

Y de pronto, lo vio todo claro. Judith lo había sorprendido abrazado a Alice. Cosa extraña; no recordaba haber buscado el consuelo de Alice.

Tuvo que usar toda su voluntad para levantarse y quitarse la armadura. Estaba demasiado exhausto y débil para caminar con tanto peso. Por mucho que le doliera la cabeza, tenía que buscar a Judith para hablar con ella.

Dos horas después se detuvo dentro del gran salón. Había buscado a su esposa por todas partes, sin hallarla. Cada paso le causaba tanto dolor que ya estaba casi enceguecido.

A través de una niebla vio a Helen, que llevaba una bandeja cargada de copas. Esperó su regreso y la llevó hasta un rincón oscuro.

—¿Dónde está Judith? —preguntó en un susurro enronquecido.

Ella lo fulminó con la mirada.

—¿Y ahora me preguntas dónde está? La has hecho sufrir, como todos los hombres hacen sufrir a las mujeres. Traté de salvarla. Le dije que todos los hombres eran bestias viles y malignas, en las que no se podía confiar... pero no quiso escucharme. No, te defendió. ¿Y qué ha ganado con eso? En la noche de bodas le vi el labio herido. La golpeaste aun antes de haberla poseído. Y esta mañana muchas personas vieron que tu hermano expulsaba de tu tienda a esa ramera de la Valence, tu ramera. ¡Moriría antes de decirte dónde está! Me arrepiento de no haber tenido el valor de acabar con ambas antes que entregar a Judith a manos como las tuyas.

Si su suegra dijo algo más, Gavin no la oyó. Ya estaba alejándose.

Minutos después halló a Judith sentada en un banco del jardín, junto a Miles. Gavin pasó por alto el gesto malévolo de su hermano menor. No quería discutir. Sólo deseaba estar a solas con Judith, abrazarla como la noche anterior. Tal vez así su cabeza dejara de palpitar.

—Vamos adentro —dijo en voz baja, con dificultad.

Ella se levantó inmediatamente.

—Sí, mi señor.

Gavin frunció levemente el entrecejo y le ofreció el brazo, pero ella pareció no ver su gesto. Él caminaba con lentitud, para que Judith pudiera hacerlo a su lado, pero ella se mantenía un paso más atrás. Por fin llegaron a la alcoba.

Después del ruido que reinaba en el salón, la alcoba

era un refugio de paz. Él se dejó caer en un banco acolchado para quitarse las botas. Al levantar la vista, vio a Judith de pie junto a la cama, inmóvil.

—¿Por qué me miras así?

—Espero vuestras órdenes, mi señor.

—¿Mis órdenes? —Gavin frunció el entrecejo, pues cualquier movimiento le provocaba nuevos dolores en la cabeza.— Desvístete para acostarte.

Aquella actitud lo desconcertaba. ¿Por qué no estaba furiosa? Él habría sabido cómo quitarle el enfado.

—Sí, mi señor —la voz de Judith sonaba monótona.

Ya desnudo, Gavin se acercó lentamente a la cama. Judith ya estaba acostada, cubierta hasta el cuello y con los ojos fijos en el dosel. Él se metió debajo de los cobertores y se acercó a ella. El contacto de su piel era tranquilizante. Le deslizó una mano por el brazo, sin que ella reaccionara. Quiso besarla, pero la muchacha no cerraba los ojos ni respondía.

—¿Qué te aqueja ahora? —acusó Gavin.

—¿Qué me aqueja, mi señor? —repitió ella sin alterarse, mirándolo a los ojos—. No sé a qué os referís. Estoy a vuestras órdenes, pues soy vuestra, tal como me habéis repetido tantas veces. Decidme qué deseáis y obedeceré. ¿Queréis copular conmigo? Obedezco, señor.

Gavin sintió el roce de un muslo. Tardó algunos segundos en comprender que ella ya se había abierto de piernas.

La miró fijamente, horrorizado. Esa crudeza no era natural en ella.

—Judith —empezó—, quiero explicarte lo de esta mañana. Yo...

—¿Explicar, mi señor? ¿Qué debéis explicarme? ¿Explicáis vuestros actos a los vasallos? Soy tan vuestra como ellos. Sólo decidme en qué debo obedeceros y lo haré.

Gavin empezó a apartarse. No le gustaba aquella mirada. Al menos cuando lo odiaba había vida en sus ojos. Ahora no.

Se levantó. Sin saber lo que hacía, se puso el chaleco y las botas, recogió el resto de su ropa bajo el brazo y abandonó aquella fría alcoba.

9

En el silencio del castillo Montgomery, Judith abandonó la enorme cama, vacía, y se puso una bata de terciopelo verde esmeralda con forro de visón. Era muy temprano por la mañana; la gente de la casa aún dormía. Desde que Gavin la había dejado en el umbral de su finca familiar, Judith apenas podía dormir. La cama parecía demasiado grande y desierta para sentirse en paz.

La mañana después de que Judith se negó a responder a sus caricias, Gavin había exigido que ambos partieran hacia su casa. Judith obedeció. Le hablaba sólo cuando era necesario. Viajaron durante dos días antes de llegar a los portones de Montgomery.

Al entrar en el castillo, quedó impresionada. Los guardias que ocupaban las dos grandes torres, a ambos lados del portón, les dieron la voz de alto pese a que los estandartes con los leopardos de la familia estaban a la vista. Bajaron el puente levadizo sobre el ancho y profundo foso y se levantó la pesada puerta de rejas. El sector exterior estaba bordeado de casas modestas y limpias, establos, la armería, las caballerizas y los cobertizos para almacenamiento. Hubo que abrir otro portón para pasar al recinto interior, donde vivía Gavin con sus hermanos. La casa tenía cuatro plantas, con ventanas de cristales divididos en la más alta.

A media mañana llegó Raine, caminando con dificultad, y acompañado de su gente.

Judith se arrodilló inmediatamente y comenzó a desenvolver el pie apoyado en el banquillo.

—¿Qué haces? —preguntó él con aspereza—. Ya me la ha arreglado el médico.

—No le tengo confianza. Quiero verlo con mis propios ojos. Si no está bien calzada, podrías quedar cojo.

Raine la miró fijamente, después llamó a su escudero.

—Tráeme un vaso de vino. Ella no quedará satisfecha hasta que me haya hecho sufrir un poco más. Y busca a mi hermano. ¿Por qué sigue durmiendo si nosotros estamos despiertos?

—No está aquí —respondió Judith en voz baja.

—¿Quién?

—Tu hermano. Mi esposo —aclaró ella con sequedad.

—¿Adónde ha ido? ¿Qué asuntos lo requerían?

—Me temo que no lo sé. Me dejó en el umbral y se marchó. No mencionó ningún asunto que requiriera su atención.

Raine tomó la copa de vino que su vasallo le ofrecía y observó a su cuñada, que le palpaba el hueso de la pierna. Al menos, el dolor le impedía desatar toda la furia que sentía contra su hermano. No dudaba de que Gavin había dejado a su bella desposada para ir en busca de Alice, esa ramera. Apretó los dientes al borde de la copa, en el momento en que Judith tocaba la fractura.

—Está solo un poquito desviada —observó—. Tú sujétalo por los hombros —dijo a uno de los hombres de Raine—, que yo tiraré de la pierna.

La fuerte seda de la tienda estaba cubierta de agua. En la parte alta se juntaban gruesas gotas que caían en el interior en cuanto la lluvia sacudía la tela.

Gavin lanzó un enérgico juramento, atacado por nuevas gotas de agua. Desde que dejara a Judith casi no había dejado de llover. Todo estaba mojado. Y peor que el clima era el humor de sus hombres, más negro que el mismo cielo. Llevaban más de una semana vagando por la campiña, acampando cada noche en un sitio diferente. Preparaban la comida de prisa, entre un aguacero y otro; por eso estaba casi siempre medio cruda. Cuando John Bassett, su jefe de vasallos, le preguntó el motivo de aquel viaje sin destino, Gavin estalló. Aquella mirada tranquilamente sarcástica le hacía evitar a sus hombres.

Sabía que todos se sentían angustiados y él también lo estaba. Pero él, cuando menos, conocía la razón de ese viaje sin sentido. ¿O no? La última noche pasada en casa de su suegro, al ver a Judith tan fría con él, había decidido darle una lección. Ella se sentía segura en aquel sitio, donde había pasado la vida rodeada de amigos y familiares, pero ¿se atrevería a mostrarse tan desagradable cuando estuviera sola en una casa extraña?

Resultó bien porque sus hermanos decidieron dejar solos a los recién casados. Pese a la lluvia que goteaba por la seda de la tienda, Gavin empezó a sonreír ante la escena que imaginaba. La veía frente a alguna crisis, algo catastrófico, como el hecho de que la cocinera quemara una olla de habichuelas. Se pondría frenética por la preocupación y le enviaría un mensajero con encargo de suplicarle que regresara para salvarla del desastre. El mensajero no podría hallar a su amo, puesto que Gavin no estaba en ninguna de sus fincas. Se producirían nuevas calamidades. Al regresar, él se encontraría con una Judith lacrimosa y arrepentida, que caería en sus brazos, feliz de volver a verlo y aliviada al saber que él venía a rescatarla de algo peor que la muerte.

—Oh, sí —dijo, sonriendo.

La lluvia y la incomodidad estaban justificadas. Le hablaría con severidad y, cuando la tuviera completamente contrita, le secaría las lágrimas a besos y la llevaría a la cama.

—¿Mi señor?

—¿Qué pasa? —saltó Gavin, al interrumpirse la deliciosa visión en el momento en que él estaba a punto de imaginar lo que haría con Judith en el dormitorio antes de otorgarle su perdón.

—Desearíamos saber, señor, cuándo volveremos a casa para escapar de esta maldita lluvia.

Gavin iba a bramar que eso no era asunto del que había preguntado, pero cerró la boca y sonrió.

—Volveremos mañana.

Judith ya había pasado ocho días sola. Era tiempo suficiente para que hubiera aprendido un poco de gratitud... y humildad.

—Por favor, Judith —rogó Raine, sujetándola por el antebrazo—. Llevo dos días aquí y aún no me has dedicado un momento de tu tiempo.

—Eso no es cierto —rió ella—. Anoche pasé una hora jugando al ajedrez contigo y me enseñaste algunos acordes de laúd.

—Lo sé —reconoció él, siempre suplicante. En las mejillas le iban apareciendo los hoyuelos, aunque aún no sonreía—. Pero estar solo es horrible. No puedo moverme por culpa de esta maldita pierna, y no hay nadie que me haga compañía.

—¡Nadie! Aquí hay más de trescientas personas. Sin duda, cualquiera de ellas... —Pero se interrumpió, pues Raine la miraba con ojos tan tristes que le provocaban risa.—Está bien, pero será solo una partida. Tengo mucho que hacer.

Raine le dedicó una sonrisa deslumbrante. Ella se instaló al otro lado del tablero.

—Eres estupenda en este juego —elogió él—. Ninguno de mis hombres puede vencerme como lo hiciste anoche. Además, necesitas descansar. ¿A qué dedicas todo el día?

—A poner en orden el castillo —respondió Judith, simplemente.

—A mí siempre me ha parecido que estaba en orden —objetó Raine, adelantando un peón—. Los mayordomos...

—¡Los mayordomos! —exclamó ella, maniobrando con el alfil para atacar—. Ellos no ponen tanto interés como el propietario de la finca. Es preciso vigilarlos, revisar sus cuentas, leer las anotaciones diarias y...

—¿Leer? ¿Sabes leer, Judith?

Ella levantó la vista, sorprendida, con la mano sobre la reina.

—¡Por supuesto! ¿Tú no?

Raine se encogió de hombros.

—Nunca he aprendido. Mis hermanos sí, pero a mí no me interesaba. Nunca he conocido a una mujer que supiera leer. Mi padre decía que las mujeres no podían aprender esas cosas.

Judith le echó una mirada de disgusto, en tanto su reina ponía al rey adversario en peligro mortal.

—Deberías saber que una mujer puede sobrepasar al hombre con frecuencia, aunque sea al mismo rey. Creo que he ganado la partida. —Y se levantó.

Raine se quedó mirando el tablero, estupefacto.

—¡No puedes haber ganado tan pronto! Ni siquiera he visto nada. Me das charla para que no pueda concentrarme —la miró de soslayo—. Y como me duele la pierna, me cuesta pensar.

Judith lo miró preocupada, pero de inmediato se echó a reír.

—Eres un mentiroso de primera, Raine. Y ahora tengo que irme.

—No, Judith —pidió él, sujetándole la mano. Empezó a besarle los dedos—. No me dejes. De veras, estoy tan aburrido que podría enloquecer. Quédate conmigo, por favor. Sólo una partida más.

Judith se reía de él con todas sus ganas. Le apoyó la otra mano en el pelo, mientras él le hacía descabelladas promesas de amor y gratitud eternos a cambio de una hora más de compañía.

Y así fue como los encontró Gavin. Había olvidado en gran parte la belleza de su mujer. No vestía los terciopelos y las pieles que había usado en los primeros días del matrimonio, sino una túnica sencilla y adherente, hecha de suave lana azul. Llevaba la cabellera recogida hacia atrás en una trenza larga y gruesa. Y ese atuendo sin pretensiones la hacía más encantadora que nunca. Era la inocencia en persona, pero las generosas curvas de su cuerpo demostraban que era toda una mujer.

Judith fue la primera en cobrar conciencia de que allí estaba su esposo. La sonrisa se le borró inmediatamente de la cara y todo su cuerpo se puso rígido.

Raine sintió la tensión de su mano y levantó la vista, interrogante; al seguir la dirección de su mirada, se encontró con la cara ceñuda de su hermano. No cabían dudas sobre lo que él pensaba de la escena. Judith quiso retirar la mano de entre las suyas, pero él se la retuvo con firmeza, para no dar la impresión de culpabilidad.

—He estado tratando de convencer a Judith de que pase la mañana conmigo —dijo en tono ligero—. Hace dos días que estoy encerrado en este cuarto sin nada que hacer, pero no puedo persuadirla de que me dedique más tiempo.

—Y sin duda lo has intentado por todos los medios —se burló Gavin, con la vista clavada en su mujer, que lo miraba con frialdad.

Judith retiró bruscamente la mano.

—Debo volver a mis tareas —dijo, rígida. Y salió del cuarto.

Raine atacó primero, antes de que Gavin tuviera la oportunidad de hacerlo.

—¿Dónde te habías metido? —acusó—. A los tres días del casamiento, dejas a tu mujer en el umbral como si fuera un baúl más.

—Pues parece haber manejado muy bien la situación —dijo Gavin, dejándose caer pesadamente en una silla.

—Si sugieres algo deshonroso...

—No, nada de eso —reconoció Gavin con franqueza. Conocía a sus hermanos. Raine no era capaz de deshonrar a su cuñada. Pero la escena había sido una dolorosa sorpresa después de lo que él imaginara... y deseara—. ¿Qué te ha pasado en la pierna?

A Raine le dio vergüenza confesar que se había caído del caballo, pero Gavin no se burló a carcajadas, como hubiera hecho en otra ocasión. Se levantó con aire cansado.

—Debo atender mi castillo. Hace mucho tiempo que falto. Debe de estar a punto de derrumbarse.

—Yo no contaría con eso —observó Raine, mientras estudiaba el tablero para repasar cada una de las movidas hechas por su cuñada—. Nunca he conocido a otra mujer que trabajara como Judith.

—¡Bah! —exclamó el mayor, condescendiente—. ¿Cuánto trabajo puede hacer una mujer en una semana? ¿Ha bordado cinco piezas de tela?

Raine levantó la vista, sorprendido.

—No me refería a labores de mujer.

Gavin no comprendió, pero tampoco pidió explicaciones. Tenía demasiado que hacer como señor de la casa. El castillo siempre parecía decaer notablemente cuando él estaba ausente durante un tiempo.

Raine, adivinando sus pensamientos, lo despidió con una frase risueña:

—Espero que encuentres algo que hacer.

Gavin no tenía idea de qué significaba eso; sin prestar atención a sus palabras, abandonó la casa solariega, furioso aún por haber visto destrozada la escena que había soñado. Pero al menos había alguna esperanza. Judith se alegraría de que hubiera regresado para solucionar todos los problemas surgidos en su ausencia.

Esa mañana, al cruzar los recintos a caballo, estaba demasiado ansioso por reunirse con ella para notar algún cambio, pero ahora observó sutiles alteraciones. Los edificios del recinto exterior parecían más limpios; casi nuevos, en realidad, como si se los hubiera reparado y encalado recientemente. Las alcantarillas que corrían por atrás habían sido vaciadas poco tiempo antes.

Se detuvo frente a la caseta donde estaban los halcones. Su halconero estaba frente al edificio, balanceando lentamente un cebo alrededor de un ave atada al poste por una pata.

—¿Ese cebo es nuevo, Simón? —preguntó.

—Sí, mi señor. Es un poco más pequeño y se puede balancear más de prisa. El ave se ve obligada a volar a más velocidad y a atacar con más precisión.

—Buena idea —aprobó Gavin.

—No es mía, señor, sino de lady Judith. Ella me lo sugirió.

Gavin lo miró fijamente.

—¿Lady Judith te sugirió a ti, un maestro de halconeros, un cebo mejor?

—Sí, mi señor —Simón sonrió, dejando al descubierto el hueco de dos dientes faltantes.— Soy viejo, pero no tanto que no sepa apreciar una buena idea cuando me la proponen. La señora es tan inteligente como hermosa. Vino a la mañana siguiente de su llegada y me observó largo rato. Después, con toda la dulzura del mundo, me hizo algunas sugerencias. Si gustáis entrar, mi señor, veréis las nuevas perchas que he hecho. Lady Judith dijo que las viejas eran las causantes de las enfermedades que las aves tenían en las patas. Dice que en ellas se meten pequeños insectos que lastiman a los halcones.

Simón iba a precederlo hacia el interior, pero Gavin no lo siguió.

—¿No queréis verlas? —se extrañó el hombre, entristecido.

Gavin no lograba digerir el hecho de que aquel encanecido halconero hubiera aceptado el consejo de una mujer. Él había tratado de hacerle cientos de recomendaciones, al igual que su padre, pero el hombre hacía siempre lo que se le antojaba.

—No —dijo—. Más tarde veré qué cambios ha introducido mi esposa.

No pudo impedir que su voz sonara sarcástica. ¿Qué derecho tenía su mujer a entrometerse con sus halcones? A las mujeres les gustaban tanto como a los hombres, por cierto, y Judith tendría uno propio; pero el cuidado de las halconeras era cosa de hombres.

—¡Mi señor! —dijo una joven sierva. Y se ruborizó ante la feroz mirada de su amo. Hizo una reverencia y le ofreció un jarrito—. Se me ocurrió que tal vez quisierais un refresco.

Gavin le sonrió. ¡Por fin una mujer que sabía actuar

131

como era debido! Sorbió el refresco mirándola a los ojos.

—Delicioso. ¿Qué es? —preguntó asombrado.

—Son las fresas de primavera y el jugo de las manzanas del año pasado, una vez hervidas, con un poquito de canela.

—¿Canela?

—Sí, mi señor. Lady Judith la trajo consigo.

Gavin devolvió abruptamente el jarrito vacío y volvió la espalda a la muchacha. Empezaba a sentirse realmente fastidiado. ¿Acaso todos se habían vuelto locos? Apretó el paso hasta llegar al otro extremo del recinto, donde estaba la armería. Al menos, en aquel caluroso lugar de hierro forjado estaría a salvo de las interferencias femeninas.

Lo recibió una escena asombrosa. Su armero, un hombre enorme, desnudo de la cintura hacia arriba y con los músculos abultándole en los brazos, estaba sentado junto a una ventana... cosiendo.

—¿Qué es esto? —acusó Gavin, ya lleno de sospechas.

El hombre, sonriente, exhibió en alto dos pequeñas piezas de cuero. Correspondían al diseño de una nueva articulación que se podía aplicar a la armadura.

—Ved, señor, cómo está hecha; de este modo resulta mucho más flexible. Bien pensado, ¿verdad?

Gavin apretó los dientes con fuerza.

—¿Y de dónde sacaste la idea?

—Caramba, me la dio lady Judith —respondió el armero.

Y se encogió de hombros al ver que Gavin salía precipitadamente del cobertizo.

«¡Cómo se ha atrevido a esto!», iba pensando. ¿Quién era ella para entrometerse en sus cosas y hacer cambios sin pedirle siquiera aprobación? ¡La finca era suya! Si había cambios que introducir, debían correr por su cuenta.

Encontró a Judith en la despensa, un amplio cuarto contiguo a la cocina, que estaba separada de la casa para evitar incendios. La muchacha estaba metida a medias dentro de un enorme tonel de harina, pero su pelo rojizo era inconfundible. Él se detuvo a poca distancia, aprovechando de lleno su estatura.

—¿Qué has hecho con mi casa? —aulló.

De inmediato Judith sacó la cabeza del tonel, con tanta brusquedad que estuvo a punto de golpearse la cabeza en el borde. Pese al tamaño y el vozarrón de Gavin, no le temía. Hasta el día de su boda, nunca había estado cerca de un hombre que no aullara.

—¿Vuestra casa? —respondió con voz mortífera—. Decidme, por favor, ¿qué soy yo? ¿La fregona de la cocina? —Y mostró los brazos, cubiertos de harina hasta los codos.

Estaban rodeados de sirvientes que retrocedieron contra las paredes, atemorizados, aunque no se habrían perdido escena tan fascinante por nada del mundo.

—Sabes perfectamente quién eres, pero no permitiré que te entrometas en mis cosas. Has alterado demasiados detalles: mi halconero y hasta mi armero. ¡Debes atender tus propias tareas y no las mías!

Judith lo fulminó con la mirada.

—Decidme qué debo hacer, entonces, si no puedo hablar con el halconero o quienquiera que necesite consejo.

Gavin quedó desconcertado por un momento.

—Pues... cosas de mujeres. Debes hacer las cosas de todas las mujeres. Coser. Inspeccionar la comida y la limpieza y... y preparar cremas para la cara.

Tuvo la sensación de que esa última sugerencia había sido una inspiración. Pero las mejillas de Judith ardieron bajo el centelleo de los ojos, colmados de pequeñas astillas de cristal dorado.

—¡Cremas para la cara! —exclamó—. Conque ahora soy fea y necesito cremas para la cara. Tal vez también deba preparar ungüentos para oscurecerme las pestañas y colorete para mis pálidas mejillas.

Gavin quedó desconcertado.

—No he dicho que seas fea. Sólo que no debes poner a mi armero a hacer costuras.

Judith apretó los dientes con firmeza.

—Pues no volveré a hacerlo. Dejaré que vuestra armadura se vuelva tiesa e incómoda sin volver a dirigir la palabra a ese hombre. ¿Qué otra cosa debo hacer para complaceros?

Gavin la miró con fijeza. La discusión se le estaba escapando de las manos.

—Los halcones —agregó débilmente.

—Dejaré que vuestras aves mueran con las patas lastimadas. ¿Algo más?

Él quedó mudo. No tenía respuestas.

—Ahora debo suponer que nos hemos entendido, mi señor —continuó Judith—. No debo protegeros las manos, debo dejar que vuestros halcones mueran y pasar mis días preparando cremas para disimular mi fealdad.

Gavin la sujetó por el antebrazo y la levantó del suelo para mirarla cara a cara.

—¡Maldita seas, Judith! ¡No he dicho que seas fea! Eres la mujer más hermosa que nunca he visto.

Le miraba la boca, tan próxima a la suya. Ella suavizó la mirada y dio a su voz un tono más dulce que la miel.

—En ese caso, ¿puedo dedicar mi pobre cerebro a alguna otra cosa, además de los ungüentos de belleza?

—Sí —susurró Gavin, debilitado por su proximidad.

—Bien —manifestó ella con firmeza—. Hay una nueva punta de flecha que me gustaría analizar con el armero.

Gavin parpadeó asombrado. Después la dejó en el suelo con tanta brusquedad que a la muchacha le rechinaron los dientes.

—No debes...

Pero se interrumpió, con la vista clavada en aquellos ojos desafiantes.

—¿Sí, mi señor?

Él salió de la cocina, furioso.

Raine, sentado a la sombra del castillo, con la pierna vendada hacia adelante, sorbía el nuevo refresco de Judith y comía panecillos aún calientes. De vez en cuando trataba de reprimir la risa, mientras observaba a su hermano. La ira de Gavin era visible en cada uno de sus movimientos. Montaba su caballo como si lo persiguiera el demonio y lanceaba furiosamente al monigote relleno que representaba al enemigo.

La reyerta de la despensa corría ya de boca en boca. En pocas horas llegaría a oídos del rey, en Londres. Pese a su regocijo, Raine sentía piedad de su hermano. Una muchacha insignificante lo había vencido en público.

—Gavin —llamó—, deja descansar a ese animal y siéntate un rato.

El mayor obedeció, aunque contra su voluntad, al darse cuenta de que su caballo estaba cubierto de espuma. Arrojó las riendas a su escudero y fue a sentarse junto a su hermano, con aire cansado.

—Toma un refresco —ofreció Raine.

Gavin iba a tomar el jarro, pero detuvo la mano.

—¿El jugo de ella?

Raine meneó la cabeza ante el tono del otro.

—Sí, lo ha preparado Judith.

Gavin se volvió hacia su escudero.

—Tráeme un poco de cerveza del sótano —ordenó.

Su hermano iba a hablar, pero le vio fijar la vista al otro lado del patio. Judith había salido de la casa solariega y cruzaba el campo cubierto de arena hacia la hilera de caballos atados en el borde. Gavin la siguió con ojos acalorados. Cuando la vio detenerse junto a los animales hizo ademán de levantarse.

Raine lo tomó del brazo para obligarlo a sentarse otra vez.

—Déjala en paz. No harás sino iniciar otra discusión que perderás también.

Gavin abrió la boca, pero volvió a cerrarla sin decir nada. Su escudero acababa de entregarle el jarro de cerveza. Cuando el muchacho se hubo ido, el hermano volvió a hablar.

—¿No sabes hacer otra cosa que tratar a gritos a esa mujer?

—Yo no le... —Pero Gavin se interrumpió y bebió otro sorbo.

—Mírala bien y dime qué tiene de malo. Es tan hermosa que oscurece al sol; trabaja todo el día para mantener tu casa en orden; tiene a todos los sirvientes, hombres, mujeres y niños, incluido Simón, comiendo de su mano; hasta los caballos de combate comen delicadamente las manzanas que ella les presenta en la palma; tiene sentido del humor y juega al ajedrez como nadie. ¿Qué más puedes pedir?

Gavin no había dejado de mirarla.

—¿Qué sé yo de su humor? —reconoció, entristecido—. Ni siquiera me llama por mi nombre.

—¿Tendría motivos para hacerlo? —acusó Raine—. ¿Alguna vez le has dicho siquiera una palabra amable? No te comprendo. Te he visto cortejar con más ardor a las siervas. ¿Acaso una belleza como Judith no merece palabras dulces?

Gavin se volvió contra él.

—No soy un patán para que un hermano menor me enseñe a complacer a las mujeres. Ya andaba saltando de cama en cama cuando tú todavía estabas en el regazo de tu nodriza.

Raine no respondió, pero los ojos le bailaban. Omitió mencionar que sólo había cuatro años de diferencia entre uno y otro.

Gavin dejó a su hermano y volvió a la casa solariega, donde pidió que prepararan un baño. Sentado en la tina de agua caliente, tuvo tiempo de pensar. Por mucho que detestara admitirlo, Raine tenía razón. Tal vez Judith tenía motivos para mostrarse fría con él. La vida de casados había empezado con el pie izquierdo. Fue una lástima haber tenido que golpearla en la primera noche; lástima que ella hubiera entrado en su tienda cuando menos debía.

Pero todo eso había pasado. Gavin recordó su juramento: no daría nada de buen grado. Se enjabonó los brazos, sonriente. Había pasado dos noches con ella y sabía que era una mujer de grandes pasiones. ¿Cuánto tiempo podía mantenerse lejos del lecho marital? Raine también estaba en lo cierto al mencionar la capacidad de su hermano para cortejar a las mujeres. Dos años antes había hecho una apuesta con Raine respecto de cierta gélida condesa. Con asombrosa prontitud Gavin estuvo en la cama con ella. ¿Existía una mujer a la que él no pudiera conquistar cuando así se lo proponía? Sería un placer doblegar a su altanera esposa. Sería dulce con ella y la cortejaría hasta oírle suplicar por ir a su cama.

Y entonces sería suya, pensó, casi riendo en voz alta.

Sería su propiedad y no volvería a entrometerse en su vida. Él tendría así todo lo que deseaba: a Alice para el amor y a Judith para que le calentara el lecho.

Limpio y vestido con ropa recién planchada, Gavin se sintió nuevo. Lo regocijaba la idea de seducir a su encantadora esposa. La halló en los establos, precariamente encaramada a la valla de un pesebre. Susurraba palabras tranquilizadoras a uno de los caballos de combate, en tanto el palafrenero le limpiaba y recortaba el pelo de un casco. La primera idea de Gavin fue recomendarle que se alejara de la bestia antes de resultar herida, pero se tranquilizó. Ella parecía manejarse muy bien con los caballos.

—Ese animal no se doma con facilidad —dijo Gavin serenamente, mientras se detenía a su lado—. Sabes tratar a los caballos, Judith.

Ella se volvió con una mirada suspicaz.

El caballo captó su nerviosismo y dio un salto. El palafrenero apenas pudo apartarse antes de recibir una coz.

—Mantenedlo quieto, señora —ordenó sin mirarla—. Todavía no he terminado y no podré hacerlo si él se mueve.

Gavin abrió la boca para preguntar al hombre cómo se atrevía a dirigirse en aquel tono a su ama, pero Judith no pareció ofenderse.

—Lo haré, William —dijo, mientras sujetaba con firmeza las bridas, acariciando el suave hocico—. No te ha hecho daño, ¿verdad?

—No —respondió el palafrenero, gruñón—. ¡Bueno, ya está! —Y se volvió hacia Gavin.— ¡Señor! ¿Ibais a decirme algo?

—Sí. ¿Acostumbras dar órdenes a tu señora como acabas de hacerlo?

William se puso rojo.

—Sólo cuando necesito que me las den —le espetó Judith—. Vete, William, por favor, y cuida de los otros animales.

El hombre obedeció de inmediato, mientras ella clavaba en su marido una mirada desafiante. Esperaba verle enfadado, pero él sonrió.

—No, Judith. No he venido a reñir contigo.

—No sabía que existiera otra cosa entre nosotros.

Él hizo una mueca de dolor. Luego la tomó de la mano y la llevó consigo.

—He venido a preguntarte si me aceptarías un regalo. ¿Ves el potro del último pesebre? —preguntó, señalando.

—¿El oscuro? Lo conozco bien.

—No has traído ningún caballo de la casa de tu padre.

—Mi padre preferiría desprenderse de todo su oro antes que de uno de sus caballos —replicó ella, haciendo referencia a los carros llenos de riquezas que la habían acompañado a la heredad de Montgomery.

Gavin se apoyó contra el portón de un pesebre vacío.

—Ese potro ha engendrado varias yeguas hermosas. Las tengo en una granja de cría, a cierta distancia. ¿Querrías acompañarme mañana para elegir una?

Judith no comprendió aquella súbita gentileza. Tampoco le gustó.

—Aquí hay caballos castrados que puedo utilizar perfectamente —observó.

Gavin guardó silencio por un momento, observándola.

—¿Tanto me odias? ¿O me tienes miedo?

—¡No os tengo miedo! —aseguró Judith con la espalda muy erguida.

—¿Vendrás conmigo, entonces?

Ella lo miró fijamente a los ojos. Luego sonrió.

Gavin sonrió (una sonrisa de verdad) y Judith recordó inesperadamente algo que parecía muy lejano: el día de su boda. Él le había sonreído así con frecuencia.

—Estaré impaciente —aseguró él, antes de abandonar los establos.

Judith lo siguió con la vista, frunciendo el entrecejo. ¿Qué querría aquel hombre de ella? ¿Qué motivos tenía para hacerle un regalo?

No se lo preguntó por mucho tiempo, pues tenía demasiado que hacer. Todavía no se había ocupado del estanque de los peces, que necesitaba desesperadamente una limpieza.

10

El gran salón de la casa solariega danzaba con la luz de las chimeneas. Los favoritos entre los siervos estaban allí, jugando a los naipes, a los dados o al ajedrez, limpiando sus armas o descansando, simplemente. Judith y Raine se habían sentado a solas en el extremo opuesto.

—Toca esa canción, Raine, por favor —rogó ella—. Sabes que no sirvo para la música. Te lo dije esta mañana y prometí jugar al ajedrez contigo.

—¿Quieres que toque una canción tan larga como tus partidas? —Él pulsó dos acordes en el laúd panzón—. Ya está —bromeó.

—No es culpa mía que te dejes derrotar tan pronto. Usas los peones sólo para atacar y no te proteges del ataque ajeno.

Raine la miró fijamente, boquiabierto. Después se echó a reír.

—¿Eso es una muestra de sabiduría o un insulto desembozado?

—Raine —comenzó Judith—, sabes exactamente lo que quiero decir. Me gustaría que tocaras para mí.

El cuñado le sonrió. La luz del fuego arrancaba destellos a su pelo rojo-dorado; el vestido de lana destacaba su cuerpo tentador. Pero no era su belleza lo que amenazaba enloquecerlo. La belleza existía hasta entre los siervos. No; era la misma Judith. Raine nunca había conocido a una mujer que tuviera tanta honestidad, tanta lógica, tanta inteligencia... Si hubiera nacido hombre... Él sonrió; si Judith hubiera nacido hombre, él no habría corrido tanto peligro de enamorarse desesperadamente. Era preciso alejarse de aquella muchacha cuanto antes, aunque su pierna estuviera curada sólo a medias.

Raine echó un vistazo sobre la cabeza de Judith y vio que Gavin se apoyaba contra el marco de la puerta para observar el perfil de su esposa.

—Ven, Gavin —llamó—, ven a tocar para tu esposa. La pierna me duele demasiado y no disfruto de estas cosas. He tratado de dar algunas lecciones a Judith, pero no le aprovechan.

Le chisporrotearon los ojos al mirar a su cuñada, pero ella permanecía quieta, con la vista fija en las manos cruzadas en su regazo.

Gavin se adelantó.

—Me alegra saber de algo que mi esposa no haga a la perfección —rió—. ¿Sabes que hoy ha hecho limpiar el estanque de los peces? Dicen que en el fondo apareció un castillo normando.

Pero se interrumpió, porque Judith se había puesto de pie, diciendo con voz serena:

—Disculpadme, pero estoy más cansada de lo que pensaba y deseo retirarme.

Sin una palabra más, salió del salón.

Gavin, perdida la sonrisa, cayó en una silla acolchada. Su hermano lo miraba con simpatía.

—Mañana tengo que regresar a mi propia finca.

Gavin no dio señales de haber oído. Raine hizo una señal a uno de los sirvientes para que lo ayudara a llegar hasta su alcoba.

Judith contempló la alcoba con ojos nuevos. Ya no era sólo de ella. Ahora que su esposo había vuelto a casa, tenía el derecho de compartirla. Compartir la habitación, compartir la cama, compartir el cuerpo. Se desvistió de prisa para meterse entre las sábanas. Algo antes, había despedido a sus doncellas, pues quería estar a solas. Si bien las actividades del día la habían cansado, clavó en el dosel los ojos muy abiertos. Al cabo de un rato oyó pasos ante la puerta. Contuvo el aliento durante unos instantes, pero los pasos se retiraron, titubeantes. Era un alivio, por supuesto, pero ese alivio no calentaba la cama fría. Gavin no tenía por qué desearla, se dijo, con los ojos llenos de lágrimas. Sin duda, había pasado la última semana con su amada Alice. Su pasión estaría completamente agotada. No necesitaba a su esposa.

Pese a sus pensamientos, la fatiga de la larga jornada acabó por hacerla dormir.

Despertó muy temprano, cuando aún estaba oscuro; por las ventanas sólo entraba un leve rastro de luz. Todo el castillo dormía, y ese silencio le resultó placentero. Ya no podría volver a dormir ni tenía deseos de hacerlo. Esas oscuras horas de la mañana eran su momento favorito.

Se vistió con rapidez, con un sencillo vestido de lana azul. Sus zapatillas de suave cuero no hicieron ruido en los peldaños de madera, ni al caminar por entre los hombres que dormían en el gran salón. Afuera la luz era gris, pero no tardó en adaptar los ojos. Junto a la casa solariega había un pequeño jardín amurallado: una de las primeras cosas que Judith había visto en su nuevo hogar y una de las últimas a las que podría dedicar su atención. Había allí varias hileras de rosales, con gran variedad de color, pero los capullos estaban casi ocultos bajo los tallos, marchitos por el largo descuido.

La fragancia de las flores en el frescor de la mañana era embriagadora. Judith, sonriente, se inclinó hacia uno de los arbustos. Las otras tareas habían sido necesarias, pero la poda de los rosales era un trabajo por amor.

—Pertenecían a mi madre.

Judith ahogó una exclamación ante aquella voz tan cercana. No había oído ruido de pasos.

—Por doquiera que iba recogía esquejes de rosales ajenos —continuó Gavin mientras se arrodillaba junto a ella para tocar un pimpollo.

El momento y el lugar parecían sobrenaturales. Casi consiguió olvidar que lo odiaba. Volvió a su poda.

—¿Tu madre murió cuando eras pequeño? —preguntó en voz baja.

—Si. Demasiado pequeño. Miles apenas la conoció.

—¿Y tu padre no volvió a casarse?

—Pasó el resto de su vida llorándola. El poco tiempo que le quedaba; murió tres años después. Por entonces yo tenía dieciséis.

Judith nunca lo había oído hablar con tanta tristeza. En verdad, pocas veces le había llegado su voz sin tono de furia.

—Eras muy joven para hacerte cargo de las fincas de tu padre.

—Tenía un año menos de los que tienes tú ahora. Y tú pareces saber perfectamente cómo administrar esta propiedad. Mucho mejor de lo que yo lo hice entonces o lo he hecho hasta ahora.

Había admiración en su voz, pero también cierto tono ofendido.

—Es que a mí me han preparado para este trabajo —aclaró ella apresuradamente—. A ti se te dio adiestramiento de caballero. Ha de haberte resultado difícil cambiar.

—Me dijeron que a ti se te había preparado para la Iglesia —observó él, sorprendido.

—Sí —confirmó Judith, mientras pasaba a otro rosal—. Mi madre no quería para mí la vida que ella había llevado. Pasó su infancia en un convento, donde fue muy feliz. Sólo al casarse...

Judith se interrumpió por no terminar la frase.

—No comprendo cómo la vida del convento puede haberte preparado para lo que has hecho aquí. Por el contrario, deberías haber pasado los días rezando.

Ella le sonrió. El cielo ya comenzaba a tomar un tono rosado. A lo lejos se oía el ruido que hacían los sirvientes.

—En su mayoría, los hombres piensan que nada peor puede ocurrirle a una mujer que verse sin la compañía de un hombre. Te aseguro que la vida de una monja dista mucho de ser vacua. Fíjate en el convento de Santa Ana. ¿Quién crees que administra esas tierras?

—Nunca se me ha ocurrido preguntármelo.

—La abadesa. Administra heredades junto a las cuales las del rey son poca cosa. Las tuyas y las mías, juntas, cabrían en un rincón de Santa Ana. El año pasado mi madre me llevó a visitar a la abadesa. Pasé una semana a su lado. Es una mujer muy ocupada, que dirige el trabajo de miles de hombres y decide qué hacer con hectáreas enteras —los ojos de Judith chispearon—. No tiene tiempo para labores femeninas.

Gavin dio un pequeño respingo, pero se echó a reír.

—Buena estocada. —¿Qué había dicho Raine sobre el sentido del humor de Judith?— Acepto la corrección.

—Pensé que sabrías más de conventos, puesto que tu hermana es monja.

A la cara de Gavin subió un resplandor especial ante la mención de su hermana.

—No imagino a Mary administrando ninguna heredad. Aun de niña era tan dulce y tímida que parecía de otro mundo.

—Por eso le permitiste ingresar en el convento.

—Fue su voluntad; cuando yo heredé las propiedades de mi padre, ella nos dejó. Yo hubiera preferido que ella permaneciera en casa, aun sin casarse, si no lo deseaba; pero ella quería estar cerca de las hermanas.

Gavin miró fijamente a su esposa, pensando que ella había estado muy cerca de pasarse la vida en un convento. El sol prendió fuego a su pelo rojo-dorado. Al mirarlo así, sin enfado ni odio, lo dejaba sin aliento.

—¡Oh! —Judith rompió el hechizo al mirarse el dedo, pinchado por una espina de rosa.

—Déjame ver.

Gavin le tomó la mano. Limpió una gota de sangre de la yema del dedo y se la llevó a los labios, mirándola a los ojos.

—¡Buenos días!

Los dos levantaron la vista hacia la ventana.

—Lamento interrumpir la escena de amor —anunció Raine desde la casa—, pero parece que mis hombres me han olvidado. Y con esta maldita pierna estoy convertido casi en un prisionero.

Judith retiró la mano de entre las de Gavin y apartó la vista, ruborizada.

—Iré a ayudarlo —dijo Gavin, levantándose—. Dice Raine que se marcha hoy. Tal vez pueda ponerlo en camino. ¿Me acompañarás a elegir tu yegua esta mañana?

Ella asintió con la cabeza, pero no volvió a mirarlo.

—Veo que estás haciendo progresos con tu mujer —dijo Raine, mientras Gavin lo ayudaba bruscamente a bajar la escalera.

—Y habría progresado más si cierta persona no se

hubiera puesto a gritar desde la ventana —comentó Gavin, amargo.

Raine resopló riendo. Le dolía la pierna y no le gustaba la perspectiva de hacer un largo viaje hasta otra finca, de modo que estaba de mal humor.

—Ni siquiera has pasado la noche con ella.

—¿Y eso qué te importa? ¿Desde cuándo averiguas dónde duermo?

—Desde que conozco a Judith.

—Mira, Raine, si te...

—No se te ocurra decirlo. ¿Por qué piensas que me voy con la pierna a medio curar?

Gavin sonrió.

—Es encantadora, ¿verdad? Dentro de pocos días la tendré comiendo de mi mano. Entonces verás dónde duermo. Las mujeres son como los halcones: es preciso hacerles pasar hambre hasta que están desesperados por la comida; entonces es fácil domesticarlos.

Raine se detuvo en medio de la escalera, con un brazo cruzado sobre los hombros de Gavin.

—Eres un tonto, hermano. Tal vez el peor de todos los tontos. ¿No sabes que el amo es con frecuencia sirviente de su halcón? ¿Cuántas veces has visto a hombres que llevan a su ave favorita prendida a la muñeca, incluso en la iglesia?

—Estás diciendo sandeces —afirmó Gavin—. Y no me gusta que me traten de tonto.

Raine apretó los dientes, pues Gavin había dado una sacudida a su pierna.

—Judith vale por dos como tú y por cien como esa bruja de hielo a quien crees amar.

Gavin se detuvo al pie de la escalera y, con una mirada malévola, se apartó tan de prisa que Raine tuvo que apoyarse contra la pared para no caer.

—¡No vuelvas a mencionar a Alice! —advirtió el mayor con voz mortífera.

—¡Hablaré de ella cuanto se me antoje! Alguien tiene que hacerlo. Te está arruinando la vida y echando por tierra la felicidad de Judith. Y Alice no vale un solo cabello de tu esposa.

Gavin levantó el puño, pero lo dejó caer.

—Me alegro de que te vayas hoy. No quiero oírte decir una palabra más sobre mis mujeres.

Giró sobre sus talones y se alejó a grandes pasos.

—¡Tus mujeres! —le gritó Raine—. Una es dueña de tu alma y la otra te trata con desprecio. ¿Cómo puedes decir que son tuyas?

11

Había diez caballos dentro del cercado. Cada uno de ellos era lustroso y fuerte; sus largas patas inspiraban visiones de animales al galope por campos floridos.

—¿Debo elegir uno, mi señor? —preguntó Judith, inclinada sobre la cerca.

Levantó la vista hacia Gavin, observándolo con suspicacia. Durante toda la mañana él se había mostrado excepcionalmente simpático: primero, en el jardín; ahora, ofreciéndole un regalo. La había ayudado a montar y hasta la tomó del brazo cuando ella, en un gesto muy poco señorial, trepó a la cerca. Judith podía comprender su irritación y sus expresiones ceñudas, pero esa nueva amabilidad le inspiraba desconfianza.

—El que gustes —respondió Gavin, sonriente—. Todos han sido domados y están listos para la brida y la silla. ¿Ves alguno que te guste?

Ella observó los animales.

—No hay uno solo que no me guste. No es fácil escoger. Creo que aquel, el negro.

Gavin sonrió ante su elección: era una yegua de paso alto y elegante.

—Es tuya —dijo.

Antes de que pudiera ayudarla, Judith echó pie a tierra y cruzó el portón. Pocos minutos después, el palafrenero de Gavin tenía la yegua ensillada y a Judith sobre ella.

Era estupendo volver a cabalgar. A su derecha se extendía la ruta hacia el castillo; a la izquierda, el denso bosque, coto de caza de los Montgomery. Sin pensarlo, Judith tomó el camino hacia el bosque. Llevaba demasiado tiempo encerrada entre murallas y apiñada con otras personas. Los grandes robles, las hayas, le parecieron invitantes, las ramas se entrecruzaban arriba, formando un refugio individual. No se volvió a ver si la seguían; se limitó a lanzarse en línea recta hacia la libertad.

Galopaba para probarse y probar a la yegua. Eran tan compatibles como esperaba. El animal disfrutaba tanto con aquella carrera como ella misma.

—Tranquila ahora, bonita mía —susurró cuando estuvieron bien dentro del bosque.

La yegua obedeció, escogiendo el camino entre árboles y matas. La tierra estaba cubierta de helechos y follaje seco acumulado en cientos de años. Era una suave y silenciosa alfombra. Judith aspiró profundamente el aire limpio y fresco, dejando que su cabalgadura eligiera el rumbo.

Un ruido de agua corriente le llamó la atención, y también a la yegua. Por entre los árboles corría un arroyo profundo y fresco que hacía bailar los reflejos del sol entre las ramas colgantes. Judith desmontó y condujo su yegua hasta el agua. Mientras el animal bebía tranquilamente, ella arrancó unos puñados de hierba para frotarle los costados. Habían galopado varios minutos antes de llegar al bosque, y la yegua estaba sudada.

Mientras se dedicaba a esa agradable tarea, disfrutó del día, del agua y de su caballo. El animal irguió las orejas, alerta, y retrocedió con nerviosismo.

—Quieta, muchacha —ordenó Judith, acariciándole el suave cuello.

La yegua dio otro paso atrás, esa vez con más ímpetu, y relinchó. Judith giró en redondo, tratando de tomar las riendas, pero no las encontró.

Se acercaba un jabalí, olfateando el aire. Estaba herido y sus ojillos parecían vidriados por el dolor. Judith trató nuevamente de tomar las riendas de su caballo, pero el jabalí inició el ataque. La yegua, enloquecida por el miedo, partió al galope. La muchacha se recogió las faldas y echó a correr, pero el jabalí era más veloz que ella. Mientras corría saltó hacia una rama baja y trató de izarse. Fortalecida por toda una vida de trabajo y ejercicio, balanceó las piernas hasta alcanzar otra rama, en el momento en que el jabalí llegaba hasta ella. No fue fácil mantenerse en el árbol, a causa del ataque repetido del animal, que sacudía el tronco.

Por fin, Judith pudo erguirse en la rama más baja, asida a otra que pasaba por encima de su cabeza. Al mirar hacia abajo se dio cuenta de que estaba a mucha distancia del suelo. Clavó la vista en el jabalí, con ciego terror; sus nudillos se habían puesto blancos por la fuerza con que se aferraba de la rama alta.

—Tenemos que diseminarnos —ordenó Gavin a John Bassett, su segundo—. Somos demasiado pocos para dividirnos en parejas, y ella no puede estar muy lejos.

Gavin trataba de mantener la voz en calma. Estaba furioso con su esposa por alejarse al galope, a lomos de un animal desconocido, en un bosque que le era extraño. Él la había seguido con la vista, esperando que la muchacha regresara al llegar a las lindes del bosque. Tardó un momento en comprender que Judith iba a internarse en él.

Y ahora no podía encontrarla. Era como si se hubiera desvanecido, tragada por los árboles.

—John, tú irás hacia el norte, rodeando los árboles. Tú, Odo, por el sur. Yo buscaré en el centro.

En el interior del bosque todo era silencio. Gavin escuchó con atención, tratando de percibir alguna señal de su mujer. Había pasado allí gran parte de su vida y conocía el bosque centímetro a centímetro. Sabía que la yegua se encaminaría, casi con seguridad, al arroyo que corría por el centro. Llamó varias veces a Judith, pero no hubo respuesta.

De pronto, su potro irguió las orejas.

—¿Qué pasa, muchacho? —preguntó Gavin, alertado.

El caballo dio un paso atrás, con las fosas nasales dilatadas. Estaba adiestrado para la cacería. Gavin reconoció la señal.

—Ahora no —dijo—. Más tarde buscaremos la presa.

El caballo parecía no comprender, pero tironeó de las riendas. Gavin frunció el ceño, pero le dio riendas. En ese momento, oyó el ruido del jabalí que atacaba la base del árbol. Un instante después lo vio. Iba a conducir a su cabalgadura dando un rodeo, pero su vista distinguió algo azul en el árbol.

—¡Por Dios! —susurró al caer en la cuenta de que Judith estaba inmovilizada en el árbol—. ¡Judith! —No obtuvo respuesta.— En un momento estarás a salvo.

El caballo bajó la cabeza, preparándose para el ataque, mientras Gavin desenvainaba la espada que llevaba al costado de la silla. El potro, bien adiestrado, corrió hasta pasar muy cerca del jabalí. Gavin se inclinó desde la silla, sujetándose con sus fuertes muslos, y clavó el arma en la columna del animal. El jabalí dio un chillido y pataleó antes de morir.

Gavin saltó apresuradamente de la montura para recuperar el arma. Cuando levantó la vista hacia Judith, el puro terror de su cara lo dejó atónito.

—Ya no hay peligro, Judith. El jabalí ha muerto. Ya no puede hacerte daño.

Tal terror parecía estar fuera de proporción con el peligro, puesto que la muchacha estaba relativamente a salvo en la copa del árbol. Ella se mantuvo muda, con la vista clavada en tierra y el cuerpo rígido como una lanza de hierro.

—¡Judith! —exclamó él con aspereza—. ¿Estás herida?

Aun entonces, ella no respondió ni dio señales de verlo. Gavin le alargó los brazos, apuntando:

—Bastará con un pequeño salto. Suelta la rama de arriba y yo te recibiré.

La muchacha seguía sin moverse.

Gavin echó un vistazo desconcertado al jabalí muerto y volvió a observar la cara espantada de su mujer. La asustaba algo que no era el jabalí.

—Judith... —habló en voz baja, poniéndose en la línea de aquella mirada vacua—. ¿Es la altura lo que te da miedo?

No podía estar seguro, pero tuvo la impresión de que ella movía la cabeza en un levísimo gesto de asentimiento. Gavin se balanceó desde la rama baja para instalarse fácilmente a su lado. Le rodeó la cintura con un brazo, sin que ella diera señales de verlo.

—Escúchame, mujer —dijo él en voz baja y serena—: voy a tomarte de las manos para bajarte a tierra. Tienes que confiar en mí. No tengas miedo.

Fue preciso soltarle las manos; ella se aferró a sus muñecas, presa del pánico. Gavin buscó apoyo en una rama y la bajó al suelo.

En cuanto los pies de la muchacha hubieron tocado tierra, él bajó de un salto y la tomó en sus brazos. Judith se aferró a él con desesperación, temblando.

—Bueno, bueno —susurró él, acariciándole la cabeza—, ahora estás a salvo.

Pero ella no dejaba de temblar, y Gavin sintió que le cedían las rodillas. La alzó en brazos para llevarla hasta un tronco de árbol; allí se sentó, con ella en el regazo, como si fuera una criatura. Aunque tenía poca experiencia con las mujeres, exceptuando la amorosa, y ninguna con niños, era obvio que el miedo de Judith era extraordinario.

La estrechó con fuerza, con tanta fuerza como pudo sin sofocarla. Le apartó el pelo de la mejilla sudorosa y acalorada, la meció. Si alguien le hubiera dicho que alguien podía aterrorizarse tanto por estar a un par de metros del suelo, se habría reído. Pero ahora no le parecía nada divertido. El miedo de Judith era muy real y lo apenaba que ella pudiera sufrir tanto. El corazón le palpitaba como si fuera un pájaro. Gavin comprendió que tenía que inspirarle una sensación de seguridad. Entonces comenzó a cantar en voz baja, sin prestar mucha atención a la letra, con voz densa y sedante. Cantó una canción de amor que hablaba de un hombre que, al retornar de las Cruzadas, encontraba a su gran amor esperándolo.

Poco a poco sintió que Judith se relajaba contra él; los horribles temblores iban cediendo y sus manos dejaban de aferrarlo. Aun entonces, Gavin no la soltó. Sin dejar de tararear la melodía, sonrió y le besó la sien. La respiración de la muchacha se fue normalizando hasta que ella levantó la cabeza de su hombro. Trató de apartarse, pero él la retuvo con firmeza. Esa necesidad que ella tenía de su protección lo tranquilizaba de un modo extraño, aunque hubiera dicho que no le gustaban las mujeres dependientes.

—Dirás que soy una tonta —murmuró ella.

Él no respondió.

—No me gustan las alturas —continuó Judith.

Él sonrió, estrechándola.

—Ya me he dado cuenta —rió—, aunque «no me gustan» es poco decir. ¿Por qué te inspiran tanto miedo los lugares altos?

Ahora reía, feliz de verla repuesta. Le sorprendió que ella se pusiera rígida.

—¿Qué he dicho? No te enfades.

—No me enfado —aseguró ella con tristeza, relajándose a gusto en sus brazos—. Pero no me gusta pensar en mi padre. Eso es todo.

Gavin la obligó a apoyar otra vez la cabeza en su hombro.

—Cuéntame —pidió con seriedad.

Judith guardó silencio por un momento. Cuando habló, lo hizo en voz tan baja que apenas fue posible escucharla.

—En realidad, es poco lo que recuerdo. Sólo perdura el miedo. Mis doncellas me lo contaron varios años después. Cuando tenía tres años, algo perturbó mi sueño. Salí de mi cuarto para ir al gran salón, lleno de luces y música. Allí estaba mi padre, con sus amigos; todos bastante borrachos.

Su voz era fría, como si estuviera contando una anécdota ajena.

—Al verme, mi padre pareció idear una gran broma. Pidió una escalera y subió por ella, conmigo bajo el brazo, para sentarme en un alto antepecho de ventana, a buena altura. Tal como te he dicho, de esto no recuerdo nada. Mi padre y sus amigos se quedaron dormidos; por la mañana mis doncellas tuvieron que buscarme. Pasó mucho tiempo antes de que me encontraran, aunque debí de oírles llamar. Al parecer estaba tan asustada que no podía hablar.

Gavin le acarició la cabellera y volvió a mecerla. Le revolvía el estómago pensar que un hombre pudiera poner a una criatura de tres años a seis metros por encima del suelo para dejarla allí toda la noche. La aferró por los hombros y la apartó de sí.

—Pero ahora estás a salvo. Ya ves que el suelo está muy cerca.

Ella le dedicó una sonrisa vacilante.

—Has sido muy bueno conmigo. Gracias.

Aquel agradecimiento no fue grato para Gavin. Le entristecía pensar que la muchacha hubiera sido tan maltratada en su corta vida, puesto que el consuelo de su esposo le parecía un don del cielo.

—No has visto mis bosques. ¿Qué te parece si pasamos un rato aquí?

—Pero hay trabajo que...

—Eres un demonio para el trabajo. ¿Nunca te diviertes?

—No estoy segura de saber cómo hacerlo —respondió ella con franqueza.

—Bueno, hoy aprenderás. Hoy será un día para recoger flores silvestres y ver cómo se aparean los pájaros.

La miró agitando las cejas y Judith emitió una risita muy poco habitual en ella. Gavin quedó encantado. Los ojos de la muchacha eran cálidos; sus labios, dulcemente curvos; su belleza resultaba embriagadora.

—Ven, pues —le dijo, poniéndola de pie—. Aquí cerca hay una ladera cubierta de flores, donde viven algunos pájaros extraordinarios.

Cuando los pies de Judith tocaron el suelo, el tobillo izquierdo no la sostuvo. Ella se apoyó en el brazo de Gavin.

—Te has hecho daño —observó él, arrodillándose para revisarle el tobillo. Notó que la muchacha se mordía los labios—. Lo sumergiremos en agua fría del arroyo para que no se hinche.

Y la alzó en brazos.

—Si me ayudas, puedo caminar.

—¿Y perder mi condición de caballero? Como sabes, se nos enseñan las normas del amor cortesano, que son muy severas en cuanto a las bellas damas en apuros. Es preciso llevarlas en brazos cuando quiera que sea posible.

—¿Soy sólo un medio de acrecentar tu condición de caballero? —preguntó Judith, muy seria.

—Desde luego, puesto que eres una carga muy pesada. Debes de pesar tanto como mi caballo.

—¡No es así! —protestó ella con vehemencia. Entonces vio que le chispeaban los ojos—. ¡Estás bromeando!

—¿No te he dicho que este día sería para la diversión?

Ella sonrió, apoyándose contra su hombro. Resultaba agradable que la estrechara así.

Gavin la depositó en el borde del arroyo y le quitó cuidadosamente el zapato.

—Es preciso sacar la media —exigió.

Observó con placer los movimientos de la muchacha, que recogía sus largas faldas para descubrir la parte alta de la media, atada por encima de la rodilla con una liga.

—Si necesitas ayuda... —se ofreció, lascivo, mientras ella enrollaba hacia abajo la prenda de seda.

Judith se dejó lavar el pie con agua fría. ¿Quién era aquel hombre que la tocaba con tanta suavidad? No podía ser el mismo que la había abofeteado, el que se había pavoneado ante ella con su amante, el que la había violado en la noche nupcial.

—No parece estar muy mal —observó él, mirándola.

—No, en efecto —confirmó Judith en voz baja.

Una súbita brisa le cruzó un mechón de pelo contra los ojos. Gavin se lo apartó con suavidad.

—¿Te gustaría que hiciera una gran fogata para asar ese detestable jabalí?

Ella le sonrió.

—Me gustaría.

Él volvió a alzarla y la arrojó en el aire, juguetón. Judith se aferró a su cuello, asustada.

—Tal vez llegue a gustarme este miedo tuyo —rió el marido, estrechándola contra sí.

La llevó a la otra orilla del arroyo y hasta una colina cubierta de flores silvestres. Allí encendió una fogata bajo un saliente rocoso. A los pocos minutos volvió con un trozo del jabalí, ya aderezado, y lo puso a asar. No permitió que Judith prestara ayuda alguna. Mientras la carne se asaba, volvió a alejarse para volver minutos después con el tabardo recogido a la altura de las caderas, como si trajera algo.

—Cierra los ojos —dijo.

Y dejó caer sobre ella una lluvia de flores.

—Como no puedes ir hacia ellas, ellas vienen a ti.

Judith levantó la vista; tenía el regazo cubierto por un torbellino de capullos perfumados.

—Gracias, mi señor —dijo con una sonrisa resplandeciente.

Él tomó asiento a su lado, con una mano tras la espalda para inclinarse hacia ella.

—Tengo otro regalo para ti —le dijo, ofreciéndole tres frágiles aguileñas.

Cuando la muchacha alargó la mano para tomarlas, él las apartó. Judith lo miró sorprendida.

—No son gratuitas.

Bromeaba otra vez, pero la expresión de la muchacha demostró que ella no se había dado cuenta. Gavin sintió una punzada de remordimientos por haberla herido tanto. De pronto se preguntó si era acaso mejor que su suegro. Le deslizó un dedo por la mejilla.

—El precio que hay que pagar es poco —agregó

158

con suavidad—. Me gustaría oír que me llamaras por mi nombre.

Los ojos de Judith se despejaron y recobraron la calidez.

—Gavin —pronunció en voz baja, mientras él le entregaba las flores—. Gracias, mi... Gavin, por las flores.

Él suspiró perezosamente y se reclinó en la hierba, con las manos detrás de la cabeza.

—¡Mi Gavin! —repitió—. ¡Qué bien suena!

Se enroscó ociosamente un rizo de la muchacha en la palma de la mano. Ella, dándole la espalda, recogía las flores esparcidas para formar un ramo. «Siempre ordenada», pensó el mozo.

De pronto se le ocurrió que llevaba años sin pasar un día apacible en sus propias tierras. La responsabilidad del castillo lo asediaba siempre, pero en pocos días su esposa había ordenado las cosas de modo tal que él podía tenderse en el césped, sin pensar en nada, para observar el vuelo de las abejas y la textura sedosa de una cabellera femenina.

—¿Te enfadaste de verdad por lo de Simón? —preguntó ella.

Gavin apenas podía recordar quién era Simón.

—No —sonrió—, pero no me gustó que una mujer lograra lo que yo no podía lograr. Y no estoy seguro de que ese nuevo cebo sea mejor.

Ella se volvió para mirarlo de frente.

—¡Sí que lo es! Simón estuvo de acuerdo de inmediato. Estoy segura de que los halcones atraparán más presas ahora que... —se interrumpió al verlo reír—. Eres un hombre vanidoso.

—¿Yo? Soy el menos vanidoso de los hombres.

—¿No acabas de decir que te enfadaste porque una mujer hizo lo que tú no podías?

—Ah... —Gavin volvió a relajarse en la hierba, con los ojos cerrados.— No es lo mismo. A todo hombre le sorprende que una mujer haga algo, aparte de coser y criar niños.

—¡Oh, tú! —Judith, disgustada, arrancó un puñado de hierba con su correspondiente terrón y se lo arrojó a la cara.

Él abrió los ojos, sorprendido. Luego se quitó la tierra de la boca, entornando los ojos.

—Pagarás por esto —dijo, acercándose sigilosamente.

Judith retrocedió, temerosa del dolor que le causaría, y empezó a levantarse. Él la aferró por el tobillo desnudo y se lo sujetó con fuerza.

—No... —protestó la muchacha.

Y Gavin se arrojó contra ella... para hacerle cosquillas. Judith sorprendida, estalló en risitas. Recogió las rodillas contra el pecho para protegerse, pero él era inmisericorde.

—¿Te retractas?

—No —jadeó ella—. Eres vanidoso, mil veces más vanidoso que cualquier mujer.

Su marido le deslizó los dedos por las costillas hasta hacerla patalear.

—Basta, por favor —exclamó la muchacha—. ¡No aguanto más!

Las manos de Gavin se aquietaron.

—¿Te das por vencida?

—No. —Pero se apresuró a agregar:— Aunque tal vez no seas tan vanidoso como yo pensaba.

—Ésa no es manera de pedir disculpas.

—Me las han arrancado bajo tortura.

Gavin le sonrió. El sol poniente convertía en oro su piel; la cabellera diseminada era como un fiero crepúsculo.

—¿Quién eres, esposa mía? —susurró él, devorándola con la vista—. Me maldices y me embrujas al momento siguiente. Me desafías hasta darme ganas de quitarte la vida, pero sonríes y me deslumbras con tu encanto. Nunca he conocido otra como tú. Aún no te he visto enhebrar una aguja, pero sí sumergida hasta las rodillas en la mugre del estanque. Montas tan bien como cualquier hombre, pero te encuentro subida a un árbol y temblando como una criatura de puro miedo. ¿Alguna vez eres la misma persona dos segundos seguidos?

—Soy Judith, nadie más. Tampoco sé cómo ser otra persona.

Él le acarició la sien. Después se inclinó para besarla apenas en los labios, dulces y calientes por el sol. Acababa de probarla cuando el cielo se abrió en un trueno enorme y empezó a derramar sobre ellos un verdadero torrente de agua.

Gavin barbotó una palabra muy sucia, que Judith nunca había escuchado.

—¡Al saliente rocoso! —ordenó.

Y entonces se acordó del tobillo herido. La alzó para correr con ella hasta el refugio, donde el fuego chisporroteaba por la grasa caída. Aquel repentino aguacero no mejoró en absoluto el humor de Gavin, que volvió al fuego, furioso. Un lado de la carne estaba negro; el otro, crudo. Ninguno de los dos había recordado darle la vuelta.

—¡Qué mala cocinera eres! —exclamó, fastidiado por que aquel momento perfecto hubiera quedado destruido.

Ella le dirigió una mirada inexpresiva.

—Soy mejor costurera que cocinera.

Él le clavó la mirada. Luego se echó a reír.

—Buena réplica. —Estudió la lluvia.— Debo atender a mi potro. No puedo dejarlo bajo esta lluvia con la silla puesta.

Judith, siempre alerta al bienestar de los animales, giró hacia él.

—¿Has dejado sin atención a tu pobre caballo durante tanto tiempo?

A él no le gustó aquel tono autoritario.

—¿Y dónde está tu yegua, dime? ¿Tan poco te importa que no te interesa saber qué ha sido de ella?

—Yo... —Judith, concentrada en Gavin, ni siquiera había pensado en el animal.

—Atiende tus deberes antes de darme tantas órdenes.

—Yo no te he dado ninguna orden.

—Dime, entonces, ¿qué era eso?

Judith le volvió la espalda.

—Ve, ve, que tu caballo espera bajo la lluvia.

Gavin iba a replicar, pero cambió de idea y se alejó.

Judith se frotó el tobillo, regañándose por enfadar a su marido a cada instante. De pronto interrumpió sus reproches. ¿Qué importaba enfadarlo o no? ¿Acaso no lo odiaba? Era un hombre vil, sin honor; un día de amabilidad no alteraría su odio. ¿O sí?

—Mi señor.

La voz se oyó desde muy lejos.

—Lord Gavin, lady Judith —las voces se iban acercando.

Gavin juró por lo bajo, ajustando la cincha que acababa de aflojar. Se había olvidado de sus hombres por completo. ¿Qué hechizos arrojaba ella, para hacerle olvidar su caballo y, peor aún, a sus hombres, que los buscaban con tanta diligencia? Venían bajo la lluvia, mojados, con frío y con hambre, sin duda. Por mucho que le hubiera gustado estar con Judith, tal vez para pasar la noche con ella, primero debía pensar en su gente.

Llevó su caballo al paso a través del arroyo y colina ariba. Para entonces, ellos ya habían visto el fuego.

—¿No estáis herido, mi señor? —preguntó John Bassett cuando se encontraron. El agua le chorreaba por la nariz.

—No —replicó Gavin con sequedad, sin mirar a su esposa, recostada contra la roca salediza—. Nos atrapó la tormenta y Judith se torció un tobillo —comenzó a explicar.

Pero se interrumpió al ver que John miraba el cielo. Un chaparrón de primavera no podía tomarse por tormenta. Además, Gavin y su esposa podrían haber montado el mismo caballo.

John era hombre ya mayor, caballero del padre de Gavin, y tenía experiencia con mozos.

—Comprendo, mi señor. Hemos traído la yegua de la señora.

—¡Maldición, maldición! —murmuró Gavin.

Ahora había mentido a sus hombres. Se acercó a la yegua y ajustó la cincha con salvajismo.

Judith, pese al dolor del tobillo herido, renqueó precipitadamente.

—No seas tan rudo con mi yegua —dijo, posesiva.

Él se volvió.

—Y tú, ¡no seas tan ruda conmigo, Judith!

La muchacha miraba en silencio por entre los postigos entornados, contemplando la noche estrellada. Vestía una bata de damasco de color añil, forrada de seda celeste y bordeada de armiño blanco. La lluvia había pasado y el aire nocturno era fresco. Se apartó de la ventana, renuente, para volverse hacia la cama vacía. Sabía cuál era su problema, aunque se negara a admitirlo. ¿Qué clase de mujer era, que se moría por las caricias de un hombre al que despreciaba? Cerró los ojos; casi podía sentir las manos y los labios de ese hombre en el cuerpo. ¿Acaso no tenía orgullo? Se quitó la bata para deslizarse en la cama helada, desnuda.

El corazón se le detuvo por un instante al oír pasos pesados frente a su puerta. Aguardó, sin aliento, pero los pasos retrocedieron por el pasillo. Entonces descargó el puño contra la almohada de plumas. Pasó largo rato antes de que pudiera dormir.

Gavin estuvo varios minutos junto a su puerta antes de volver al cuarto que había ocupado. Se preguntaba qué le estaba pasando, de dónde le había surgido esa nueva timidez con las mujeres. Judith estaba dispuesta a recibirlo; se le notaba en los ojos. Ese día, por primera vez en varias semanas, le había sonreído y hasta lo había llamado por su nombre de pila. ¿Podía arriesgarse a perder esas pequeñas ventajas entrando en su alcoba por la fuerza, para provocar nuevos odios?

¿Y qué importaba violarla otra vez o no? ¿Acaso no había disfrutado de aquella primera noche? Se desvistió de prisa para deslizarse en la cama vacía. No quería volver a violarla. No; quería que ella le sonriera, lo llamara por su nombre y le alargara los brazos. De su mente había desaparecido toda idea de triunfo. Se durmió recordando cómo la había tenido aferrada a él en su momento de miedo.

12

Después de una noche de sueño intranquilo, Gavin se despertó muy temprano. En el castillo había ya algún movimiento, pero los ruidos eran aún sordos. Su primer pensamiento fue para Judith. Quería verla. ¿Sería cierto que el día anterior le había sonreído?

Se vistió apresuradamente con una camisa de lino y un chaleco de lana rústica, asegurado con un ancho cinturón de cuero. Se cubrió las piernas musculosas con medias de hilo y las ató a los calzones que usaba como taparrabo. Después bajó apresuradamente al jardín para cortar una fragante rosa roja, con los pétalos besados por perladas gotas de rocío.

La puerta de Judith estaba cerrada. Gavin la abrió en silencio. Ella dormía, con una mano enredada en la cabellera, que le cubría los hombros desnudos, y la almohada a un lado. El joven dejó la rosa en la almohada y apartó suavemente un rizo de su mejilla.

Judith abrió los ojos con lentitud. Le parecía parte de sus sueños ver a Gavin tan cerca. Le tocó la cara con suavidad, apoyando el pulgar en su mentón para tocar la barba crecida. Lo veía más joven que de costumbre; las arrugas de preocupación y de responsabilidad habían desaparecido de sus ojos.

—Pensé que no eras real —susurró, observándole los ojos, que se ablandaban.

Él movió apenas la cabeza y le mordió la punta de un dedo.

—Soy muy real. Eres tú quien parece un sueño.

Ella le sonrió con malignidad.

—Al menos, nuestros sueños nos complacen mucho, ¿verdad?

Gavin, riendo, la abrazó con brusquedad y le frotó una mejilla contra la tierna piel del cuello, deleitándose con los chillidos de protesta de la muchacha, a quien la barba incipiente amenazaba desollar.

—Judith, dulce Judith —susurró, mordisqueándole un lóbulo—, siempre eres un misterio. No sé si te gusto o no.

—¿Te importaría mucho no gustarme?

Él se apartó y le tocó la sien.

—Sí, creo que me importaría.

—¡Mi señora!

Ambos levantaron la vista. Joan había irrumpido en la habitación.

—Mil perdones, mi señora —suplicó la muchacha, riendo entre dientes—. Ignoraba que estuvierais tan ocupada. Pero se hace tarde y muchos os reclaman.

—Diles que esperen —repuso Gavin, acalorado, abrazando con fuerza a Judith, que trataba de apartarlo.

—¡No! —exclamó la joven—. ¿Quién me busca, Joan?

—El sacerdote pregunta si piensan vuestras mercedes iniciar el día sin misa. El segundo de lord Gavin, John Bassett, dice que han llegado algunos caballos de Chestershire. Y tres mercaderes de tela desean que se inspeccione su mercancía.

Gavin se puso tieso y soltó a su esposa.

—Di al sacerdote que allí estaremos. En cuanto a los caballos, los veré después de misa. Di también a los mercaderes...

Se interrumpió disgustado, preguntándose: «¿Soy el amo de esta casa o no?»

—¿Y bien? —espetó a la flaca doncella—. Ya se te ha dicho qué debes hacer. Vete.

Joan apretó la puerta a su espalda.

—Debo ayudar a mi señora a vestirse.

Gavin comenzaba a sonreír.

—Lo haré yo. Tal vez eso aporte algún placer a este día, además de obligaciones.

Joan sonrió burlonamente antes de deslizarse al corredor para cerrar la puerta.

—Y ahora, señora mía —agregó el mozo, volviéndose hacia su mujer—, estoy a vuestras órdenes.

Los ojos de Judith chisporroteaban.

—¿Aunque mis órdenes se refieran a tus caballos?

Él gruñó, fingiéndose atormentado.

—Fue una riña tonta, ¿verdad? Yo estaba más enfadado con la lluvia que contigo.

—¿Y por qué te enfadó la lluvia? —lo provocó ella, burlona.

Gavin volvió a inclinarse hacia ella.

—Me impidió practicar un ejercicio que deseaba mucho.

Judith le apoyó una mano en el pecho; su corazón palpitaba con fuerza.

—No olvides que el sacerdote nos está esperando.

Entonces él se apartó.

—Bien, levántate, que te ayudaré a vestirte. Si no puedo degustarte, al menos miraré a voluntad.

Judith le clavó la mirada por un momento. Hacía casi dos semanas que no hacían el amor. Tal vez él la había abandonado, apenas casados, para irse con su amante. Pero Judith comprendió que en aquel momento era suyo y decidió aprovechar a fondo esa posesión. Muchos le

167

decían que era hermosa, sin que ella diera importancia a los halagos. Sabía que su cuerpo curvilíneo se diferenciaba mucho de la flacura de Alice Valence. Pero en otros momentos Gavin había deseado aquel cuerpo. Se preguntó si podría hacer que sus ojos se oscurecieran otra vez.

Apartó poco a poco un borde del cubrecama y sacó un pie descalzo; después recogió el cobertor hasta la mitad del muslo y flexionó los pies.

—Creo que mi tobillo está bastante repuesto, ¿no te parece?

Le sonreía con inocencia, pero él no la estaba mirando a la cara. Con mucha lentitud, Judith descubrió su cadera firme y redonda. Después, el ombligo, en medio del vientre plano. Se levantó sin ninguna prisa y quedó de pie ante él, a la luz de la mañana.

Gavin la miraba con fijeza. Llevaba semanas sin verla desnuda. Apreció sus piernas largas y esbeltas, sus caderas redondas, la cintura estrecha y los pechos llenos, de puntas rosadas.

—¡Al diablo con el cura! —murmuró, alargando la mano para tocarle la curva de la cadera.

—No blasfemes, mi señor —advirtió Judith, muy seria.

Gavin la miró sorprendido.

—Siempre me asombra que quisieras ocultar todo eso bajo el hábito de monja —suspiró con fuerza, sin dejar de mirarla; le dolían las palmas por el deseo de tocarla—. Sé buena y busca tu ropa. No soporto más esta dulce tortura. Podría violarte ante los mismos ojos del cura.

Judith se volvió hacia su arcón, disimulando una sonrisa. Se preguntaba si eso podía llamarse violación.

Se vistió sin prisa, disfrutando de aquella mirada fija en su persona, del silencio tenso. Se puso una fina camisa de algodón, bordada con diminutos unicornios azules; apenas le llegaba a medio muslo. Después, las enaguas haciendo juego. A continuación apoyó un pie en el borde del banco donde Gavin permanecía, duro como una piedra, y deslizó con cuidado las medias de seda por la pierna, para sujetarlas en su sitio por medio de las ligas.

Cruzó un brazo por delante de él para tomar un vestido de rica cachemira parda de Venecia, que tenía leones de plata bordados en la pechera y alrededor del bajo. A Gavin le temblaban las manos al abotonarle la parte trasera. Completó su atuendo con un cinturón de filigrana de plata. Al parecer, no era capaz de manejar sola su simple hebilla.

—Lista —dijo, después de luchar largo rato con las dificultosas prendas.

Gavin soltó el aliento que contenía desde rato antes.

—Serías muy buena doncella —rió la muchacha, girando en un mar de pardo y plateado.

—No —replicó él con franqueza—: moriría en menos de una semana. Ahora baja conmigo y no me provoques más.

—Sí, mi señor —respondió ella, obediente.

Pero le chispeaban los ojos.

Dentro del baluarte interior había un campo largo, cubierto de una gruesa capa de arena. Allí se adiestraban los Montgomery y sus vasallos principales. De una especie de patíbulo pendía un monigote de paja contra el que los hombres lanzaban sus estocadas al pasar a lomos del caballo. También servía de blanco un anillo sujeto entre dos postes. Otro hombre estaba atacando un poste de diez centímetros de grosor, profundamente clavado en tierra, la espada sujeta con ambas manos.

Gavin se dejó caer pesadamente en un banco, al costado de ese campo de adiestramiento, y se quitó el yelmo para deslizar una mano por el pelo sudoroso. Tenía los ojos convertidos en pozos oscuros, las mejillas flacas y los hombros doloridos por el cansancio. Habían pasado cuatro días desde la mañana en que ayudara a Judith a vestirse. Desde entonces había dormido muy poco y comido aún menos; por eso tenía los sentidos muy tensos.

Recostó la cabeza contra el muro de piedra, pensando que ya no podía pasar otra desgracia. Se habían incendiado varias cabañas de sus siervos, tras lo cual el viento había llevado las chispas hasta la granja lechera. Él y sus hombres tuvieron que combatir el incendio durante dos días, durmiendo en el suelo, allí donde caían. Una noche se vio obligado a permanecer en vela en los establos, donde una yegua estaba dando a luz un potrillo mal colocado. Judith lo acompañó durante toda la noche para sostener la cabeza del animal, entregarle paños y alcanzarle ungüentos antes de que él mismo los pidiera. Gavin nunca se había sentido tan próximo a alguien como en esos momentos. Al amanecer, triunfantes, ambos se incorporaron a la par, contemplando al potrillito que daba sus primeros pasos temblorosos.

Sin embargo, pese a toda esa proximidad espiritual, sus cuerpos estaban tan alejados como siempre. Gavin tenía la sensación de que en cualquier momento enloquecería de tanto desearla.

Mientras se limpiaba el sudor de los ojos, vio que Judith cruzaba el patio hacia él. ¿O era pura imaginación suya? Ella parecía estar en todas partes, aun cuando estaba ausente.

—Te he traído una bebida fresca —dijo, ofreciéndole un jarrito.

Él la miró con atención. Judith dejó el jarrito en el banco.

—¿Te sientes mal, Gavin? —preguntó, aplicando una mano reconfortante a la frente del mozo.

Él la sujetó con fuerza y la obligó a sentarse a su lado. Le buscó los labios con apetito, obligándola a entreabrirlos. No se le ocurrió que la muchacha pudiera resistirse; ya nada le importaba.

Judith le rodeó el cuello con los brazos y respondió al beso con ansias iguales. A ninguno de los dos le importó que medio castillo los estuviera mirando: no existía nadie sino ellos. Gavin le deslizó los labios hasta el cuello, pero sin suavidad; actuaba como si pudiera devorarla.

—¡Mi señor! —exclamó alguien, impaciente.

La muchacha abrió los ojos y se encontró con un jovencito que esperaba con un papel enrollado en la mano. De pronto, recordó quién era y dónde estaba.

—Gavin, te traen un mensaje.

Él no apartó los labios de su cuello. Judith tuvo que concentrarse para no olvidar al mensajero.

—Señor —dijo el muchachito—, se trata de un recado urgente.

Era muy joven, aún lampiño; esos besos le parecían una pérdida de tiempo.

—¡A ver! —Gavin arrebató el pergamino al niño. —Ahora vete y no vuelvas a molestarme.

Y arrojó el papel al suelo, para volverse una vez más hacia los labios de su esposa.

Pero Judith había cobrado aguda conciencia de que estaban en un sitio muy público.

—Gavin —reprochó con severidad, pugnando por abandonar su regazo—, tienes que leer eso.

Él levantó la vista para mirarla, jadeante.

171

—Léelo tú —pidió, en tanto cogía la jarrita de refresco que Judith le había llevado, con la esperanza de que le enfriara la sangre.

La joven desenrolló el papel con el entrecejo fruncido en un gesto de preocupación. Al leer fue perdiendo el color. De inmediato, Gavin cobró interés.

—¿Son malas noticias?

Cuando ella alzó la vista volvió a dejarlo sin aliento, pues una vez más había aparecido en sus ojos aquella frialdad. Sus pupilas cálidas y apasionadas le arrojaban dagas de odio.

—¡Soy triplemente idiota! —exclamó con los dientes apretados, en tanto le arrojaba el pergamino a la cara.

Giró sobre sus talones y se marchó a grandes zancadas hacia la casa solariega.

Queridísimo:

Te envío esto en secreto para poder hablarte libremente de mi amor. Mañana me casaré con Edmund Chatworth. Ora por mí; piensa en mí como yo te tendré en mis pensamientos. No olvides nunca que mi vida es tuya. Sin tu amor no soy nada. Cuento los instantes hasta que vuelva a ser tuya.

Con amor,

Alice

—¿Algún problema, señor? —preguntó John Bassett.

Gavin dejó la misiva.

—El peor de cuantos he tenido. Dime, John, tú que ya eres maduro, ¿sabes acaso algo de mujeres?

John rió entre dientes.

—No hay hombre que sepa de eso, señor.

—¿Es posible dar tu amor a una mujer, pero desear a otra casi hasta volverse loco?

John movió negativamente la cabeza. Su amo, en tanto, seguía con la mirada la silueta de su esposa, que se alejaba.

—El hombre de quien hablamos, ¿desea también a la mujer que ama?

—¡Desde luego! —respondió Gavin—. Pero tal vez no... no de la misma manera.

—Ah, comprendo. Un amor sagrado, como el que se brinda a la Virgen. Soy hombre sencillo. Si de mí se tratara, me quedaría con el amor profano. Creo que, si la mujer fuera deleitosa en la cama, el amor acabaría por venir.

Gavin apoyó los codos en las rodillas y la cabeza en las manos.

—Las mujeres fueron creadas para tentación de los hombres. Son hechura del demonio.

John sonrió.

—Creo que, si nos encontráramos con el viejo maligno, bien podríamos agradecerle esa parte de su obra.

Para Gavin, los tres días siguientes fueron un infierno. Judith se negaba a dirigirle la palabra y ni siquiera lo miraba. Se acercaba a él lo menos que le era posible. Y cuanta más altanería demostraba, más furioso se ponía él.

Una noche, en el momento en que ella iba a abandonar una habitación por haber entrado él, le ordenó:

—¡Quédate!

—Por supuesto, mi señor —replicó Judith con una reverencia. Mantenía la cabeza gacha y los ojos bajos.

En cierta oportunidad Gavin creyó verle los ojos enrojecidos, como si hubiera estado llorando. Eso no podía ser, desde luego. ¿Qué motivos tenía esta mujer para llorar? El castigado era él, no ella. Había dado muestras de que deseaba ser bondadoso, pero ella prefería despreciarlo. Bien, si eso se le había pasado en una ocasión, volvería a pasársele.

Pero transcurrieron los días sin que la muchacha dejara de mostrarse fría. Gavin la oía reír, pero en cuanto él se presentaba, toda sonrisa moría en la cara de la muchacha. Sentía ganas de abofetearla, de obligarla a responderle; hasta el enfado era mejor que esa manera de mirar, como si él no estuviera. Pero no podía hacerle daño. Quería abrazarla y hasta pedirle disculpas. ¿Disculpas por qué? Pasaba los días galopando y adiestrándose exageradamente, pero por las noches no podía dormir. Se descubrió buscando excusas para acercarse a Judith, sólo por ver si podía tocarla.

Ella había llorado casi hasta enfermar. ¿Cómo había podido olvidar tan pronto que él era un hombre vil? Sin embargo, pese a toda la angustia causada por la carta, le era preciso contenerse para no correr a sus brazos. Odiaba a Gavin, pero su cuerpo se lo pedía en cada momento de cada día.

—Mi señora —dijo Joan en voz baja. Muchos de los sirvientes habían aprendido a andar en puntillas cerca de los amos, en esos días—, lord Gavin pide que os reunáis con él en el salón grande.

—¡No iré! —replicó Judith sin vacilar.

—Ha dicho que es urgente. Se trata de algo relacionado con vuestros padres, señora.

—¿Mi madre? —exclamó ella, inmediatamente preocupada.

—No lo sé. Él sólo dijo que tiene que hablar con vos de inmediato.

En cuanto Judith vio a su esposo comprendió que había algún problema muy grave. Sus ojos parecían carbones negros. Sus labios estaban tan apretados que se habían reducido a un tajo en la cara. De inmediato descargó su ira contra ella.

—¿Por qué no me dijiste que habías sido prometida a otro antes que a mí?

Judith quedó desconcertada.

—Os dije que había sido prometida a la Iglesia.

—Sabes que no me refiero a la Iglesia. ¿Qué hay de ese hombre con el que coqueteabas y reías durante el torneo? Debí haberme dado cuenta.

Judith sintió que la sangre le palpitaba en las venas.

—¿De qué debíais daros cuenta? ¿De que cualquier hombre hubiera sido mejor esposo que vos?

Gavin dio un paso adelante en actitud amenazadora, pero Judith no retrocedió.

—Walter Demari ha presentado una reclamación sobre ti y sobre tus tierras. Para apoyarla ha dado muerte a tu padre y tiene a tu madre cautiva.

Judith olvidó inmediatamente todo su enfado. Quedó débil y aturdida, a tal punto que se aferró de una silla para no caer.

—¿Que ha dado muerte...? ¿Que tiene cautiva...? —logró susurrar.

Gavin se calmó un poco y le apoyó una mano en el brazo.

—No era mi intención darte la noticia de ese modo. Es que ese hombre reclama lo que es *mío*.

—¿Vuestro? —Judith lo miró fijamente. —Mi padre ha sido asesinado, mi madre secuestrada, mis tierras usurpadas... ¿Y vos os atrevéis a mencionar lo que habéis perdido?

Él se apartó un paso.

—Conversemos razonablemente. ¿Fuiste prometida de Walter Demari?

—Nunca.

175

—¿Estás segura?

Ella se limitó a fulminarlo con la mirada.

—Dice que sólo liberará a tu madre si te reúnes con él.

Ella giró de inmediato.

—En ese caso, iré.

—¡No! —Gavin la obligó a sentarse nuevamente—. ¡No puedes! ¡Eres mía!

Ella lo miró con fijeza, concentrada en sus problemas.

—Si soy vuestra y mis tierras son vuestras, ¿cómo piensa este hombre apoderarse de todo? Aun cuando luche contra vos, no puede luchar contra todos vuestros parientes.

—No es ésa su intención —los ojos de Gavin parecían perforarla—. Le han dicho que no dormimos juntos. Pide una anulación: que declares ante el rey que te disgusto y que lo deseas a él.

—Y si hago eso, ¿liberará a mi madre indemne?

—Eso dice.

—¿Y si no declaro eso ante el rey? ¿Qué será de mi madre?

Gavin hizo una pausa antes de responder:

—No lo sé. No puedo decirte qué será de ella.

Judith guardó silencio un instante.

—En ese caso, ¿debo elegir entre mi esposo y mi madre? ¿Debo elegir si ceder o no a las codiciosas exigencias de un hombre al que apenas conozco?

La voz de Gavin tomó un tono muy diferente a los que ella le conocía: frío como acero templado.

—No. Tú no elegirás.

Ella levantó bruscamente la cabeza.

—Tal vez riñamos con frecuencia dentro de nuestras propias fincas, hasta dentro de las alcobas, y quizá yo ceda muchas veces ante ti. Puedes cambiar los cebos para halcones y yo me enfadaré contigo, pero ahora no has de entrometerte. No me interesa que hayas estado prometida a él antes de nuestro casamiento; ni siquiera me interesa que hayas podido pasar la infancia en su lecho. Ahora se trata de guerra y no discutiré contigo.

—Pero mi madre...

—Trataré de rescatarla sana y salva, pero no sé si podré.

—Entonces dejad que vaya y trate de persuadirlo.

Gavin no cedió.

—No puedo permitirlo. Ahora tengo que reunir a mis hombres. Partiremos mañana a primera hora.

Y abandonó la habitación.

Judith pasó largo rato ante la ventana de su alcoba. Su doncella entró para desvestirla y le puso una bata de terciopelo verde, forrada de visón. Judith apenas notó su presencia. La madre que la había amparado y protegido toda su vida estaba amenazada por un hombre que Judith apenas conocía. Recordaba vagamente a Walter Demari: un joven simpático, que había conversado con ella sobre las reglas del torneo. Pero tenía muy claro en la memoria que, según Gavin, ella había provocado a ese hombre.

Gavin, Gavin, siempre Gavin. Todos los caminos conducían a su esposo. Él exigía y ordenaba lo que se debía hacer, sin darle alternativa. Su madre sería sacrificada a su feroz posesividad.

Pero ¿qué habría hecho ella, de contar con la posibilidad de elegir?

De pronto, sus ojos chisporrotearon en oro. ¿Qué derecho tenía ese hombrecillo odioso a intervenir en su vida, a fingirse Dios haciendo que otros se sometieran a sus deseos? «¡Luchar!», gritaba su mente. La madre le había enseñado a ser orgullosa. ¿Acaso a Helen le habría gustado que su única hija se presentara mansamente ante el rey, cediendo a la voluntad de un payaso presumido sólo porque ese hombre así lo decidía?

¡No, nada de eso! A Helen no le habría gustado semejante cosa. Judith giró hacia la puerta; no estaba segura de lo que iba a hacer, pero una idea le daba coraje, encendida por su indignación.

—Conque los espías de Demari han informado de que no dormimos juntos, de que nuestro matrimonio podría ser anulado —murmuró mientras caminaba por el pasillo desierto.

Sus convicciones se mantuvieron firmes hasta que abrió la puerta del cuarto que ocupaba Gavin. Lo vio ante la ventana, perdido en sus pensamientos, con una pierna apoyada en el antepecho. Una cosa era hacer nobles baladronadas de orgullo; otra muy distinta enfrentarse a un hombre que, noche a noche, hallaba motivos para evitar el lecho de su esposa. La bella y gélida cara de Alice Valence flotaba ante ella. Judith se mordió la lengua, para que el dolor alejara las lágrimas. Había tomado una decisión y ahora debía respetarla; al día siguiente, su esposo marcharía a la guerra. Sus pies descalzos no hicieron ruido sobre los juncos del suelo. Se detuvo a un par de metros de él.

Gavin sintió su presencia, más que verla. Se volvió lentamente, conteniendo el aliento. El pelo de Judith parecía más oscuro a la luz de las velas; el verde del terciopelo hacía centellear la riqueza de su color, y el visón oscuro destacaba el tono de su piel. Él no pudo decir nada. Su proximidad, el silencio del cuarto, la luz de las velas eran aún más que sus sueños. Ella lo miró fijamente; luego desató con lentitud el cinturón de su bata y la dejó deslizar, lánguida, hasta caer al suelo.

La mirada de Gavin la recorrió entera, como si no

lograra aprehender del todo su belleza. Sólo al mirarla a los ojos notó que estaba preocupada. ¿O era miedo lo que había en su expresión? ¿Miedo de que él... la rechazara? La posibilidad le pareció tan absurda que estuvo a punto de soltar una carcajada.

—Gavin —susurró ella.

Apenas había terminado de murmurar el nombre cuando se encontró en sus brazos, rumbo a la cama. Los labios de su esposo ya estaban clavados a los de ella.

Judith no tenía miedo sólo de él, sino también de sí misma, y él lo sintió en el beso. Había esperado largo rato verla acudir. Llevaba semanas lejos de ella, con la esperanza de que Judith aprendiera a tenerle confianza. Sin embargo, ahora la abrazaba sin sensación de triunfo.

—¿Qué pasa, dulce mía? ¿Qué te preocupa?

Ese interés por ella hizo que Judith tuviera ganas de llorar. ¿Cómo explicarle su dolor?

Cuando él la llevó a la cama, dejando que la luz de las velas bailara sobre su cuerpo, lo olvidó todo, salvo su proximidad. Se desembarazó velozmente de su ropa y se tendió a su lado. Quería saborear el contacto de su piel, centímetro a centímetro, lentamente.

Cuando la tortura le fue insoportable, la apretó contra sí.

—Te echaba de menos, Judith.

Ella levantó la cara para un beso.

Llevaban demasiado tiempo separados como para proceder con lentitud. La mutua necesidad era urgente. Judith aferró un puñado de carne y músculo de la espalda de Gavin, que ahogó una exclamación y rió con voz gutural. Ante un segundo manotazo, le sujetó ambas manos por encima de la cabeza. Ella pugnó por liberarse, pero no pudo contra su fuerza. Ante la penetración lanzó un grito ahogado y levantó las caderas para salirle al

179

encuentro. Hicieron el amor con prisa, casi con rudeza, antes de lograr la liberación buscada. Después, Gavin se derrumbó sobre ella, aún unidos los cuerpos.

Debieron de quedarse dormidos, pero algo más tarde despertó a Judith un nuevo movimiento rítmico de su esposo. Medio dormida, excitada sólo a medias, empezó a responder con sensuales y perezosos movimientos propios. Minuto a minuto, su mente se fue perdiendo en las sensaciones del cuerpo. No sabía qué deseaba, pero no estaba satisfecha con su postura. No supo de la consternación de Gavin cuando lo empujó hacia un costado, sin separarse. Un momento después él estaba de espaldas y ella, a horcajadas.

Gavin no perdió tiempo en extrañezas. Le deslizó las manos por el vientre hasta los pechos. Judith arqueó el cuello hacia atrás, blanco y suave en la oscuridad, lo cual lo inflamó más aún. La aferró por las caderas y ambos se perdieron en la pasión creciente. Estallaron juntos en un destello de estrellas blancas y azules.

Judith cayó sobre Gavin, laxa, y él la sostuvo contra su cuerpo. La cabellera envolvió a los dos, empapados en sudor, como en un capullo de seda. Ninguno de los dos mencionó lo que les pasaba por la mente: por la mañana Gavin se marcharía para dar batalla.

13

La casa solariega de los Chatworth era una mansión de ladrillo, de dos plantas, con ventanas de piedra tallada y cristales importados. A cada extremo de su estructura, larga y estrecha, había una ventana salediza cubierta de vidrieras. Atrás se extendía un encantador patio amurallado. Ante la casa había un bello prado de casi una hectárea, con el coto de caza del conde algo más allá.

De ese bosque privado estaban saliendo tres personas, que caminaban por el prado hacia la casa. Jocelin Laing, con el laúd colgado del hombro, llevaba de la cintura a dos fregonas, Gladys y Blanche. Sus ojos oscuros y ardientes se habían nublado aún más tras la tarde pasada satisfaciendo a las dos codiciosas mujeres. Pero a él no le parecían codiciosas. Para Jocelin, todas las mujeres eran joyas que había que disfrutar cada una según su brillo especial. No conocía los celos ni la posesividad.

Por desgracia, no era ése el caso de las dos mujeres. En ese momento, a ambas les disgustaba abandonarlo.

—¿Para ella te han traído aquí? —preguntó Gladys.

Jocelin giró la cabeza para mirarla hasta hacerle apartar la vista, ruborizada. Blanche fue más difícil de intimidar.

—Es muy extraño que lord Edmund te permitiera venir, porque tiene a lady Alice como si fuera prisionera. Ni siquiera le permite salir a caballo, como no sea con él.

—Y a lord Edmund no le gusta sacudir su delicado trasero a lomos de un caballo —gorjeó Gladys.

Jocelin parecía desconcertado.

—Pensé que tratándose de una alianza por amor, puesto que es una mujer pobre casada con un conde...

—¡Por amor! ¡Bah! —rió Blanche—. Esa mujer sólo se ama a sí misma. Pensó que lord Edmund era un patán al que podría usar a voluntad, pero él dista mucho de serlo. Nosotras, que vivimos aquí desde hace años, lo sabemos muy bien, ¿verdad, Gladys?

—Oh, sí —concordó su compañera—. Ella creyó que manejaría el castillo. Conozco a ese tipo de señoras. Pero lord Edmund preferiría incendiarlo todo esto antes que darle rienda libre.

Jocelin frunció el ceño.

—¿Por qué se casó con ella, en ese caso? Tenía mujeres para elegir. Lady Alice no tenía tierras que aportar a la alianza.

—Pero es hermosa —respondió Blanche, encogiéndose de hombros—. A él le gustan las mujeres hermosas.

Jocelin sonrió.

—Este hombre empieza a caerme simpático. Estoy plenamente de acuerdo con él.

Y dedicó a las dos muchachas una mirada lasciva que les hizo bajar los ojos, con las mejillas enrojecidas.

—Pero no es como tú, Jocelin —continuó Blanche.

—No, por cierto. —Gladys deslizó una mano por el muslo del joven. Su compañera le echó una fuerte mirada de reprimenda.

—A lord Edmund sólo le gusta su belleza. Nada le importa de la mujer en sí.

—Y lo mismo ocurre con la pobre Constance —agregó Gladys.

—¿Constance? —repitió Jocelin—. No la conozco.

Blanche se echó a reír.

—Míralo, Gladys. Está con dos mujeres, pero le preocupa no conocer a una tercera.

—¿O tal vez le preocupa que exista una mujer a la que no conozca?

Jocelin se llevó la mano a la frente, fingiendo desesperación.

—¡He sido descubierto! ¡Estoy perdido!

—Sí que lo estás. —Blanche, riendo, empezó a besarle el cuello.— Dime, tesoro: ¿eres alguna vez fiel a una mujer?

Él le mordisqueó la oreja.

—Soy fiel a todas las mujeres... por un tiempo.

Así llegaron a la casa solariega, riendo.

—¿Dónde estabas? —le espetó Alice en cuanto Jocelin entró en el salón grande.

Blanche y Gladys corrieron a sus tareas en distintas partes de la casa. El juglar no se dejó perturbar.

—¿Me habéis echado de menos, mi señora? —sonrió, tomándole la mano para besársela, tras haberse asegurado de que no había nadie en las cercanías.

—Nada de eso —le aseguró ella con franqueza—. En el sentido que tú le das, no. ¿Has pasado la tarde con esas malas pécoras, mientras yo permanecía sola aquí?

Jocelin se afligió de inmediato.

—¿Os habéis sentido sola, mi señora?

—¡Oh, sí, me he sentido sola! —exclamó Alice, dejándose caer en un almohadón de la ventana. Era tan adorable como él la había visto en la boda de la familia Montgomery, pero ahora tenía cierto aspecto refinado, como si hubiera perdido peso, y movía nerviosamente los ojos de un lado a otro. En voz baja, agregó:

—Sí, me siento sola. Aquí no tengo a nadie que sea amigo mío.

183

—¿Cómo puede ser? Sin duda alguna, bella como sois, vuestro esposo ha de amaros.

—¡Amarme! —rió ella—. Edmund no ama a nadie. Me tiene aquí como un pájaro en su jaula: no veo a nadie, no hablo con nadie. —La joven se volvió para mirar una sombra del cuarto. Su bella cara se contrajo de odio—. ¡Salvo con ella! —rugió.

Jocelin desvió la mirada hacia la sombra, sin saber que hubiera otra presencia cercana.

—Ven, pequeña mujerzuela —se burló Alice—. Deja que él te vea, en vez de ocultarte como ave de carroña. Enorgullécete de lo que haces.

Jocelin forzó la vista hasta distinguir a una joven que se adelantaba. Era de silueta esbelta; caminaba con la cabeza gacha y los hombros encorvados.

—¡Levanta la vista, ramera! —ordenó Alice.

Jocelin contuvo el aliento al ver los ojos de aquella joven. Era bonita, aunque no con la belleza de Alice ni de la mujer a quien había visto casarse, aquella Judith Revedoune. Aun así era bonita. Fueron sus ojos los que atrajeron la atención del mozo: charcos violáceos colmados con todas las aflicciones del mundo. Él nunca había visto tanto tormento, tanta desesperación.

—Él me la ha echado encima a manera de perro —explicó Alice, recobrando la atención de Jocelin—. No puedo dar un paso sin que me siga. Una vez traté de matarla, pero Edmund la revivió. Amenazó con encerrarme todo un mes si vuelvo a hacerle daño. Y..

En ese momento Alice notó que su esposo se acercaba. Era un hombre bajo y gordo, de gran papada y ojos pesados, soñolientos. Nadie habría pensado que tras aquella cara podía existir una mente que no fuera la más simple. Pero Alice había descubierto, para su mal, una astuta inteligencia.

—Ven a mí —susurró ella a Jocelin, antes de que él saludara brevemente a Edmund con la cabeza y abandonara el salón.

—Tus gustos han cambiado —observó Edmund—. Ése no se parece en absoluto a Gavin Montgomery.

Alice se limitó a mirarlo fijamente. De nada servía contestar. Tras sólo un mes de matrimonio, cada vez que miraba a su esposo recordaba la mañana siguiente a la de su boda: había pasado la noche nupcial a solas.

Por la mañana, Edmund la había llamado a su presencia. No se parecía en nada al hombre que Alice conocía.

—Confío en que hayas dormido bien —le dijo en voz baja; mantenía fijos en ella sus ojillos, demasiado pequeños para cara tan carnosa.

Alice bajó coquetamente las pestañas.

—Me sentía... sola, mi señor.

—¡Ya puedes abandonar tus patrañas! —le ordenó Edmund, levantándose del asiento—. Conque crees poder mandar sobre mí y sobre mis fincas, ¿no?

—Yo... no tengo idea de lo que queréis decir —tartamudeó Alice.

—Tú... todos vosotros, toda Inglaterra... Me creéis tonto. Esos musculosos caballeros con los que te revuelcas me creen cobarde porque rehúso arriesgar la vida peleando por el rey. ¿Qué me importan las batallas ajenas? Sólo me importan las mías.

Alice quedó muda de desconcierto.

—Ah, querida mía, ¿dónde está esa sonrisita llena de hoyuelos que dedicas a los hombres que babean por tu belleza?

—No comprendo.

Edmund cruzó el salón hasta un armario alto y se sirvió un poco de vino. Era una estancia grande y aireada, situada en el último piso de la encantadora casa de Chatworth. Todo el mobiliario era de roble o nogal finamente tallados; los respaldos de las sillas estaban cubiertos con piel de lobo o de ardilla. La copa de la que él bebía estaba hecha de cristal de roca, con un pequeño pie de oro.

El hombre puso el cristal contra el sol. En la base había varias palabras latinas que prometían buena suerte a su poseedor.

—¿Sospechas acaso por qué me casé contigo? —No dio a Alice oportunidad alguna de responder. —Sin duda eres la mujer más vanidosa de toda Inglaterra. Probablemente pensaste que me tenías tan ciego como a ese enamorado Gavin Montgomery. Cuando menos, no te extrañó que un conde como yo quisiera casarse con una pobretona capaz de yacer con quienquiera que tuviese el equipo necesario para complacerla.

Alice se puso de pie.

—¡No voy a seguir escuchando!

Edmund le dio un rudo empellón para obligarla a sentarse otra vez.

—¿Quién eres tú para decidir qué harás y qué no? Quiero que entiendas una cosa: no me he casado contigo porque te amara ni porque me abrumara tu supuesta belleza.

Le volvió la espalda para servirse otra copa de vino.

—¡Tu belleza! —se burló—. No me explico qué podía hacer Montgomery con una muchacha como tú, si tenía a una mujer como esa Revedoune. Ésa sí es una mujer capaz de agitar la sangre a un hombre.

Alice trató de atacar a su marido con las manos convertidas en zarpas, pero él la apartó sin dificultad.

—Estoy harto de estos juegos. Tu padre posee ochenta hectáreas en medio de mis tierras. Ese viejo mugriento iba a venderlas al conde de Weston, que desde hace años es enemigo mío y fue enemigo de mi padre. ¿Sabes qué habría sido de mis fincas si Weston poseyera tierras entre ellas? Por allí pasa un arroyo. Si él le pusiera un dique, yo perdería varias hectáreas de cosechas y mis siervos morirían de sed. Tu padre fue muy estúpido y no cayó en la cuenta de que yo sólo quería esa propiedad.

Alice no podía sino mirarlo fijamente. ¿Por qué no le había mencionado su padre esas tierras que Weston deseaba?

—Pero, Edmund... —balbuceó con su entonación más suave.

—¡No me dirijas la palabra! Te hago vigilar desde hace meses. Sé de cada hombre que has llevado a tu cama. ¡Y ese Montgomery! Te arrojaste a sus brazos incluso en el día de su boda. Sé lo de la escena del jardín. ¡Suicidarte tú! ¡Já! ¿Sabes que la novia vio tu pequeño juego? No, ya imaginaba que no. Me emborraché hasta el estupor para no oír las risas con que todo el mundo se burlaba de mí.

—Pero, Edmund...

—Te he dicho que no hables. Seguí adelante con el proyecto de casamiento porque no soportaba que Weston se apoderara de sus tierras. Tu padre me ha prometido las escrituras cuando le des un nieto.

Alice se reclinó en la silla. ¡Un nieto! Estuvo a punto de sonreír. A los catorce años se había descubierto embarazada; una vieja bruja de la aldea se encargó de retirar el feto. Alice estuvo al borde de la muerte por la hemorragia, pero fue una alegría deshacerse del crío; nunca hubiera arruinado su esbelta silueta por el bastardo de un hombre. En los años transcurridos desde entonces, pese a todos sus amoríos, no había vuelto a quedar embarazada. Hasta entonces se había alegrado de que aquella operación la hubiera dejado estéril. Ahora comprendía que acababa de caer en el infierno.

Una hora después, cuando Jocelin dejó de tocar para varias fregonas, le dio por pasear a lo largo del gran salón, junto al muro. La tensión en el castillo de Chatworth era casi intolerable. Los sirvientes eran desordenados y deshonestos. Parecían mirar con terror tanto al amo como a su señora, y no habían perdido tiempo en contar a Jocelin los horrores de la vida allí. En las primeras semanas siguientes al casamiento, Edmund y Alice habían reñido con violencia. Por fin (contó uno de los sirvientes, riendo), el amo descubrió que a lady Alice le gustaba la mano fuerte. Entonces lord Edmund la encerró para apartarla de todos, le impidió cualquier diversión y, sobre todo, le vedó el disfrute de su riqueza.

Cuando Jocelin preguntaba qué motivos había para esos castigos, los vasallos se encogían de hombros. Tenía algo que ver con la boda de la heredera Revedoune y Gavin Montgomery. Todo había comenzado entonces; con frecuencia se oía gritar a lord Edmund que no aceptaría el papel de tonto. Ya había hecho matar a tres hombres que, supuestamente, eran amantes de Alice.

Al ver que Jocelin se ponía blanco como un pergamino, todo el mundo se echó a reír. En esos momentos, al alejarse de todos los sirvientes, el juglar juró abandonar el castillo de Chatworth al día siguiente. Aquello era demasiado peligroso.

Un sonido levísimo, que provenía de un oscuro rincón de la sala, le hizo dar un respingo. Después de calmar su corazón precipitado se burló de su propio nerviosismo. Sus sentidos le indicaban que había una mujer entre las sombras y que ella estaba llorando. Al acercarse él la muchacha se retiró como una bestia acorralada.

Era Constance, la mujer a quien Alice tanto odiaba.

—Tranquilízate —dijo Jocelin en voz baja y ronroneante—. No te haré daño.

Adelantó cautelosamente la mano hasta tocarle el pelo. Como ella lo miró con temor, al juglar se le partió el corazón. ¿Quién podía haberla maltratado al punto de hacer de ella un ser tan medroso?

La muchacha se apretaba el brazo contra el costado, como si le doliera algo.

—Déjame ver —pidió él con suavidad, tocándole la muñeca.

Ella tardó algunos momentos en aflojar el brazo lo suficiente para que él pudiera echarle una mirada. No tenía la piel abierta ni huesos rotos, como él había sospechado en un principio, pero la luz escasa le permitió ver una zona enrojecida, como si alguien le hubiera dado un cruel pellizco.

Sintió deseos de abrazarla y de prodigarle consuelo, pero el terror de la muchacha era casi tangible. Temblaba de miedo. Jocelin comprendió que sería más bondadoso dejarla en libertad, sin seguir imponiéndole su presencia. Dio un paso atrás y la joven huyó sin pérdida de tiempo. Él la siguió con la mirada durante largo rato.

Era ya muy tarde cuando se deslizó en la alcoba de Alice. Ella lo esperaba, ansiosa y con los brazos abiertos. Pese a toda su experiencia, Jocelin quedó sorprendido ante la violencia de sus actos. La mujer le clavaba las uñas en la piel de la espalda, lo buscaba con la boca y le mordía los labios. El juglar se apartó, frunciendo el entrecejo, y la oyó gruñir de irritación.

—¿Piensas dejarme? —acusó ella, entrecerrando los ojos—. Ha habido otros que trataron de abandonarme. —Sonrió al verle la expresión—. Veo que estás enterado —rió—. Si me complaces, no habrá motivos para que te reúnas con ellos.

A Jocelin no le gustaron esas amenazas. Su primer impulso fue dejarla, pero en ese momento parpadeó la vela puesta junto a la cama y le hizo cobrar aguda conciencia de lo hermosa que era: como de frío mármol. Sonrió, centelleantes los ojos oscuros.

—Sería un tonto si os dejara, mi señora —dijo en tanto deslizaba los dientes a lo largo de su cuello.

Alice echó la cabeza atrás y sonrió, clavándole nuevamente las uñas. Lo deseaba cuanto antes y con toda la fuerza posible. Jocelin sabía que le estaba haciendo daño, pero también sabía que ella disfrutaba de ese modo. Por su parte, ese acto de amor no le proporcionaba ningún placer: era una egoísta demostración de las exigencias de la mujer. Sin embargo, obedeció; de su mente no estaba muy lejos la idea de abandonar a aquella mujer y aquella casa por la mañana.

Por fin ella emitió un gruñido y lo apartó de un empellón.

—Ahora vete —ordenó, apartándose.

Jocelin sintió pena por ella. ¿Qué era la vida sin amor? Alice jamás sería amada, porque no sabía amar.

—Me has complacido, sí —dijo en voz baja, en el momento en que él abría la puerta. Jocelin distinguió las marcas que sus manos habían dejado en aquel fino cuello; sentía la espalda despellejada—. Te veré mañana —agregó ella.

«Si puedo escapar, no», prometió Jocelin para sus adentros, en tanto caminaba por el corredor oscuro.

—¡Oye, muchacho! —llamó Edmund Chatworth, abriendo bruscamente la puerta de su alcoba, con lo cual el corredor se inundó de luz—. ¿Qué haces ahí, acechando en el pasillo por la noche?

Jocelin se encogió ociosamente de hombros y se reacomodó las calzas, como si acabara de responder a una llamada de la naturaleza.

Edmund lo miró fijamente; después clavó la vista en

190

la puerta cerrada de su esposa. Iba a decir algo, pero luego se encogió de hombros, como indicando que no valía la pena insistir con el tema.

—¿Puedes mantener la boca cerrada, muchacho?

—Sí, mi señor —respondió el joven, precavido.

—No me refiero a asuntos sin importancia, sino a algo más vital. Si callas, ganarás un saco de oro —entornó los ojos—. Si no lo haces, ganarás la muerte. Ahí —indicó Edmund, dando un paso al costado para servirse una copa de vino—. ¿Quién iba a pensar que unos pocos golpes podían matarla?

Jocelin se acercó de inmediato al lado opuesto de la cama. Allí yacía Constance, con la cara desfigurada por los golpes hasta lo irreconocible y las ropas arrancadas, colgando de su cintura por una única costura intacta. Tenía la piel cubierta de arañazos y pequeños cortes; en los brazos y en los hombros se le formaban grandes cardenales.

—Tan joven —susurró Jocelin, cayendo pesadamente de rodillas.

Ella tenía los ojos cerrados y el pelo enredado en una masa de sangre seca. Al inclinarse para tomarla suavemente en brazos, sintió que su piel estaba helada. Le apartó con ternura el pelo de la cara sin vida.

—Esa perra maldita me desafió —dijo Edmund a espaldas del juglar, mirando a la mujer que había sido su amante—. Dijo que prefería morir antes que volver a acostarse conmigo —lanzó un bufido de desprecio—. En cierto modo, sólo le he dado lo que deseaba.

Bebió su vino hasta las heces y fue en busca de más. Jocelin no se atrevió a mirarlo otra vez. Sus manos se habían apretado bajo el cuerpo de la muchacha.

—¡Toma! —exclamó Edmund, arrojándole un saco de cuero—. Quiero que te deshagas de ella. Átale algunas piedras y arrójala al río. Pero que no se sepa lo que ha pasado aquí esta noche. La noticia podría causar problemas. Diré que ha vuelto con su familia —bebió un poco más—. Maldita ramerilla. No valía el dinero que se gastaba en vestirla. El único modo de que se moviera un poco era pegándole. De lo contrario se dejaba montar con la inmovilidad de un tronco.

—¿Por qué la conservabais, entonces? —preguntó Jocelin en voz baja, mientras se quitaba el manto para envolver con él a la muerta.

—Por esos condenados ojos. Lo más bonito que he visto en mi vida. Los veía hasta en sueños. Le encargué vigilar a mi mujer e informarme de lo que pasaba, pero la muchacha era mala espía: nunca me decía nada. —Rió entre dientes—. Creo que Alice le pegaba para asegurarse de que no hablara. Bueno, ya se te ha pagado —agregó, volviéndole la espalda—. Llévatela y haz con el cadáver lo que gustes.

—El sacerdote...

—¿Ese viejo saco de gases? —rió Edmund—. Ni el arcángel Gabriel podría despertarlo después de tomarse su diario frasco de vino. Si quieres, échale tú mismo alguna bendición, pero no llames a nadie más. ¿Has entendido? —Tuvo que contentarse con un mero ademán afirmativo. Y ahora vete. Estoy harto de ver esa fea cara.

Jocelin no dijo palabra. Sin mirar siquiera a Edmund, tomó a Constance en brazos.

—Oye, muchacho —observó el caballero, sorprendido—, te dejas el oro.

Y dejó caer el saco sobre el vientre del cadáver.

Jocelin empleó hasta el último resto de sus fuerzas en mantener los ojos bajos. Si el conde hubiera visto el odio que ardía en ellos, el juglar no habría estado vivo a la hora de huir, por la mañana. Salió en silencio de la alcoba, cargando con el cadáver; bajó la escalera y salió a la noche estrellada.

La esposa del mozo de cuadra, una vieja gorda y desdentada a quien Jocelin trataba con respeto y hasta con afecto, le había dado un cuarto sobre los establos, para que se alojara en él. Era un sitio abrigado, entre parvas de heno, íntimo y tranquilo; pocas personas conocían su existencia. Llevaría a la muchacha allí para lavarla y preparar su cuerpo para la sepultura. Por la mañana saldría con ella del castillo y la enterraría más allá de las murallas. Aunque no pudiera reposar en tierra sacra, bendecida por la Iglesia, al menos descansaría en un sitio limpio y libre del hedor que reinaba en el castillo de Chatworth.

El único modo de llegar a su cuarto era trepando por una escalerilla puesta contra la pared de los establos. Acomodó cuidadosamente a Constance sobre sus hombros y la llevó arriba. Una vez dentro, la depositó tiernamente sobre un lecho de heno suave y encendió una vela junto a ella. Si verla en el cuarto de Edmund había sido un golpe desagradable, ahora le daba espanto.

Hundió un paño en un cántaro de agua y comenzó a limpiarle la sangre coagulada en el rostro. Sin que él se diera cuenta, los ojos se le llenaron de lágrimas al tocar aquella carne castigada. Sacó un cuchillo de la cadera para cortar los restos del vestido y continuó lavando las magulladuras.

—Tan joven —susurró—. Y tan hermosa...

Era hermosa o lo había sido. Aun en esos momentos, en la muerte, su cuerpo resultaba encantador: esbelto y firme, aunque quizá se le vieran demasiado las costillas.

—Por favor...

Esas palabras habían sido un murmullo tan leve que Jocelin casi no las oyó. Al volver la cabeza vio que la muchacha tenía los ojos abiertos; uno de ellos, al menos; el otro permanecía cerrado por la hinchazón.

—Agua —jadeó ella, con la boca seca y ardorosa.

Al principio él sólo pudo mirarla fijamente, incrédulo. Después sonrió de oreja a oreja, invadido de pura alegría.

—Vive —susurró—. ¡Vive!

Se apresuró a traer un poco de vino con agua y le alzó cuidadosamente la cabeza en el hueco del brazo, llevándole una taza a los labios partidos.

—Despacio —recomendó, siempre sonriendo—, muy despacio.

Constance se recostó contra él, con el entrecejo fruncido por el esfuerzo de tragar, dejando a la vista oscuros moretones en el cuello. Él le deslizó una mano por el hombro y vio que aún estaba helado. ¡Qué tonto había sido al darla por muerta sólo porque Edmund así lo decía! La muchacha se estaba congelando; sólo por eso se la sentía tan fría. La única manta que había estaba debajo de ella. Como Jocelin no conocía otro modo de calentar a una mujer, se acostó junto a ella y la envolvió en sus brazos, levantando la manta para cubrirla con gran preocupación. Nunca antes había sentido eso al tenderse junto a una mujer.

Despertó ya tarde, con la muchacha entre sus brazos. Ella se movía en sueños, haciendo muecas por los dolores del cuello. Jocelin se levantó y le puso un paño frío en la frente, que acusaba el principio de la fiebre.

A la luz del día comenzaba a ver la situación con realismo. ¿Qué hacer con la muchacha? No era posible anunciar que estaba con vida. Edmund volvería a adueñarse de ella en cuanto la supiera repuesta, y había pocas probabilidades de que la chica soportara una segunda paliza. Si el marido no la mataba, lo haría la mujer. Jocelin estu-

194

dió el cuartito con una mirada nueva. Era íntimo, difícil de alcanzar y silencioso. Con un poco de suerte y muchísimo cuidado, tal vez pudiera mantenerla oculta allí hasta que se recuperara. Si lograba conservarla viva y a salvo, más adelante se preocuparía de qué hacer con ella.

Le levantó la cabeza para darle más vino aguado, pero su garganta hinchada aceptó muy poca cantidad.

—¡Joss! —llamó una mujer desde abajo.

—¡Maldición! —exclamó él para sus adentros, lamentando por primera vez en la vida estar tan asediado por las mujeres.

—Sabemos que estás ahí, Joss. Si no bajas, subiremos nosotras.

Se abrió paso por entre un laberinto de fardos hasta la entrada y sonrió hacia Blanche y Gladys.

—Qué bella mañana, ¿verdad? ¿Y qué podéis desear de mí, encantadoras damiselas?

Gladys rió agudamente.

—¿Quieres que lo digamos a gritos, para que se entere todo el castillo?

Él volvió a sonreír. Tras echar una última mirada hacia atrás, descendió la escalerilla y echó un brazo al hombro de cada muchacha.

—Hoy me gustaría conversar con la cocinera —dijo—. Estoy muerto de hambre.

Los cuatro días siguientes fueron un infierno. Jocelin nunca se había visto obligado a guardar un secreto; los subterfugios constantes eran agotadores. De no haber sido por la esposa del mozo de cuadra, no habría tenido éxito.

—No sé qué tienes oculto allí arriba —dijo la vieja—, pero a mi edad ya nada me sorprende. —Lo miró con la cabeza inclinada, admirando su belleza—. Supongo que ha de ser una mujer —y rió al ver su expresión—. Oh, sí, ya veo que es una mujer. Ahora tendré que aplicarme a adivinar por qué es preciso mantenerla oculta.

Jocelin abrió la boca para hablar, pero ella levantó una mano.

—No tienes nada que explicar. Me encantan los misterios como a nadie. Déjame resolver el misterio y yo te ayudaré a impedir que las otras mujeres suban a tu cuarto. Aunque no será fácil, siendo tantas las que te persiguen. Alguien debería conservarte en vinagre, muchacho. No conozco a otro capaz de complacer a tantas como tú.

Jocelin le volvió la espalda exasperado. Estaba afligido por Constance y casi todo el mundo notaba su distracción. Exceptuando a Alice, claro está, que cada vez le exigía más y más; lo llamaba para que tocara su laúd y le ordenaba ir todas las noches a su cama, donde la violencia por ella deseada lo dejaba día a día más exhausto. Por añadidura, era preciso oírle hablar sin pausa sobre el odio que le inspiraba Judith Revedoune, y sobre la visita que Alice pensaba hacer al rey Enrique VII para recuperar a Gavin Montgomery.

Echó un vistazo para ver si alguien lo vigilaba y subió la escalerilla hasta su pequeño pajar. Por primera vez, Constance estaba despierta. Jocelin la vio incorporarse, sujetando la manta contra el cuerpo desnudo. En las atenciones que le había prodigado, él había llegado a familiarizarse tanto con el cuerpo de la muchacha como con el propio. No se le ocurrió pensar que para ella era un extraño.

—¡Constance! —exclamó, gozoso, sin caer en la cuenta de su miedo. Se arrodilló a su lado—. ¡Cuánto me alegra ver tus ojos otra vez! —Le tomó la cara entre las manos para examinar sus cardenales, que estaban cicatrizando rápidamente, gracias a su juventud y a los cuidados del juglar. Él quiso apartarle la manta de los hombros desnudos para examinar las otras heridas.

—No —susurró ella, ciñéndose la manta.

Jocelin la miró sorprendido.

—¿Quién eres?

—Ah, tesoro, no me temas. Soy Jocelin Laing. Me has visto con lady Alice, ¿no recuerdas?

Ante el nombre de Alice, los ojos de Constance volaron de un rincón al otro. Jocelin la tomó en sus brazos, sitio donde ella había pasado mucho tiempo sin saberlo. Ella trató de liberarse, pero estaba demasiado débil.

—Ya ha pasado todo. Estás a salvo. Estás aquí, conmigo, y yo no dejaré que nadie te haga daño.

—Lord Edmund... —murmuró contra su hombro.

—Él no sabe que estás aquí. Nadie lo sabe. Sólo yo. Lo he ocultado a todos. Él cree que has muerto.

—¿Qué he muerto? Pero...

—Calla —le acarició la cabellera—. Ya habrá tiempo para conversar. Antes tienes que curarte. Te he traído sopa de zanahorias y lentejas. ¿Puedes masticar?

Ella asintió; si bien no se la veía relajada, tampoco estaba tan tensa. Jocelin la sostuvo con el brazo estirado.

—¿Puedes sentarte?

La muchacha volvió a asentir. Él sonrió como si estuviera presenciando una verdadera hazaña.

Jocelin había tomado la costumbre de escamotear cacerolas calientes hasta el pajar. A nadie parecía extrañarle que él llevara el laúd al hombro y el estuche en los brazos. El caso es que todas las noches llenaba el estuche de alimentos, con los que esperaba dar fuerzas a la febril Constance.

Le acercó el cuenco y empezó a darle de comer como si ella fuera una criatura. La muchacha quiso tomar la cuchara, pero le temblaba demasiado la mano y no pudo sostenerla. Cuando no pudo comer más, los ojos se le cerraron de agotamiento; hubiera caído de no sostenerla Jocelin. Demasiado débil para protestar, se dejó acunar por el muchacho y se adormeció con facilidad. Se sentía protegida.

Al despertar estaba sola. Tardó algunos minutos en recordar dónde se encontraba. El joven de las pestañas negras que le canturreaba al oído no podía ser algo real. Lo real eran las manos de Edmund Chatworth ciñéndole el cuello, y las de Alice retorciéndole los brazos o tirándole del pelo: cualquier método para causar dolor que no dejara huellas.

Horas más tarde volvió Jocelin y la tomó en sus brazos para acurrucarse con ella bajo la manta. Ya no tenía conciencia del paso del tiempo. Por primera vez en su vida no lo gobernaba el deseo de mujer alguna. La completa dependencia de Constance con respecto a él le provocaba una emoción que hasta entonces había ignorado: el comienzo del amor. El amor que había distribuido entre todas las mujeres se estaba concentrando en una pasión ardiente y feroz.

Pero Jocelin no era libre. Había otros que lo vigilaban.

14

El cuero largo y fino del látigo serpenteó furiosamente contra la espalda del hombre, ya entrecruzada de marcas húmedas. La víctima gritaba a todo pulmón a cada golpe y retorcía frenéticamente las manos, atadas a un poste por cordones de cuero trenzado.

John Bassett miró a Gavin, quien hizo una seca señal afirmativa. No tenía afecto a los castigos. Menos aún, respeto por los gritos afeminados del prisionero.

John Bassett cortó las ataduras y el hombre cayó sobre la hierba. Nadie hizo ademán de auxiliarlo.

—¿Lo dejo? —preguntó John.

Gavin miró hacia el castillo, al otro lado de un valle estrecho. Había tardado dos semanas en encontrar a Walter Demari. El astuto hombrecillo parecía más interesado en jugar al gato y al ratón que en conseguir lo que deseaba. Desde hacía una semana, Gavin estaba acampado ante las murallas, elaborando el ataque. Desde los muros había lanzado sus desafíos contra los guardias apostados ante el portón, pero nadie le prestaba atención. Empero, aun mientras él vociferaba, cuatro de sus hombres excavaban silenciosamente bajo las antiguas murallas. Pero los cimientos eran anchos y profundos. Tardarían mucho tiempo en penetrar y Gavin temía que Demari se cansara de esperar su rendición; en ese caso podía matar a Helen.

Como si no tuviera suficientes problemas, uno de sus hombres, esa bestia gimoteante acurrucada a sus pies, había decidido que, puesto que era caballero de un Montgomery, bien podía considerarse un poco Dios. Por lo tanto, Humphrey Bohun había cabalgado durante la noche hasta la aldea más próxima para violar a una muchacha de catorce años, hija de un comerciante; después de lo cual volvió al campamento con aire triunfal. Lo desconcertó la ira de lord Gavin, enterado por el padre de la muchacha.

—No me importa lo que hagas con él, pero asegúrate de que yo no lo vea durante un buen rato —Gavin tomó los gruesos guantes de cuero, que le pendían del cinturón. Envíame a Odo.

—¿A Odo? —la cara de John tomó una expresión dura—. ¿No estará mi señor pensando otra vez en viajar a Escocia?

—Es preciso. Ya lo hemos discutido, John. No cuento con hombres suficientes para declarar un ataque a fondo contra el castillo. ¡Míralo! Parece que fuera a derrumbarse ante una buena ráfaga de viento, pero juro que los normandos sabían construir fortalezas. Creo que está hecho de roca fundida. Para entrar antes de fin de año necesito la ayuda de Stephen.

—En ese caso, dejad que yo vaya por él.

—¿Cuánto hace que no vas a Escocia? Yo tengo alguna idea de dónde encontrar a mi hermano. Mañana por la mañana iré en su busca con cuatro hombres.

—Necesitaréis más protección de la que pueden daros sólo cuatro hombres.

—Cuantos menos seamos, más rápido viajaremos —dijo Gavin—. No puedo dividir a mis hombres. He dejado ya a la mitad con Judith. Si me voy y me llevo a la mitad del resto, tú quedarás demasiado desprotegido. Sólo cabe confiar en que Demari no note mi ausencia.

John reconoció que lord Gavin tenía razón, pero no le gustaba que su amo partiera sin una buena custodia. De cualquier modo, sabía muy bien que de nada servía discutir con aquel hombre tan tozudo.

El hombre tendido a sus pies emitió un gruñido, llamando la atención.

—¡Quítalo de mi vista! —ordenó Gavin.

Y marchó a grandes zancadas hacia sus hombres, que estaban construyendo una catapulta.

John, sin pensarlo, pasó un fuerte brazo bajo los hombros del caballero y lo levantó.

—¡Y todo por culpa de esa pequeña buscona! —siseó el hombre, espumeando por las comisuras de la boca.

—¡Cállate! —ordenó John—. No tenías derecho a tratar a esa niña como a una pagana. Yo te habría hecho ahorcar.

Llevó al hombre ensangrentado hasta el borde del campamento, medio a rastras. Allí le propinó un empellón que dio con él en el suelo, medio despatarrado.

—Ahora vete y no vuelvas.

Humphrey Bohun se quitó la hierba de la boca y siguió con la vista a John, que se alejaba.

—Volveré, oh, sí. Y la próxima vez seré yo quien sostenga el látigo.

Los cuatro hombres se encaminaron hacia los caballos en completo silencio. Gavin no había informado a nadie, salvo a John Bassett, de su viaje para ir en busca de Stephen. Los tres hombres que lo acompañaban habían combatido a su lado en Escocia y conocían esas tierras escarpadas y silvestres. Viajarían sin pompa y llevando muy poco peso, sin heraldo que llevara ante ellos el estandarte de los Montgomery. Todos vestían de pardo y verde, en un intento de pasar tan inavertidos como fuera posible.

Subieron en silencio a las monturas y se alejaron del campamento dormido, marchando al paso. Apenas se habían alejado quince kilómetros cuando los rodeó un grupo de veinticinco hombres, con los colores de Demari. Gavin desenvainó la espada y se inclinó hacia Odo.

—Atacaré para abrir paso. Tú escapa y busca a Stephen.

—¡Pero os matarán, mi señor!

—Haz lo que te digo —ordenó Gavin.

Los hombres de Demari rodearon lentamente al pequeño grupo. Gavin miró a su alrededor, buscando el punto más débil. Lo miraban con suficiencia, sabiendo que la batalla ya estaba ganada. Entonces Gavin reconoció a Humphrey Bohun. El violador sonrió de placer al ver arrinconado a su antiguo amo.

De inmediato Gavin supo cuál había sido su error: mencionar su viaje a Escocia delante de aquella bazofia. Hizo una señal afirmativa a Odo, desenvainó con ambas manos su larga y ancha espada de acero y se lanzó a la carga. Los hombres de Demari quedaron desconcertados: tenían órdenes de tomar prisionero a lord Gavin y habían supuesto que, al verse superado en número por más de seis a uno, se rendiría con docilidad.

Ese momento de titubeo costó la vida a Humphrey Bohun y permitió que Odo escapara. Gavin se arrojó contra el traidor, que murió antes de haber podido siquiera desenvainar. Otro y otro más cayeron bajo el acero de Gavin, que lanzaba brillantes destellos bajo los rayos del amanecer. El caballo de Odo, bien adiestrado, saltó sobre los cadáveres y los animales relinchantes, para galopar hacia la protección de los bosques. Su jinete no tuvo tiempo de ver si alguien lo seguía. Mantuvo la cabeza gacha y se ciñó a la silueta del caballo.

Gavin había elegido bien a sus hombres. Los dos que lo acompañaban hicieron que sus caballos retrocedieran, arracimándose; a los animales se les había enseñado a obedecer las órdenes dadas con movimientos de rodillas. Los tres combatieron con valor. Cuando uno de ellos cayó, Gavin sintió que caía una parte de él mismo. Eran sus hombres; los unía una relación estrecha.

—¡Parad! —ordenó una voz por encima del choque de los aceros y los gritos de angustia.

Los hombres se retiraron rápidamente. Al despejarse sus ojos comenzaron a apreciar los daños. Quince de los atacantes, por lo menos, estaban muertos o heridos, incapaces de sostenerse en las monturas.

Los caballos, todavía reunidos en el medio, se mantenían grupa contra grupa en forma de rueda. A la izquierda de Gavin, su compañero tenía un profundo tajo en el brazo. Montgomery, jadeante por el esfuerzo, estaba cubierto de sangre, pero muy poca de ella era suya.

Los restantes hombres de Demari contemplaron a aquellos combatientes en silencioso tributo.

—¡Apresadlos! —ordenó el que que parecía jefe—. Pero cuidad de que Montgomery no sufra daño alguno. Se lo necesita con vida.

Gavin volvió a levantar la espada, pero de pronto sintió un chasquido y sus manos quedaron inmovilizadas. Un fino látigo le sujetaba los brazos a los costados.

—Atadlo.

Aun en el momento en que lo desmontaban a tirones, su pie golpeó a uno de los atacantes en el cuello.

—¿Le tenéis miedo?—acusó el jefe—. De todos modos, moriréis si no seguís mis órdenes. Atadlo a ese árbol. Quiero que vea cómo tratamos a los cautivos.

15

Judith estaba arrodillada en el rosedal, con el regazo lleno de pimpollos. Hacía ya un mes que Gavin se había ido y diez días que no se tenían noticias de él. No pasaba un momento sin que ella mirara por alguna ventana o por la puerta, por si llegaba algún mensajero. Vacilaba entre el deseo de verlo y el temor de que retornara. Él ejercía demasiado poder sobre ella, tal como lo había demostrado en la última noche. Sin embargo, ella sabía bien que Gavin no experimentaba la misma ambigüedad en sus sentimientos hacia ella. Para él sólo existía la rubia Alice. Su esposa era sólo un juguete que podía usar cuando necesitaba divertirse.

Oyó un entrechocar de armas: unos hombres estaban cruzando el doble portón que separaba el recinto interior del exterior. Se levantó de prisa, dejando caer las rosas a sus pies, y recogió sus faldas para echar a correr. Gavin no venía entre ellos. Dejó escapar el aliento que contenía y soltó sus faldas, caminando con más calma.

John Bassett, a lomos de su caballo de combate, parecía mucho más viejo que al partir algunas semanas antes. El gris de sus sienes se había tomado más claro. Tenía los ojos hundidos y círculos oscuros bajo ellos. Un costado de su cota de malla estaba desgarrado, con los bordes enmohecidos por la sangre. Sus compañeros no tenían mejor aspecto: amarillentos, ojerosos, sucios y con las ropas desgarradas.

Judith los vio desmontar en silencio.

—Ocúpate de los caballos —dijo a un mozo de cuadra—. Que se los atienda.

John la miró por un momento; después, resignado, hizo ademán de arrodillarse para el besamanos.

—¡No! —ordenó Judith, presurosa. Era demasiado práctica para permitirle malgastar energías en un gesto inútil. Le rodeó la cintura con un brazo e hizo que se apoyara en sus hombros.

John se puso tieso, desconcertado por la familiaridad de aquella menuda ama. Por fin, sonrió con afecto.

—Ven a sentarte junto a la fuente —propuso ella, conduciéndolo hacia el estanque azulejado, junto al muro del jardín. Y ordenó:

—¡Joan! Llama a otras doncellas y haz que alguien traiga vino y comida de la cocina.

—Sí, mi señora.

Ella se volvió hacia John.

—Te ayudaré a quitarte la armadura —dijo, antes de que él pudiera protestar.

Acudieron algunas mujeres desde adentro. Pronto los hombres estuvieron desnudos desde la cintura hacia arriba y las armaduras fueron enviadas a reparación. Cada uno de los recién llegados consumió con voracidad el denso guiso caliente.

—No me habéis preguntado qué noticias hay —observó John entre un bocado y otro. Mantenía el codo levantado para que Judith pudiera limpiarle y vendarle la herida del costado.

—Ya me las darás —replicó ella—. Si fueran buenas, mi esposo habría regresado contigo. Para recibir malas noticias hay tiempo de sobra.

John dejó el cuenco y la miró.

—¿Ha muerto? —preguntó ella sin mirarlo.

—No lo sé —fue la respuesta serena—. Nos traicionaron.

—¡Que los traicionaron! —exclamó ella. Y se disculpó al caer en la cuenta de que le había provocado mucho dolor.

—Uno de los caballeros de la guarnición, un hombre nuevo llamado Bohun, escapó por la noche para revelar a Demari que lord Gavin planeaba partir al amanecer en busca de su hermano, de quien esperaba recibir ayuda. Lord Gavin no se había alejado mucho cuando lo rodearon.

—Pero ¿lo mataron? —susurró Judith.

—Creo que no. No encontramos su cadáver —respondió John bruscamente, volviendo a su comida—. Dos de los hombres que acompañaban a mi señor fueron asesinados... asesinados de un modo que me pesa, ciertamente. El hombre con quien tratamos no es normal: ¡es un demonio!

—¿No se ha entregado ningún mensaje pidiendo rescate? ¿No se ha sabido si lo tienen prisionero?

—Nada. Nosotros cuatro debimos de llegar momentos después de la batalla. Aún quedaban algunos hombres de Demari. Combatimos.

Ella ató el último nudo del vendaje y levantó la vista.

—¿Dónde están los otros? No es posible que resten sólo cuatro.

—Siguen acampados ante los muros de Demari. Vamos en busca de lord Miles y sus hombres. La pierna de lord Raine no ha tenido tiempo de soldar.

—¿Y crees que Miles podrá liberar a Gavin?

John, sin responder, se concentró en el guiso.

—Anda, bien puedes decirme la verdad.

—El castillo es fuerte. Sólo se lo puede asaltar sin refuerzos si lo sitiamos.

—¡Pero tardaríais meses enteros!

—Sí, mi señora.

—¿Y si Gavin y mi madre están prisioneros allí? ¿No serían los primeros en morir si faltara la comida?

John clavó la vista en su escudilla.

Judith se levantó, apretando los puños y clavándose las uñas en la palma de las manos.

—Hay otra manera —dijo serenamente—. Iré hacia Walter Demari.

John levantó bruscamente la cabeza con una ceja arqueada.

—¿Y qué podéis hacer vos que no puedan los hombres? —preguntó cínico.

—Lo que se requiera de mí —fue la tranquila respuesta.

John estuvo a punto de arrojar su cuenco. La sujetó por el brazo con tanta fuerza que le hizo daño.

—¡No! Vos no sabéis lo que estáis diciendo. ¿Creéis acaso que tratamos con un hombre cuerdo? ¿Creéis que él liberará a lord Gavin y a vuestra madre, mi señora, si vos le dais lo que desea? Si vierais cómo dejó a los hombres que acompañaban a lord Gavin no pensaríais siquiera en entregaros a ese Demari. No había necesidad para semejante tortura, pero él pareció hacerlo sólo por goce. Si él fuera un hombre, quizá yo tomara en cuenta vuestra idea, señora, pero no lo es.

Ella sacudió el brazo hasta hacerse liberar.

—¿Y qué otra cosa se puede hacer? Un sitio sería la muerte de los prisioneros, sin lugar a dudas, y tú dices que el sitio es el único ataque posible. Si yo entrara al castillo, quizá podría hallar a Gavin y a mi madre para organizarles la fuga.

—¡La fuga! —bufó él. John había olvidado que estaba hablando con lady Judith, su ama; en esos momentos la veía simplemente como a una muchacha sin experiencia—. ¿Y cómo saldríais vos? Hay sólo dos entradas, y las dos están bien custodiadas.

Judith echó los hombros hacia atrás y levantó el mentón.

—¿Acaso tienes alternativa? Si Miles llevara a cabo un asalto, Demari mataría a Gavin, sin lugar a dudas, y también a mi madre. ¿Tan poco amas a Gavin que no te importa si muere o no?

De pronto John comprendió que ella tenía razón. Y supo también que sería él quien la entregaría a las manos sanguinarias de Walter Demari. La joven le había llegado al corazón al mencionar el amor que merecía lord Gavin. John no habría amado más a ese joven si hubiera sido su propio hijo. Judith estaba en lo cierto al decir que existía la posibilidad de salvar a lord Gavin si ella se entregaba. Aunque el amo lo hiciera ahorcar por poner en peligro a su esposa, a él no le quedaba sino obedecer.

—Buscáis un martirio —observó en voz baja—. ¿Qué impedirá a Demari mataros a vos también?

Judith le sonrió y le apoyó las manos en el hombro, pues sabía que había ganado.

—Si él me matara, perdería las tierras de Revedoune. Al menos he descubierto a qué extremos llegarán muchos hombres por mis propiedades —sus ojos centellearon por un momento—. Ahora acompáñame a la casa para que hablemos con más libertad. Tú y yo tenemos muchos planes que trazar.

Él la siguió, aturdido. La muchacha actuaba como si estuvieran planeando un almuerzo en los bosques y no su entrega a un carnicero, como la del cordero para el sacrificio.

Ella quería partir inmediatamente, pero John la convenció de que era preciso esperar para que él y sus hombres descansaran un poco. En verdad, tenía esperanzas de quitarle esa locura de la cabeza y hallar otra solución, pero la lógica de Judith lo desconcertaba.

Por cada motivo que él aducía para no entregarla, Judith le daba diez más sensatos por los que tenía que hacerlo. Y él estaba de acuerdo en que no veía otra posibilidad de salvar a los prisioneros... si aún vivían.

Pero ¡cuánto temía la ira de lord Gavin! Así lo confesó a lady Judith. Ella se echó a reír.

—Si él está en condiciones de enfadarse, le besaré la mano como señal de agradecimiento.

John sacudió la cabeza maravillado. Aquella mujer era demasiado astuta. No envidiaba a lord Gavin la tarea de domarla.

No podían llevar una escolta demasiado numerosa; muchos de los caballeros de Gavin estaban ante el castillo, y no se podía dejar la finca desguarnecida. Cabía agradecer que sólo hubiera dos días de viaje hasta la propiedad de Demari.

Judith trabajó enérgicamente mientras John descansaba y comía. Ordenó cargar varias carretas con cereales y carnes en conserva, para ser consumidos en el campamento. Dedicó otra carreta a sus ropas: las sedas más bellas, los terciopelos más finos, brocados, cachemiras y un arcón grande lleno de joyas. Cuando John murmuró algo sobre la ostentación de las mujeres, Judith lo llamó al orden.

—Walter Demari desea a una mujer a la que cree hermosa. ¿Quieres que me presente vestida de telas rústicas? Él cambiaría de idea y me arrojaría al fondo de un pozo. Ha de ser hombre vanidoso para exigir que una mujer a la que apenas conoce repudie a su marido y lo reclame como a su amor verdadero. Por lo tanto, halagaré su vanidad usando para él mis ropas más exquisitas.

John la miró durante un momento. Luego le volvió la espalda. No sabía si elogiarla o enfurecerse por no haber pensado antes en lo que ella acababa de decir.

Pese a la faz que mostraba al mundo, Judith estaba asustada. Pero por mucho que se esforzara, no se le ocurría otro plan.

Pasó toda la noche despierta, pensando. Demari no había enviado ningún mensaje pidiendo intercambio de rehenes. Tal vez ya había matado a Gavin y a Helen, y ella estaba a punto de entregarse sin utilidad alguna.

Se pasó las manos por el vientre; aún se conservaba duro y plano. Ya estaba segura de que esperaba un hijo de Gavin. ¿Era ese bebé parte de la causa por la que tanto se empeñaba en salvar a su esposo?

Cuando salió el sol, Judith se vistió lentamente con un práctico traje de lana. Estaba extrañamente serena, casi como si fuera hacia una muerte segura. Bajó a la pequeña capilla para oír misa. Rezaría por todos ellos: por su esposo, su madre y su hijo por nacer.

Walter Demari estaba sentado ante una mesa de madera, en el gran salón de la finca de su padre. En otros tiempos esa mesa había sido un mueble finamente tallado, pero con el tiempo casi todas las cabezas de animales se habían roto y los cuellos ya no tenían relieve. Dio un puntapié distraído al pollo que picoteaba las calzas ceñidas a sus piernas flacas y cortas. Estudió el pergamino que tenía ante sí, negándose a mirar la estancia. Su padre se negaba a darle otra cosa que no fuera aquella vieja torre descuidada y decrépita. Sepultando profundamente su resentimiento, se concentró en su tarea. Cuando se casara con la heredera de Revedoune, su padre ya no podría tratarlo como si no existiera.

Ante Walter estaba Arthur Smiton, un hombre al que él consideraba su amigo. Arthur le había ayudado en cada ocasión, reconociendo que la encantadora heredera habría debido ser de él y no de Gavin Montgomery. Para compensar a Arthur por su lealtad, Walter lo había nombrado segundo suyo. Había sido Arthur quien lograra capturar a lord Gavin.

—Arthur —se quejó Demari—, no sé cómo redactar el mensaje. ¿Y si ella no viniera? Si en verdad odia a su esposo, ¿por qué ha de arriesgar tanto por él?

Arthur no dejó traslucir sus emociones.

—Os olvidáis de la vieja a la que tenemos prisionera. ¿No es la madre de la muchacha?

—Sí —dijo el joven. Y devolvió su atención al pergamino. No era fácil pedir aquello: quería casarse con lady Judith a cambio de la libertad de su esposo y su madre.

Su segundo esperó un momento de pie tras él; luego se alejó para servirse una copa de vino. Necesitaba un estómago firme para soportar los gimoteos de Walter. Aquel joven enamorado le daba náuseas. Había vuelto de la boda entre Montgomery y Revedoune tan apasionado por la novia que sólo podía hablar de ella. Arthur lo miró con disgusto. Aquel hombre lo tenía todo: tierras, fortuna, familia, esperanzas para el futuro. No era como él, que se había elevado desde el lodo en que naciera. Cuanto tenía había sido adquirido mediante inteligencia, fuerza física y, con frecuencia, traiciones y mentiras. De todo era capaz para conseguir lo que deseaba. Al ver al inútil de Walter embobado por una muchacha, Arthur había desarrollado un plan.

No tardó mucho en descubrir las riñas que había entre los desposados. Arthur, que sólo era un caballero de la guarnición de Walter, halló un oído atento al sugerir que la muchacha podía pedir la anulación de su matrimonio para casarse con Walter. A él nada le importaba la muchacha, pero por las tierras de Revedoune valía la pena combatir. Walter se había resistido a atacar a Robert Revedoune, pero Arthur sabía que ese hombre no se detendría ante nada para que su hija siguiera casada con un Montgomery. Había sido fácil matar al viejo, una vez que éste les franqueó su castillo, puesto que los tenía por amigos. Helen, la esposa, los siguió con docilidad. Arthur había reído, reconociendo en ella a una mujer bien domada. Cabía admirar a Revedoune por eso.

—Mi señor —anunció un sirviente, nervioso—, afuera hay visitantes.

—¿Visitantes? —repitió Walter con los ojos nublados.

—Sí, mi señor. Es lady Judith Montgomery rodeada por sus caballeros.

Walter se levantó de un salto, tumbando la mesaescritorio, y siguió a su sirviente. Arthur lo sujetó por un brazo.

—Os ruego que tengáis cuidado, mi señor. Tal vez sea una trampa.

A Walter le ardían los ojos.

—¿Qué trampa podría haber? Los hombres no combatirán, puesto que así pondrían en peligro a su señora.

—Tal vez la misma señora...

Walter lo apartó de un empellón.

—Vas demasiado lejos. Si no andas con cuidado, te encontrarás en el sótano con lord Gavin.

Salió ruidosamente de la vieja torre, apartando los juncos secos a puntapiés. Las advertencias de Arthur habían penetrado en su cerebro; subió a la carrera las estrechas escaleras hasta lo alto de la muralla, para asegurarse de que en verdad fuera lady Judith quien esperaba allí abajo.

No había modo de confundirla. El pelo rojo-dorado que le flotaba a la espalda no podía pertenecer a nadie más.

—Es ella —susurró, excitado.

Y bajó como volando, para cruzar el baluarte hasta el portón principal.

—¡Abre, hombre! —aulló al portero—. ¡Y hazlo rápido!

La pesada reja con puntas de hierro ascendió poco a poco, en tanto Walter esperaba impaciente.

—Mi señor —dijo Arthur a su lado—, no podéis permitir que ella entre con sus hombres. Son más de un centenar. Podrían atacarnos desde dentro.

Walter apartó los ojos del portón, que se levantaba con crujidos de protesta. Arthur estaba en lo cierto, pero él no sabía con certeza qué hacer.

El segundo clavó sus ojos oscuros en aquel azul desteñido.

—Saldré a caballo para saludarla. Vos no podéis arriesgaros. Iré solo hasta la fila de arqueros. Cuando me haya asegurado de que se trata de lady Judith, mis hombres y yo la escoltaremos adentro.

—¿Sola? —preguntó Walter, ansioso.

—Puede entrar con una guardia personal, si insistes, pero nada más. No podemos permitir que todos sus caballeros entren en el castillo.

La reja estaba levantada y el puente levadizo, bajo. Arthur montó su caballo y salió, seguido por cinco caballeros.

Judith, muy quieta en su montura, observaba el descenso del puente. Necesitó todo su coraje para no huir. Aquel viejo castillo podía estar derrumbándose en parte,

213

pero desde cerca parecía formidable. Daba la sensación de estar a punto de tragarla.

—Aún hay tiempo si queréis alejaros, señora —observó John Bassett, inclinándose hacia adelante.

Seis jinetes venían hacia ella. Sintió deseos de volverles la espalda y huir, pero en ese momento tuvo que tragar un súbito ataque de náuseas: su hijo le recordaba su presencia. El padre y la abuela del bebé estaban dentro de esas viejas murallas; si era posible, ella debía rescatarlos.

—No —dijo a John con más fuerza de la que sentía—. Debo intentar la misión.

Cuando el jefe de los jinetes estuvo cerca de Judith, ella adivinó de inmediato que era el instigador de todo el plan. Recordaba a Walter como manso y suave; los ojos oscuros y burlones de aquel hombre, en cambio, no mostraban ninguna debilidad. En sus ropas centelleaban gemas de todos los colores, variedades y tamaños. Llevaba el pelo oscuro cubierto por una pequeña gorra de terciopelo, cuya banda ancha lucía cien piedras preciosas, cuando menos. Casi parecía una corona.

—Señora mía —saludó, inclinándose sin desmontar.

Su sonrisa era burlona, casi insultante. Judith lo miró fijamente. Le palpitaba el corazón. En aquellos ojos había una frialdad que la asustaba. Aquel hombre no sería fácil de dominar.

—Soy sir Arthur Smiton, segundo de lord Walter Demari, que os da la bienvenida.

«¡Qué bienvenida!», pensó Judith, dominándose para no escupir la frase; pensaba en su padre asesinado, en su esposo y su madre, cautivos, y en varias vidas ya perdidas. Inclinó la cabeza hacia él.

—¿Tenéis a mi madre cautiva?

Él la observó con aire de especulación, como si tra-

214

tara de justipreciarla. No se le había enviado ningún mensaje, pero ella sabía lo que tenía que hacer.

—Sí, mi señora.

—En ese caso, iré a verla.

Judith azuzó a su caballo, pero Arthur sujetó las bridas. Los cien caballeros que rodeaban a la muchacha desenvainaron como un solo hombre.

Arthur no perdió la sonrisa.

—No podéis franquear nuestros portones con tantos hombres.

—¿Pretendéis que entre sola? —preguntó ella, horrorizada. Era lo que esperaba, pero tal vez pudiera convencer a Smiton de que dejara entrar a algunos de sus hombres—. ¿He de dejar a mi doncella? ¿Y a mi custodia personal?

Él la observaba con atención.

—Un hombre y una mujer. Nada más.

Judith asintió, sabiendo que sería inútil discutir. Al menos, tendría consigo a John Bassett.

—Joan —llamó, al ver que la muchacha observaba atentamente a Arthur—, prepara la carreta con mis cosas y sígueme. John...

Al girar vio que él ya estaba dando órdenes para que se estableciera un campamento ante las murallas del castillo.

Judith cruzó a caballo el puente levadizo, bajo el arco de piedra, con la espalda muy erguida. Se preguntaba si podría salir con vida de entre aquellas murallas. Walter Demari esperaba dentro para ayudarla a desmontar. La muchacha lo recordaba joven y suave, ni hermoso ni feo, pero ahora veía en sus ojos azules un carácter débil; tenía la nariz demasiado grande y labios finos, de aspecto cruel. La miró con fijeza.

—Sois aún más hermosa de lo que yo recordaba.

Judith se había vestido con cuidado. Una banda de perlas le rodeaba la cabeza. Contra el cuerpo llevaba una enagua de seda roja con un ancho borde de piel blanca. Su vestido era de terciopelo castaño, con el bajo bordado en oro. Las mangas eran estrechas, salvo en el hombro, donde el terciopelo se abría, dejando asomar la seda roja. Sus pechos se abultaban en el profundo escote. Al caminar levantaba la falda de terciopelo, dejando al descubierto la seda con borde de piel.

Logró dedicar una sonrisa a aquel traidor, aun mientras esquivaba las manos que le ceñían la cintura.

—Me halagáis, señor —dijo, mirándolo con los ojos entornados.

Walter quedó encantado.

—Debéis de estar cansada y con necesidad de un refresco. Me gustaría tener un refrigerio preparado, pero no os esperaba.

Judith no quiso dejarle pensar en el porqué de aquella inesperada visita. Ante la mirada de adoración de Walter, comprendió que le convenía pasar por una joven tímida, una recién casada ruborosa.

—Por favor —dijo con la cabeza gacha—, me gustaría ver a mi madre.

Walter, sin responder, continuó observándola: las gruesas pestañas que tocaban sus mejillas suaves, las perlas de su frente, que repetían la blancura de su piel.

John Bassett se adelantó un paso con los dientes apretados. Era corpulento; tan alto como Gavin, pero con el aire macizo que dan los años. El gris de su pelo no hacía sino acentuar la dureza de su cuerpo.

—La señora desea ver a su madre —dijo con severidad. Su voz era serena, pero irradiaba poder.

Walter apenas reparó en él, absorto como estaba en Judith. Pero Arthur reconoció el peligro. Habría que eliminar a John Bassett cuanto antes. Aquel hombre, libre en el castillo, podía causar muchos problemas.

—Por supuesto, mi señora —respondió Walter, ofreciéndole el brazo.

Cualquiera habría pensado que aquella visita se hacía por puro placer. Llegaron hasta la entrada de la torre, que estaba en un primer piso; en tiempos de guerra se cortaban los peldaños de madera, para que la entrada quedara a varios metros del suelo. Judith estudió el interior mientras cruzaban el gran salón hacia los peldaños de piedra. El ambiente estaba muy sucio, sembrado con fragmentos de huesos entre los juncos secos que cubrían el suelo. Los perros hocicaban perezosamente aquellos desechos. Las ventanas no tenían postigos y en algunos lugares se habían desprendido las piedras, pues las grietas se estaban ensanchando. Tenía que averiguar si aquella estructura tan pobre era indicativa de una mala vigilancia.

Helen estaba en un pequeño cuarto abierto en los gruesos muros del segundo piso, sentada en una silla. En un brasero de bronce ardía un fuego de carbón, pues la torre había sido construida antes de que se inventaran los hogares.

—¡Madre! —susurró la muchacha, corriendo a apoyar la cabeza en las rodillas de la mujer.

—Hija mía —exclamó la madre. Tomó a la joven entre sus brazos, pero el llanto no les permitió hablar durante un rato—. ¿Estás bien?

Judith asintió. Después miró a los hombres que permanecían allí presentes.

—¿No podemos hablar en privado?

—Desde luego —Walter se volvió hacia la puerta—. Vos también debéis salir —dijo a John Bassett.

—No dejaré sola a mi señora.

Walter frunció el entrecejo, pero no quiso alterar

a su visitante. Judith esperó a que Walter y Arthur hubieran salido y dijo con severidad:

—Debiste haber salido con ellos.

John se sentó pesadamente en una silla junto al brasero.

—No os dejaré solas.

—¡Pero quiero cierta intimidad para hablar con mi madre!

John no respondió. No la miró siquiera.

—Es terco —dijo la muchacha a Helen, disgustada.

—¿Soy terco porque no cedo ante lo que vos mandáis en cualquier oportunidad? —preguntó él—. Vos, por lo terca, podríais rivalizar con un toro.

Judith abrió la boca para contestar, pero se lo impidió la risa de su madre.

—Ya veo que estás bien, hija mía. —Se volvió hacia John. —Judith es tal como yo deseaba que fuera y más aún —dijo con cariño, acariciando la cabellera de la joven—. Cuéntame ahora a qué has venido.

—Yo... oh, madre —balbuceó la muchacha, lagrimeando otra vez.

—¿Qué pasa? Puedes hablar libremente.

—¡No, no puedo! —exclamó ella, apasionada, echando un vistazo a Bassett.

John la miró con ceño tan adusto que estuvo a punto de asustarla.

—No debéis dudar de mi honestidad. Conversad con vuestra madre en la seguridad de que no repetiré una palabra de cuanto oiga.

Sabiendo que podía confiar en él, Judith se sentó en un almohadón a los pies de su madre. Necesitaba desesperadamente confesarse.

—He roto una promesa que hice a Dios —dijo con suavidad.

La mano de Helen se detuvo un momento sobre la cabeza de su hija.

—Explícate —susurró.

Las palabras se atropellaron. Judith contó que había tratado, una y otra vez, de lograr algo de amor en su matrimonio, pero que todos sus esfuerzos habían sido en vano. Nada de cuanto hiciera podía aflojar el lazo que unía a Gavin con Alice Chatworth.

—¿Y tu voto? —preguntó Helen.

—Juré que no le daría nada por propia voluntad. Pero la noche antes de que él viniera hacia aquí me entregué a él libremente. —Se ruborizó al pensar en aquella noche de amor, en las manos de Gavin, en sus labios.

—¿Lo amas, Judith?

—No lo sé. Lo odio, lo amo, lo desprecio, lo adoro. No sé. Es tan grande que me devora. No puedo pasarlo por alto. Cuando entra en una habitación la llena por completo. Aun cuando más lo odio, cuando lo veo abrazando a otra mujer o leyendo una carta de ella, no puedo liberarme de él. ¿Es eso amor? —preguntó, clavando en su madre una mirada suplicante—. ¿Es amor o sólo posesión diabólica? Él no es bueno conmigo. Estoy segura de que no me tiene cariño alguno. Hasta me lo ha dicho. Sólo se porta bien conmigo en...

—¿En el lecho? —Helen sonreía.

—Sí. —Judith apartó la vista, ruborizada.

Pasaron varios segundos antes de que Helen replicara.

—Me preguntas por el amor. ¿Quién sabe menos que yo sobre ese tema? Tu padre también tuvo ese poder sobre mí. ¿Sabes que una vez le salvé la vida? La noche anterior me había castigado. Por la mañana salimos juntos a caballo; yo tenía un ojo amoratado. Paseamos solos, sin escolta. De pronto, el caballo de Robert se encabritó y lo arrojó a un pantano, en el límite norte de una de las fincas. Cuanto más se movía, más se hundía. A mí me dolía todo el cuerpo por la paliza; mi primer pensamiento fue alejarme y dejarlo morir, pero no pude. ¿Sabes que, cuando lo hube salvado, se rió de mí y me trató de tonta?

Hizo una breve pausa antes de continuar:

—Te cuento esto para que sepas que comprendo ese poder. Es el mismo que mi esposo tenía sobre mí. No puedo decir que fuera amor. Tampoco puedo decir que en tu caso lo sea.

Permanecieron un momento en silencio, con la vista fija en el brasero.

—Y ahora yo vengo a rescatar a mi esposo como tú lo hiciste con el tuyo —observó Judith—. Pero el tuyo vivió para volver a pegarte. El mío, en cambio, volverá a otra mujer.

—Sí —dijo Helen con tristeza.

—El hecho de tener un hijo, ¿cambia las cosas?

Helen quedó pensativa.

—Tal vez en mi caso habrían cambiado si los primeros hubieran vivido, pero los tres nacieron muertos: tres varones. Después viniste tú: una niña.

—¿Crees que las cosas habrían sido distintas si hubiera sobrevivido el primer varón? —insistió Judith.

—No lo sé. No creo que él castigara a su primera mujer, que le dio hijos varones. Pero por entonces era más joven —se interrumpió abruptamente—. ¡Judith! ¿Esperas un hijo?

—Sí, desde hace dos meses.

John se levantó de un salto con estruendo de armadura.

—¡Habéis hecho todo este viaje a caballo estando embarazada! —acusó. Hasta entonces se había mantenido tan callado que las mujeres ya no recordaban su presencia. Se llevó una mano a la frente—. Ahorcarme será poco. Lord Gavin me hará torturar cuando se entere de esto. Y lo merezco.

Judith se levantó de inmediato, lanzando fuego de oro por los ojos.

—¿Y quién se lo dirá? ¡Tú has jurado guardar el secreto!

—¿Cómo pensáis mantener esto en secreto? —inquirió él, con voz densa de sarcasmo.

—Cuando sea evidente pienso estar muy lejos de aquí —los ojos de la muchacha se suavizaron—. No le dirás nada, ¿verdad, John?

La expresión de Bassett no cambió.

—No intentéis esas triquiñuelas conmigo, señora. Ahorradlas para ese canalla de Walter Demari.

Los interrumpió la risa de Helen. Era bueno oírla reír; las carcajadas eran escasas en su desdichada vida.

—Me hace bien verte así, hija mía. Temí que el matrimonio venciera tu espíritu.

Judith no le prestaba atención. John había oído demasiado. Ella acababa de decir demasiadas cosas íntimas en su presencia y ahora sus mejillas se iban manchando de rojo.

—No —dijo John con un suspiro—, hace falta mucho más que un simple hombre para domesticar a esta mujer. No roguéis más, criatura; no diré nada de lo que he oído a menos que vos me lo pidáis.

—¿Ni siquiera a Gavin?

Él la miró con preocupación.

—Todavía no lo he visto. Daría cualquier cosa por saber dónde lo tienen y si está bien.

—Judith —dijo Helen, atrayendo la atención de ambos—, aún no me has dicho a qué has venido. ¿Acaso Walter Demari mandó buscarte?

221

John se sentó pesadamente.

—Estamos aquí porque lady Judith dijo que teníamos que venir. No escucha razones.

—No había otra solución —respondió Judith mientras volvía a sentarse—. ¿Qué te han dicho? —preguntó a su madre.

—Nada. Me... trajeron aquí tras la muerte de Robert. Hace una semana que no hablo con nadie. Ni siquiera la doncella que retira la bacinilla me dirige la palabra.

—Eso significa que no sabes dónde tienen a Gavin.

—No. Sólo hace un momento he deducido de tus palabras que él también está prisionero. ¿Qué pretende lord Demari?

—A mí —respondió la muchacha con simplicidad. Después, con los ojos bajos, explicó brevemente el modo en que Walter planeaba anular su boda.

—Pero si estás embarazada de Gavin no hay modo de anularla.

—En efecto —dijo Judith, mirando a John—. Es uno de los motivos por los que es preciso guardar el secreto.

—¿Qué harás, Judith? ¿Cómo piensas salvar tu vida, la de Gavin, la de Joan y la de este hombre? ¿Cómo vas a vencer estos muros de piedra?

John gruñó en señal de acuerdo.

—No lo sé —fue la exasperada respuesta—. No hallé alternativa. Al menos ahora tengo la posibilidad de sacaros. Pero primero necesito hallar a Gavin. Sólo así...

—¿Has traído a Joan? —le interrumpió su madre.

—Sí —respondió ella, sabiendo que su madre tenía una idea.

—Haz que Joan busque a Gavin. Si se trata de buscar a un hombre, nadie mejor que ella. Es poco más que una perra en celo.

Judith asintió.

—¿Y en cuanto a Walter Demari? —insistió Helen.

—Sólo lo he visto unas pocas veces.

—¿Es de confianza?

—¡No! —exclamó John—. Ni él ni ese sabueso suyo.

Judith no le prestó atención.

—Demari me encuentra hermosa. Mi plan es seguir siendo hermosa hasta que pueda hallar a Gavin y planear la fuga.

Helen miró a su hija, tan encantadora a la luz de las brasas.

—Sabes muy poco de hombres —observó—. Los hombres no son libros de contabilidad, en los que una suma las cifras y obtiene una cantidad invariable. Son diferentes... y mucho más poderosos que tú y que yo.

De pronto, John se levantó para acercarse a la puerta.

—Vuelven.

—Escúchame, Judith —dijo Helen apresuradamente—. Pregunta a Joan cómo debes tratar a Walter. Ella sabe mucho de hombres. Prométeme que seguirás sus consejos y no te dejarás llevar por tus propias ideas.

—Yo...

—¡Promételo! —exigió la madre, sujetándole la cabeza.

—Haré lo que pueda. No puedo prometer más.

—Me conformo con eso.

La puerta se abrió con violencia. No se habló más. Joan y una de las criadas del castillo acudieron en busca de Judith, que debía prepararse para cenar con Su Señoría. La muchacha se despidió apresuradamente de su madre y siguió a las mujeres, con John pegado a sus talones.

En el tercer piso estaba la residencia de las mujeres: un cuarto amplio y bien ventilado, que había sido objeto de una limpieza reciente y tenía juncos frescos en el suelo y las paredes encaladas, casi como si se esperara a una invitada. Judith quedó a solas con su doncella. John montaba guardia ante la puerta. Cuando menos, Walter confiaba en ella al punto de no ponerle espías. Joan le llevó una tinaja con agua caliente.

—¿Sabes dónde tienen a lord Gavin? —preguntó el ama mientras se lavaba la cara y las manos.

—No, señora —dijo Joan, suspicaz, pues no estaba habituada a que su ama la interrogara.

—¿Podrías averiguarlo?

Joan sonrió.

—Sin duda. Este castillo está lleno de chismosos.

—¿Necesitarás monedas de plata para conseguir esa información?

Joan quedó asombrada.

—No, señora. Bastará con que pregunte a los hombres.

—¿Y te lo dirán con sólo preguntar?

Joan iba ganando confianza. Su encantadora ama sabía poco de lo que no fueran cuentas y fincas.

—Importa mucho *cómo* se pregunte a un hombre.

Judith se había puesto un vestido de tejido plateado. La falda se dividía en la parte delantera, dejando al descubierto una amplia superficie de satén verde intenso. Las grandes mangas, en forma de campana, caían graciosamente desde la muñeca hasta la mitad de la falda, también forradas de satén verde. Cubrió su cabellera con una capucha francesa al tono, bordada con flores de lis de plata.

Se sentó en un banquillo para que Joan pudiera acomodarle la capucha.

—¿Y si una mujer quisiera pedir algo a lord Walter?

—¡A ese hombre! —exclamó la doncella, acalorada—. Yo no confiaría en él, aunque ese sir Arthur que lo sigue como un perro no es mal parecido.

224

Judith se volvió para enfrentarse a su doncella.

—¿Cómo puedes decir eso? Arthur tiene ojos muy duros. Cualquiera puede darse cuenta de que es codicioso.

—¿Y no diréis vos lo mismo de lord Walter? —Joan obligó a su ama a girar la cabeza. En aquellos momentos se sentía bastante superior—. Es igualmente codicioso, traicionero, brutal y egoísta. Es todo eso y más aún.

—En ese caso, ¿por qué...?

—Porque Arthur es siempre igual. Una sabe qué esperar de él: lo que más convenga a sus intereses. Con eso una puede manejarse.

—¿Y no es el caso de lord Walter?

—No, mi señora. Lord Walter es un niño, aunque sea hombre. Cambia con el viento. Ahora quiere una cosa, pero cuando la tenga dejará de quererla.

—¿Y eso vale también para las mujeres?

Joan se dejó caer de rodillas ante su ama.

—Tenéis que escucharme con atención. Conozco a los hombres como a nada en el mundo. Lord Walter arde ahora por vos. Está loco de deseo, y en tanto tenga esa furia dentro de sí, vos estaréis a salvo.

—¿A salvo? No lo comprendo.

—Ha matado a vuestro padre, señora. Tiene a vuestra madre y a vuestro esposo como prisioneros, sólo por esa pasión. ¿Qué será de todas vuestras mercedes cuando se apague ese fuego?

Judith seguía sin comprender. Cuando ella y Gavin hacían el amor, el fuego se apagaba sólo por algunos minutos. En verdad, cuanto más tiempo pasaba ella en su lecho, más lo deseaba. Joan empezó a hablar con exagerada paciencia.

—No todos los hombres son como lord Gavin —dijo, adivinando los pensamientos de Judith—. Si vos os entregarais a lord Walter, dejaríais de tener poder sobre él. Para los hombres de ese tipo, la caza lo es todo.

La joven comenzaba a entender.

—¿Y cómo puedo evitarlo?

Estaba plenamente dispuesta a entregarse a cien hombres si con eso salvaba la vida de sus seres amados.

—Él no os forzará. Necesita creer que ha cortejado y conquistado. Vos podéis pedirle mucho y él lo concederá con gusto, pero es preciso actuar con astucia. Será celoso. No sugiráis que lord Gavin os interesa. Dejadle creer que, por el contrario, os inspira desprecio. Mostradle la zanahoria, pero no le permitáis morderla.

Joan se puso de pie y estudió con mirada crítica el atuendo de su señora.

—¿En cuanto a sir Arthur? —insistió Judith.

—Lord Walter manda sobre él... y en el peor de los casos se le puede comprar.

La joven se levantó sin dejar de mirar a su criada.

—¿Crees que alguna vez aprenderé tanto sobre los hombres?

—Sólo cuando yo aprenda a leer —dijo Joan. Y se echó a reír ante lo imposible de esa situación—. ¿Para qué queréis vos saber tanto sobre hombres si tenéis a lord Gavin? Él vale más que todos los míos.

Al descender la escalera hacia el gran salón, Judith pensaba: «¿Tengo en verdad a Gavin? ¿Lo deseo?»

16

—Señora —dijo Walter, tomando la mano de Judith para besársela. Ella mantuvo los ojos bajos, como por timidez—. Ha pasado mucho tiempo desde la última vez que os vi, pero en este período vuestra belleza ha aumentado. Venid a sentaros conmigo a la mesa. Hemos preparado una cena tardía para vos.

La condujo hasta una larga mesa instalada en un estrado. El mantel era viejo y estaba cubierto de manchas: la vajilla era de peltre, llena de abolladuras. Una vez sentados, él se volvió a mirarla.

—¿Es cómoda vuestra alcoba, señora?

—Sí —respondió ella con serenidad.

El hombre sonrió, hinchando un poco el torso.

—Vamos, señora mía, no necesitáis temerme.

«¡Temerte!», pensó ella furiosa, sin dejar de mirarlo a los ojos. Pero se repuso.

—No es miedo lo que siento, sino extrañeza. No estoy habituada a la compañía de los hombres. Y los que conozco... no han sido bondadosos conmigo.

Él le tomó una mano.

—Yo corregiría eso, si pudiera. Sé mucho de vos, aunque apenas nos conozcamos. ¿Sabíais que yo era amigo de vuestros hermanos?

—No —respondió ella, atónita—, lo ignoraba. ¿Fue entonces cuando mi padre me prometió a vos en matrimonio? —preguntó con ojos dilatados por la inocencia.

—Sí... no... —tartamudeó Walter.

—Ah, comprendo, señor. Fue tras la temprana muerte de mis queridos hermanos.

—¡Sí! ¡Fue entonces! —Walter sonrió.

—Mis pobres hermanos tenían muy pocos amigos. Me alegro de que contaran con vos por un tiempo. ¡En cuanto a mi padre...! No quiero hablar mal de un muerto, pero siempre olvidaba dónde había guardado las cosas. Tal vez olvidó dónde había guardado el contrato de compromiso matrimonial.

—No hubo... —pero Walter bebió un sorbo de vino para ahogar sus propias palabras. No podía admitir que ese documento no existía.

Judith apoyó una mano trémula en su antebrazo.

—¿He dicho algo equivocado? ¿Me castigaréis vos?

Walter volvió a mirarla apresuradamente y notó que tenía lágrimas en los ojos.

—Dulce Judith —dijo, besándole apasionadamente la mano—, ¿cómo puede el mundo funcionar tan mal que una encantadora inocente como vos tema tanto a los hombres?

Judith se enjugó ostentosamente una lágrima.

—Perdonadme. Conozco a tan pocos y... —bajó la mirada.

—¡Venga una sonrisa! Pedidme cualquier cosa, cualquier tarea, y quedará satisfecha.

Judith levantó inmediatamente la vista.

—Me gustaría que mi madre estuviera en una habitación mejor —dijo con firmeza—. Tal vez en las mías.

—¡Mi señor! —interrumpió sir Arthur, sentado al otro lado de la muchacha. Había escuchado con atención cada una de aquellas palabras—. En el tercer piso hay demasiada libertad.

Walter frunció el entrecejo. Nada deseaba tanto como complacer a aquella dulce y tímida cautiva. Y recibir una reprimenda delante de ella no era muy beneficioso. Arthur comprendió de inmediato su error.

—Sólo quiero decir, señor, que ella tendría que contar con un guardia de confianza por su propio bien —miró a Judith—. Decid, mi señora: si pudieseis tener a un solo guardia, ¿a quién elegiríais?

—Pues a John Bassett —respondió ella de inmediato.

En cuanto hubo pronunciado esas palabras, sintió deseos de morderse la lengua. Arthur le echó una mirada satisfecha antes de volverse hacia Walter.

—Ya veis. La misma dama lo ha dicho: acaba de elegir al custodio de lady Helen.

«Y así quedo sin ayuda por si quisiera escapar», comprendió Judith. Sir Arthur la miraba como si pudiera leerle los pensamientos.

—¡Excelente idea! —dijo Walter—. ¿Os complace eso, mi señora?

La muchacha no halló una excusa que le permitiera conservar a John; de cualquier modo, tal vez esa ausencia le otorgara más libertad de acción.

—Me complacería en sumo grado, señor mío —respondió con dulzura—. Sé que John cuidará bien de mi madre.

—Y ahora podemos atender asuntos más agradables. ¿Qué os parece una cacería para mañana?

—¿Una cacería, señor? Yo...

—¿Sí? Podéis hablarme con franqueza.

—Es un deseo tonto.

—Podéis expresarlo, sí —afirmó Walter con una sonrisa tolerante.

—Hace muy poco que he abandonado mi hogar y siempre he estado confinada en una sola parte de la finca. No conozco estos castillos antiguos. ¡Os reiréis de mí!

—Nada de eso —Walter reía.

—Me gustaría verlo todo: los establos, los corrales y hasta la granja.

—En ese caso, mañana haremos un recorrido completo —sonrió el dueño de casa—. Es una petición sencilla. Haría cualquier cosa por complaceros, señora.

Sus ojos ardían al mirarla. Judith bajó la mirada, sobre todo para disimular la furia que centelleaba en los suyos.

—Creo que estoy muy cansada, señor. ¿Me disculpáis?

—Desde luego. Un deseo vuestro es una orden para mí —el caballero se levantó para ofrecerle la mano y ayudarla a levantarse.

John se mantenía muy cerca, con los brazos cruzados contra el pecho.

—Querría intercambiar una palabra con mi custodio —pidió la joven, acercándose sin esperar respuesta—. Sir Arthur te ha nombrado guardián de mi madre —informó sin preámbulos.

—No aceptaré. Lord Gavin...

—¡Silencio! —ordenó ella, apoyándole una mano en el brazo—. No quiero que se nos oiga. ¿Qué motivo darías para no abandonar mi puerta? Ese tonto cree que ya soy suya.

—¿Se ha tomado atrevimientos?

—No, todavía no, pero lo intentará. Tienes que permanecer con mi madre. No creo que sir Arthur la deje salir de esa covacha húmeda si tú te niegas. Y ella no podrá resistir allí mucho tiempo.

—Pensáis demasiado en vuestra madre y muy poco en vos misma.

—No, te equivocas. Yo estoy a salvo, pero ella podría

enfermar de los huesos. Si yo estuviera en un cuarto húmedo exigiría lo mismo.

—Mentís —acusó John secamente—. Si no fuerais tan terca, en estos momentos podríais estar sana y salva en vuestra casa.

—¿Y ahora me vas a dar sermones? —protestó Judith, exasperada.

—De nada servirá. Sólo acompañaré a lady Helen si prometéis no hacer tonterías.

—Por supuesto. Puedo jurarlo, si quieres.

—Sois demasiado parlanchina, pero no hay tiempo para discutir. Ya vienen. Espero recibir mensajes frecuentes. Tal vez eso me impida pensar en las torturas que me aplicará lord Gavin.

Cuando Judith y su doncella quedaron solas, Joan estalló en una carcajada.

—¡Nunca he visto representación como la de esta noche, señora! —festejó—. Vos podríais actuar en Londres. ¿Dónde aprendisteis esa treta de tocarse un ojo con la uña para mostrar lágrimas?

La joven ahogó una exclamación. Las palabras de su doncella le recordaron vívidamente a Alice en brazos de Gavin.

—La aprendí de una mujer que vive en medio de las mentiras —respondió, ceñuda.

—Quienquiera que sea ha de ser insuperable. Yo misma estaba ya medio convencida. Espero que hayáis conseguido lo que buscabais.

—¿Cómo sabes que buscaba algo?

—No hay otra razón para que una mujer muestre sus lágrimas a un hombre.

Judith volvió a pensar en Alice.

—No, en efecto —murmuró.

—¿Conseguisteis lo que deseabais? —insistió Joan.

—En gran parte. Pero ese Arthur me hizo caer en una trampa: John ha sido enviado a custodiar a mi madre. ¡Custodiarla! ¡Bah! ¿Cómo puede un prisionero encerrado custodiar a otro? Mi hombre de armas ha sido convertido en dama de compañía y puesto bajo llave. Y yo estoy sola contigo para tratar de organizar la huida de todos.

Joan le desató los lazos del costado.

—No dudo que alejó a John porque así le convenía a él.

—No te equivocas. Pero lord Walter es un tonto. La lengua lo pierde. En adelante tendré más cuidado y sólo hablaré con él lejos de sir Arthur.

—Eso, señora, bien puede ser la más difícil de todas las tareas que haya que cumplir —Joan apartó los cobertores.

—¿Qué vas a hacer, Joan? —preguntó Judith al ver que su doncella se pasaba un peine por el pelo castaño.

—Voy a buscar a lord Gavin —sonrió la muchacha. Ambas estaban tomando un plano de casi igualdad—. Mañana, cuando nos veamos, tendré noticias de él.

Judith apenas oyó la puerta que se cerraba detrás de su doncella. Creía estar demasiado preocupada para dormir, pero no fue así. Se durmió casi de inmediato.

Walter y Arthur estaban a un costado del salón grande. Las mesas habían sido retiradas y los hombres de armas estaban extendiendo sus colchones de paja para pasar la noche.

—No confío en ella —dijo sir Arthur por lo bajo.

—¿Qué no confías en ella? —estalló Walter—. ¿Cómo puedes decir algo así después de haberla visto? Es una flor delicada. Se la ha castigado tanto que siente miedo al menor fruncimiento de cejas.

—No parecía tan asustada cuando exigió un mejor alojamiento para su madre.

—¡Ella no es capaz de exigir! No está en su carácter. Pero le preocupaba el bienestar de lady Helen. Y ese es otro ejemplo de su dulzura.

—Con esa dulzura ha obtenido bastante de vos esta noche. Hasta ha estado a punto de haceros decir que no había un acuerdo escrito con su padre.

—¿Qué importa eso? —clamó Walter—. ¡Ella no quiere estar casada con Gavin Montgomery!

—¿Cómo estáis tan seguro de eso?

—He oído decir...

—¡Bah! ¡Rumores! En ese caso, ¿a qué ha venido? No puede ser tan tonta como para creer que aquí no hay peligro para ella.

—¿Estás diciendo que yo soy capaz de hacerle daño? —acusó Walter.

Arthur lo miró con fijeza. Conocía bien a su amo.

—Mientras sea nueva, no. Vos necesitáis desposarla antes de poseerla. Sólo así la poseeréis de verdad. Si la tomáis ahora sin la bendición de la Iglesia, ella puede acabar odiándoos a vos como odia a su marido.

—¡No necesito que me des consejos en cuestiones de mujeres! Aquí soy el amo. ¿No tienes nada que hacer?

—Sí, mi señor —el tono de Arthur era burlón—. Mañana debo ayudar a mi amo a mostrar nuestras defensas a la prisionera.

Se retiró en el instante justo en que Walter le arrojaba una copa de vino a la cabeza.

Judith se despertó muy temprano, cuando el cuarto aún estaba a oscuras. De inmediato recordó la promesa de Joan en cuanto a que por la mañana traería noticias de

Gavin. Apartó apresuradamente el cobertor y se puso una bata de brocado bizantino, color canela, con flores más claras que la tela y forro de cachemira crema. El jergón donde Joan debía dormir estaba vacío. Judith apretó los dientes, furiosa. De pronto empezó a preocuparse. ¿Y si Joan también la había abandonado? ¿Y si Arthur la había descubierto espiando?

La puerta se abrió casi en silencio. Su doncella entró en puntillas, con los ojos hinchados.

—¿Dónde estabas? —acusó Judith en un susurro tenso.

Joan se llevó la mano a la boca para ahogar el chillido que había estado a punto de emitir.

—¡Señora, qué susto me habéis dado! ¿Por qué no estáis en vuestra cama?

—¿Y te atreves a preguntarme a mí por qué no estoy en mi cama? —Por fin Judith logró dominarse.— Anda, dime las noticias. ¿Sabes algo de Gavin?

Tomó a la doncella por un brazo y la llevó a rastras hasta la cama. Allí se sentaron de piernas cruzadas en el grueso colchón de plumas. Pero los ojos de Joan no podían enfrentarse a la intensa mirada de oro de su ama.

—Sí, mi señora, lo he hallado.

—¿Está bien? —insistió la joven.

Joan aspiró hondo y se lanzó a la descripción.

—Me costó mucho encontrarlo. Está bien custodiado en todo momento y la entrada es... difícil —sonrió—. Pero, por suerte, uno de los guardias pareció prendarse de mí. Pasamos mucho tiempo juntos. ¡Qué hombre! Estuvo toda la noche...

—¡Joan! —exclamó Judith, seca—. Me estás ocultando algo, ¿verdad? ¿Qué pasa con mi esposo? ¿Cómo está?

Joan miró a su ama y empezó a hablar, pero dejó caer la cara entre las manos.

—Es demasiado horrible, señora mía. Es increíble que pudieran hacerle algo así a un noble como él. ¡Ni al peor de los siervos se lo trata de ese modo!

—Dime —indicó Judith con voz mortífera—, cuéntamelo todo.

Joan levantó la cabeza, luchando contra las lágrimas y las náuseas.

—En el castillo muy pocos saben que está aquí. Lo trajeron solo, durante la noche, y... lo arrojaron allí abajo.

—¿Abajo de dónde?

—Hay un espacio bajo el sótano, señora; poco más que un agujero excavado entre los cimientos de la torre. El agua del foso se filtra por el suelo y allí pululan cosas... animales escurridizos...

—¿Y allí es donde tienen a Gavin?

—Sí, señora —dijo Joan en voz baja—. El techo de ese agujero es el suelo del sótano; se trata de un hueco muy profundo. La única manera de descender es por una escalerilla.

—¿Has visto ese lugar?

—Sí, señora —la muchacha inclinó la cabeza—. Y he visto también a lord Gavin.

Judith la sujetó ferozmente por los brazos.

—¿Lo has visto y sólo ahora me lo dices?

—Me costó creer que... que aquel hombre fuera lord Gavin —Joan levantó los ojos, con el tormento grabado en el rostro. —Siempre fue tan gallardo, tan fuerte... pero ahora es sólo piel y huesos. Sus ojos son círculos negros que queman al mirar. El guardia, el hombre con quien pasé la noche, abrió la trampilla y acercó una vela. ¡Qué hedor! Apenas pude mirar hacia aquella negrura. Lord Gavin (al principio no tuve la seguridad de que fuera él) se cubrió los ojos ante el simple resplandor de una vela. Y el suelo, señora... ¡hervía de animales! No había un solo sitio seco. ¿Cómo hará para dormir, si no tiene dónde tenderse?

—¿Estás segura de que aquel hombre era lord Gavin?

—Sí. El guardia lo rozó con el látigo; entonces él apartó la mano y nos miró con odio.

—¿Te reconoció?

—Creo que no. Al principio tuve miedo de que así fuera, pero ahora creo que no está en condiciones de reconocer a nadie.

Judith apartó la vista, pensativa. Joan le tocó el brazo.

—Es demasiado tarde, mi señora. No le queda mucho tiempo en este mundo. No puede durar más que unos pocos días. Olvidaos de él. Estará mejor muerto.

Judith le clavó una mirada dura.

—¿No acabas de decir que estaba vivo?

—Sólo apenas. Pero, aun cuando se lo sacara hoy mismo, la luz del sol lo mataría en instantes.

Judith abandonó la cama.

—Tengo que vestirme.

Joan contempló la recta espalda de su señora, alegrándose de que ella hubiera abandonado cualquier idea de rescate. Aquel rostro sumido y flaco todavía la perseguía. Aun así, tenía sus sospechas. Conocía demasiado bien a Judith y sabía que su pequeña ama rara vez dejaba un problema sin resolver. A veces la dejaba completamente exhausta por haberle hecho acomodar y reacomodar algo para verlo desde todos los ángulos posibles. Jamás se daba por vencida. Si tenía el propósito de que un sembrado estuviera segado antes de cierta fecha, para entonces la siega estaba concluida, aunque la misma Judith tuviera que participar en la tarea.

—Necesitaré una prenda de tela tosca y muy oscura, Joan, como la que usan las siervas. Y botas, botas altas.

No importa que sean demasiado grandes; puedo ceñírmelas bien. Y un banco. Tendrá que ser largo, pero lo bastante estrecho para que quepa por la trampilla. También necesito una caja con flejes de hierro, relativamente pequeña, para que pueda llevarla atada al vientre.

—¿Al vientre? —logró balbucear Joan—. ¿No estaréis pensando...? Acabo de explicaros que él está casi muerto, que no se le puede rescatar. No podéis llevarle un banco pensando que nadie caerá en la cuenta. Comida sí, tal vez, pero...

La interrumpió la mirada de Judith. Su ama era menuda, pero cuando esos ojos dorados adquirían tanta dureza no había modo de desobedecer.

—Sí, mi señora —dijo con mansedumbre—. Un banco, botas, ropas de sierva y... y una caja con flejes de hierro a la medida de vuestro vientre —añadió sarcástica.

—A la medida de mi vientre, sí —concordó Judith sin humor—. Ahora ayúdame a vestirme.

Recogió una enagua de seda amarilla del arcón grande que tenía junto a la cama. Tenía veinte botones de perla entre el codo y la muñeca. Sobre eso se puso un traje de terciopelo color oro viejo con anchas mangas colgantes. De la cintura hasta el bajo le pendía un cinturón de cordones de seda parda a los que se habían enhebrado perlas.

Joan tomó un peine de marfil para desenredarle la cabellera.

—No dejéis entrever que os preocupáis por lord Gavin.

—No necesito que me lo digas. Ve en busca de las cosas que necesito. Y que nadie te vea con ellas.

—No puedo andar por allí cargando con un banco sin que nadie me vea.

—¡Joan!

—Sí, señora. Haré lo que vos mandéis.

Después de haber pasado la mañana visitando establos y granjas, Walter le dijo:

—Seguramente estáis muy cansada, señora, y esto tiene muy poco interés para vos.

—¡Oh, al contrario! —sonrió Judith—. ¡Qué gruesas son las murallas del castillo! —exclamó con los ojos muy abiertos en un gesto de inocencia.

El castillo era muy simple: contenía una sola torre de piedra de cuatro plantas dentro de una muralla única, que superaba los tres metros y medio de espesor. En su parte alta había unos pocos guardias, pero parecían soñolientos y poco alertas.

—Tal vez la señora quiera inspeccionar la armadura de los caballeros en busca de defectos —observó Arthur, mirándola con atención.

Judith se las compuso para mantenerse inexpresiva.

—No sé de qué me habláis, señor —dijo, confundida.

—¡Tampoco yo, Arthur! —agregó Walter.

Arthur no contestó. Se limitaba a mirar a Judith. Ella comprendió que tenía un enemigo: el caballero había interpretado con facilidad su interés por las fortificaciones. Se volvió hacia Walter.

—Estoy más cansada de lo que pensaba. En verdad el recorrido ha sido largo. Tal vez tenga que descansar.

—Por supuesto, señora.

Judith quería alejarse de él, liberarse de aquella mano que se posaba con demasiada frecuencia en su brazo o en su cintura. Fue un alivio dejarlo a la puerta de su alcoba. Cayó en la cama completamente vestida. Durante toda la mañana no había pensado sino en lo que Joan le dijera de Gavin. Lo imaginaba medio muerto por la mugre de aquel horrible lugar donde lo tenían.

Cuando se abrió la puerta, ella no prestó la menor atención. A las mujeres de la nobleza rara vez se les permitía la intimidad. Las doncellas entraban en sus habitaciones y salían de ellas sin cesar. Pero ahogó una exclamación ante el contacto de una mano masculina en su cuello.

—¡Lord Walter! —exclamó, echando un rápido vistazo a su alrededor.

—No temas —dijo él en voz baja—. Estamos solos. Yo me he encargado de eso. Los sirvientes saben que aplico duros castigos cuando se me desobedece.

Ella estaba desconcertada y trémula.

—¿Me temes? —preguntó él con ojos danzantes—. No hay motivos. ¿No sabes que te amo? Te he amado desde la primera vez que te vi. Yo esperaba en medio de la procesión que te siguió hasta la iglesia. ¿He de decirte cómo te vi? —recogió un rizo de su cabellera para enroscárselo al brazo—. Saliste a la luz del sol y fue como si el día se oscureciera ante tu fulgor. El de tu vestido de oro y tus ojos de oro.

Mostró en alto el mechón, frotándolo con los dedos de la otra mano contra su palma.

—¡Cuánto deseé entonces tocar estas finas hebras! En aquel momento supe que estabas destinada a ser mía. ¡Pero te casaste con otro! —acusó.

Judith estaba asustada: no por lo que él podía hacerle, sino por lo que perdería si él la tomaba en ese momento. Sepultó la cara en las manos como si estuviera llorando.

—¡Mi señora! ¡Mi dulce Judith! Perdóname. ¿Qué he hecho? —preguntó Walter, desconcertado.

Ella hizo un esfuerzo por recobrarse.

—Soy yo quien debe pedir perdón. Es que los hombres...

—¿Los hombres qué? Puedes contarme todo. Soy tu amigo.

—¿De veras? —inquirió ella con ojos suplicantes y demasiado ingenuos.

—Sí —susurró Walter, devorándola como podía.

—Ningún hombre ha sido amigo mío hasta ahora. Primero, mi padre y mis hermanos... ¡No, no debo hablar mal de ellos!

—No hace falta —dijo Walter, tocándole el dorso de la mano con la punta de los dedos—. Yo los conocía bien.

—¡Y después, mi esposo! —exclamó ella con ferocidad.

Walter parpadeó.

—¿Te disgusta? ¿Es cierto eso?

Los ojos dorados centellearon con tanto odio que él quedó desconcertado. Por un momento tuvo la sensación de que iba dirigido a él y no al marido.

—¡Todos los hombres son iguales! —exclamó ella, furiosa—. Sólo quieren una cosa de la mujer, y si ella no la da por las buenas, se la toma por la fuerza. ¿Sabéis lo horrible que es la violación para una mujer?

—No, yo... —Walter estaba confundido.

—Los hombres poco saben de las cosas buenas de la vida: la música y el arte. Me gustaría creer que existe un hombre en la tierra capaz de no manosearme ni exigir nada.

Walter la miró con astucia.

—Y si encontraras a un hombre así, ¿cómo lo recompensarías?

Ella sonrió con dulzura.

—Lo amaría con todo mi corazón —dijo simplemente.

Él le besó la mano con ternura, mientras Judith bajaba los ojos.

—Te tomo la palabra —dijo Walter en voz baja—, pues soy capaz de todo para ganar tu corazón.

—A nadie ha pertenecido sino a vos —susurró ella.

El dueño de casa le soltó la mano y se puso de pie.

—Te dejaré descansar. Recuerda que soy tu amigo y que estaré cerca cuando me necesites.

En el momento en que él salía, Joan entró disimuladamente.

—¡Lady Judith! ¿Ese hombre...?

—No, no ha pasado nada —aseguró ella, recostándose contra la cabecera de la cama—. Logré disuadirlo.

—¡Disuadirlo! Por favor, explicadme... No, no lo hagáis. No tengo ninguna necesidad de saber cómo disuadir a un hombre que desee hacerme el amor. Pero vos habéis sabido hacerlo bien. ¿Podréis mantenerlo a raya?

—No sé. Me cree ingenua y acobardada. No sé cuánto tiempo podré mantenerlo engañado. ¡Me odio por mentir así! —Judith giró hacia su doncella—. ¿Está todo listo para esta noche?

—Sí, aunque no ha sido fácil.

—Se te recompensará bien cuando salgamos de aquí... si salimos. Ahora busca a otras mujeres y prepárame un baño. He sido tocada por ese hombre y necesito restregarme.

John Bassett se paseaba por el cuarto con fuertes pasos. De pronto tropezó con algo sepultado entre los juncos y lo pateó con ira. Era un hueso viejo y seco que salió disparado contra la pared.

—Dama de compañía —maldijo.

Encerrado con llave dentro de un cuarto, sin libertad alguna y con la única compañía de una mujer que le tenía miedo.

En verdad, no era culpa de ella. Se volvió para mirarla; estaba acurrucada bajo un cubrecama, delante del brasero. Él sabía que sus largas faldas ocultaban un tobillo gravemente distendido, que la mujer había disimulado ante la hija.

De pronto se olvidó de la rabia. De nada servía dejarse carcomer por ella.

—Qué mala compañía soy —protestó mientras ocupaba un banquillo al otro lado del brasero. Helen lo miró con ojos asustados. Él había conocido a su marido y se avergonzó de inspirarle el mismo miedo—. No sois vos la que me enfada, mi señora, sino vuestra hija. ¿Cómo es posible que una dama serena y sensata como vos haya gestado a esa mocosa terca? Quería rescatar a dos prisioneros y ahora tiene que salvar a tres... sin más ayuda que esa alocada doncella.

Vio que Helen sonreía con puro orgullo.

—¿Os enorgullecéis de semejante hija? —observó, atónito.

—En efecto. Ella no teme a nada. Y siempre piensa primero en los demás.

—Debisteis enseñarle a temer —criticó John apasionadamente—. A veces el miedo es bueno.

—Si fuera hija vuestra, ¿le habríais enseñado a temer? —Le habría enseñado a... —pero John se interrumpió. Por lo visto, de nada servían los castigos; sin duda Robert Revedoune se los habría aplicado con saña. Acabó por sonreír—. No creo que se le pudiera enseñar. Pero si fuera hija mía... —sonrió más aún—. Si fuera mía, estaría orgulloso de ella. Pero dudo de que una belleza tal hubiese podido nacer de una fealdad como la mía.

—Oh, pero si vos no sois feo en absoluto —exclamó Helen, ruborizada.

John la miró con fijeza por primera vez. Durante la boda le había parecido una mujer descolorida y vieja. Ahora se daba cuenta de que no era una cosa ni la otra.

Había mejorado mucho en las cuatro semanas pasadas sin Robert Revedoune; ya no parecía tan nerviosa, y sus mejillas huecas se iban rellenando. Exceptuando el pico de viuda, llevaba la cabellera cubierta, pero se la veía rojo-dorada como la de su hija, aunque algo más oscura. Y sus ojos parecían tener diminutas chispas doradas.

—¿Por qué me miráis tanto, señor?

Con su habitual franqueza, John dijo lo que pensaba:

—Vos no sois vieja.

—Este año cumpliré treinta y tres años —respondió ella—. Es edad avanzada para una mujer.

—¡Bah! Sé de una de cuarenta que... —pero el caballero se interrumpió con una sonrisa—. Tal vez no es historia para contar a una dama. De cualquier modo, a los treinta y tres años se dista mucho de ser vieja. —De pronto, se le ocurrió una idea.— ¿Sabéis que ahora sois una mujer rica? Sois una viuda con grandes propiedades. Pronto estarán los hombres llamando a vuestra puerta.

—No —rió ella con las mejillas arrebatadas—, bromeáis.

—Una viuda rica y bella, por añadidura —insistió John—. Lord Gavin tendrá que abrirse paso entre ellos a espada limpia para elegiros esposo.

—¿Esposo? —Helen se puso bruscamente seria.

—¡Vamos, no pongáis esa cara! —ordenó John—. Pocos son tan villanos como el que vos conocisteis.

Helen parpadeó ante aquella expresión, que debería de haberle parecido grosera. En John, en realidad, era la manifestación de un hecho.

—Lord Gavin hallará un buen marido para vos.

Ella lo miró como si calculara.

—¿Habéis estado casado, John?

Él tardó un momento en responder.

—Sí, una vez, siendo muy joven. Ella murió de peste.

243

—¿No hubo hijos?

—No, ninguno.

—¿La... amabais? —preguntó Helen con timidez.

—No —respondió él, muy franco—. Ella era una criatura de mente sencilla. Por desgracia, yo no soporto la estupidez, ni en el hombre, ni en el caballo, ni en la mujer —rió entre dientes, como por algún pensamiento secreto—. Cierta vez me jacté de que sólo entregaría mi corazón a la mujer que supiera jugar bien al ajedrez. ¿Sabéis que hasta llegué a jugar una partida con la reina Isabel?

—¿Y ganó ella?

—No —replicó él, disgustado—. No era capaz de concentrarse en el juego. Traté de enseñarlo a Gavin y a sus hermanos, pero lo juegan peor que algunas mujeres. Sólo el padre podía medirse conmigo.

Helen lo miró con seriedad.

—Yo conozco el juego. Al menos, sé mover las piezas.

—¿De veras?

—Sí. Yo enseñé a Judith a jugar, aunque nunca pudo derrotarme. Era como la reina: siempre preocupada por otros problemas. No podía concentrarse como el ajedrez merece.

John vaciló.

—Si vamos a pasar aquí algún tiempo, tal vez podáis darme algunas lecciones. Os agradecería cualquier ayuda.

John suspiró. Tal vez fuera buena idea. Cuando menos, les ayudaría a matar el tiempo.

17

Cuando se iniciaron los preparativos para bajar al foso donde estaba Gavin, la alcoba de Judith estaba tan silenciosa como el resto del castillo Demari.

—Da esto al guardia —dijo la joven, entregando a Joan una bota de vino— y dormirá toda la noche. Podríamos encender a su lado varios toneles de aceite sin que se enterara.

—Eso es, más o menos, lo que ocurrirá cuando lord Gavin os vea a vos —murmuró la doncella.

—¿No lo creías medio muerto? Ahora no hables más y haz lo que yo te diga. ¿Lo tienes todo preparado?

—Sí. ¿Os sentís mejor? —preguntó Joan, preocupada.

Judith asintió, tragando saliva al recordar su reciente ataque de náuseas.

—Si algo os queda en el estómago, lo perderéis cuando entréis en ese foso repugnante.

Judith pasó por alto el comentario.

—Ahora vete y da el vino a ese hombre. Esperaré un rato antes de seguirte.

Joan salió silenciosamente, arte que había aprendido en largos años de práctica. Judith esperó casi una hora, nerviosa. Mientras tanto se sujetó la caja de hierro al vientre y se pasó la prenda de tosca lana por la cabeza. Si alguien hubiera reparado en la sierva que caminaba en silencio por entre los caballeros dormidos, sólo habría visto a una mujer en avanzado estado de gravidez, con las manos apretadas a la parte baja de la espalda para sostener la carga del vientre. Judith tuvo ciertas dificultades para descender la escalera de piedra, sin barandilla, que llevaba al sótano.

—¿Señora? —sonó el susurro de Joan.

—Sí. —Judith avanzó hacia la única vela que Joan sostenía. —¿El hombre duerme?

—Sí. ¿No oís sus ronquidos?

—No oigo nada más que el palpitar de mi corazón. Deja esa vela y ayúdame a desatar esta caja.

Joan se puso de rodillas, mientras su ama se recogía las faldas hasta la cintura.

—¿Para qué queríais la caja? —preguntó la doncella.

—Para guardar la comida de modo que no la tocaran las... las ratas.

Joan se estremeció, mientras sus manos frías forcejeaban con los nudos del cuero crudo.

—No son sólo ratas lo que hay allá abajo. Señora mía, por favor, aún estáis a tiempo para cambiar de idea.

—¿Te estás ofreciendo a bajar en mi lugar?

La respuesta de Joan fue una exclamación de horror.

—En ese caso, calla. Piensa en Gavin, forzado a vivir allí.

Cuando las dos mujeres tiraron de la trampilla, el aire viciado que surgió del pozo les hizo apartar la cara.

—¡Gavin! —llamó Judith—. ¿Estás ahí?

No hubo respuesta.

—Dame la vela.

Joan entregó el candelabro a su ama y apartó la vista. No quería volver a mirar dentro del foso.

Judith revisó el agujero negro a la luz del candelabro. Se había preparado para lo peor y no fue en vano. Sin embargo, Joan se había equivocado al apreciar el fondo: había algún rincón seco, al menos relativamente hablando. El suelo de tierra estaba inclinado, de modo que en un rincón había sólo barro y no agua viscosa. Tan sólo la mirada fulminante que se elevó hacia ella le reveló que la silueta acurrucada en aquel lugar estaba viva.

—Dame la escalerilla, Joan; cuando haya llegado al fondo, envíame el banco primero; después, la comida y el vino. ¿Has comprendido?

—Este lugar no me gusta.

—Tampoco a mí.

Para Judith no fue fácil descender por esa escalerilla al infierno. Ni siquiera se atrevía a mirar hacia abajo. No había necesidad de ver lo que había allá abajo: se lo percibía por el olor y el ruido de movimientos deslizantes. Puso la vela en una piedra saliente de la pared, pero no miró a Gavin. Sabía que estaba forcejeando por incorporarse.

—El banco —ordenó, mirando hacia arriba.

No fue fácil maniobrar para que aquel pesado mueble descendiera por la escalerilla; a Joan se le estarían descoyuntando los brazos. Costó menos instalarlo contra la pared, junto a Gavin. Después vino la caja de comida, seguida por una gran bota de vino.

—Listo —dijo mientras depositaba los alimentos en el borde del banco. Y dio un paso hacia su marido.

Entonces comprendió por qué Joan lo consideraba medio muerto. Estaba enflaquecido hasta los huesos; sus altos pómulos tenían el filo de una navaja.

—Gavin —dijo en voz baja.

Y le alargó una mano con la palma hacia arriba.

Él movió la mano flaca y sucia hasta tocarla, como si esperara verla desaparecer. Al sentir aquella carne caliente contra la suya volvió a mirarla, sorprendido.

—Judith.

El nombre sonó áspero, como si él hubiera enronquecido por no hablar y por tener la garganta reseca.

La muchacha le tomó la mano con firmeza y lo obligó a sentarse en el banco. Luego le llevó la bota de vino a los labios. Pasó un rato antes de que él comprendiera que debía beber.

—Despacio —indicó ella, al ver que bebía a grandes tragos el líquido denso y dulzón.

Apartó la bota y tomó un frasco de la caja. Le dio a cucharadas el guisado espeso que contenía. La carne y las hortalizas habían sido recocidas hasta convertirse en una pasta fácil de masticar.

Después de algunos bocados, él volvió a reclinarse contra la pared con los ojos cerrados por el cansancio.

—Hacía mucho tiempo que no comía. Uno no aprecia lo que tiene hasta que lo pierde. —Descansó un momento; después volvió a incorporarse para mirar a su mujer—. ¿A qué has venido?

—A traerte comida.

—No es eso lo que pregunto. ¿Por qué estás en la casa de Demari?

—Tienes que comer en vez de hablar, Gavin. Si sigues comiendo te lo contaré todo.

Y le dio un trozo de pan oscuro mojado en el guiso.

Una vez más, él dedicó su atención a la comida.

—¿Mis hombres están arriba? —preguntó con la boca llena—. Tal vez haya olvidado cómo se camina, pero cuando haya comido un poco más tendré alguna fuerza. Han hecho mal al enviarte a ti.

Judith no había calculado que Gavin, en su presencia, se creyera libre.

—No —dijo, parpadeando para contener las lágrimas—. Todavía no puedo sacarte de aquí.

—¿Todavía? —él levantó la vista—. ¿Qué dices?

—Estoy sola, Gavin. Tus hombres no están arriba. Todavía sigues cautivo de Walter Demari, al igual que mi madre y ahora también John Bassett.

Él dejó de comer, con la mano suspendida sobre el frasco. De pronto, como ella no dijera nada, continuó masticando.

—Cuéntamelo todo —dijo simplemente.

—John Bassett me dijo que Demari te había captura-do y que no hallaba modo de rescatarte, como no fuera poniendo sitio al castillo. —Judith calló, como si así terminara la historia.

—¿Por eso has venido? ¿Con la idea de salvarme?

La miraba con ojos hundidos, ardorosos.

—Gavin...

—Y dime, por favor, ¿qué esperabas conseguir? ¿Pen-sabas desenvainar una espada y ordenar mi liberación?

Ella apretó los dientes.

—Haré degollar a John por esto.

—Es lo que él dijo —murmuró la joven.

—¿Qué?

—John dijo que te enfurecerías.

—¿Enfurecerme? —protestó Gavin—. Mis fincas sin guardias, mis hombres sin jefe, mi mujer prisionera de un loco. ¿Y dices que me enfurezco? No, mujer, no. Estoy mucho más que enfurecido.

Judith irguió la espalda, tensa.

—No había otra solución. En un sitio habrías muerto.

—En un sitio sí —replicó él, furioso—, pero hay otras maneras de tomar este castillo.

—Pero John dijo que...

—¡John! John es un simple caballero, no un jefe. Su padre siguió al mío como él me sigue a mí. Debió haber recurrido a Miles, hasta al mismo Raine, pese a su pier-na fracturada. Cuando lo vea, lo mataré.

—No, Gavin, no es culpa de él. Le dije que, si no me traía él, vendría sola.

La luz de la vela daba fulgor a sus ojos. La capucha de lana había caído, dejando el cabello al descubierto.

—Había olvidado lo bella que eres —dijo él en voz baja—. No sigamos riñendo. No podemos alterar lo que está hecho. Dime qué pasa allá arriba.

Ella le contó cómo había conseguido mejor alojamiento para su madre y de qué modo había condenado a John a terminar prisionero.

—Pero es mejor así —continuó—; él no me habría dejado venir.

—Ojalá hubiera estado él para impedírtelo. No deberías estar aquí, Judith.

—¡Es que tenía que traerte comida! —protestó ella.

Gavin la miró con un suspiro. Después esbozó una sonrisa.

—Compadezco al pobre John por verse obligado a tratar contigo.

Ella puso cara de sorpresa.

—Lo mismo dijo él de ti. ¿Tan mal he hecho?

—Sí —respondió Gavin francamente—. Has puesto en peligro a mayor número de personas, y eso dificultará ahora cualquier rescate.

Ella se miró las manos.

—Anda, mírame a los ojos. Hace mucho tiempo que no veo nada bonito, ni siquiera limpio.

Gavin le entregó el frasco vacío.

—Te he traído más comida en una caja metálica.

—Y un banco —observó él, meneando la cabeza—. Judith, los hombres de Demari se darán cuenta de quién ha enviado estas cosas en cuanto las vean. Tienes que llevártelas.

—¡No! Las necesitas.

Él la miró con fijeza. No había hecho sino quejarse de ella.

—Gracias, Judith —susurró.

Levantó la mano como para tocarle la mejilla, pero la detuvo en el aire. Ella pensó que se negaba a tocarla.

—¿Estás enfadado conmigo?

—No quiero ensuciarte. Estoy más que mugriento. Siento que me caminan cosas por la piel. Y tú estás demasiado cerca.

Judith le tomó la mano y se la llevó a la mejilla.

—Joan dijo que estabas apenas vivo, pero también dijo que habías levantado hacia el guardia una mirada desafiante. Si aún podías odiar no estabas tan cerca de la muerte.

Se inclinó hacia él, que le rozó los labios con los suyos. Judith tuvo que conformarse con eso: él se negó a contaminarla más.

—Escúchame, Judith. Es preciso que me obedezcas. No toleraré desobediencias, ¿comprendes? No soy John Bassett, a quien puedes manejar con el dedo meñique. Y si me desobedeces, el precio será de muchas vidas, sin duda. ¿Has entendido?

—Sí —asintió ella, deseosa de recibir indicaciones.

—Antes de que me apresaran, Odo logró partir en busca de Stephen, en Escocia.

—¿Tu hermano?

—Sí, aunque no lo conoces. Se enterará de todo lo que Demari ha hecho y acudirá de inmediato. Es un guerrero experimentado y estos viejos muros no resistirán mucho tiempo ante él. Pero tardará varios días en llegar desde Escocia... aun si el mensajero logra hallarlo enseguida.

—¿Y qué debo hacer?

—Deberías haberte quedado en casa, bordando —replicó él, disgustado—. Así habríamos tenido tiempo. Ahora debes conseguir tiempo para que actuemos. No accedas a nada de lo que Demari proponga. Conversa con él de cosas de mujeres, pero no de tus propiedades ni de la anulación de nuestro casamiento.

—Me cree medio tonta.

—¡Dios nos proteja de tontas como tú! Ahora debes irte.

Ella se levantó.

—Mañana te traeré más comida.

—¡No! Envía a Joan. Nadie reparará en esa gata que pasa de una cama a otra.

—Pero vendré disfrazada.

—¿Quién tiene una cabellera como la tuya, Judith? Si se te escapa una sola hebra se te reconocerá de inmediato. Y si te reconocen, no habrá motivo para retenernos vivos a los prisioneros. Demari tiene que pensar que aceptarás sus planes. Ahora vete y obedéceme, por una vez en la vida.

Ella hizo un gesto de asentimiento y se volvió hacia la escalerilla.

—Judith —susurró él—, ¿me besarías otra vez?

Ella sonrió con alegría. Antes de que Gavin pudiera impedírselo, le rodeó la cintura con los brazos y lo estrechó contra sí. Los cambios por él sufridos, su enflaquecimiento, eran perceptibles.

—He tenido miedo, Gavin —confesó.

El joven le levantó la barbilla.

—Tienes más valor que diez hombres juntos —la besó con ansias—. Ahora vete y no vuelvas.

Judith subió la escalerilla casi a la carrera para salir de aquel oscuro sótano.

18

En medio del silencio del castillo, Arthur se permitió, por fin, un estallido de furia. Sabía que era preciso dominar su carácter, pero había visto demasiado en un solo día.

—¡Sois un tonto! —dijo con una mueca despectiva—. ¡Esa mujer os pulsa como un músico magistral su salterio y vos no os dais cuenta!

—No te sobrepases —advirtió Walter.

—¡Pues alguien debe hablar! Vos estáis tan ciego por ella que os dejaríais clavar un puñal entre las costillas y sólo murmuraríais «¡Gracias!».

Walter hundió súbitamente la vista en su copa de cerveza.

—Es una mujer dulce y adorable —murmuró.

—¡Dulce! ¡Bah! ¡Dulce como un limón! Lleva tres días aquí y ¿cuánto habéis progresado en vuestras negociaciones para la anulación del matrimonio? ¿Qué dice ella cuando vos se lo pedís? —No le dio tiempo a responder—. Esa mujer se vuelve sorda cuando le conviene. A veces, se limita a mirar con una sonrisa cuando le estáis haciendo una pregunta. Se diría que es sordomuda. Y vos, en vez de presionarla, la miráis con otra sonrisa estúpida.

—Es bella —dijo Walter por defenderla.

—Es tentadora, sí —reconoció Arthur. Y sonrió para sus adentros. Judith Montgomery empezaba a agitarle la sangre, en verdad, aunque no de la manera santa que afectaba a Walter—. Pero ¿qué se logra con su belleza, si vos no estáis más cerca del objetivo que cuando ella llegó?

Walter plantó su copa en la mesa.

—¡Es una mujer, diablos, no un hombre con quien se pueda razonar! Es preciso cortejarla, conquistarla. A las mujeres se las ama. Además, recuerda a su padre y a ese villano marido con quien la casaron. La han asustado.

—¡Que la han asustado! —bufó Arthur—. En mi vida he visto a mujer menos asustada. Una mujer asustada se habría quedado en su casa y en su cama, tras las murallas de su castillo. Ésta, en cambio, viene a caballo hasta nuestras puertas y...

—¡Y no pide nada! —apuntó Walter, triunfal—. Sólo pide mejor alojamiento para su madre, algo muy simple. Pasa sus días conmigo y me ofrece una compañía agradable. Ni siquiera ha preguntado por la suerte de su marido. Eso te demuestra que no se interesa por él.

—No estoy tan seguro —observó Arthur, pensativo—. No me parece natural que se interese tan poco por él.

—¡Te digo que lo odia! No sé por qué no lo matas para terminar con el asunto. Me casaría con ella junto al cadáver de ese hombre, si el sacerdote lo permitiera.

—¡Y el rey se os echaría encima! Es una mujer rica. Su padre tenía el derecho de entregarla a un hombre, pero él ha muerto. Ahora sólo el rey tiene ese derecho. En cuanto el marido muera, ella se convertirá en pupila del rey; el producto de sus fincas es ingreso real. ¿Creéis vos que el rey Enrique entregaría a una viuda rica al hombre que torturó y mató a su marido? Y si vos la tomárais sin permiso, lo encolerizaríais más aún. Lo he dicho una y otra vez: no hay otra solución que llevarla ante el rey para que pida públicamente ser liberada de sus vínculos matrimoniales y entregada a vos. El rey Enrique, que ama a la reina, se dejará conmover por esos sentimentalismos.

—En ese caso, estoy procediendo con corrección —insistió Walter—. Hago que la mujer me ame. Le veo el amor en los ojos cuando me mira.

—Repito que sois tonto; no veis sino lo que deseáis ver. No estoy seguro de que ella no esté planeando algo. Una fuga, tal vez.

—¿Fugarse de mí, que no la retengo cautiva? Es libre de ir adonde quiera.

Arthur miró a aquel hombre con asco. No sólo era tonto, sino también imbécil. Por su parte, si no se andaba con cautela, vería sus cuidadosos planes destruidos por una diosa de ojos dorados.

—¿Decís que odia a su marido?

—Sí. Lo sé con seguridad.

—¿Tenéis pruebas de eso, aparte del chismorreo de los sirvientes?

—Nunca lo menciona.

—Tal vez lo ama tanto que le duele mencionarlo —apuntó Arthur, burlón—. Quizá convenga poner a prueba ese odio.

Walter vaciló.

—Al parecer, ya no estáis tan seguro de ella.

—¡Lo estoy! ¿Qué planeas?

—Sacaremos a su marido del foso y lo pondremos ante ella, para observar sus reacciones. ¿Gritará de horror al verlo como debe de estar a estas horas? ¿O se alegrará de verlo así torturado?

—Se alegrará —aseguró Walter.

—Esperemos que vos tengáis razón. Pero no lo creo así.

Las habitaciones que Judith había conseguido para lady Helen eran espaciosas, aireadas y más limpias. Una fuerte mampara de madera, clavada a las paredes del tercer piso, creaba un aposento separado del resto del castillo, protegido por una puerta de roble que medía diez centímetros de espesor.

Los muebles eran escasos. Una cama grande con doseles de hilo pesado ocupaba un rincón. Al otro lado de la alcoba había un jergón de paja. Dos personas sentadas junto al brasero encendido inclinaban las cabezas sobre un tablero de ajedrez colocado encima de una mesita baja.

—¡Ganáis otra vez! —exclamó John Bassett, atónito.

Helen le sonrió.

—Pues vos parecéis complacido.

—En efecto. Al menos no me he aburrido en estos días.

En el tiempo transcurrido desde que estaban juntos, John había visto muchos cambios en ella. Había aumentado de peso y sus mejillas estaban perdiendo la oquedad. Además, se mostraba más relajada en presencia de él. Ya no desviaba la vista de lado a lado. En realidad, rara vez apartaba los ojos de su compañero.

—¿Creéis que mi hija está bien? —preguntó Helen, volviendo las piezas a sus posiciones originales.

—Sólo puedo adivinar. Creo que, si hubiera sufrido algún daño, lo sabríamos. No creo que Demari perdiera mucho tiempo en hacernos seguir el mismo destino.

Helen asintió. La dura franqueza de John le resultaba refrescante después de haber pasado tanto tiempo entre mentiras. No había vuelto a ver a Judith desde aquella primera noche. De no haber sido por la serenidad de su compañero, habría enfermado de preocupación.

—¿Jugamos otra partida? —preguntó.

—No. Necesito un descanso a vuestros ataques.

—Es tarde. Tal vez... —comenzó ella, renuente a acostarse y abandonar aquella grata compañía.

—¿Queréis sentaros a mi lado un momento? —preguntó él, levantándose para atizar las brasas.

—Sí —sonrió ella.

Era la parte del día que más le gustaba: el hecho de que John la llevara de un lado a otro en sus fuertes brazos. Estaba segura de que su tobillo había curado, pero él no hacía preguntas y Helen prefería no mencionarlo.

John miró la cabeza apoyada en su hombro.

—Día a día os parecéis más a vuestra hija —comentó mientras la llevaba a una silla más próxima al fuego—. No es difícil ver de dónde ha salido ella tan bonita.

Helen no respondió; se limitó a sonreír contra aquel hombro, disfrutando de su fuerza. Apenas John la había depositado en la silla cuando la puerta se abrió de par en par.

—¡Madre! —exclamó Judith, corriendo a los brazos abiertos de Helen.

—Estaba preocupada por ti —dijo la madre, ansiosa—. ¿Dónde te tenían? ¿Te han hecho daño?

—¿Qué noticias hay? —interrumpió la voz grave de John.

Judith se desprendió de su madre.

—No, no he sufrido daño alguno. No podía venir por falta de tiempo. Walter Demari me tiene ocupada en todo momento. Cuando menciono que quiero visitaros, busca algún lugar para llevarme —se sentó en un banquillo que John le ofrecía—. En cuanto a noticias, he visto a Gavin.

Ni John ni Helen abrieron la boca.

—Lo tienen en un agujero, debajo del sótano. Es un

257

sitio hediondo. No vivirá mucho tiempo allí. He ido a verlo y...

—¿Has entrado en ese foso? —preguntó Helen, atónita—. ¡Estando embarazada! ¡Has puesto en peligro al niño!

—¡Silencio! —ordenó John—. Dejad que nos cuente cómo está lord Gavin.

Judith miró a su madre, que solía acobardarse ante el tono duro de cualquier hombre. Helen se limitó a obedecer sin muestras de miedo.

—Se enfureció conmigo por haber venido y dijo que ya había dispuesto el rescate. Ha mandado por su hermano Stephen.

—¿Por lord Stephen? —exclamó John, sonriendo—. Ah, sí. Si resistimos hasta su llegada, estaremos salvados. Sabe dar batalla.

—Es lo que dijo Gavin; que entretenga a Demari tanto tiempo como pueda, a fin de que Stephen pueda llegar con sus hombres.

—¿Qué más dijo lord Gavin?

—Muy poca cosa. Pasó casi todo el tiempo haciendo la lista de mis errores —repuso la muchacha, disgustada.

—¿Y puedes entretener a Demari guardando distancias? —inquirió Helen.

Judith suspiró.

—No es fácil. Si me toca la muñeca, desliza la mano hasta el codo. Si la cintura, sube hasta las costillas. No respeto a ese hombre. Si fuera capaz de sentarse a conversar razonablemente, le entregaría la mitad de las tierras de Revedoune a cambio de nuestra libertad. Pero me ofrece guirnaldas de margaritas y poemas de amor. A veces siento ganas de gritar de frustración.

—¿Y sir Arthur? —preguntó John—. No lo imagino haciendo guirnaldas de margaritas.

—No. Él se limita a observarme. No puedo escapar de su mirada. Tengo la sensación de que planea algo, pero no sé qué.

—Será lo peor, sin duda —afirmó John—. ¡Cómo lamento no poder ayudar!

—Por el momento no necesito ayuda. Sólo queda esperar a que llegue lord Stephen para negociar o combatir. Entonces hablaré con él.

—¿Hablar? —John arqueó una ceja.— Stephen no es muy dado a discutir sus planes de batalla con las mujeres.

Se oyó un toque a la puerta.

—Tengo que irme. Joan me espera. No sé si conviene que Demari sepa de mi presencia aquí.

—Judith... —Helen sujetó a su hija por el brazo.— ¿Te cuidas bien?

—Cuanto puedo. Estoy cansada... nada más —y besó a su madre en la mejilla—. Tengo que irme.

Cuando John y Helen estuvieron solos, él dijo con severidad:

—No lloréis. Con eso no se arregla nada.

—Lo sé —reconoció la mujer—. Es que ella está muy sola. Siempre ha estado sola.

—¿Y vos? ¿Acaso no habéis estado siempre sola?

—Yo no importo. Soy vieja.

John la aferró duramente por los brazos y la levantó hacia él.

—¡No sois vieja! —exclamó con apasionamiento. Y la besó.

Helen no había sido besada más que por su marido, en los primeros días de su matrimonio, y el escalofrío que le corrió por la espalda la llenó de sorpresa. Respondió al beso rodeando el cuello de John con los brazos para atraerlo más hacia sí.

Él le besó la mejilla y el cuello, con el corazón palpitante.

—Es tarde —susurró.

La alzó en brazos para llevarla a la cama. Todas las noches le ayudaba a desabotonar el sencillo vestido, puesto que Helen no tenía doncella. Se mostraba siempre respetuoso y desviaba la vista cuando ella se acostaba. En esta ocasión la puso de pie junto a la cama y se volvió para alejarse.

—John —pronunció ella—, ¿no me vais a ayudar con los botones?

Él se volvió a mirarla, con los ojos oscurecidos por la pasión.

—Esta noche no. Si te ayudara a desvestirte, no subirías sola a esa cama.

Helen lo miró con fijeza. La sangre le palpitaba en todo el cuerpo. Sus experiencias amorosas habían sido de brutalidad, pero al observar a John comprendió que con él sería diferente. ¿Cómo sería acurrucarse feliz entre los brazos de un hombre? Cuando habló, apenas pudo oír su propia voz.

—Aun así, necesito ayuda.

John se acercó.

—¿Estás segura? Eres una dama. Yo, sólo el vasallo de tu yerno.

—Has llegado a serme muy importante, John Bassett. Ahora quiero que lo seas todo para mí.

Él le tocó la capucha que le cubría la frente y se la quitó.

—Ven, entonces —sonrió—. Deja que me encargue de esos botones.

Pese a la valerosa expresión de Helen, John le inspiraba un poco de miedo. Había llegado a amarlo en los últimos días y deseaba darle algo. No tenía nada que ofrecer, aparte de su cuerpo, y se entregaba como una mártir. Sabía que los hombres recibían gran placer de la cópula, aunque para ella fuera sólo algo rápido y bastante sucio. No tenía idea de que pudiera resultar otra cosa.

Le sorprendió que John se tomara tiempo para desvestirla. Esperaba que le arrojara las faldas por encima de la cabeza para terminar de una vez con aquello, pero él parecía disfrutar tocándola. Sus dedos le recorrieron las costillas, provocándole pequeños escalofríos. La miraba, sonriéndole con calidez, como si su cuerpo le gustara. Después le cubrió los pechos con las manos y Helen ahogó una exclamación de placer. Volvió a besarla, en tanto ella, con los ojos abiertos, descubría la maravilla. Esa suavidad le descargaba oleadas de deleite por todo el cuerpo. Cerró los ojos y se recostó contra él, ciñéndolo con los brazos. Nunca antes había sentido esas cosas.

John la apartó para comenzar a desvestirse. El corazón de Helen parecía desbocado.

—Yo lo haré —se oyó decir, asombrada por su propia audacia.

John le sonrió con la misma expresión que ella sentía: pasión desatada.

Era la primera vez que Helen desvestía a un hombre, exceptuando a los visitantes a quienes ayudaba a bañar. El cuerpo de John era fuerte y musculoso; ella le tocaba la piel cada vez que una prenda caía al suelo. Le rozó el brazo con los pechos y pequeñas chispas le recorrieron el cuerpo.

Una vez desnudo, John levantó a Helen y la depositó cuidadosamente en la cama. Ella experimentó un momento de pena al pensar que ya terminaban los goces y empezaba el dolor, pero él le levantó un pie y lo apoyó en su propio regazo. Desató la liga y le quitó la media, besándole cada centímetro de piel. Cuando hubo llegado a la punta del pie, Helen ya no resistía más. Su cuerpo lo pedía a gritos. John rió guturalmente y le apartó las manos ansiosas. Pasó una eternidad antes de que él le quitara a besos la otra media.

Helen se recostó contra las almohadas, debilitada. Cuando John la besó, ella le hundió las manos en los hombros. Pero la tortura no había terminado. Él se dedicó a trabajar sobre sus pechos con la lengua y los dientes, mordisqueando las puntas rosadas y duras. Helen gimió, sacudiendo la cabeza.

John tendió lentamente una pierna sobre ella. Después, todo su peso. ¡Qué agradable resultaba! ¡Qué fuerte y pesado era! En la penetración Helen gritó, sintiendo que era una virgen en cuestiones de placer: si su esposo la había utilizado, John le hacía el amor.

Su pasión fue tan fiera como la de John. Culminaron juntos en una tremenda explosión. Él la estrechó contra sí, sujetándola con un brazo y una pierna, como si temiera verla escapar. Helen se acurrucó a su lado. Habría querido deslizarse dentro de su piel. Su cuerpo comenzaba a relajarse, en el delicioso placer posterior a una noche de amor.

Se quedó dormida con la suave respiración de John en el oído y en el cuello.

Judith, sentada a la mesa entre Walter y Arthur, mordisqueaba la comida mal preparada sin poder tragarla. Aunque hubieran sido los platos más deliciosos, habría dado igual. Vestía una enagua de seda color crema y un vestido de terciopelo azul. Las grandes mangas pendientes estaban forradas de satén azul bordado con diminutas medialunas de oro. Un cinturón de filigrana dorada, con un solo zafiro en la hebilla, le ceñía la cintura.

Walter la tocaba sin pausa; en las muñecas, en el brazo, en el cuello. No parecía notar que estaban en público. Pero Judith tenía aguda conciencia de los veinticinco caballeros que la observaban desembozadamente. Sentía el cálculo de aquellos ojos. Ensartó con el tenedor un trozo de carne, lamentando que no fuera el corazón de Walter. El propio orgullo era algo duro de tragar.

—Judith —susurró Walter—, podría devorarte —le presionó los labios contra el cuerpo. La muchacha sintió un escalofrío de asco—. ¿Por qué esperar? ¿No te das cuenta de que te amo? ¿No sientes mi deseo?

Ella se mantuvo rígida, negándose a permitir que su cuerpo se apartara. Él le mordisqueó el cuello y le frotó el hombro con la nariz, sin que ella pudiera expresar sus sentimientos.

—Señor —logró decir, después de tragar varias veces con dificultad—, ¿habéis olvidado vuestras propias palabras? ¿No dijisteis acaso que teníamos que esperar?

—No puedo —jadeó él—. No puedo esperarte más.

—¡Pero así tiene que ser! —protestó Judith con más fastidio del que había querido demostrar, apartando la mano con violencia—. Escuchadme. ¿Qué pasaría si yo cediera a mi pasión y os permitiera venir a mi lecho? ¿No pensáis que podría haber un hijo? ¿Y qué diría el rey si nos presentáramos ante él con mi vientre hinchado? ¿Quién no pensaría que la criatura era de mi esposo? No puede haber anulación si yo llevo un hijo suyo. Y vos sabéis que es el Papa quien debe otorgar el divorcio. He oído que en eso se tarda años.

—Judith... —empezó Walter.

Pero se interrumpió. Las palabras de aquella mujer tenían sentido. Además, halagaban su vanidad. ¡Qué bien recordaba a Robert Revedoune diciendo que daba a su hija a la familia Montgomery porque deseaba nietos varones! Por su parte, él estaba muy seguro de poder tener con ella hijos varones. La muchacha tenía razón: si se acoplaban, harían un hijo en la primera ocasión. Tomó un buen trago de vino, mezclando en su mente el orgullo y la frustración.

—¿Cuándo nos presentaremos ante el rey, señor? —preguntó Judith sin rodeos, pensando que quizá pudiera fugarse durante el viaje.

Aunque estaban sentados a la mesa de la cena, Walter prestaba poca atención a los presentes. Fue Arthur quien respondió.

—¿Estáis ansiosa por declarar ante el rey vuestro deseo de que vuestro matrimonio sea anulado? —inquirió.

Ella no dio respuesta alguna.

—Vamos, señora, somos amigos. Podéis hablar con entera franqueza. ¿Sentís por lord Walter una pasión tan profunda que no podéis esperar para declararla al mundo entero?

—No me gusta tu tono —intervino Walter—. Ella no tiene nada que demostrar. Es una huésped, no una prisionera. Nadie la ha obligado a venir.

Arthur sonrió, entornando los ojos.

—Sí, ha venido por su propia voluntad —dijo en voz alta. Después estiró la mano por delante de ella para tomar un trozo de carne. En voz más baja, agregó—: Pero, ¿por qué habéis venido, mi señora? Aún no se me ha dado respuesta.

Para Judith, aquella comida pareció horriblemente larga; no veía la hora de retirarse. Cuando Walter le dio la espalda para hablar con su camarero, ella aprovechó la oportunidad para levantarse y subió apresuradamente la escalera, con el corazón palpitante. ¿Por cuánto tiempo más podría resistirse a Walter Demari? Con cada momento que pasaba sus proposiciones se tornaban más audaces. Dejó de correr y se reclinó contra el frío muro de piedra, tratando de recobrarse. ¿Por qué se empecinaba siempre en manejarlo todo sola?

—¡Héla aquí!

Judith levantó la vista y vio a Arthur a poca distancia. Estaban solos en una profunda concavidad de los gruesos muros.

—¿Buscas un lugar por donde huir? —se burló él—. No lo hay. Estamos solos —su fuerte brazo se estiró para rodearle la cintura y atraerla hacia él—. ¿Dónde tienes ahora esa rápida lengua? ¿Vas a tratar de convencerme de que no debo tocarte? —le acarició un brazo—. Eres tan hermosa que cualquier hombre puede perder la cabeza. Casi comprendo que Walter no se decida a poseerte —entonces volvió a mirarle la cara—. No veo miedo en esos ojos dorados, pero me gustaría encontrar en ellos la llama de la pasión. ¿Crees que arderían así por mí?

Sus duros labios descendieron hacia ella, pero Judith no sintió nada y permaneció rígida. Él se apartó.

—Eres una bruja de hielo —gruñó. Y la estrechó con más fuerza. Judith, con una exclamación ahogada, perdió el aliento. Eso le hizo abrir la boca y Arthur aprovechó para besarla otra vez, hundiéndole la lengua hasta provocarle una arcada. El abrazo le hacía daño; la boca le daba asco.

Arthur se apartó un poco, aflojando los brazos, pero sin soltarla. Sus ojos pasaron del enojo a la burla.

—No, no eres fría. Con esos ojos y ese pelo no puedes serlo. Pero me gustaría saber quién es el que funde ese hielo. ¿Walter, con su manía de besarte las manos, o tal vez tu marido?

—¡No! —exclamó Judith. Luego cerró con fuerza los labios.

Arthur sonrió.

—Aunque Walter no piense así, eres mala actriz —su expresión se había vuelto dura—. Walter es un estúpido, pero yo no. Él cree que has venido por amor a su persona; yo pienso otra cosa. Si yo fuera mujer, utilizaría mi belleza para tratar de liberar a mis seres amados. ¿Planeas negociar con tu cuerpo a cambio de la liberación de tu madre y tu esposo?

—¡Soltadme! —exigió la muchacha, retorciéndose en sus brazos.

Él la retuvo con más firmeza.

—No puedes huir. No lo intentes siquiera.

—¿Y Walter? —desafió ella.

El hombre se echó a reír.

—Manejas bien tu juego, pero recuerda que estás jugando con fuego y te quemarás. ¿Crees que temo a esa bazofia de Demari? Hago lo que quiero con él. ¿De dónde piensas que sacó esa idea de la anulación?

Judith dejó de forcejear.

—Ah, conque ahora me prestas atención. Escucha. Walter será el primero en poseerte, pero después serás mía. Cuando él se haya cansado de ti y busque otras mujeres, serás mía.

—Preferiría acostarme con una víbora —siseó Judith, en tanto los dedos de aquel hombre se le clavaban en el brazo.

—¿Ni siquiera por salvar a tu madre? —murmuró él, mortífero—. Ya has hecho mucho por ella. ¿Qué más serías capaz de hacer?

—¡Vos no lo sabréis nunca!

Él volvió a apretarla contra sí.

—¿No? Crees tener cierto poder porque tienes en tus manos al tonto de Demari, pero ya te mostraré quién manda aquí.

—¿Qué... qué queréis decir?

Él sonrió.

—Pronto lo sabrás.

Judith trató de recobrarse de los horribles presentimientos que le causaban esas palabras.

—¿Qué vais a hacer? ¿Dañar a mi madre?

—No, nada tan poco sutil. Sólo quiero divertirme un poco. Me gustará ver cómo te retuerces. Cuando hayas tenido lo suficiente, ven a mi cama por la noche y conversaremos.

—¡Jamás!

—No te apresures tanto —Arthur la soltó súbitamente—. Tengo que irme. Te dejo mis palabras para que pienses.

Una vez sola, Judith permaneció muy quieta, respirando profundamente para tranquilizarse. Giró hacia su cuarto, pero se llevó un sobresalto al ver que un hombre permanecía de pie en las sombras, silencioso, recostado perezosamente contra la pared opuesta del salón. Llevaba un laúd cruzado sobre sus anchos hombros y se estaba cortando las uñas con un cuchillo. La muchacha no habría podido explicar qué la llevó a observarlo; tal vez el hecho de que él estaba en situación de haber oído las amenazas de Arthur. Sin embargo, sus ojos se clavaron en él, que no levantaba la cabeza para mirarla. De pronto, alzó el rostro. Sus ojos de color azul oscuro reflejaban tal odio que la dejaron atónita. La muchacha se llevó la mano a la boca y mordió la piel del dorso.

Giró en redondo y corrió a su cuarto para arrojarse en la cama. Las lágrimas llegaron con lentitud, ascendiendo trabajosamente desde el vientre hasta hallar salida.

—Señora —susurró Joan, acariciándole la cabellera. Habían intimado en esos últimos días, al acortarse la distancia social entre ambas—. ¿Acaso él os ha hecho daño?

—No, yo misma me he hecho daño. Gavin dijo que

267

hice mal al no quedarme en casa bordando. Temo que estaba en lo cierto.

—Bordando —repitió la doncella, sonriente—. Habríais enredado los hilos tal como habéis enredado las cosas aquí.

Judith levantó la vista, horrorizada. Después reconoció, entre lágrimas:

—Es una suerte contar contigo. Por un momento he sentido lástima de mí misma. ¿Llevaste comida a Gavin anoche?

—Sí.

—¿Y cómo lo encontraste?

Joan frunció el ceño.

—Más débil.

—¿Cómo puedo ayudarlo? —se preguntó Judith—. Gavin me indicó que esperara a su hermano Stephen, pero ¿hasta cuándo? ¡Tengo que sacar a Gavin de ese agujero!

—Sí, señora. Es preciso.

—Pero, ¿cómo?

Joan estaba muy seria.

—Sólo Dios puede dar esa respuesta.

Esa noche fue Arthur quien dio la respuesta.

Mientras cenaban (había sopa y guisos), Walter guardaba silencio y no tocaba a Judith, según su costumbre; se limitaba a mirarla por el rabillo del ojo, como si la estuviera estudiando.

—¿Os gusta la comida, lady Judith? —preguntó Arthur.

Ella asintió con la cabeza.

—Esperemos que también el entretenimiento os parezca satisfactorio.

La muchacha iba a preguntarle a qué se refería, pero no lo hizo. No quería darle esa satisfacción.

Arthur se inclinó hacia adelante para mirar a Walter.

—¿No creéis que es hora, señor?

El joven iba a protestar, pero lo pensó mejor. Por lo visto, se trataba de algo que ambos habían analizado a fondo. Walter hizo una señal a dos hombres que esperaban junto a la puerta y éstos se retiraron.

Judith no pudo siquiera tragar lo que tenía en la boca; le fue preciso pasarlo con vino. Sabía que Arthur planeaba alguna triquiñuela y quería estar preparada. Echó una mirada nerviosa al salón. Una vez más, allí estaba el hombre que había visto en el pasillo por la tarde. Era alto y delgado, de pelo rubio oscuro con mechones más claros. Su fuerte mandíbula formaba una línea firme con el mentón hendido. Pero fueron los ojos los que llamaron la atención de la muchacha. Eran de un azul intenso y oscuro, que centelleaba con el fuego del odio y ese odio le estaba dedicado. La hipnotizaba.

El súbito y anormal silencio del salón, así como un ruido de cadenas arrastradas, desviaron su atención. La luz intensa del gran salón le impidió en un principio reconocer aquella silueta que los dos caballeros traían a rastras; no parecía un ser humano, sino un maloliente montón de harapos. Fueron esos pocos segundos de desconcierto los que la salvaron. Cobró conciencia de que Arthur y Walter la observaban con atención. Les echó una mirada interrogante y, en ese momento, comprendió que el personaje a quien traían era Gavin. En vez de volver a mirarlo, mantuvo los ojos fijos en Walter. Eso le daría tiempo para pensar. ¿Por qué se lo presentaban así? ¿No sabían acaso que ella deseaba correr en su ayuda?

La respuesta se presentó instantáneamente: eso era exactamente lo que Arthur deseaba verla hacer. Quería demostrar a Walter que ella no odiaba a su marido.

—¿No lo conoces? —preguntó Walter.

Judith levantó la vista, fingiendo sorpresa, hacia el hombre mugriento. Luego empezó a sonreír muy lentamente.

—Así he querido verlo desde siempre.

Walter dejó escapar un grito triunfal.

—¡Traedlo aquí! Mi encantadora dama ha de verlo tal como deseaba —declaró a todos los presentes—. Dejad que disfrute de este momento. ¡Se lo ha ganado!

Los dos guardias llevaron a Gavin hasta la mesa. El corazón de la muchacha palpitaba como enloquecido: ahora no podía permitirse errores. Si demostraba su compasión por el esposo, sin duda provocaría muchas muertes. Se levantó, con la mano estremecida, y levantó su copa de vino para arrojarle el contenido a la cara.

El líquido pareció revivir a Gavin, que levantó la vista hacia ella. Su rostro flaco y descarnado expresó sorpresa. Después, desconcierto. Miró con lentitud a Walter y a Arthur, que estaban junto a su esposa.

Demari echó un brazo posesivo a los hombros de Judith.

—Mira quién la abraza ahora —se jactó.

Antes de que nadie pudiera reaccionar, Gavin se arrojó hacia Walter por encima de la mesa. Los guardias que sostenían sus cadenas se vieron arrastrados hacia adelante y cayeron sobre los platos de comida. Walter no pudo apartarse con suficiente prontitud: las sucias manos del prisionero se cerraron alrededor de aquel hombrecito de ropas llenas de colorido.

—¡Sujetadlo! —exclamó Walter débilmente, atacando con las uñas las manos que le ceñían el cuello.

Judith estaba tan aturdida como los sirvientes. Gavin debía de estar medio muerto, pero aún tenía fuerzas para hacer perder el equilibrio a sus dos guardianes y amenazar a su captor.

Los guardias se recuperaron y tiraron de las cadenas que sujetaban las muñecas de Gavin. Hubieron de tirar con fuerza tres veces para liberar a Walter. Le pasaron una pesada cadena por las costillas. Él cayó sobre una rodilla, con un gruñido de dolor, pero volvió a erguir la espalda.

—Me pagarás esto con tu vida —dijo con los ojos clavados en Walter, antes de que le ciñeran otra cadena a las costillas.

—¡Lleváoslo! —ordenó Walter, frotándose el cuello magullado y trémulo, sin despegar la vista del prisionero.

Cuando se hubieron llevado a Gavin, el dueño del castillo cayó en su asiento. Judith comprendió que en ese momento se encontraba en su estado más vulnerable.

—Eso ha sido muy grato —sonrió, girando rápidamente hacia el estremecido Walter—. No, no me refiero a lo que os ha hecho a vos, por supuesto. Pero me alegra saber que me ha visto con alguien por quien siento... afecto.

Walter le echó un vistazo, enderezándose un poco.

—Pero debería estar enfadada con vos, en realidad —agregó la muchacha, entornando seductoramente los ojos.

—¿Por qué? ¿Qué he hecho?

—No es correcto poner tanta suciedad en presencia de una dama. Parecía muerto de hambre. Hasta creo que, antes bien, lo que lo excitaba era la comida. ¿Cómo va a afligirse por lo que ahora tengo si sólo piensa en comida y en los bichos que le corren por la piel?

Walter quedó pensativo.

—Tienes razón. —Y se volvió hacia algunos hombres que permanecían junto a la puerta—. Decid a los guardias que lo bañen y le den de comer.

Estaba en éxtasis. ¡Arthur había pronosticado que

Judith lloraría al ver a su marido en semejante estado, pero ella había sonreído!

Sólo Joan sabía lo que aquella sonrisa costaba a su ama.

Judith volvió la espalda a Walter. Deseaba salir de allí y, sobre todo, estar lejos de él. Mantuvo la cabeza en alto mientras caminaba por entre los sirvientes.

—¡Esa mujer se merece lo que le espera! —dijo alguien a poca distancia.

—Cierto. Ninguna esposa tiene derecho a tratar así a su marido.

Todos ellos la despreciaban. Ella misma empezaba a odiarse.

Subió con lentitud las escaleras hasta el tercer piso. Sólo quería estar a solas, pero al llegar al tope de la escalera, un brazo le rodeó la cintura en un segundo. Se vio arrojada contra un pecho masculino que parecía de hierro. Un puñal se le acercó al cuello hasta casi perforarle la delicada piel con su filo.

Ella trató de sujetar aquel brazo, pero de nada sirvió.

19

—Di una sola palabra y te cortaré esa cabeza de víbora —dijo una voz grave que ella no conocía—. ¿Dónde está John Bassett?

Judith apenas podía hablar, pero no era ocasión para desobedecer.

—¡Responde! —insistió él, ciñendo el brazo. El puñal se apretó más contra su cuello.

—Con mi madre —susurró ella.

—¡Madre! —le espetó él al oído—. ¡Que esa mujer maldiga el día en que dio a luz a un ser como tú!

Judith no lo veía. El brazo que le apretaba los pulmones apenas le permitía respirar.

—¿Quién sois? —preguntó jadeante.

—Sí, bien puedes preguntarlo. Soy tu enemigo. Me encantaría poner fin a tu vil existencia ahora mismo, si no te necesitara. ¿Cómo custodian a John?

—No... no puedo respirar.

Él vaciló. Luego aflojó la presión y retiró un poco el puñal.

—¡Responde!

—Hay dos hombres ante la puerta del cuarto que él comparte con mi madre.

—¿En qué piso? Anda, responde —ordenó él, apretando otra vez—. Nadie vendrá a salvarte.

De pronto aquello fue demasiado para Judith, que se

echó a reír. Su carcajada, grave en un principio, se fue tornando más histérica con cada palabra.

—¿Salvarme? ¿Y quién podría salvarme, decidme? Mi madre está prisionera. Mi único custodio, también. Mi esposo está en el fondo de una cloaca. Un hombre al que detesto tiene el derecho de manosearme delante de mi esposo mientras otro me susurra amenazas al oído. ¡Y ahora me veo atacada por un desconocido en la oscuridad del salón! —Apretó aquel antebrazo y acercó el cuchillo contra la garganta.— Os lo ruego, quienquiera que seáis, terminad con lo que habéis comenzado. Poned fin a mi vida, os lo ruego. ¿De qué me sirve? ¿He de presenciar el asesinato de todos mis amigos y de todos mis familiares? No quiero vivir para ver ese final.

El hombre aflojó su presión. Luego apartó las manos que tironeaban del puñal. Después de envainar el arma, la sujetó por los hombros. Para Judith no fue una gran sorpresa reconocer al juglar que había visto en el salón.

—Quiero saber más —dijo el hombre, con voz menos dura.

—¿Por qué? —inquirió ella, mirando de frente aquellos ojos mortíferos—. ¿Sois un espía enviado por Arthur o por Walter? Demasiado he dicho ya.

—Sí, en efecto —concordó él con sinceridad—. Si yo fuera un espía, tendría mucho de qué informar a mi amo.

—¡Id entonces e informad! ¡Acabemos de una vez!

—No soy espía. Soy Stephen, el hermano de Gavin.

Judith lo miró con los ojos dilatados. Sabía que era cierto. Por eso le había llamado tanto la atención: en sus actitudes, ya que no en su físico, había algo que le recordaba a Gavin. Sin que ella cayera en la cuenta, las lágrimas le rodaron por las mejillas.

—Gavin me aseguró que vendrías. Dijo que yo lo había enredado todo, pero que tú lo arreglarías otra vez.

Stephen parpadeó.

—¿Cuándo lo viste para que te dijera eso?

—En mi segunda noche aquí. Bajé al foso.

—¿Al ...? —Stephen había oído hablar del sitio en que se retenía a su hermano, pero sin poder acercarse hasta allí. Ven, siéntate —invitó, llevándola hasta un asiento en el antepecho de la ventana—. Tenemos mucho de qué hablar. Cuéntame todo desde el principio.

Escuchó con atención y en silencio, mientras ella narraba el asesinato de su padre, la reclamación de sus propiedades y la decisión de Gavin de contraatacar a Walter.

—¿Gavin y tu madre fueron hechos prisioneros?

—Sí.

—¿Y qué haces tú aquí? ¿Demari no pidió rescate? Deberías estar recolectándolo entre los siervos.

—No esperé a que él lo pidiera. Vine con John Bassett y se nos recibió de buen grado en el castillo.

—Sí, ya lo supongo —dijo Stephen, sarcástico—. Ahora Walter Demari os tiene a todos: a ti, a Gavin, a tu madre y al segundo de mi hermano.

—No sabía qué otra cosa hacer.

—¡Pudiste buscar a alguno de nosotros! —exclamó Stephen, furioso—. Hasta Raine, con su pierna fracturada, lo habría podido hacer mejor que una mujer. John Bassett debería haber...

Judith puso una mano sobre el brazo del joven.

—No lo culpes. Amenacé con venir sola si él no me traía.

Stephen miró aquella mano pequeña. Después volvió a observarla de frente.

—¿Y lo que he visto allá abajo? La gente del castillo dice que odias a Gavin y que harías cualquier cosa por librarte de él. Tal vez quieres dar por terminado tu matrimonio.

Judith apartó rápidamente la mano. Aquel muchacho empezaba a recordarle la conducta de Gavin. Se enfureció.

—Lo que siento por Gavin es algo entre él y yo, en lo que otros no deben entrometerse.

Los ojos de Stephen lanzaron chispas. La sujetó por la muñeca hasta hacerle apretar los dientes de dolor.

—Eso significa que es cierto. ¿Quieres a ese Walter Demari?

—¡No, no lo quiero!

Él apretó con más fuerza.

—¡No me mientas!

La violencia masculina siempre había puesto furiosa a Judith.

—¡Eres igual que tu hermano! —le espetó—. Sólo ves lo que quieres ver. No, no soy tan deshonesta como tu hermano. Es él quien se arrastra a los pies de una mala mujer. Yo no me rebajaría a tanto.

Stephen, desconcertado, aflojó su presión.

—¿Qué mala mujer? ¿De qué deshonestidad hablas?

Judith liberó su muñeca de un tirón y se la masajeó.

—Vine a salvar a mi esposo porque me fue dado en matrimonio ante Dios y porque ahora voy a tener un hijo suyo. Tengo la obligación de ayudarlo en lo que pueda, pero no lo hago por amor, ¡no! —insistió apasionada—. ¡Él sólo ama a esa rubia!

Y se interrumpió para mirarse la muñeca.

La carcajada de Stephen le hizo levantar la vista.

—Alice —sonrió él—. ¿De eso se trata? ¿No de una grave guerra por tierras, sino de una riña de amantes, un problema por mujeres?

—Por muj...

—¡Silencio! Nos van a oír.

—¡Es más que un problema por mujeres, te lo aseguro! —siseó ella.

Stephen se puso serio.

—Más tarde podrás ajustar cuentas con Alice. Pero tengo que asegurarme de que no te presentes ante el rey para pedir una anulación. No podemos permitirnos el lujo de perder las propiedades de Revedoune.

Conque por eso se interesaba tanto en lo que ella sentía por Walter. No importaba que Gavin la traicionara con otra: ¡que Dios la protegiera si se le ocurría enamorarse de otro hombre!

—No puedo hacer anular el matrimonio si estoy embarazada.

—¿Quién más sabe de ese embarazo? ¿Demari, acaso?

—Sólo mi madre y John Bassett... y mi doncella.

—¿Gavin no?

—No tuve tiempo de decírselo.

—Bien. Tiene bastante en qué pensar. ¿Quién conoce a fondo este castillo?

—El mayordomo. Lleva doce años aquí.

—Tienes siempre la respuesta apropiada —observó Stephen, suspicaz.

—Pese a lo que pensáis tú y tu hermano, tengo cerebro para pensar y ojos para observar.

Él la estudió a la luz escasa.

—Fuiste valiente al venir, aunque estuvieras equivocada.

—¿Debo tomar eso como un cumplido?

—Como gustes.

Judith entornó los ojos.

—Tu madre debió de alegrarse de que sus hijos menores no fueran como los dos mayores.

Stephen la miró con fijeza. Luego sonrió.

—Seguramente haces la vida interesante a mi hermano. Ahora deja de provocarme y permíteme buscar una solución a este desastre que has provocado.

—¿Yo? —exclamó ella. Pero se interrumpió. Él tenía razón, desde luego.

El muchacho pasó por alto su estallido.

—Lograste sacar a Gavin del foso y conseguiste que se le diera de comer y se lo bañara, aunque tus métodos se me atascaron en la garganta.

—¿Habrías preferido que corriera a abrazarlo? —preguntó, sarcástica.

—No. Hiciste bien. No creo que esté aún en condiciones de viajar. En estas condiciones sería un estorbo para todos. Pero está fuerte. Con los debidos cuidados, en dos días podrá iniciar el viaje. Tengo que salir del castillo para buscar ayuda.

—Afuera están mis hombres.

—Lo sé. Pero los míos no. Vine casi solo al enterarme de que Gavin me necesitaba. Mis hombres me siguen, pero tardarán cuando menos dos días más en llegar. Tengo que reunirme con ellos y conducirlos hasta aquí.

Ella le tocó el brazo, diciendo:

—Me quedaré sola otra vez.

Él sonrió, acariciándole con un dedo la línea del mentón.

—Sí, pero te las arreglarás. Encárgate de que Gavin reciba atención y recupere las fuerzas. Cuando regrese os sacaré a todos de aquí.

Ella asintió, pero bajó la vista a sus manos. Stephen le levantó el mentón.

—No te enfades conmigo. Creí que querías la muerte de Gavin. Ahora comprendo que no es así.

La muchacha sonrió vacilante.

—No me enfado. Pero estoy harta de este castillo, de ese hombre que me manosea, del otro...

Él le apoyó un dedo contra los labios.

—Resiste un poco más. ¿Podrás?

—Haré lo posible. Empezaba a abandonar las esperanzas.

Él se inclinó para besarle la frente.

—Gavin ha tenido mucha suerte —susurró.

Después se levantó y la dejó sola.

20

—¿Lo has visto? —preguntó Judith al levantarse de la cama.

Era la mañana siguiente a la noche en que había visto a Stephen. Quería saber qué había descubierto Joan sobre Gavin.

—Sí —respondió la doncella—. Y vuelve a ser hermoso. Yo temía que la mugre de ese lugar le hubiera robado apostura.

—Piensas demasiado en las apariencias.

—¡Y vos, demasiado poco, tal vez! —replicó la muchacha.

—Pero ¿Gavin está bien? ¿Ese lugar horrible no lo ha enfermado?

—Creo que la comida enviada por vos lo mantuvo con vida.

Judith hizo una pausa. ¿Y en cuanto a su mente? ¿Cómo había reaccionado ante el hecho de que su esposa le arrojara vino a la cara?

—Búscame esa vestimenta de sierva. ¿Está lavada, verdad?

—No podéis visitarlo —afirmó Joan—. Si os sorprendieran...

—Tráeme ese vestido y deja de darme órdenes.

Gavin estaba prisionero dentro de un cuarto abierto en la base de la torre. Era un sitio espantoso, al que no llegaba luz alguna. Su única entrada era una puerta de roble y hierro. Joan parecía estar en muy buenos términos con los guardias que custodiaban ambos lados de la puerta. En la finca de Demari la disciplina era muy laxa y la muchacha había sacado ventaja de eso. Dedicó un guiño sugerente a uno de los hombres.

—¡Abre! —bramó ante la entrada—. Traemos alimentos y medicinas enviados por lord Walter.

Una mujer vieja y sucia abrió con cautela la gran puerta.

—¿Cómo sé que te envía lord Walter?

—Porque yo te lo digo —respondió Joan, empujándola para entrar.

Judith la siguió con la cabeza gacha, cubriéndose cuidadosamente la cabellera con la capucha de lana tosca.

—Ahí lo tienes —dijo la vieja, enfadada—. Ahora duerme. Es casi todo lo que ha hecho desde que lo trajeron. Está a mi cargo y hago bien mi trabajo.

—¡Sin duda! —exclamó Joan, sarcástica—. ¡Esa cama está mugrienta!

—Pero más limpia que el sitio donde estaba.

Judith dio un ligero codazo a su doncella para impedir que siguiera azuzando a la anciana.

—Déjanos. Nosotras le atenderemos —ordenó la muchacha.

La vieja, de grasienta melena gris y dientes picados, parecía estúpida, pero no lo era. Vio que la mujer más baja se mantenía oculta, pero codeaba a la otra, y notó que la de mal genio se aquietaba de inmediato.

—Y bien, ¿qué esperas? —acusó Joan.

La vieja quería ver la cara oculta bajo la capucha.

Tengo que recoger algunos remedios —dijo—. Hay

otros enfermos que me necesitan, aunque a éste no le haga falta.

Tomó un frasco y pasó junto a la mujer que la intrigaba. Cuando estuvo cerca de la vela, dejó caer su frasco. La mujer, sobresaltada, levantó la vista, con lo cual la vieja pudo echar un vistazo a sus ojos. La luz de la vela danzaba en aquellos encantadores orbes de oro. La anciana hizo lo posible por no sonreír. Sólo en una persona había visto aquellos ojos.

—Eres torpe, amén de estúpida —siseó Joan—. Vete de aquí antes de que prenda fuego a esos harapos que vistes. —La mujer le echó una mirada malévola y abandonó ruidosamente la habitación.

—¡Joan! —exclamó Judith en cuanto quedaron solas—. Seré yo quien te prenda fuego si vuelves a tratar a alguien así. —Su doncella quedó espantada.

—¿Qué importa ella para nadie?

—Es criatura de Dios, igual que tú o yo.

Judith habría continuado, pero comprendió que era inútil. Joan era una desdeñosa incurable; despreciaba a todos los que no fueran mejores que ella. La joven se acercó a su esposo; prefería aprovechar el tiempo atendiéndolo en vez de dar sermones a su criada.

—Gavin —dijo en voz baja, sentándose en el borde de la cama.

La luz de la vela parpadeó sobre él, jugando con las sombras de sus pómulos y la línea del mentón. Ella le tocó la mejilla. Se alegraba de verlo limpio otra vez.

Gavin abrió los ojos. Su verde intenso parecía aún más intenso a la luz de las velas.

—Judith —susurró.

—Sí, soy yo —sonrió la muchacha, apartando la capucha del manto para descubrir su cabellera—. Ahora que estás limpio se te ve mejor.

282

La expresión de Gavin era fría y dura.

—Pues no debo agradecértelo a ti. ¿O tal vez crees que me lavó el vino que me arrojaste?

—¡Gavin, te equivocas al acusarme así! Si yo hubiera corrido hacia ti, Walter habría acabado con tu vida.

—¿Y no te habría convenido eso más?

Ella se echó hacia atrás.

—No quiero reñir contigo. Discutiremos eso en cuanto quieras cuando estemos libres. He visto a Stephen.

—¿Aquí? —Gavin trató de incorporarse. Las mantas cayeron de su pecho desnudo.

Hacía mucho tiempo que Judith no descansaba contra aquel pecho. Su piel bronceada atrajo por completo su atención.

—¡Judith! —clamó Gavin—. ¿Stephen está aquí?

—Ha estado aquí —corrigió ella—. Ha ido en busca de sus hombres.

—¿Y los míos? ¿Qué están haciendo? ¿Holgazanean ante las murallas?

—No lo sé. No he preguntado.

—Por supuesto —reprochó él, irritado—. ¿Cuándo volverá?

—Mañana, con suerte.

—Queda menos de un día. ¿Qué haces aquí? Sólo tienes que esperar un día más. Si te descubren aquí, habrá grandes problemas.

Judith hizo rechinar los dientes.

—¿Podrías hacer algo que no fuera maldecirme? Vine a este infierno porque estabas prisionero. He arriesgado mucho para verificar que se te atendiera bien. Pero me maldices a la menor oportunidad. Decid vos, señor, ¿cómo podría yo complaceros?

Él la miró con fijeza.

—Tienes mucha libertad en este castillo, ¿no? Al parecer, vas a donde te place sin estorbos. ¿Cómo sé que Demari no te está esperando afuera? —la apresó por la muñeca—. ¿Me estás mintiendo?

Ella se liberó con una torsión.

—Me asombra tu vileza. ¿Qué motivos tienes para tratarme de mentirosa? Eres tú quien me ha mentido desde el principio. Puedes creer lo que desees. He hecho mal en ayudarte. Tal vez de no haberlo hecho ahora estaría más tranquila. Más aún, debí haber acudido a Walter Demari cuando me pidió en matrimonio. Así me habría librado de vivir contigo.

—Es lo que yo pensaba —observó Gavin, cruel.

—¡Sí! ¡Lo que tú pensabas! —respondió Judith, de la misma manera. La ira por esas insinuaciones la cegaba tanto como a él.

—¡Señora! —la interrumpió Joan—. Tenemos que irnos. Ya hemos pasado demasiado tiempo aquí.

—Sí —reconoció Judith—. Tengo que irme.

—¿Quién espera para acompañar a mi esposa a su cuarto?

Judith se limitó a mirarlo, demasiado furiosa como para contestar.

—Lady Judith... —instó Joan.

La joven se apartó de su marido. Cuando estuvieron junto a la puerta, la doncella le susurró:

—De nada sirve hablar con un hombre cuando está carcomido por los celos.

—¡Qué celos! —protestó Judith—. Para sentir celos es preciso que el otro nos interese. A él no le intereso.

Y acomodó la capucha para cubrirse el pelo.

En el mismo momento en que Joan iba a responder, mientras abrían la puerta y salían de la celda, se detuvo bruscamente, con el cuerpo rígido. Judith, que la seguía, levantó la vista para ver qué había causado esa actitud.

Allí estaba Arthur con las manos en las caderas y las piernas bien abiertas; su cara era una mueca horrible. Judith agachó la cabeza y le volvió la espalda con la esperanza de no haber sido reconocida.

El hombre caminó hacia ella con el brazo extendido.

—Lady Judith, quiero hablar con vos.

Los tres tramos de escalera que llevaban al cuarto de Arthur fueron el trayecto más largo jamás recorrido por la joven. Le temblaban las rodillas; peor aún, el malestar que solía sentir por las mañanas le apretaba la garganta. Su impetuosidad probablemente había arruinado los planes de Stephen y... y... No quiso pensar en el posible resultado si su cuñado no llegaba a tiempo.

—Eres una tonta —comentó Arthur cuando estuvieron solos en su alcoba.

—No es la primera vez que me lo dicen —manifestó Judith, con el corazón acelerado.

—¡Ir a verlo a la luz del día! Ni siquiera has podido esperar a la noche.

Ella mantenía la cabeza gacha y la vista fija en sus manos.

—Dime, ¿qué planes has trazado? —Arthur se interrumpió bruscamente.— He sido un tonto al pensar que esto podía dar resultado. Soy más estúpido que el hombre a quien sirvo. ¿Cómo pensabas, di, salir de esta telaraña de mentiras?

Ella levantó el mentón.

—No os diré nada.

Arthur entrecerró los ojos.

—Él padecerá las consecuencias. ¿Y te olvidas de tu madre? Yo tenía razón al desconfiar de ti. Lo sabía, pero me dejé cegar a medias. Ahora estoy tan enredado como tú. ¿Sabes a quién culpará lord Walter cuando descubra que sus planes han fracasado? ¿Cuando vea que no tendrá la mano de la bella Revedoune? No será a ti, mujer, sino a mí. Es un niño a quien se le ha dado poder.

—¿Queréis que os compadezca? Habéis sido vos quien ha destrozado mi vida, de modo tal que ahora mi familia y yo estamos al borde de la muerte.

—Nos comprendemos mutuamente, ya lo ves. A ninguno le importa nada del otro. Yo quería tus tierras, y Walter, tu cuerpo —se interrumpió; la miraba de frente—. Aunque tu cuerpo me ha intrigado también mucho en los últimos días.

—¿Y cómo esperáis zafaros de los enredos que habéis provocado? —preguntó Judith, cambiando de tema para volver el juego contra él.

—Bien puedes preguntarlo. Me queda un solo camino. Tengo que llevar la anulación hasta su fin. No te presentarás ante el rey, pero firmarás un documento que diga que deseas anular tu casamiento. Estará redactado de tal modo que él no pueda negarse.

Judith se levantó a medias, atacada por otra oleada de náuseas. Corrió hacia la bacinilla del rincón y vació su estómago de su magro contenido. Cuando se hubo repuesto se volvió hacia Arthur.

—Perdonad. El pescado de anoche no estaba en buenas condiciones, sin duda.

Arthur llenó una copa de vino aguado, que ella aceptó con manos temblorosas.

—Estás embarazada —afirmó sin más.

—¡No, no es así! —mintió Judith.

La cara de Arthur se endureció.

—¿Llamo a una partera para que te examine?

Judith clavó la vista en el vino y meneó la cabeza.

—No puedes pedir la anulación —continuó él—. No había pensado en que pudieras haber concebido tan pronto. Al parecer, nos hundimos más y más en el pantano.

—¿Se lo diréis a Walter?

Arthur resopló.

—Ese idiota te cree pura y virginal. Habla de amarte y de compartir su vida contigo. No sabe que lo duplicas en astucia.

—Habláis demasiado —observó Judith ya calmada—. ¿Qué queréis?

Arthur la miró con admiración.

—Eres inteligente, además de bella. Me gustaría ser tu dueño —sonrió, pero luego se puso serio—. Walter descubrirá tu traición y tu embarazo. Es sólo cuestión de tiempo. ¿Me cederías la cuarta parte de las tierras de Revedoune si te sacara de aquí?

Judith pensó con rapidez. Las propiedades tenían poca importancia para ella. ¿No era más seguro contar con Arthur que esperar a Stephen? Si rechazaba esa proposición, él revelaría todo a Walter y todos estarían condenados... una vez que el castellano se cansara de ella.

—Sí, os doy mi palabra. Somos cinco. Si nos liberáis a todos, la cuarta parte de mis tierras serán vuestras.

—No puedo asegurar que todos...

—Todos o no hay trato.

—Sí —aceptó él—, sé que lo dices en serio. Necesito tiempo para arreglarlo todo. Y tú debes presentarte a la cena. Lord Walter se enfurecerá si no estás allí, a su lado, llena de hoyuelos.

Judith no quiso aceptar su brazo cuando salieron de la habitación. Él comprendió que ella lo despreciaba más aún por haberse vuelto contra su amo, pero eso le daba risa. Se reía de cualquier lealtad que no fuera la lealtad a sí mismo.

Cuando la puerta de la habitación se cerró tras ellos,

todo pareció quedar desierto. Durante algunos momentos en la alcoba reinó el silencio. Luego se oyó un levísimo deslizamiento debajo de la cama. La vieja salió de su escondrijo con gran cautela. Con una gran sonrisa, miró otra vez la moneda que apretaba en la mano.

—¡Plata! —susurró.

Pero ¿qué daría el amo por enterarse de lo que ella acababa de saber? ¡Oro, sin duda! Ella no lo comprendía todo, pero había oído a sir Arthur calificar de estúpido a lord Walter; además, planeaba traicionarlo por unas tierras de la Montgomery. Y también había algo con respecto a un bebé que ella esperaba. Eso parecía muy importante.

Judith estaba sentada junto a una ventana del salón grande, en silencio; lucía una enagua gris claro y un vestido de lana flamenca, de color rosa oscuro. Las mangas estaban forradas con piel de ardilla gris. Se ponía ya el sol, por lo que el salón se oscurecía de segundo en segundo. Empezaba a perder algo del miedo que la había invadido esa mañana después de hablar con Arthur. Echó una mirada al sol poniente con gratitud. Sólo faltaba un día para que volviera Stephen y lo arreglara todo.

No había visto a Walter desde la cena. Él la había invitado a pasear a caballo, pero después no se había presentado para llevarla. Judith supuso que algún problema del castillo lo mantenía ocupado.

Comenzó a preocuparse cuando cayó la tarde y los sirvientes pusieron las mesas para cenar. Ni Arthur ni Walter habían aparecido. La muchacha envió a Joan para que averiguara lo posible. Fue muy poco.

—La puerta de lord Walter permanece herméticamente cerrada y bajo custodia. Los hombres no responden a ninguna pregunta, aunque he usado toda mi persuasión.

¡Algo estaba mal! Judith lo comprendió cuando, después de retirarse con Joan a su alcoba, oyó que alguien corría el cerrojo por fuera. Ninguna de las dos durmió gran cosa.

Por la mañana, Judith vistió un severo traje de lana parda, sin adornos ni joyas. Aguardó en silencio. Por fin se descorrió el cerrojo y entró audazmente un hombre vestido con cota de malla, como para el combate.

—Seguidme —fue cuanto dijo.

Cuando Joan trató de acompañar a su ama, recibió un empellón que la devolvió al cuarto. El cerrojo volvió a sonar. El guardia condujo a Judith hasta la alcoba de Walter.

Lo primero que la muchacha vio al abrirse la puerta fue lo que restaba de Arthur, encadenado a la pared. Apartó la vista con el estómago revuelto.

—No es un bello espectáculo, ¿verdad, mi dama?

Levantó la vista. Walter descansaba en una silla acolchada. Sus ojos irritados y su actitud demostraban que estaba muy ebrio. Hablaba con cierta gangosidad.

—Claro, que no eres una verdadera dama, según he descubierto.

Se levantó y se mantuvo quieto un instante, como para recobrar el equilibrio. Después se acercó a la mesa para servirse más vino.

—Las damas son sinceras y buenas. Pero tú, dulce belleza, eres una ramera.

Caminó hacia Judith, que permanecía muy quieta. No hallaba por dónde huir. Él la sujetó por la cabellera, echándole la cabeza hacia atrás.

—Ahora lo sé todo —giró la cabeza de Judith para obligarla a mirar aquellos restos ensangrentados—. Échale un buen vistazo. Me dijo muchas cosas antes de morir. Sé que me crees estúpido, pero no lo soy tanto que no pueda manejar a una mujer —la forzó a mirarlo—. Has hecho todo esto por tu esposo, ¿verdad? Has venido a buscarlo. Dime, ¿hasta dónde habrías llegado para salvarlo?

—Habría hecho cualquier cosa —respondió ella con serenidad.

Él sonrió y la apartó de un empujón.

—¿Tanto lo amas?

—No es cuestión de amor. Es mi esposo.

—Pero yo te he ofrecido más de lo que él podría ofrecerte —acusó él con lágrimas en los ojos—. Toda Inglaterra sabe que Gavin Montgomery se muere por Alice Chatworth.

Judith no tenía respuesta que dar. Los finos labios del castellano se torcieron en una mueca.

—No seguiré tratando de hacerte entrar en razones. Ya ha pasado sobradamente la oportunidad. —Fue a la puerta y la abrió—. Retirad esta bazofia y arrojadla a los cerdos. Cuando hayáis terminado con él, traed a lord Gavin y encadenadlo en el mismo lugar.

—¡No! —gritó Judith, corriendo hacia Walter para apoyarle las manos en el brazo—. Por favor, no le hagáis más daño. Haré lo que vos digáis.

Él cerró de un portazo.

—Sí, harás lo que yo diga, y lo harás delante de ese marido por el que te prostituyes.

—¡No! —susurró ella.

Walter sonrió al verla palidecer. Abrió nuevamente la puerta para observar a los guardias, que se llevaban el cadáver de Arthur. Cuando quedaron solos, ordenó:

—¡Ven aquí! Bésame como besas a tu marido.

Ella sacudió la cabeza, aturdida.

—Nos mataréis, de un modo u otro. ¿Por qué he de obedeceros? Tal vez si desobedezco la tortura acabe antes.

—Eres astuta, en verdad —sonrió Walter—. Pero yo quiero lo contrario. Por cada cosa que me niegues arrancaré un trocito de carne a lord Gavin.

Ella lo miró con horror.

—Sí, me has comprendido.

Judith apenas podía pensar. «Stephen», suplicó en silencio, «no tardes más de lo que dijiste.» Tal vez pudiera prolongar la tortura de Gavin hasta que Stephen y sus hombres iniciaran el ataque. La puerta se abrió otra vez y entraron cuatro corpulentos guardias trayendo a Gavin encadenado. Aquella vez Walter no había corrido riesgos.

El prisionero miró a Walter y a su esposa.

—Ella es mía —dijo por lo bajo, adelantándose un paso. Uno de los guardias lo golpeó con la hoja de la espada en la cabeza y lo hizo caer de bruces, inconsciente.

—¡Encadenadlo! —ordenó Walter.

Los ojos de Judith se llenaron de lágrimas ante la bravura de su marido. Aun encadenado trataba de luchar. Tenía el cuerpo magullado y maltrecho, debilitado por muchos días de hambre, pero aún peleaba. ¿Podía ella hacer menos? Su única posibilidad era ganar tiempo hasta que Stephen llegara. Haría cuanto Walter exigiera.

Él le leyó en los ojos la resignación.

—Una sabia decisión —elogió.

Cuando Gavin estuvo encadenado con los brazos abiertos por aros de hierro en las muñecas, Walter despidió a los guardias. Soltó una carcajada y le arrojó una copa de vino a la cara.

—Reacciona, amigo. No debes dormir mientras pasa esto. Has ocupado mi sótano durante mucho tiempo y sé que allí no pudiste disfrutar mucho de tu esposa. Mírala. ¿Verdad que es encantadora? Yo estaba dispuesto a librar batalla por ella. Ahora descubro que no es necesario —y alargó la mano—. Ven aquí, mi señora. Ven con tu amo.

La bota de Gavin se disparó contra Walter, que apenas tuvo tiempo de retroceder.

Encima de una mesa lateral pendía un pequeño látigo. Su cuero aún estaba manchado por la sangre de Arthur. Walter lo movió, abriendo un tajo en la cara de Gavin. El prisionero pareció no darse cuenta y levantó otra vez la pierna, pero Walter ya estaba fuera de su alcance.

Cuando el castellano levantó el látigo por segunda vez, Judith corrió a ponerse frente a su esposo, con los brazos abiertos para protegerlo.

—¡Apártate! —gruñó Gavin—. Yo libraré mis propias batallas.

Judith no pudo sino chasquear la lengua ante lo absurdo de aquellas palabras. Tenía los brazos encadenados a una pared ya cubierta con la sangre de otro hombre, pero creía poder luchar contra un loco. Se alejó un paso y preguntó a Walter, con voz desmayada:

—¿Qué queréis?

—Ven aquí —dijo él, lentamente, cuidando de mantenerse fuera del alcance de Gavin y sus pies.

Judith vaciló, pero sabía que era preciso obedecer. Le tomó la mano extendida, aunque aquella carne viscosa le daba escalofríos.

—Qué mano tan encantadora —dijo Walter, mostrándola a Gavin—. Vamos, ¿no tienes nada que decir?

El encadenado miró a Judith a los ojos y la hizo estremecer.

—Querida mía, creo que nos gustaría ver algo más de tu exquisito cuerpo —Walter se volvió hacia Gavin—. Lo he visto y disfrutado con frecuencia. Ella está hecha para un hombre. ¿O debo decir para muchos hombres? —Miró a Judith con ojos duros.— Te he ordenado que nos dejes ver lo que hay bajo esas ropas. ¿Tan poco te interesa tu esposo que le negarías una última mirada?

Con manos trémulas, Judith tiró de los lazos de lana parda. Quería demorarse tanto como fuera posible.

—¡Oh, eres demasiado lenta! —barbotó Walter, arrojando su copa a un costado para desenvainar la espada.

Cortó de un tajo el corpiño del vestido y hundió los dedos en el escote de la camisa. Sus uñas desgarraron la suave piel del cuello. La ropa interior fue arrancada de igual modo.

Ella se agachó como para cubrirse, pero la punta de la espada, apoyada contra su vientre, la obligó a erguirse.

Sus hombros blancos dejaron aparecer los pechos plenos, que se mantenían altos y orgullosos, pese a la angustia. Aún mantenía la cintura estrecha. Sus piernas eran largas y esbeltas.

Walter la observaba, maravillado. No la había imaginado tan hermosa.

—Por tanta belleza vale la pena matar —susurró.

—¡Tal como yo te mataré por esto! —gritó Gavin, forcejeando contra las cadenas.

—¡Tú! —rió Walter—. ¿Qué puedes hacer tú? —Sujetó a Judith echándole un brazo a la cintura y la hizo girar hasta ponerla frente a su marido. Luego le acarició los senos. —¿Crees poder arrancar las cadenas de la pared? Mírala bien, pues será lo último que veas.

Deslizó la mano hasta el vientre de Judith.

—Mira también esto. Ahora está plano, pero pronto se hinchará con mi hijo.

—¡No! —gritó la muchacha.

Él le ciñó la cintura con el brazo hasta impedirle respirar.

—Aquí he plantado mi semilla y brotará, sí. ¡Piensa en eso mientras te pudres en el infierno!

—No pensaré en ninguna mujer que tú hayas tocado —dijo Gavin sin apartar los ojos de su esposa—. Preferiría copular con un animal.

Walter apartó a Judith.

—¡Lamentarás esas palabras!

—¡No, no! —exclamó la muchacha, al ver que Walter avanzaba hacia Gavin con la espada en la mano.

El castellano estaba muy borracho y la hoja dio lejos de sus costillas, sobre todo porque Gavin dio un ágil paso al costado.

—¡Quédate quieto! —ordenó Walter a gritos.

Y apuntó otra vez, a la cabeza del prisionero. El arma, manejada con tanta torpeza, no asestó el golpe de filo, sino de plano. Su ancha hoja alcanzó la oreja de Gavin. La cabeza del prisionero cayó hacia adelante.

—¿Te has dormido? —chilló Walter, soltando la espada para acogotarlo con sus propias manos.

Judith no perdió un instante: corrió hacia la espada y, sin pensar en lo que hacía, la tomó con ambas manos para descargarla con todas sus fuerzas entre los omóplatos de Walter. El hombre se mantuvo en equilibrio por un momento. Después giró con mucha lentitud y le clavó la mirada, un segundo antes de caer. Ella tragó saliva con dificultad. Empezaba a comprender que había matado a un hombre.

Sin previo aviso, un enorme estruendo sacudió la torre hasta los mismos cimientos. No había tiempo que perder. La llave que abría los anillos de hierro pendía de la pared. En el momento en que ella los abría, Gavin empezó a moverse.

Logró recobrar el equilibrio antes de caer y abrió los ojos. Su esposa estaba a poca distancia, con el cuerpo desnudo salpicado de sangre. Walter yacía a sus pies; una espada le asomaba por la espalda.

—¡Cúbrete! —ordenó, furioso.

En el torbellino de acontecimientos, Judith había olvidado su desnudez. Sus prendas formaban un montón de jirones inútiles. Abrió un arcón puesto a los pies de la cama. Estaba lleno de ropa, pero era de Walter. Vaciló. Detestaba tocar aquellas cosas.

—¡Toma! —indicó Gavin, arrojándole una túnica de lana—. Es adecuado que uses sus prendas.

Y se acercó a la ventana sin darle tiempo de contestar.

En realidad, no habría podido. Sobre ella pesaba la enormidad de haber matado a un hombre.

—Ha llegado Stephen —anunció su esposo—. Ha hecho un túnel por debajo de la muralla y las piedras se han derrumbado. —Se acercó a Walter y apoyó un pie en su espalda para arrancarle la espada.— Le has cortado la columna vertebral —señaló con toda calma—. Tomaré nota para no darte la espalda. Eres hábil.

—¡Gavin! —llamó desde la puerta una voz familiar.

—¡Raine! —susurró Judith.

Los ojos se le estaban llenando de lágrimas. Gavin descorrió el cerrojo.

—¿Estáis bien? —inquirió el muchacho, abrazando a su hermano.

—Sí, hasta donde cabe esperar. ¿Dónde está Stephen?

—Abajo, con los otros. El castillo ha sido fácil de tomar una vez derrumbada la muralla. La doncella y tu suegra esperan abajo con John Bassett, pero no podemos hallar a Judith.

—Está aquí —respondió Gavin con frialdad—. Encárgate de ella mientras voy en busca de Stephen.

Empujó a su hermano para pasar y abandonó la habitación. Raine pasó al interior. En un primer momento no vio a Judith, que estaba sentada en un arcón, a los pies de la cama, con una túnica de hombre. Por debajo del borde se mostraban sus piernas desnudas. Lo miró con ojos lacrimosos, como una criatura abandonada, llenándolo de compasión. Él se le acercó renqueando con la pierna fuertemente vendada.

Judith no vaciló en buscar el consuelo de su fuerza. Los sollozos la desgarraban.

—Le he matado —lloró.

—¿A quién?

—A Walter.

Raine la estrechó con más fuerza. Los pies de la muchacha ya no tocaban el suelo.

—¿Acaso no merecía morir?

Judith escondió la cara en su hombro.

—¡Yo no tenía derecho! Dios...

—¡Silencio! —ordenó Raine—. Has hecho lo que era preciso. Dime, ¿de quién es la sangre que mancha la pared?

—De Arthur. Era el vasallo de Walter.

—Bueno, no llores tanto. Todo saldrá bien. Vamos abajo para que tu doncella te ayude a vestirte.

No quería saber por qué las ropas de su cuñada estaban esparcidas por el suelo y llenas de desgarrones.

—¿Mi madre está bien?

—Más que bien. Mira a John Bassett como si fuera el Mesías redivivo.

Ella se apartó.

—¡Blasfemas!

—Yo no, tu madre. ¿Qué dirás cuando ella encienda velas a sus pies?

Judith iba a reprenderlo, pero sonrió. Las lágrimas se le secaban ya en las mejillas. Lo abrazó con fuerza.

—¡Cuánto me alegro de volver a verte!

—Como siempre, tratas mejor a mi hermano que a mí —observó una voz solemne desde la puerta.

Allí estaba Miles con la vista clavada en sus piernas desnudas. Judith había pasado por demasiadas cosas y no se ruborizó. Raine la dejó en el suelo para que corriera a abrazar a Miles.

—¿Lo has pasado mal? —preguntó el joven al estrecharla.

—Peor.

—Bueno, tengo noticias que te alegrarán —informó Raine—. El rey te llama a la Corte. Al parecer, ha oído tantos comentarios sobre ti después de tu boda, que desea ver con sus propios ojos a nuestra hermanita de mirada de oro.

—¿A la Corte? —se asombró Judith.

—¡Déjala en el suelo! —ordenó Raine a Miles, fingiendo fastidio—. Es un abrazo demasiado largo para ser de afecto fraternal.

—Es por esta nueva moda que usa. Ojalá se imponga —suspiró Miles al depositarla en tierra.

Judith levantó la vista hacia ellos y sonrió. De pronto, rompió otra vez en lágrimas.

—¡Cuánto me alegro de veros a los dos! —dijo, volviéndose.

Raine se quitó el manto para envolverla en él.

—Vamos, entonces. Te esperaremos abajo. Partimos hoy mismo. No quiero volver a ver este lugar.

—Tampoco yo —susurró Judith.

Aunque no volvió la vista atrás, llevaba en su mente una vívida imagen del cuarto.

21

—¿Sabes lo del niño? —preguntó Stephen a Gavin mientras caminaban juntos por el patio de Demari.

—He sido informado —replicó él, fríamente—. Sentémonos aquí, a la sombra. Aún no me acostumbro a la luz del sol.

—¿Te tenían en un foso?

—Sí. Me tuvieron en uno casi una semana.

—No se te ve demasiado enflaquecido. ¿Te daban de comer?

—No. Jud... mi esposa hacía que su doncella me llevara comida.

Stephen echó una mirada a los restos de la vieja torre.

—Se arriesgó mucho al venir aquí.

—No se arriesgó en absoluto. Deseaba a Demari tanto como él a ella.

—No tuve esa impresión cuando conversé con Judith.

—¡Pues te equivocas! —afirmó Gavin con fuerza.

Stephen se encogió de hombros.

—Ella es asunto tuyo. Raine dice que se os ha llamado a la Corte. Podemos viajar juntos, pues yo también debo presentarme al rey.

Gavin estaba cansado y sólo quería dormir.

—¿Qué quiere el rey de nosotros?

—Ver a tu esposa y presentarme una a mí.

—¿Vas a casarte?

—Sí, con una rica heredera escocesa que odia a todos los ingleses.

—Yo sé lo que significa verte odiado por tu esposa. Stephen sonrió.

—Pero la diferencia es que a ti te importa. A mí no. Si no se comporta como es debido, la encerraré para no verla nunca más. Diré que es estéril y adoptaré a un hijo que herede sus tierras. Si tanto te disgusta tu mujer, ¿por qué no haces otro tanto?

—¡No verla nunca más! —exclamó Gavin.

Se contuvo al ver que su hermano se echaba a reír.

—¿Te calienta la sangre? No hace falta que lo digas, porque la he visto. ¿Sabes que estuve a punto de matarla cuando le vi arrojarte vino a la cara? Ella tomó mi puñal y me rogó que le diera muerte.

—Te engañó —dijo Gavin disgustado—, igual que a Raine y a Miles. Esos muchachos se sientan a sus pies y la miran con ojos embobados.

—Hablando de ojos embobados, ¿qué piensas hacer con John Bassett?

—Debería casarlo con lady Helen. Si se parece en algo a su hija, hará de su vida un infierno. Sería poco castigo por su estupidez.

Stephen bramó de risa.

—Estás cambiado, hermano. Judith te obsesiona.

—Sí, como un grano en el trasero. Ven, apresuremos a estas gentes para salir de aquí.

El campamento dejado por Gavin estaba ante las murallas de Demari. Aunque John Bassett no lo supiera, Gavin estaba haciendo cavar un túnel bajo las murallas en el momento en que lo apresaron; el joven tenía por costumbre no revelar todos sus planes a ninguno de sus ayudantes. Mientras John volvía al castillo de Montgomery, los hombres elegidos por Gavin continuaban con la excavación. Habían tardado varios días, aunque ninguno de ellos dormía sino unas pocas horas diarias. Mientras iban avanzando en la perforación, sostenían la tierra sobre sus cabezas con fuertes maderos. Cuando estuvieron cerca del otro extremo, encendieron una hoguera dentro del túnel. Una vez quemadas las vigas, una parte de la muralla se derrumbó con un estruendo ensordecedor.

En la confusión que siguió a la toma del castillo, mientras el grupo establecía su campamento, Judith consiguió escapar para estar sola un rato. Había un río en los bosques, detrás de las tiendas. Caminó entre los árboles hasta hallar un sitio cobijado donde estaría oculta pero podría disfrutar del sonido y la vista del agua.

Sólo entonces se dio cuenta de lo tensa que había estado durante la semana pasada. La mentira incesante, el disimulo ante Walter, la habían agotado. Era un placer sentirse libre y en paz otra vez. Por un breve rato no pensaría en su esposo ni en ninguno de sus múltiples problemas.

—Buscas consuelo —dijo una voz tranquila.

Ella no había oído aproximarse a nadie. Al levantar la vista se encontró con Raine, que le sonreía.

—Me iré si quieres estar sola. No es mi intención molestarte.

—No me molestas. Ven a sentarte conmigo. Sólo quería alejarme del ruido y de la gente un rato.

Él se sentó a su lado, estirando las largas piernas, con la espalda contra una roca.

—Esperaba que las cosas hubieran mejorado entre mi hermano y tú, pero no parece que así sea —manifestó el joven, sin preámbulos—. ¿Por qué mataste a Demari?

—Porque no había otra escapatoria —dijo Judith con la cabeza inclinada. Levantó la vista con los ojos llenos de lágrimas—. Es horrible quitar la vida a alguien.

Raine se encogió de hombros.

—A veces es necesario. ¿Y Gavin? ¿No te lo explicó? ¿No te consoló por lo que hiciste?

—Casi no me ha dirigido la palabra —respondió ella con franqueza—. Pero hablemos de otras cosas. ¿Tu pierna está mejor?

Raine iba a responder, pero se oyó la carcajada de una mujer y ambos miraron hacia el río. Helen y John Bassett caminaban por la orilla del agua. Judith iba a llamarla, pero Raine se lo impidió, pensando que era mejor no molestar a los amantes.

—John —dijo Helen, mirándolo con amor—, creo que no podré soportarlo.

Él le apartó tiernamente un mechón de la mejilla. La mujer tenía un aspecto joven y radiante.

—Es preciso. Para mí no será más fácil perderte, verte casada con otro.

—Por favor —susurró ella—, no soporto siquiera la idea. ¿No habrá otra solución?

John le apoyó la punta de los dedos en los labios.

—No, no lo repitas. No podemos casarnos. Sólo nos quedan estas pocas horas. Eso es todo.

Helen le rodeó el pecho con los brazos, estrechándolo cuanto pudo. John la abrazó hasta casi aplastarla.

—Lo dejaría todo por ti —susurró ella.

—Y yo daría cualquier cosa si pudiera tenerte —sepultó la mejilla en la cabellera de la mujer—. Vamos. Alguien podría vernos.

Ella asintió y los dos se alejaron lentamente, abrazados por la cintura.

—Yo no lo sabía —dijo Judith por fin.

Raine le sonrió.

—A veces sucede. Ya se les pasará. Gavin buscará otro esposo para tu madre y él llenará su lecho.

Judith se volvió a mirarlo; sus ojos eran un rayo de oro.

—¡Otro esposo! —siseó—. ¡Alguien que llene su lecho! ¿Es que los hombres no piensan en otra cosa?

Raine la miró con fascinación. Era la primera vez que la veía iracunda contra él. No lo fascinaba sólo por su belleza, sino por su temperamento. Una vez más sintió la sacudida del amor y sonrió.

—Tratándose de mujeres no hay mucho más en qué pensar —bromeó.

Judith iba a replicar, pero vio la risa en los ojos del muchacho y los hoyuelos de sus mejillas.

—¿No hay solución para ellos?

—Ninguna. Los padres de John no son siquiera de origen noble, y tu madre estuvo casada con un conde —le apoyó una mano en el brazo—. Gavin buscará a un hombre bueno que sepa administrar bien sus propiedades y la trate con bondad.

Judith no respondió.

—Tengo que irme —dijo Raine de repente. Se levantó con torpeza—. ¡Maldita sea esta herida! —protestó, vehemente—. Una vez me di un hachazo en la pierna, pero no dolió tanto como esta fractura.

—Al menos se ha soldado correctamente —replicó ella con un chisporroteo en los ojos.

Raine hizo una mueca al recordar el dolor de su tratamiento.

—Si vuelvo a necesitar un médico, tendré cuidado de no recurrir a ti. No soy tan hombre como para soportar tus atenciones. ¿Quieres volver al campamento?

—No. Prefiero estar sola un rato.

Él miró a su alrededor. El lugar parecía no ofrecer peligros, pero nunca se estaba seguro.

—Vuelve antes de que se ponga el sol. Si por entonces no te he visto, vendré a buscarte.

Ella hizo un gesto de asentimiento y volvió la vista al agua, mientras él se alejaba. La preocupación de Raine por ella la hacía sentir protegida. Recordó la alegría que le inspiraba verlo en el castillo. Entre sus brazos se sentía segura. Así las cosas, ¿por qué no lo miraba con pasión? Resultaba extraño experimentar sólo un afecto fraternal por aquel hombre que la trataba con tanta bondad, mientras que por su esposo...

No quiso pensar en Gavin mientras estuviera en aquel lugar tranquilo: cualquier recuerdo de él la enfurecía demasiado. Él había dado crédito a las palabras de Walter y estaba convencido de que estaba embarazada de ese hombre. Judith se llevó las manos al vientre, en un gesto protector. ¡Su propio hijo! Pasara lo que pasara, el bebé sería siempre suyo.

—¿Qué planes tienes para ella? —preguntó Raine mientras se sentaba ostentosamente en una silla, en la tienda de Gavin. Stephen se acomodó a un lado para afilar un puñal.

Al otro lado estaba Gavin, comiendo. No había hecho otra cosa desde que saliera del castillo.

—Supongo que te refieres a mi esposa —dijo, ensartando un trozo de cerdo asado—. Pareces preocuparte mucho por ella —acusó.

—¡Y tú pareces ignorarla! —contraatacó Raine—. Mató a un hombre por ti. Eso no es fácil para una mujer, pero tú ni siquiera le has hablado del tema.

—¿Qué consuelo podría darle después de que mis hermanos se han ocupado tanto de brindárselo?

—Pues no lo encuentra en otra parte.

—¿Hago traer espadas? —preguntó Stephen, sarcástico—. ¿O preferís batiros con armadura completa?

Raine se relajó de inmediato.

—Tienes razón, Stephen. Ojalá este otro hermano mío fuera tan sensato como tú.

Gavin lo fulminó con la mirada y volvió a su comida. Stephen lo observó un momento.

—Raine, ¿tratas de interponerte entre Gavin y su esposa?

El más joven se encogió de hombros y acomodó la pierna.

—Él no la trata como es debido.

Stephen sonrió, comprensivo. Raine había sido siempre el defensor de los oprimidos. Apoyaba cualquier causa que necesitara de él. El silencio se hizo denso, hasta que Raine se levantó para salir de la tienda.

Gavin lo siguió con la vista. Después, ahíto por fin, apartó el plato y se levantó para acercarse a su catre.

—Está embarazada de ese hombre —dijo al cabo de un rato.

—¿De Demari? —preguntó Stephen. Ante el asentimiento de su hermano, emitió un grave silbido—. ¿Qué vas a hacer con ella?

Gavin se dejó caer en una silla.

—No lo sé —dijo en voz baja—. Raine dice que no la he consolado, pero ¿qué podría decirle, si ha matado a su amante?

—¿Fue obligada?

El mayor dejó caer la cabeza.

—No lo creo. No, no es posible. Podía ir y venir por el castillo a voluntad. Vino a verme hasta el foso y también cuando me encerraron en un calabozo de la torre. Si la hubieran forzado, no le habrían dado tanta libertad.

—Eso es cierto, pero el hecho de que te visitara ¿no significa que deseaba ayudarte?

Los ojos de Gavin despidieron chispas.

—No sé qué deseaba. Parece estar de parte de quienquiera que la tenga. Cuando vino a mí dijo que lo había hecho todo por mi bien. Sin embargo, cuando estaba con Demari era toda suya. Es astuta.

Stephen deslizó un dedo a lo largo del puñal para probar el filo.

—Raine parece tener muy buena opinión de ella. Miles también.

Gavin resopló.

—Miles todavía es demasiado joven para saber que las mujeres tienen algo además del cuerpo. En cuanto a Raine... hace tiempo que defiende la causa de Judith.

—Podrías declarar que el niño es de otro y repudiarla.

—¡No! —exclamó Gavin, casi con violencia. Después apartó la vista.

Stephen se echó a reír.

—¿Todavía ardes por ella? Es hermosa, pero hay otras mujeres hermosas. ¿Qué me dices de Alice? Declaraste que la amabas.

Stephen había sido el único confidente de Gavin en cuanto a Alice.

—Se casó hace poco con Edmund Chatworth.

—¡Edmund! ¡Esa bazofia! ¿No le ofreciste matrimonio?

El silencio fue la única respuesta. Stephen envainó el puñal.

—No vale la pena preocuparse tanto por las mujeres. Llévate a la cama a tu mujer y no vuelvas a pensar en el

305

asunto —se levantó—. Creo que me voy a dormir. Ha sido una jornada muy larga. Nos veremos mañana.

Gavin quedó solo en su tienda; la oscuridad se intensificaba rápidamente. «Repudiarla», pensó. Bien podía hacerlo, puesto que ella estaba embarazada de otro. Pero no se imaginaba sin ella.

—Gavin... —Raine interrumpió sus pensamientos.— ¿Ha vuelto Judith? Le dije que no debía demorarse hasta después de oscurecer.

Gavin se levantó con los dientes apretados.

—Piensas demasiado en mi mujer. ¿Dónde estaba? Iré a buscarla.

El hermano le sonrió.

—Junto al arroyo, por allí —señaló.

Judith estaba arrodillada junto al riachuelo, moviendo con la mano el agua clara y fresca.

—Es tarde. Tienes que volver al campamento.

Levantó la vista, sobresaltada. Gavin se erguía ante ella en toda su estatura; sus ojos grises parecían muy oscuros en la penumbra del ocaso. Su expresión era hermética.

—No conozco estos bosques —continuó él—. Podría haber peligro.

Judith se levantó con la espalda muy erguida.

—Eso te convendría, ¿verdad? Una esposa muerta ha de ser mejor que una deshonrada.

Recogió sus faldas y echó a andar a grandes zancadas. Él la sujetó por el brazo.

—Tenemos que hablar, seriamente y sin enfadarnos.

—¿Qué ha habido siempre entre nosotros, aparte del enfado? Di lo que quieras. Me canso.

Él suavizó la expresión.

—¿Te cansa la carga del niño?

Las manos de la muchacha volaron al vientre. Después se irguió, con el mentón en alto.

—Este bebé jamás será una carga para mí.

Gavin miró al otro lado del río, como si luchara con un gran problema.

—Por todo lo que ha ocurrido desde entonces, creo que cuando te entregaste a Demari lo hiciste con buenas intenciones. Sé que no me amas, pero él también tenía a tu madre. Sólo por ella habrías arriesgado lo que arriesgaste.

Judith frunció el entrecejo e hizo una señal de asentimiento.

—No sé qué ocurrió después de que viniste al castillo. Tal vez Demari fue amable contigo y tú necesitabas amabilidad. Tal vez aun durante la boda te... te ofreció gentileza.

Ella no podía hablar. Se le estaba revolviendo la bilis.

—En cuanto al niño, puedes conservarlo y no te repudiaré por ello, aunque tal vez debería hacerlo. Pues sí, a decir verdad puedo tener parte de la culpa. Cuidaré del niño como si fuera mío y heredará algunas de tus tierras —Gavin hizo una pausa para mirarla—. ¿No dices nada? He tratado de ser franco... y justo. Creo que no podrías pedir más.

Judith tardó un momento en recobrarse. Habló con los dientes muy apretados.

—¡Franco! ¡Justo! ¡No conoces el significado de esas palabras! Fíjate en lo que estás diciendo. Estás dispuesto a reconocer que vine al castillo por motivos honorables, pero después de eso me insultas horriblemente.

—¿Que te insulto? —se extrañó Gavin.

—¡Me insultas, sí! ¿Me crees tan vil como para entregarme libremente al hombre que amenazó a mi madre y a mi esposo? ¡Porque ante Dios eso eres! Dices que yo necesitaba amabilidad. ¡Sí, la necesito, porque nunca la he recibido de ti! Pero no soy tan vana como para faltar a un juramento hecho ante Dios, por un par de atenciones. Una vez rompí un voto semejante, pero no volveré a hacerlo.

Apartó la cara, ruborizada por el recuerdo.

—No sé de qué hablas —empezó Gavin, perdiendo a su vez los estribos—. Hablas en acertijos.

—Sugieres que soy adúltera. ¿Eso es un acertijo?

—Llevas en el vientre el hijo de ese hombre. ¿De qué otro modo puedo llamarte? He ofrecido hacerme cargo del niño. Deberías agradecer que no te repudie.

Judith lo miró con fijeza. Él no preguntaba si la criatura era suya: daba por sentado que Walter había dicho la verdad. Tal como había dicho Helen el día de la boda: un hombre era capaz de dar crédito al más bajo de sus siervos antes que a su esposa. Y si Judith negaba haberse acostado con Walter, ¿le creería él? No había modo de probar sus palabras.

—¿No tienes más que decir? —acusó Gavin, con los labios tensos.

Judith lo fulminó con la vista, muda.

—¿Debo interpretar que estás de acuerdo con mis condiciones?

La muchacha decidió seguirle el juego.

—Dices que darás tierras mías a mi hijo. Es poco lo que sacrificas.

—¡Te retengo a mi lado! Podría repudiarte.

Ella rió.

—Claro que podrías. Los hombres tienen ese derecho. Me retendrás mientras me desees. No soy tonta. Debería recibir algo más que una herencia para mi hijo.

—¿Quieres una paga?

—Sí, por haber venido a buscarte al castillo.

Las palabras dolían. Estaba llorando por dentro, pero se negaba a dejarlo ver.

—¿Qué deseas?

—Que mi madre sea dada en matrimonio a John Bassett.

Gavin dilató los ojos.

—Tú eres ahora su pariente masculino más cercano —señaló Judith—. Tienes ese derecho.

—Pero John Bassett es...

—No me lo digas. Lo sé demasiado bien. Pero, ¿no te das cuenta de que ella lo ama?

—¿Qué tiene que ver el amor en esto? Hay que tener en cuenta las propiedades, las fincas.

Judith le apoyó las manos en los brazos, suplicante.

—No sabes lo que significa vivir sin amor. Tú has entregado el tuyo y yo no tengo posibilidades de ganarlo. Pero mi madre nunca ha amado a un hombre como ama a John. Está en tu mano darle lo que más necesita. Te lo ruego: no dejes que tu animosidad contra mí te impida darle alguna felicidad.

Él la observó. Era hermosa, pero también una joven solitaria. ¿Habría sido él tan duro como para hacer que ella necesitara a Walter Demari, siquiera por algunos momentos? Ella decía que Gavin había entregado su amor a otra: sin embargo, en esos momentos le era imposible recordar la cara de Alice.

La tomó en sus brazos, recordando lo asustada que la había visto frente al ataque del jabalí. Pese a esa falta de valor, se había enfrentado a un enemigo como si fuera capaz de matar dragones.

—No te odio —susurró, estrechándola contra sí para ocultar la cara en su pelo.

Cierta vez Raine le había preguntado qué encontraba en ella de malo; en ese momento Gavin se hizo la misma pregunta. Si ella estaba embarazada de otro, ¿no era culpa de él por haberla dejado sin protección? Durante toda su vida de casados recordaba haberla tratado con gentileza una sola vez: el día que habían pasado juntos en el bosque. Le molestaba la conciencia por haber planeado ese paseo para ponerla otra vez en el lecho nupcial. Había pensado sólo en sí mismo. Se sentó en la perfumada hierba, con la espalda contra un árbol, y la acomodó en su falda, acurrucada.

—Cuéntame qué pasó en el castillo —pidió con suavidad.

Ella no le tenía confianza. Cada vez que confiaba en él, Gavin le arrojaba las palabras a la cara. Pero su contacto físico la reconfortaba. «Esta sensación es todo cuanto compartimos», pensó. «Entre nosotros sólo existe la lascivia: no hay amor ni comprensión, mucho menos confianza.»

Se encogió de hombros, negándose a revelarle nada. Tenía los labios muy cerca del cuello de Gavin.

—Ya ha pasado todo. Es mejor olvidarlo.

Gavin frunció el ceño; quería obligarla a hablar, pero su proximidad era más de lo que podía soportar.

—Judith —susurró, buscándole la boca.

Ella le rodeó el cuello con los brazos. Su mente había quedado en blanco. Olvidadas quedaban las ideas de comprensión y confianza.

—Te echaba de menos —susurró él contra su mejilla—. ¿Sabes que, cuando te vi en el foso de Demari, creí estar muerto?

Ella apartó la cabeza para ofrecerle el fino arco del cuello.

—Eras como un ángel que llevara luz, aire y belleza a aquel... lugar. Temía tocarte por si no eras real... o por

310

si eras real y yo resultaba destruido por haberme atrevido a tocarte.

Tironeó de los lazos que le cerraban el costado.

—Pues soy muy real —sonrió Judith.

Él estaba tan embrujado que la atrajo hacia sí y la besó profundamente.

—Tus sonrisas son más raras y más preciosas que los diamantes. He visto tan pocas... —de pronto se le oscureció la expresión ante el recuerdo—. Podría haberos matado a ambos cuando vi que Demari te tocaba.

Ella lo miró con horror y trató de apartarlo.

—¡No! —exclamó él, reteniéndola—. ¿Me darás a mí, tu marido, menos que a él?

Judith estaba en una situación incómoda, pero logró echar la mano atrás y asestarle una bofetada.

Él le sujetó la mano con un chisporroteo en los ojos y le estrujó los dedos. De pronto le besó la mano.

—Tienes razón. Soy un tonto. Todo ha quedado atrás. Veamos sólo el futuro: esta noche.

Su boca atrapó la de ella y Judith abandonó la ira. En verdad, mientras aquellas manos vagaran bajo sus ropas no podía pensar en nada.

Estaban hambrientos el uno del otro: más que hambrientos. Las privaciones que Gavin había experimentado en el foso no eran nada comparadas con lo que sentía por haber prescindido de su mujer.

El vestido de lana azul fue desgarrado, y también las enaguas de hilo. La tela rota aumentó la pasión y las manos de Judith lucharon con las prendas de Gavin. Pero él fue más rápido. En un instante sus ropas formaron un montón con las de ella. Judith, frenética, lo atrajo hacia ella. Gavin igualó su ardor y lo superó también. A los pocos momentos consumaban el amor en un feroz estallido de estrellas que los dejó exhaustos.

22

—Se cree mejor que nosotras —dijo Blanche rencorosa.

Estaba con Gladys en la granja de Chatworth, llenando jarras con vino para la comida de las once.

—Sí —replicó Gladys, pero con menos amargura. Echaba de menos a Jocelin, pero no se enfurecía por ello como su compañera.

—¿Qué asunto lo retendrá lejos de nosotras? —preguntó Blanche—. Con ella pasa poco tiempo —señaló con la cabeza hacia arriba, refiriéndose al cuarto de Alice Chatworth—. Y rara vez está en el salón.

Gladys suspiró.

—Parece pasar la mayor parte del tiempo solo en el pajar.

Blanche interrumpió súbitamente su tarea.

—¡Solo! ¿Estará solo, de verdad? No lo habíamos pensado. ¿Y si tuviera allí a una muchacha?

Gladys se echó a reír.

—¿Para qué querría Jocelin a una sola muchacha si puede tener a muchas? ¿Y cuál de las mujeres falta del castillo? A menos que sea una de las siervas, no sé de ninguna que haya estado ausente tanto tiempo.

—¿Y qué otra cosa podría retener a un hombre como Jocelin? ¡Eh, tú! —llamó Blanche a una muchacha que pasaba—. Termina de llenar estas jarras, ¿quieres?

—Pero yo... —Blanche le dio un cruel pellizco y la muchacha cedió, mohína—. Está bien.

—Ven, Gladys —ordenó Blanche—. Pongamos fin a este misterio mientras Jocelin está ocupado en otra parte.

Las dos mujeres abandonaron la granja para recorrer la corta distancia que las separaba de los establos.

—Mira, retira la escalerilla cada vez que sale —observó Blanche.

Entró silenciosamente en los establos seguida de cerca por su amiga. Llevándose un dedo a los labios, señaló a la gorda esposa del mozo de cuadra.

—El viejo dragón vigila —susurró.

Las muchachas tomaron la escalerilla sin hacer ruido y la pusieron contra la pared exterior; el extremo tocaba la abertura del alojamiento de Jocelin. Blanche se recogió las faldas y subió. Cuando estuvieron dentro, ante los fardos de heno que bloqueaban la vista, les llegó la voz de una mujer.

—¿Jocelin? ¿Eres tú?

Blanche sonrió a su compañera, llena de malicioso triunfo, y marchó la primera hacia la zona abierta.

—¡Constance!

La encantadora cara de la mujer aún estaba maltrecha, pero comenzaba a cicatrizar. Constance retrocedió hasta apoyar la espalda contra un montón de heno.

—¡Conque tú eres el motivo de que Jocelin nos abandone! Se dijo que habías abandonado el castillo —dijo Gladys.

La muchacha se limitó a mover la cabeza en un gesto negativo.

—¡No! No se fue —espetó Blanche—. Vio a Jocelin y decidió que tenía que ser suyo. No soportaba compartirlo.

—No es cierto —murmuró Constance con el labio inferior estremecido—. Estuve a punto de morir. Él cuidó de mí.

—Sí, y tú cuidas de él, ¿no? ¿Qué brujería has usado para atraparlo?

—Por favor... yo no quería hacer ningún mal...

Blanche no escuchaba sus súplicas. Sabía que no era Jocelin quien había hecho a Constance esas marcas en el cuerpo y en la cara. Sólo podían ser obra de Edmund Chatworth.

—Dime, ¿sabe lord Edmund dónde estás?

La joven abrió mucho los ojos, horrorizada. Blanche se echó a reír.

—Ya ves, Gladys, es la amante del señor, pero lo traiciona con otro. ¿Qué te parece si la devolvemos a su amo?

Gladys contempló con simpatía a la joven aterrorizada, pero su compañera le clavó los dedos en el brazo.

—Nos ha traicionado y tú vacilas cuando te hablo de pagarle con la misma moneda. Esta pena desconsiderada nos ha quitado a Joss. Tenía a lord Edmund, pero quería más. No estaba satisfecha con un solo hombre; los quería a todos a sus pies.

Gladys se volvió hacia Constance con una mirada de odio.

—Si no bajas con nosotras, diremos a lord Edmund que Jocelin te ha estado ocultando —sonrió Blanche.

Constance las siguió en silencio por la escalerilla. No se permitiría pensar, sólo tendría en la mente que estaba protegiendo a Jocelin. En toda su vida nadie le había dado ternura. Su mundo estaba lleno de gente como Edmund, Blanche y Alice. Sin embargo, durante casi dos semanas había vivido un sueño en los brazos de Jocelin; él le hablaba, le cantaba, la tenía en sus brazos y le hacía el amor. Le susurraba que la amaba y ella le creía.

Seguir a Blanche y a Gladys fue como despertar de un sueño. A diferencia de Jocelin, Constance no trazaba planes para cuando abandonaran el castillo de Chatworth, una vez que ella se curara por completo. Sabía que sólo contaban con el tiempo que pasaran en el pajar. Por eso siguió con docilidad a las mujeres, aceptando su fatal destino; no le pasó por la cabeza la idea de escapar o de resistirse. Sabía adónde la llevaban. Cuando entraron a la alcoba de Edmund, su pecho se cerró como apretado por bandas de hierro.

—Quedaos aquí. Iré en busca de lord Edmund —ordenó Blanche.

—¿Vendrá? —preguntó Gladys.

—Oh, sí, cuando reciba mis noticias. No le permitas salir de aquí.

Blanche estuvo de regreso en pocos segundos, con el furioso Edmund pisándole los talones. No le agradaba que hubieran interrumpido su cena, pero el solo nombre de Constance hizo que siguiera a la presuntuosa sirvienta. Una vez en la alcoba, cerró la puerta y echó el cerrojo, con los ojos clavados en Constance, sin prestar atención a las miradas nerviosas de las dos criadas.

—Conque después de todo no has muerto, mi dulce Constance.

Edmund le puso una mano bajo el mentón para obligarla a levantar la cara. Sólo vio en ella resignación. Los cardenales oscurecían su belleza, pero cicatrizarían.

—Esos ojos —susurró él—. Me han perseguido largo tiempo.

Al oír un ruido tras de sí, giró en redondo. Las dos criadas estaban tratando de descorrer subrepticiamente el cerrojo.

—¡Aquí! —ordenó, sujetando por el brazo a Gladys, la más próxima—. ¿Adónde pretendes ir?

—A cumplir con nuestras tareas, señor —dijo Blanche con voz insegura—. Somos vuestras muy leales servidoras.

Gladys tenía lágrimas en los ojos, pues los dedos de Edmund se le clavaban en la piel. Trató de aflojarlos, pero el amo la arrojó al suelo.

—¿Creíais que podríais traer a esta muchacha aquí y dejarla como si fuera un bulto cualquiera? ¿Dónde estaba?

Blanche y Gladys intercambiaron una mirada. No habían pensado en eso. Sólo querían alejar a Constance de Jocelin para que todo fuera como antes, cuando Jocelin les hacía el amor y las divertía.

—No... no sé, señor —tartamudeó Blanche.

—¿Me tomas por tonto? —Edmund avanzó hacia ella.— La muchacha ha estado bien escondida. De lo contrario yo me habría enterado. Su presencia no ha sido parte de los chismes del castillo.

—No, mi señor. Ella...

Blanche no pudo inventar una historia lo bastante aprisa. La traicionaba la lengua. Edmund miró a Gladys, encogida a sus pies.

—Me estáis ocultando algo. ¿A quién protegéis? —Tomó a Blanche del brazo y se lo retorció dolorosamente tras la espalda.

—¡Señor! ¡Me hacéis daño!

—Te haré algo peor si me mientes.

—Ha sido Baines, el de la cocina —dijo Gladys en voz alta, por proteger a su amiga.

Edmund soltó a Blanche mientras estudiaba la respuesta. Baines era un hombre sucio y de mal carácter, al que nadie quería. Edmund estaba enterado de eso, pero también de que Baines dormía en la cocina, donde no contaba con intimidad suficiente para esconder a una muchacha maltratada hasta que curara. Eso habría provocado rumores en todo el castillo.

—Mientes —dijo von voz mortífera.

Y avanzó lentamente hacia ella. Gladys trató de alejarse, arrastrándose entre los juncos.

—Mi señor —rogó, temblando con todas las fibras de su cuerpo.

—Es tu última mentira —aseguró él, agarrándola por la cintura.

Ella empezó a forcejear al comprender que la llevaba hacia la ventana abierta.

Blanche, horrorizada, vio que Edmund llevaba a Gladys hasta la abertura. La muchacha trató de asirse del marco, pero no pudo contrarrestar la fuerza de su amo. Él le dio un empellón por la espalda y Gladys cayó hacia adelante, dando manotazos en el aire. Su alarido, mientras caía tres pisos hasta el patio, pareció estremecer los muros.

Blanche permanecía inmóvil, con la vista fija y las rodillas trémulas. El estómago le daba vueltas.

—Ahora quiero saber la verdad —dijo Edmund, volviéndose hacia ella—. ¿Quién la ha ocultado?

Señalaba con la cabeza a Constance, que permanecía en silencio contra la pared. El asesinato de Gladys no la había espantado: era lo que esperaba.

—Jocelin —susurró Blanche.

Ante ese nombre la muchacha levantó la cabeza.

—¡No!

No soportaba que se traicionara a Jocelin.

Edmund sonrió.

—¿Ese bello cantante? —El mismo que se había hecho cargo de Constance aquella noche. Edmund lo recordó sólo entonces—. ¿Dónde duerme? ¿Cómo pudo retenerla sin que nadie lo supiera?

317

—En el pajar, encima de los establos.

Blanche apenas podía hablar. Mantenía la vista clavada en la ventana. Apenas un momento antes Gladys había estado con vida; ahora su cuerpo yacía roto y aplastado en el patio.

Edmund asintió con la cabeza, reconociendo la verdad de la respuesta. Dio un paso hacia la mujer, que se apartó con miedo, apretando la espalda contra la puerta.

—No, señor. Os he dicho lo que deseabais saber —pero él seguía avanzando con una leve sonrisa—. Y os he traído a Constance. Soy una servidora leal.

A Edmund le gustó ese terror; demostraba su poder. Se detuvo muy cerca de ella y levantó una mano gorda para acariciarle la línea de la mandíbula. Ella tenía los ojos llenos de lágrimas. Lágrimas de terror. El amo sonreía aún al golpearla.

Blanche cayó al suelo con una mano apretada a la cara. El ojo de ese lado ya comenzaba a tomar un tono purpúreo.

—Vete —dijo él, medio riendo, mientras abría la puerta de par en par—. Ya has aprendido una buena lección.

Blanche estaba fuera del dormitorio antes de que la puerta se cerrase. Corrió por las escaleras hasta salir de la casa y siguió corriendo por el patio del castillo. Atravesó el portón abierto sin responder a los gritos de los hombres que custodiaban las murallas. Sólo sabía que necesitaba alejarse de cuanto tuviera que ver con Chatworth.

Se detuvo cuando los dolores en el costado la obligaron a dejar de correr. Entonces siguió caminando, sin echar una sola mirada atrás.

Jocelin deslizó cuatro ciruelas debajo de su chaleco, sabiendo que a Constance le encantaba la fruta fresca. En las últimas semanas su vida había empezado a girar alrededor de lo que a Constance le gustaba o disgustaba. Verla desplegarse, pétalo a pétalo, había sido lo más delicioso de su vida. La gratitud que ella demostraba por cualquier pequeño placer lo reconfortaba, aunque le dolía el corazón al pensar en lo que había sido hasta entonces la vida de la muchacha: un simple ramo de flores podía hacerla llorar.

¡Y en la cama! Sonrió con lascivia. No era tan mártir que olvidara los placeres egoístas. Constance quería pagarle sus bondades y demostrarle su amor. Al principio, la expectativa del dolor la había puesto rígida, pero las caricias de Jocelin y la seguridad de que él no le haría daño acabaron por enloquecerla de pasión. Era como si quisiese amontonar todo el amor de su vida en unas pocas semanas.

El joven sonrió al pensar en el futuro que compartirían. Él dejaría de viajar y sentaría cabeza; formaría un hogar para los dos y tendrían varios hijos de ojos violáceos. Nunca en su vida había querido otra cosa que la libertad, una cama cómoda y una mujer cálida. Claro que nunca en su vida había estado enamorado. Constance lo cambiaba todo. En pocos días más, en cuanto la muchacha estuviese en condiciones de soportar el largo viaje, partirían.

Jocelin, silbando, abandonó la casa solariega y caminó hacia los establos. Al ver la escalerilla apoyada contra la pared, quedó petrificado. En los últimos tiempos nunca olvidaba retirarla. La mujer del mozo de cuadra vigilaba, y él la recompensaba con numerosas sonrisas y algunos abrazos afectuosos. No temía por sí, sino por Constance.

Cubrió corriendo el último trecho y subió por la escalerilla a toda velocidad. Revisó el pequeño cuarto con el corazón palpitante, como si pudiera encontrarla bajo el heno. Sabía, sin lugar a dudas, que la muchacha no había salido por su cuenta; era como un cervatillo: tímida y temerosa.

Con la vista nublada por las lágrimas, bajó por la escalerilla. ¿Dónde buscarla? Tal vez alguna de las mujeres le había gastado una broma; la encontraría a salvo en un rincón, masticando un panecillo de fruta seca. Pero aun mientras imaginaba la escena comprendió que era imposible.

No le sorprendió ver a Chatworth al pie de la escalerilla, flanqueado por dos guardias armados.

—¿Qué habéis hecho con ella? —acusó el juglar, saltando desde el segundo peldaño directamente hacia el cuello de Edmund.

La cara del amo empezaba a ponerse azul cuando los hombres lograron liberarlo y sujetar a Jocelin por los brazos. Chatworth se levantó del polvo y miró su ropa arruinada. El terciopelo jamás volvería a lucir igual. Se frotó el cuello amoratado.

—Pagarás esto con tu vida.

—¿Qué has hecho con ella, montón de estiércol? —bramó el juglar.

Edmund ahogó una exclamación. Nadie se había atrevido hasta entonces a hablarle así. Levantó la mano y le dio una sonora bofetada, cortándole la comisura de la boca.

—Sí que pagarás por esto.

Se puso fuera del alcance de los pies de Jocelin, más cauteloso que nunca. Detrás de aquel bello rostro acechaba un hombre insospechado; hasta entonces sólo había tomado al juglar por un muchacho bonito.

—Disfrutaré con esto —se jactó—. Pasarás la noche en la celda de castigo y mañana verás tu último amanecer. Sufrirás todo el día, pero tal vez sufras más esta noche. Mientras tú sudas en esa vasija, yo poseeré a la mujer.

—¡No! —gritó Jocelin—. Ella nada ha hecho. Dejadla ir. Yo pagaré por haberla tomado.

—Pagarás, sí. En cuanto a tu noble gesto, no tiene sentido. No tienes con qué negociar: os tengo a ambos. A ella, para mi lecho; a ti, para cualquier otro placer que se me ocurra. Lleváoslo y dejad que medite en las consecuencias de desafiar a un conde.

Constance estaba sentada ante la ventana de la alcoba de Edmund, perdido todo ánimo. Nunca más vería a Jocelin ni estaría entre sus brazos, oyéndole jurarle más amor que el de la luna por las estrellas. Su única esperanza era que él hubiera logrado escapar. Había visto a Blanche huir de la habitación y rezaba porque ella hubiese advertido a Jocelin. Después de todo, Blanche lo amaba; ella le había oído llamarlo. Sin duda había ido a buscarlo y ambos estaban a salvo.

Constance no sentía celos. En verdad, sólo deseaba la felicidad de Jocelin. Si hubiera podido morir por él, lo habría hecho de buen grado. ¿Qué importaba su propia vida?

Una conmoción en el patio y un rayo de sol en una cabeza conocida le llamaron la atención. Dos guardias corpulentos llevaban a Jocelin, medio a rastras, forcejeando. Ante sus propios ojos, uno de ellos le dio un fuerte golpe en la clavícula, haciéndole caer de costado. El muchacho se levantó con dificultad. Constance retuvo el aliento. Quería llamarlo, pero sabía que con eso lo pondría en un peligro peor. Como si él lo adivinara, volvió la cabeza y miró hacia la ventana. Ella levantó la mano. Pese a las lágrimas vio que tenía sangre en el mentón.

Mientras los guardias se lo llevaban a rastras, Constance comprendió que iban a ponerlo en la celda de castigo y su corazón se detuvo. Era un invento horrible: un espacio en forma de jarra, abierto en la roca sólida. Era preciso bajar al prisionero por su estrecho cuello mediante una polea. Una vez allí no podía sentarse ni permanecer de pie, sino sólo en cuclillas, con la espalda y el cuello constantemente flexionados. El aire era escaso, y con frecuencia no se le proporcionaban alimentos ni agua. Los más fuertes duraban apenas unos pocos días.

Constance vio que los guardias ataban a Jocelin a la polea y lo bajaban a aquel infierno. Miró algunos momentos más mientras colocaban la cubierta. Después apartó la cara. Ya no había esperanzas. Por la mañana Jocelin moriría, si lograba sobrevivir a la noche, pues Edmund no dejaría de inventar alguna tortura adicional.

Sobre una mesa había una gran jarra de vino y tres vasos. Eran para uso privado de Edmund, que reservaba para sí los objetos más bellos. Constance actuó sin pensar, pues su vida estaba terminada; sólo necesitaba una última acción para completar el hecho. Rompió un vaso contra la mesa y tomó la base mellada en la mano. Luego volvió al asiento de la ventana.

El día era muy bello; el verano estaba en flor. Constance apenas sintió el borde afilado con que se cortó la muñeca. La vista de la sangre que escapaba de su cuerpo le dio una sensación de alivio.

—Pronto —susurró—. Pronto estaré contigo, mi Jocelin.

Se cortó la otra muñeca y se recostó contra la pared, con una mano en el regazo y la otra en el antepecho de la ventana. Su sangre se iba filtrando en el cemento que unía las piedras. La suave brisa de verano le sacudió la cabellera, haciéndola sonreír. Una vez había bajado con Jocelin al río para pasar la noche entre la hierba suave; volvieron por la mañana, muy temprano, antes de que la gente del castillo despertara. Había sido una noche de pasión y de palabras de amor dichas en susurros. Recordaba cada una de las que Jocelin le había murmurado.

Sus pensamientos se fueron tornando poco a poco más perezosos, casi como si se estuviera durmiendo. Cerró los ojos y sonrió apenas, con el sol en la cara y la brisa en el pelo. Por fin dejó de pensar.

—¡Muchacho! ¿Estás bien? —llamó una voz desde arriba, en un susurro áspero.

Él estaba aturdido; le costó entender aquellas palabras.

—¡Muchacho! ¡Responde!

—Sí —logró pronunciar Jocelin.

Le llegó un fuerte suspiro.

—Joss está bien —dijo una voz de mujer—. Ponte esto alrededor del cuerpo y te sacaré de ahí.

Jocelin estaba demasiado aturdido para comprender del todo lo que estaba ocurriendo. Las manos de la mujer guiaron su cuerpo por el cuello de la cámara hasta sacarlo al fresco aire de la noche. Ese aire (la primera bocanada que aspiraba en muchas horas) empezó a despejarle la mente. Sentía el cuerpo entumecido y lleno de calambres. Cuando tocó el suelo con los pies se desató la polea.

El mozo de cuadra y su gorda esposa lo estaban mirando.

—Tesoro mío, tienes que irte de inmediato —dijo ella.

Y abrió la marcha por la oscuridad hacia los establos.

Con cada paso la cabeza de Jocelin se despejaba más y más. Así como nunca antes de Constance había experimentado el amor, tampoco había conocido el odio. Pero mientras cruzaba el patio levantó la vista hacia la oscura ventana de Edmund. Odiaba a Edmund Chatworth, que ahora tenía en su lecho a Constance.

Ya en los establos, la mujer volvió a hablar.

—Tienes que irte cuanto antes. Mi marido te hará franquear la muralla. Toma. Te he preparado un hatillo de comida. Te durará unos cuantos días, si eres prudente.

Jocelin frunció el ceño.

—No, no puedo irme y dejar a Constance con él.

—Sé que no te irás hasta que lo sepas —murmuró la vieja.

Y giró en redondo, haciendo señas a Jocelin para que la siguiera. Encendió una vela con la que estaba en la pared y condujo a Jocelin hasta un pesebre vacío. Allí había un paño que cubría varios fardos de heno. La mujer retiró lentamente el paño. En un primer momento Jocelin no pudo creer en lo que veía. Ya en otra ocasión había creído muerta a Constance. Se arrodilló a su lado y tomó el cuerpo helado en los brazos.

—Está fría —dijo con autoridad—. Traed mantas para calentarla.

—No bastarían todas las mantas del mundo —respondió la vieja, poniéndole una mano en el hombro—. Ha muerto.

—¡No, no es así! Antes también estaba así y...

—No te tortures. Ha perdido toda la sangre. No le queda una gota.

—¿La sangre?

La mujer apartó el paño y mostró las muñecas sin vida de la muchacha, con las venas cortadas a la vista. Jocelin observó en silencio.

—¿Quién ha sido? —susurró por fin.

—Se mató ella misma.

El juglar volvió a contemplar el rostro de Constance, aceptando finalmente que la había perdido. Entonces se inclinó para besarla en la frente.

—Ahora está en paz.

—Sí —dijo la mujer, aliviada—. Y tú tienes que irte.

Joss se liberó de la mano insistente de la gorda y caminó con decisión hacia la casa solariega. El salón grande estaba colmado de hombres que dormían en sus jergones de paja. En silencio, el juglar retiró una espada que pendía de la pared entre varias armas mezcladas. Sus suaves zapatos no hicieron ruido al subir las escaleras hasta el tercer piso.

Un guardia dormía frente a la puerta de Edmund. Jocelin comprendió que, si lo despertaba, no tendría posibilidad alguna, pues su fibrosa fuerza no podía medirse con la de un caballero bien adiestrado. Le clavó la espada en el vientre sin que el hombre emitiera un solo ruido.

Era la primera vez que mataba a un hombre y no le causó placer.

La puerta de la alcoba no estaba cerrada con llave. Edmund se sentía a salvo en su castillo y en su propio cuarto. Jocelin empujó la puerta. No disfrutó de su acción ni quiso entretenerse en el escenario, como lo hubiera hecho cualquier otro. Sujetó por el pelo la cabeza de Chatworth, que abrió bruscamente los ojos. Al ver a Jocelin quedó desorbitado.

—¡No!

Fue su última palabra. Jocelin le cortó el cuello con la espada. Aquel hombre muerto le daba tanto asco como en vida. Arrojó la espada junto a la cama y se encaminó hacia la puerta.

Alice no podía dormir. Llevaba semanas sin descansar debidamente: desde que el juglar había dejado de acudir a su lecho. Sus amenazas no servían de nada, él la miraba por entre sus largas pestañas sin decir palabra. En realidad, la intrigaba que alguien pudiera tratarla tan mal.

Apartó las cortinas de su cama y se puso una bata. Sus pies no hicieron ruido en el suelo cubierto de juncos. Una vez en el salón, Alice presintió que algo estaba mal: la puerta de Edmund estaba abierta y el guardia que la custodiaba se había sentado de manera extraña. Llena de curiosidad, se acercó. Sus ojos ya se habían habituado a la oscuridad y el salón estaba iluminado sólo a medias por las antorchas sujetas a la pared.

Un hombre salió de la alcoba de su esposo, sin mirar a derecha ni a izquierda, y caminó en línea recta hacia ella. Alice le vio la pechera cubierta de sangre antes de reconocerlo. Con una exclamación ahogada, se llevó la mano al cuello.

El juglar se detuvo ante ella, y sólo entonces pudo reconocerlo. Ya no era un muchacho risueño, sino un hombre que la miraba con audacia. La sacudió un leve escalofrío.

—Jocelin.

Él pasó a su lado como si no la hubiera visto o como si no le importara su presencia. Alice lo siguió con la mirada. Después entró lentamente en el cuarto de su esposo. Pasó por encima del cuerpo del guardia muerto con el corazón palpitante. Al ver el cadáver de Edmund con el cuello cortado y la sangre manando aún, lo que hizo fue sonreír.

Se acercó a la ventana y puso la mano sobre el antepecho, cubriendo la mancha dejada por la sangre de otra inocente, el día anterior.

—Viuda —susurró—. ¡Viuda!

Ahora lo tenía todo: riqueza, hermosura y libertad.

Llevaba un mes escribiendo cartas, suplicando una invitación a la corte del rey Enrique. La había recibido, pero Edmund se reía de ella, negándose a gastar dinero en tales frivolidades. En la Corte no podría arrojar a las sirvientas por la ventana, como en su propio castillo.

Alice decidió que ahora podía ir a la Corte del rey sin que nadie se lo impidiera.

¡Y allí estaría Gavin! Sí, ella se había encargado también de eso. Esa ramera pelirroja lo había tenido ya demasiado tiempo. Gavin era suyo y suyo seguiría siendo. Si ella lograba deshacerse de la maldita esposa, lo tendría enteramente para sí. Él no le negaría paños de oro, no. Gavin no le negaría nada. ¿Acaso no era ella muy capaz de conseguir lo que deseaba? Ahora deseaba otra vez a Gavin Montgomerty, y lo obtendría.

Alguien cruzó el patio, llamándole la atención: Jocelin caminaba hacia la escalera que llevaba a lo alto de la muralla, con una mochila al hombro.

—Me has hecho un gran favor —susurró Alice—. Y ahora voy a pagártelo.

No llamó a los guardias. Guardó silencio, planeando lo que haría, ya libre de Edmund. Jocelin le había dado muchas cosas, mucha riqueza. Pero, por encima de todas las cosas, le había devuelto a Gavin.

23

En la tienda hacía calor. Gavin no podía dormir. Se levantó para mirar a Judith, que descansaba apaciblemente con un hombro desnudo sobre las sábanas de hilo. Él recogió sus ropas en silencio, sonriente ante la silueta inmóvil de su mujer. Habían pasado buena parte de la noche haciendo el amor y ella estaba exhausta. Pero él no. No, lejos de eso. Amar a Judith parecía encender en él un fuego insaciable.

Sacó un manto de terciopelo del arcón; después arrancó la sábana que cubría a Judith y la envolvió en el manto. Ella se acurrucó contra su cuerpo como una criatura, sin despertar, con el sueño de los inocentes. Gavin la llevó fuera de la tienda; hizo una señal a los guardias que estaban de custodia y siguió caminando hacia el bosque. Por fin agachó la cabeza y besó aquella boca, ablandada por el sueño.

—Gavin —murmuró ella.

—Sí, soy Gavin.

Ella sonrió contra su hombro, sin abrir los ojos.

—¿Adónde me llevas?

El joven rió por lo bajo y la estrechó contra sí.

—¿Te interesa?

Judith sonrió un poco más, siempre con los ojos cerrados.

—No, en absoluto —susurró.

Él emitió una carcajada profunda. La depositó en la ribera, donde ella comenzó a despertar poco a poco. La frescura del aire, el sonido del agua y la suavidad de la hierba aumentaban la cualidad de sueño de la situación.

Gavin se sentó junto a ella, sin tocarla.

—Una vez dijiste que habías roto un juramento hecho ante Dios. ¿Qué juramento era?

Esperó la respuesta tenso. No habían vuelto a hablar de la temporada vivida en el castillo de Demari, pero Gavin aún deseaba saber qué cosas le habían pasado allí. Deseaba oírla negar lo que él sabía cierto. Si amaba a Demari, ¿por qué lo había matado? Y si había acudido a los brazos de otro, ¿no era por culpa del mismo Gavin? Estaba convencido de que el juramento en cuestión era el que había hecho ante un sacerdote y cientos de testigos.

La oscuridad disimuló el rubor de Judith. Ella ignoraba la dirección que habían tomado los pensamientos de su esposo. Sólo recordaba que ella había ido a su cama la noche antes de que él partiera hacia la batalla.

—¿Tan ogro soy que no puedes decírmelo? —preguntó él en voz baja—. Dime sólo esto y no te preguntaré nada más.

Para ella se trataba de algo íntimo, pero en realidad era cierto: Gavin no pedía mucho. Había luna llena y la noche era luminosa. Mantuvo los ojos vueltos a otro lado.

—El día de nuestra boda te hice un juramento y... falté a él.

Gavin asintió. Era lo que había temido.

—Sé que falté a él cuando fui a tu cama aquella noche —prosiguió la muchacha—. Pero ese hombre no tenía derecho a decir que no dormíamos juntos. Ésas eran cuestiones nuestras, que nosotros mismos debíamos solucionar.

—No te comprendo, Judith.

Ella levantó la vista, sobresaltada.

—Hablo del juramento. ¿No me has preguntado por eso? —vio que él seguía sin comprender—. En el jardín, cuando te vi con...

Se interrumpió y apartó nuevamente la vista. El recuerdo de Alice en brazos de Gavin aún era demasiado vívido y más doloroso ahora que entonces.

Él la miraba con atención, tratando de recordar. Por fin se echó a reír por lo bajo. Judith giró hacia él con los ojos echando fuego.

—¿Te ríes de mí?

—Sí, así es. ¡Qué voto de ignorancia! Cuando lo hiciste eras virgen. Por lo tanto, no podías conocer los placeres que tendrías en mi cama, e ignorabas que no podrías prescindir de ellos.

Ella lo fulminó con la mirada y se levantó.

—Eres un hombre vanidoso e insufrible. Te hago una confidencia y te ríes de mí.

Echó los hombros atrás y, muy envuelta en el manto, se alejó de él con paso arrogante. Gavin, con una mueca libidinosa, dio un potente tirón al manto y se lo arrancó. Judith ahogó un grito, tratando de cubrirse.

—¿Volverás ahora al campamento? —la provocó él, enrollando el manto de terciopelo para ponérselo detrás de la cabeza.

Judith lo observó. Se había tendido en la hierba y ni siquiera la miraba. Conque creía haber ganado, ¿no?

Gavin permaneció quieto, esperando que ella volviera a suplicarle por sus ropas. Aunque oía mucho susurro de follaje entre los arbustos, sonrió con confianza. Ella era demasiado pudorosa para regresar al campamento sin ropas. Durante un momento reinó el silencio. Después se oyó un rítmico movimiento de hojas, como si...

Gavin se levantó inmediatamente y siguió la dirección del ruido.

—¡Oh, pequeña traviesa! —rió, plantándose delante de su esposa.

Ella se había compuesto una túnica muy discreta, hecha con ramas y hojas. Le sonrió con aire triunfal.

Gavin puso los brazos en jarras.

—¿Podré algún día ganarte una discusión?

—Probablemente no —respondió la muchacha, presuntuosa.

Gavin rió con aire demoníaco. Estiró la mano y desgarró aquella frágil prenda.

—¿Te parece? —preguntó, sujetándola por la cintura para levantarla. Las curvas desnudas de su cuerpo se veían plateadas por el claro de luna. La alzó a buena altura, riendo ante su exclamación de miedo—. ¿No te han enseñado que una buena esposa no discute con su marido? —bromeó.

La sentó en la rama de un árbol, con las rodillas a la altura de sus ojos.

—Así pareces más interesante que nunca —observó, mirándola a la cara con ojos sonrientes. Pero quedó petrificado al ver en ellos un verdadero terror.

—Judith —susurró—. Me había olvidado de tu miedo. Perdóname.

Tuvo que abrirle las manos para que soltara la rama; tenía los nudillos blancos. Aun cuando le hubo separado los dedos, fue preciso bajarla a tirones de la rama, despellejándole el trasero desnudo contra la corteza.

—Perdóname —susurró una vez más, dejando que se aferrara a él.

La llevó otra vez a la orilla del río y la envolvió con el manto, acunándola en su regazo. Su propia estupidez lo enfurecía. ¿Cómo había podido olvidar algo tan importante como su terrible fobia a las alturas? Le levantó el mentón para besarla con dulzura en la boca.

De pronto el beso se volvió apasionado.

—Abrázame —susurró ella, desesperada—. No me dejes.

A él le sorprendió la urgencia de su voz.

—No, tesoro, no te dejaré.

Si Judith había sido siempre apasionada, en aquellos momentos estaba en frenesí. Nunca la había visto tan agresiva.

—Judith —murmuró él—, mi dulce Judith.

Cayó el manto y sus pechos desnudos pujaron contra él, insolentes, exigiendo. A Gavin le daba vueltas la cabeza.

—¿Te dejarás estas prendas? —preguntó ella, en un susurro enronquecido, deslizando las manos bajo el tabardo suelto.

Gavin apenas pudo soportar apartarse de su cuerpo por los breves momentos que requirió para quitarse la ropa. Bastaba quitarse el chaleco y la camisa, pues no se había molestado en ponerse la ropa interior para salir de la tienda.

Judith lo empujó a tierra y se inclinó sobre él, que permanecía inmóvil, respirando apenas.

—Ahora eres tú el que parece asustado —rió.

—Lo estoy —los ojos de Gavin chisporroteaban—. ¿Vas a hacer conmigo tu voluntad?

Las manos de la muchacha se movían sobre su cuerpo, gozando de su piel suave y el espeso vello del pecho. Después fueron bajando y bajando. Él ahogó una exclamación. Sus ojos se habían vuelto negros.

—Haz lo que quieras —dijo ronco—, pero no retires esa mano.

Judith rió gravemente, invadida por una oleada de

poder. Ella podía dominarlo. Pero un momento después, al sentir bajo su mano aquella dureza, comprendió que él tenía igual medida de poder sobre ella: estaba insensata por el deseo. Trepó sobre él y le buscó la boca, hambrienta.

Gavin, inmóvil, le dejó moverse sobre él, pero pronto le fue imposible mantenerse quieto. La tomó por las caderas para guiarla, con más dureza, más de prisa. Su fiereza empezaba a igualar la de Judith.

Y entonces estallaron juntos.

—Despierta, locuela —rió Gavin, dándole una palmada en las nalgas—. El campamento se está levantando y vendrán a buscarnos.

—Que nos busquen —murmuró ella, envolviéndose en el manto.

Gavin se había puesto de pie y la tenía entre sus tobillos. Nunca había experimentado una noche como la que acababa de pasar. ¿Quién era aquella esposa suya? ¿Una adúltera? ¿Una mujer que cambiaba de amores según el viento? ¿O acaso era buena y amable, como pensaban sus hermanos? De un modo u otro, era un demonio cuando se trataba de hacer el amor.

—¿Quieres que llame a tu doncella para que te vista aquí? Joan tendrá algunos comentarios que hacer, sin duda.

Judith, soñolienta, pensó en las burlas de Joan y despertó de inmediato. Se incorporó para contemplar el río y aspiró profundamente el aire fresco de la mañana. Cuando se desperezó, bostezando, dejó caer el manto, que dejó al descubierto un pecho impúdico.

—¡Por Dios! —juró Gavin—. Si no te cubres no llegaremos jamás a Londres y a la Corte del rey.

Ella sonrió provocativa.

—Quizá sea mejor permanecer aquí. La Corte no ha de ser tan agradable, ciertamente.

—Sin duda —reconoció Gavin. Luego se agachó para envolverse en su manto y muy suavemente la levantó en brazos—. Regresemos. Miles y Raine partirán hoy y necesito hablar con ellos.

Volvieron a la tienda en silencio. Judith iba acurrucada contra el hombro de su marido, lamentando que las cosas no pudieran ser siempre así. Él podía ser bueno y tierno cuando lo deseaba. «Quiera Dios que esto dure entre nosotros», rogó, «que no volvamos a reñir.»

Una hora después caminaba entre Raine y Miles, de la mano de ambos. Formaban un grupo absurdo: dos hombres corpulentos vestidos con gruesas ropas de viaje y, entre ellos, una muchacha que apenas les llegaba al hombro.

—Os echaré de menos —dijo, estrechándoles las manos—. Me alegra tener a toda mi familia conmigo, aunque mi madre rara vez se separa de John Bassett.

Raine se echó a reír.

—Me parece advertir celos en esa observación.

—Sí —confirmó Miles—. ¿Acaso no te conformas con nosotros?

—Con Gavin, al menos, sí —la provocó Raine. Ella rió con las mejillas enrojecidas.

—¿Alguno de vosotros hace algo que los otros no sepan?

—Pocas veces —reconoció Raine, mirando a su hermano por encima de la cabeza rojo-dorada—. Aunque me gustaría saber dónde ha pasado la noche nuestro hermanito menor.

—Con Joan —respondió Judith sin pensarlo siquiera.

Los ojos de Raine bailaban de risa. Los de Miles permanecían inescrutables, como siempre.

334

—Me... me di cuenta porque Joan hizo muchos comentarios sobre él —tartamudeó la joven.

Los hoyuelos de Raine se hicieron más profundos.

—No dejes que Miles te asuste. Tiene mucha curiosidad por saber qué dijo esa muchacha.

Judith sonrió.

—Te lo diré la próxima vez que nos veamos. Tal vez así decidas visitarnos antes de lo que planeabas.

—¡Bien! —rió Raine—. Y ahora tenemos que irnos, de veras. En la Corte no seríamos bien recibidos a menos que pagáramos para entrar. Y yo no puedo permitirme esos gastos.

—No te dejes engañar —advirtió Miles a Judith—. Es rico.

—No me dejo engañar por ninguno de los dos. Gracias por haberme dedicado tanto tiempo y tanto interés. Y gracias por escuchar mis problemas.

—¿Quieres que lloremos todos en vez de aprovechar la ocasión de besar a una mujer deliciosa? —protestó el menor.

—Por una vez tienes razón, hermanito —concordó Raine, levantando a Judith en vilo para plantarle un caluroso beso en la mejilla.

Miles hizo otro tanto, riéndose de su hermano.

—No sabes tratar a las mujeres —regañó, plantando en la boca de la joven un beso muy poco fraternal.

—¿Qué significa eso, Miles? —acusó una mortífera voz.

Judith se separó de su cuñado. Gavin los observaba con ojos nublados.

Los dos menores intercambiaron una mirada. Era la primera vez que Gavin daba verdaderas muestras de celos.

—Déjala en tierra antes de que este hombre te atraviese con la espada —recomendó Raine.

Miles retuvo a Judith por un momento más, observándola.

—Quizá valiera la pena —se lamentó mientras la depositaba en el suelo.

—Pronto volveremos a vernos —dijo Raine a su hermano—. Tal vez podamos reunirnos todos para Navidad. Me gustaría conocer a esa dama escocesa con quien Stephen va a casarse.

Gavin apoyó una mano posesiva en el hombro de su esposa y la atrajo hacia sí.

—Hasta la Navidad —se despidió.

Sus hermanos montaron a caballo y se alejaron.

—No estás enfadado de verdad, supongo —interrogó Judith.

—No —susurró Gavin—, pero no me ha gustado ver que otro hombre te tocara, aunque fuera mi propio hermano.

Judith aspiró profundamente.

—Si vienen para Navidad, el bebé ya habrá nacido.

El bebé, pensó Gavin. No decía «mi bebé» ni «nuestro bebé», sino sólo «el bebé». A él no le gustaba pensar en la criatura.

—Ven. Tenemos que levantar el campamento. Ya hemos pasado demasiado tiempo aquí.

Judith lo siguió, parpadeando para contener las lágrimas. No mencionaban los días pasados en el castillo de Demari ni hablaban del niño. ¿Tenía ella que decirle que aquella criatura sólo podía ser de él? ¿Tenía que rogarle que la escuchara, que le creyera? Estaba en condiciones de contar los días y decirle cuánto tiempo de preñez llevaba, pero en cierta ocasión Gavin había sugerido que ella podía haberse acostado con Demari durante los festejos de la boda.

Volvió directamente a la tienda para dar indicaciones a sus doncellas, que tenían que hacer su equipaje.

Esa noche acamparon temprano. No llevaban prisa por llegar a Londres, y Gavin disfrutaba del viaje. Comenzaba a sentirse muy a gusto con su mujer. Con frecuencia conversaban como amigos. Gavin se sorprendió compartiendo con ella secretos de la infancia y revelándole el miedo que había sentido a la muerte de su padre, al verse con tantas tierras para administrar.

Por fin se sentó ante una mesa, con un registro contable abierto ante sí. Era preciso anotar y justificar cada penique. El trabajo lo aburría, pero su mayordomo había caído enfermo y él no confiaba en las cuentas de sus caballeros.

Tomó un trago de sidra y buscó con la vista a su mujer. Estaba sentada en un banquillo, junto a la entrada de la tienda, con un ovillo de lana azul en el regazo. Sus manos luchaban con un par de largas agujas para tejer, pero cada vez estaba enredando más la labor. Tenía la cara contraída por el esfuerzo y asomaba la diminuta punta de la lengua entre los labios. Él volvió la vista a los libros, comprendiendo que aquel esfuerzo por tejer estaba destinado a complacerlo. Gavin le había dicho con frecuencia que le desagradaban sus intervenciones en la administración del castillo.

Tuvo que sofocar una carcajada al oírle rezongar contra el ovillo, murmurando algo por lo bajo.

—Judith —dijo, ya sereno—, tal vez puedas ayudarme, si no te molesta abandonar por un momento tu labor—. Trató de mantener la seriedad, mientras ella arrojaba de buena gana las agujas contra la tela de la tienda.

Gavin señaló el registro.

—Hemos gastado demasiado en este viaje, pero no sé por qué.

Judith hizo girar el libro hacia ella. ¡Por fin algo que

le era comprensible! Deslizó un dedo por las columnas, moviendo los ojos de un lado al otro. De pronto se detuvo.

—¡Cinco marcos de pan! ¿Quién ha estado cobrando tanto?

—No lo sé —reconoció Gavin franco—. Me limito a comerlo. No lo amaso.

—¡Pues has estado comiendo oro! Me encargaré de eso ahora mismo. ¿Por qué no me lo has mostrado antes?

—Porque creía poder manejar mi propia vida, querida esposa. ¡Ay del hombre que así piense!

Ella lo miró fijamente.

—¡Ya ajustaré cuentas con ese panadero! —aseguró, encaminándose hacia la salida.

—¿No quieres llevarte el tejido, por si no encuentras suficiente en qué ocuparte?

Judith lo miró por encima del hombro y comprendió que era una broma. Le devolvió la sonrisa y recogió el ovillo para arrojárselo.

—Tal vez seas tú el que tenga que mantenerse ocupado.

Señaló intencionadamente los registros contables y abandonó la tienda.

Gavin permaneció sentado durante un momento, haciendo girar el ovillo entre las manos. La tienda estaba demasiado vacía en ausencia de Judith. Fue hacia la entrada y se reclinó contra el poste para observarla. Judith nunca gritaba a los sirvientes, pero de algún modo los hacía trabajar más que él. Se encargaba de la comida, el lavado de la ropa y la instalación del campamento, todo sin dificultad. Nunca parecía nerviosa; nadie imaginaba cómo podía manejar seis cosas al mismo tiempo.

Cuando terminó su conversación con el hombre del pan, éste, bajo y gordo, se retiró sacudiendo la cabeza.

Gavin sonrió, divertido; sabía bien cómo se sentía el panadero. ¿Cuántas veces había perdido una discusión con Judith pese a tener la razón? Ella sabía retorcer las palabras hasta hacer que uno olvidara sus propias ideas.

La siguió con la vista mientras ella caminaba por el campamento. La vio detenerse para probar el guisado y cambiar una palabra con el escudero de Gavin, que pulía la armadura de su amo. El muchacho le asintió con una sonrisa. Gavin adivinó que se le había indicado algún pequeño cambio en ese simple procedimiento. Y el cambio sería para mejor. Era preciso reconocer que él nunca había viajado ni vivido con tanta comodidad y con tan poco esfuerzo de su parte. Pensó en las veces que, al salir de su tienda por la mañana, había pisado un montón de estiércol. Ahora se habría dicho que Judith no permitía que los desechos llegaran al suelo. Jamás se había visto un campamento tan limpio.

Judith pareció sentir su mirada y se volvió, sonriente, apartando la vista de los pollos que inspeccionaba. Gavin sintió un nudo en el pecho. ¿Qué sentía por ella? ¿Importaba acaso que ella estuviera embarazada de otro? Él sólo sabía que la deseaba.

Cruzó el césped para tomarla del brazo.

—Entra conmigo.

—Pero debo...

—¿Quieres que lo hagamos afuera? —preguntó él, arqueando una ceja.

Judith sonrió, encantada.

—No, creo que no.

Hicieron el amor sin prisa, saboreándose mutuamente hasta que la pasión aumentó. Eso era lo que más gustaba a Gavin de ella: la variedad. Judith nunca parecía la misma. Si en una oportunidad se mostraba silenciosa y sensual, en la siguiente sería agresiva y exigente.

A veces reía y bromeaba; otras gustaba de experimentar, casi acrobática. De un modo u otro, a él le encantaba hacerle el amor. Hasta la idea de tocarla lo excitaba.

La estrechó con fuerza, sepultando la nariz en su cabellera. Ella se movió contra él como si quisiera acercarse más, lo cual no era posible. Gavin le dio un beso en el pelo, soñoliento, y se quedó dormido.

—Os estáis enamorando de él —dijo Joan al día siguiente, mientras la peinaba.

La luz que atravesaba las paredes de la tienda era suave y llena de motas. Judith vestía un traje de suave lana verde con cinturón de cuero trenzado. Hasta las simples ropas de viaje hacían relumbrar su piel. No necesitaba más joyas que sus ojos.

—Supongo que te refieres a mi esposo.

—Oh, no —replicó la doncella con desparpajo—. Me refiero al hombre de los pasteles.

—¿Y cómo... te has dado cuenta?

Joan no respondió.

—¿No es correcto que una mujer ame a su esposo?

—Sí, si su amor es correspondido. Pero tened cuidado; no vayáis a enamoraros tanto que os sintáis destrozada si él os falta.

—Apenas se aparta de mi vista —adujo ella en defensa de Gavin.

—Es verdad, pero ¿qué pasará en la Corte? Allá no estaréis sola con lord Gavin. Estarán allí las mujeres más bellas de Inglaterra. Cualquier hombre desviaría la mirada.

—¡Calla! —ordenó Judith—. Y ocúpate de mi pelo.

—Sí, mi señora —respondió Joan, burlona.

Durante toda la jornada Judith pensó en las palabras de su doncella. ¿Acaso empezaba a enamorarse de su esposo? Una vez lo había visto en brazos de otra. Lo que la había enfurecido entonces era la falta de respeto hacia ella que eso representaba. Ahora, la idea de verlo con otra le atravesaba el corazón con pequeños dardos de hielo.

—¿Te sientes bien, Judith? —preguntó Gavin desde el caballo vecino.

—Sí... No.

—¿Qué te pasa?

—Me preocupa la Corte del rey Enrique. ¿Hay allá muchas... mujeres bonitas?

Gavin miró a su hermano por encima de la cabeza de la muchacha.

—¿Qué dices tú, Stephen? ¿Son hermosas las mujeres de la Corte?

Stephen miró a su cuñada sin sonreír.

—Creo que te quedarás con la propia —dijo serenamente. Y desvió a su caballo para reunirse con sus hombres.

Judith se volvió hacia Gavin.

—No era mi intención ofenderlo.

—No lo has ofendido. Aunque Stephen no comenta su preocupación, siente miedo ante su inminente casamiento. Y no puedo criticarlo. La muchacha odia a los ingleses y hará de su vida un infierno.

Judith asintió y volvió la vista al camino.

Sólo cuando se detuvieron para cenar pudo ella escapar por algunos momentos. Halló una mata de frambuesas en las márgenes del campamento y se dedicó a llenar su falda con ellas.

—No deberías estar sola aquí.

Judith ahogó un grito.

—Me has asustado, Stephen.

—Si yo fuera un enemigo, a estas horas estarías muerta... o secuestrada para pedir rescate.

Judith lo miró.

—¿Siempre eres así de sombrío, Stephen, o es sólo porque te preocupa esa heredera escocesa?

Stephen dejó escapar el aliento.

—¿Tanto se me nota?

—No lo había notado yo, pero sí Gavin. Siéntate un rato conmigo. ¿Te parece que podemos ser totalmente egoístas y comernos todas las frambuesas? ¿Conoces ya a tu escocesa?

—No —dijo Stephen, metiéndose una fruta caliente de sol en la boca—. Y todavía no es mía. ¿Sabías que el padre la hizo jefa del clan MacArran antes de morir?

—¿Una mujer que hereda por cuenta propia? —los ojos de Judith tomaron una expresión lejana.

—Sí —dijo Stephen disgustado.

Judith se recobró.

—Entonces, ¿no sabes cómo es?

—Oh, sí, lo sé. Estoy seguro de que es pequeña, morena y arrugada como una piña.

—¿Es vieja?

—Tal vez sea una piña joven y gorda.

Judith soltó la risa ante aquel aire de fatalidad.

—Qué diferentes sois los cuatro hermanos. Gavin es de genio rápido: hielo ahora, fuego dentro de un segundo. Raine, todo risas y bromas. Miles...

Stephen le sonrió.

—No trates de explicarme cómo es Miles. Ese muchacho trata de poblar toda Inglaterra con sus hijos.

—¿Y qué me dices de ti? ¿Qué lugar te corresponde? Eres el segundo hijo, pero me resultas el menos fácil de conocer.

Stephen apartó la vista.

—Tampoco era fácil conocerme cuando era niño. Miles y Raine se tenían entre sí. Gavin se ocupaba de las fincas. Y yo...

—Estabas solo.

Stephen la miró atónito.

—¡Me has embrujado! En pocos momentos te he contado más de mí de lo que nunca he dicho a nadie.

Los ojos de Judith chisporroteaban.

—Si tu heredera escocesa no te trata bien, házmelo saber y le arrancaré los dos ojos.

—Esperemos que tenga los dos, para empezar.

Y ambos rompieron en carcajadas.

—Démonos prisa para terminar esta fruta o tendremos que compartirla. Si no me equivoco, allí viene el Hermano Mayor.

—¿Es que siempre voy a encontrarte en compañía masculina? —protestó Gavin, frunciendo el entrecejo.

—¿Es que nunca vas a saludarme con algo que no sea una crítica? —replicó la muchacha.

Stephen resopló de risa.

—Creo que volveré al campamento. —Se inclinó para besar a Judith en la frente.— Si necesitas ayuda, hermanita, yo también sé arrancar ojos.

Gavin sujetó a su hermano por el brazo.

—¿A ti también te ha conquistado?

Stephen miró a su cuñada, que tenía los labios rosados por las frambuesas.

—Pues sí. Si no la quieres...

Gavin lo miró con desagrado.

—Raine ya la pidió.

El otro se alejó riendo.

—¿Por qué te has alejado del campamento? —preguntó Gavin, sentándose junto a ella para tomar un puñado de frambuesas de su regazo.

—Mañana llegaremos a Londres, ¿no?

—Sí. Los reyes no te asustan, ¿verdad?

—No, ellos no.

343

—¿Qué cosa, entonces?

—Las... mujeres de la Corte.

—¿Estás celosa? —rió él.

—No lo sé.

—¿Dónde encontraría yo tiempo para otras mujeres cuando tú estás cerca? Me agotas hasta tal punto que apenas puedo mantenerme sobre el caballo.

Ella no festejó la broma.

—Sólo una mujer me da miedo. Ya nos ha separado antes. No dejes que...

La expresión de Gavin se endureció.

—No la menciones. Te he tratado bien y no me entrometo en lo que hiciste con Demari. Pero tú quieres hurgarme el alma.

—¿Y ella es tu alma? —preguntó Judith en voz baja.

Gavin la miró. Ojos cálidos, piel suave y fragante. Las pasadas noches de pasión le inundaban los recuerdos.

—No me lo preguntes —susurró—. Sólo estoy seguro de una cosa: de que mi alma no me pertenece.

Lo primero que llamó la atención de Judith, una vez en Londres, fue el hedor. Creía conocer todos los olores que pueden crear los humanos, puesto que había pasado veranos en castillos asolados por el calor y el exceso de población. Pero nada la había preparado para lo que era Londres. A cada lado de las calles adoquinadas había alcantarillas abiertas que desbordaban de desperdicios de todo tipo. Desde cabezas de pescado y hortalizas podridas hasta el contenido de las bacinillas, todo estaba en la calle. Ratas y cerdos corrían en libertad, comiendo la basura y esparciéndola por doquier.

Las casas, edificios de madera combinada con piedra, eran de dos o tres plantas; se apretaban tanto entre sí que apenas dejaban paso al aire y en absoluto al sol. El horror de Judith debió de notársele en la cara, pues tanto Gavin como Stephen se rieron de ella.

—Bienvenida a la ciudad de los reyes —dijo Stephen.

Una vez dentro de los muros de Winchester, el ruido y el hedor disminuyeron. Un hombre se hizo cargo de los caballos. En cuanto Gavin hubo ayudado a su esposa a desmontar, ella se volvió para dar órdenes sobre el equipaje, los muebles y las carretas.

—No —dijo Gavin—. Sin duda el rey ya está enterado de nuestra llegada. No le gustará que lo hagamos esperar mientras tú pones orden en su castillo.

—¿Tengo la ropa limpia? ¿No está demasiado arrugada?

Esa mañana Judith se había vestido con esmero; lucía unas enaguas de seda tostada y un vestido de terciopelo amarillo intenso. Las mangas largas y colgantes estaban bordeadas de finísima marta rusa. También el borde de la falda lucía un ancho borde de marta.

—Estás perfecta. Ahora vamos a que el rey te vea.

Judith trató de calmar su corazón palpitante. No sabía qué esperar del rey de Inglaterra, pero ciertamente no lo había imaginado en un salón tan común. Por todas partes había hombres y mujeres que jugaban al ajedrez o a otros juegos de salón. Tres mujeres, sentadas en banquillos a los pies de un hombre apuesto, le escuchaban tocar el salterio. No se veía a ningún hombre que pudiera ser el rey Enrique.

Judith quedó atónita cuando Gavin se detuvo ante un hombre poco atractivo, de edad madura; tenía ojillos azules y pelo blanco, ralo. Se le veía muy cansado.

La muchacha se recobró con rapidez y le hizo una reverencia. El rey Enrique le tomó la mano.

—Acercaos a la luz para que pueda veros. He oído

muchos comentarios sobre vuestra belleza. —La llevó hacia un lado, abrumándola con su estatura, pues medía un metro ochenta—. Sois tan hermosa como me habían dicho. Acércate, Bess —llamó el rey—. Voy a presentarte a lady Judith, la flamante esposa de Gavin.

Al volverse, Judith vio detrás de sí a una bonita mujer madura. Si se había sorprendido al descubrir que aquel hombre era el rey, esta vez no tuvo duda alguna de que ella era la reina. Se la veía majestuosa y segura de sí misma, al punto de poder mostrarse amable y generosa. Sus ojos expresaban la bienvenida.

—Majestad —saludó Judith con una reverencia.

Isabel le alargó la mano.

—Condesa —dijo—, me alegra mucho que hayáis venido a pasar un tiempo con nosotros. ¿He dicho algo inconveniente?

Judith sonrió ante aquella sensibilidad.

—Es la primera vez que se me llama «condesa». Ha pasado poco tiempo desde la muerte de mi padre.

—Sí, ha sido una tragedia, ¿verdad? ¿Y el culpable?

—Ha muerto —respondió Judith con firmeza. Recordaba demasiado bien la sensación de la espada al hundirse en la columna de Walter.

—Venid. Debéis de estar cansada después de tanto viaje.

—No, nada de eso.

Isabel le sonrió con afecto.

—En ese caso, tal vez queráis venir a mis habitaciones para tomar un poco de vino.

—Sí, Majestad. Me gustaría.

—¿Me disculpas, Enrique?

Judith cayó súbitamente en la cuenta de que había dado la espalda al rey. Se volvió con las mejillas enrojecidas.

—No os preocupéis por mí, criatura —manifestó Enrique, distraído—. Seguramente Bess quiere haceros trabajar en los planes para la boda de Arturo, nuestro hijo mayor.

Judith, sonriente, le hizo una reverencia. Luego siguió a la reina por las amplias escaleras que llevaban a las habitaciones femeninas del piso alto.

24

Alice estaba sentada en un banquillo, delante del espejo, en una gran habitación del último piso del palacio. A su alrededor había colores intensos en abundancia: satén purpúreo o verde, tafetanes escarlatas, brocados naranjas. Cada tela, cada prenda, había sido elegida como instrumento para llamar la atención sobre su persona. En la boda de Judith Revedoune había visto los vestidos de la novia; sabía que el gusto de la heredera se inclinaba hacia los colores sencillos y las telas de buena calidad. Alice, por el contrario, planeaba distraer la atención de Gavin con ropas llamativas.

Lucía unas enaguas de color rosado claro, con las mangas bordadas con trenzas negras que describían remolinos. Su vestido de terciopelo carmesí tenía profundas aberturas en el borde; en la falda habían sido aplicadas enormes flores silvestres de todos los colores conocidos. Su orgullo era la pequeña capa que le cubría los hombros, de brocado italiano con llamativos animales entretejidos en la trama; cada uno tenía el tamaño de una mano masculina; los había purpúreos, anaranjados y negros. Estaba segura de que nadie podría hacerle sombra durante ese día.

Y era muy importante llamar la atención porque iba a ver otra vez a Gavin. Sonrió a su imagen del espejo. Sin duda necesitaba del amor de Gavin tras el horrible período que había pasado con Edmund. Ahora que era viuda podía recordar a Edmund casi con cariño. Claro, que el pobre hombre había actuado así sólo por celos.

—¡Mira esa diadema! —ordenó súbitamente Alice a Ela, su doncella—. ¿Te parece que esta piedra azul hace juego con mis ojos? ¿No es demasiado clara? —se quitó el aro dorado de la cabeza con un ademán furioso—. ¡Maldito sea ese orfebre! Por lo torpe de su obra, se diría que trabaja con los pies.

Ela tomó el tocado de sus manos coléricas.

—El orfebre es el mismo que trabaja para el rey: el mejor de toda Inglaterra. Y la diadema es la más bella que ese hombre haya creado nunca —la tranquilizó—. La piedra es demasiado clara, por supuesto. No hay piedra que pueda igualar el color intenso de vuestros ojos, señora.

Alice se estudió en el espejo y comenzó a tranquilizarse.

—¿De veras piensas eso?

—De veras —respondió Ela con sinceridad—. No hay mujer que pueda igualar vuestra belleza.

—¿Ni siquiera esa zorra de la Revedoune? —acusó Alice, negándose a nombrar a Judith por su apellido de casada.

—Con toda seguridad. Señora... ¿no estaréis planeando algo... que se oponga a las enseñanzas de la Iglesia?

—Lo que yo haga con ella no puede estar contra las enseñanzas de la Iglesia. Gavin era mío antes de que ella lo tomara. ¡Y volverá a ser mío!

Ela sabía por experiencia que era imposible razonar con Alice una vez que se le metía una idea en la cabeza.

—¿Recordaréis que estáis de duelo por vuestro esposo, así como ella lo está por su padre?

Alice se echó a reír.

—Supongo que las dos sentimos lo mismo por nuestros muertos. Me han dicho que su padre era aún más despreciable que mi difunto y bienamado esposo.

—No habléis así de los muertos, señora.

—Y tú no me regañes si no quieres servir a otra.

Era una amenaza familiar, a la que Ela ya no prestaba atención. El peor castigo que Alice podía imaginar era el de privar a una persona de su compañía.

La joven se levantó para alisarse la falda. Los colores y las texturas centelleaban y competían entre sí.

—¿Crees que él reparará en mí? —preguntó, sofocada.

—¿Quién no?

—Sí —reconoció Alice—. ¿Quién no?

Judith permanecía en silencio junto a su esposo, abrumada de admiración por los muchos invitados del rey. Gavin parecía encontrarse a gusto con todos ellos, como hombre al que se respeta y cuya palabra es valiosa. Le daba gusto verlo en un ambiente que no fuera el estrictamente personal. Pese a todas sus riñas y disputas, él la cuidaba y la protegía. Sabía que no estaba habituada a las multitudes, de modo que la conservaba a su lado, sin obligarla a mezclarse con las mujeres, pues se habría visto entre desconocidas. Eso le valió muchas pullas, pero él las aceptaba de buen humor, sin bochorno, a diferencia de lo que muchos habrían experimentado en su situación.

Se estaban poniendo las largas mesas de caballete para servir la cena; los trovadores organizaban a sus músicos, los juglares, y los acróbatas ensayaban sus cabriolas.

—¿Te diviertes? —preguntó Gavin, sonriéndole.

—Sí. Pero hay mucho ruido y actividad.

—Será peor aún —aseguró él, riendo—. Cuando te canses, házmelo saber y nos retiraremos.

—¿No te molesta que me mantenga tan cerca de ti?

—Me molestaría que no lo hicieras. No te querría en libertad entre estas gentes. Hay demasiados jóvenes (y ancianos también) que te devoran con los ojos.

—¿De veras? —se extrañó Judith, inocente—. No lo había notado.

—No los provoques, Judith. En la Corte reina una moral muy laxa. No me gustaría que te vieras atrapada en alguna telaraña debido a tu ingenuidad. Manténte cerca de mí o de Stephen. No te alejes demasiado sola. A menos que...

Los ojos de Gavin se oscurecieron al recordar a Walter Demari.

—A menos que desees provocar a alguien —completó.

Ella iba a decirle lo que pensaba de sus insinuaciones, pero cierto conde (jamás recordaría tantos nombres) se acercó para hablar con Gavin.

—Iré con Stephen —dijo.

Y se alejó a lo largo de la enorme habitación, hacia el sitio donde estaba su cuñado apoyado contra la pared.

Él, como Gavin, vestía un rico atuendo de lana oscura. El chaleco, ajustado al talle, también era de lana finamente tejida. Judith no pudo evitar un escalofrío de orgullo por estar en compañía de hombres tan magníficos.

Reparó en una bonita joven pecosa, de nariz respingona, que miraba a Stephen con insistencia tras la espalda de su padre.

—Al parecer, le gustas —observó ella.

Stephen no levantó la vista.

—Sí —confirmó, abatido—. Pero tengo los días contados, ¿verdad? Dentro de pocas semanas llevaré a una enanilla parda colgada del brazo y tendré que soportar sus chillidos ante cualquier cosa que yo haga.

—¡Stephen! —rió ella—. Esa mujer no ha de ser tan mala como tú piensas. No es posible. Mira lo que pasó conmigo. Gavin no me conocía cuando nos casamos. ¿Creerás que también estaba convencido de que yo sería horrible?

Él la observaba.

—No sabes cuánto envidio a mi hermano. No sólo eres bella, sino también inteligente y bondadosa. Gavin es muy afortunado.

Judith sintió que enrojecía.

—Me halagas, pero me gusta oírte.

—No soy lisonjero —respondió él con sequedad.

De pronto, cambió la amable atmósfera que reinaba en el salón. Stephen y Judith echaron una mirada en derredor, sintiendo que parte de la tensión se originaba en ellos. Muchos estaban mirando a la joven; algunos, con aprensión; otros, con sonrisas burlonas o con extrañeza.

—¿Has visto el jardín, Judith? —sugirió Stephen—. La reina Isabel tiene lirios bellísimos y sus rosas son estupendas.

Ella lo miró con el entrecejo fruncido, comprendiendo que él trataba de sacarla del salón por algún motivo. Varias personas se hicieron a un lado, permitiéndole ver la causa de aquella tensión: Alice Chatworth entraba con aire majestuoso, la cabeza en alto y una cálida sonrisa en el rostro. Y esa sonrisa era para una sola persona: para Gavin.

Judith la observó con atención. En su opinión, la muchacha llevaba un atuendo demasiado llamativo y mal combinado. No encontró belleza alguna en aquella piel pálida ni en los ojos, obviamente oscurecidos por medios artificiales.

La multitud se fue acallando, en tanto el «secreto» de Alice y Gavin circulaba en susurros de una persona a otra. Judith desvió su atención de la mujer para observar a su esposo. La miraba con una intensidad casi tangible, como si estuviera hipnotizado por ella y no pudiera romper el contacto visual. Ella avanzó con lentitud en su dirección y le ofreció la mano. Gavin se la tomó para besarla prolongadamente.

La carcajada del rey se oyó por encima de los pequeños ruidos del salón.

—Al parecer, los dos os conocéis bien.

—En efecto —respondió Gavin con una lenta sonrisa.

—Desde luego —agregó Alice, mirándolo con una casta sonrisa de labios cerrados.

—Creo que sí me gustaría ver ese jardín —se apresuró a manifestar Judith, tomando el brazo que Stephen le ofrecía.

Cuando estuvieron solos en el encantador vergel, el joven comenzó:

—Oye, Judith...

—No me hables de ella. No puedes decir nada que me sirva de consuelo. Siempre he sabido de ella, desde el día de nuestra boda. —Contempló un rosal que llenaba el aire de fragancia—. Él nunca me ha mentido al respecto. No me ha ocultado que la ama ni ha tratado de fingir que me tiene cariño alguno.

—¡Basta, Judith! No puedes aceptar a esa mujer.

Ella se volvió hacia su cuñado.

—¿Y qué otra cosa quieres que haga? Dime, por favor. Él me cree perversa por cada cosa que hago. Si acudo a su lado cuando está prisionero, piensa que he ido en busca de mi amante. Si concibo un hijo de él, se convence de que pertenece a otro.

—¿El niño es de Gavin?

—Te ha dicho lo que él piensa, ¿verdad? Que es de Demari.

—¿Y por qué no le dices la verdad?

—¿Para que me llame mentirosa? No, gracias. Este niño es mío, sea quien sea el padre.

—Para Gavin, Judith, sería muy importante saber que el niño es de él.

—¿Quieres correr a decírselo? —inquirió ella, acalorada—. ¿Derribarás a su amante para acercarte a él? La noticia lo hará muy feliz, sin duda. Así tendrá las tierras de Revedoune, un heredero en camino y a su rubia Alice para el amor. Perdóname, pero soy tan egoísta que quiero reservarme algo, aunque sea pequeño, por un tiempo.

Stephen se sentó en un banco de piedra para observarla. No cometería el error de enfrentarse a su hermano mayor en esos momentos, estando él tan enojado. Una mujer como Judith no merecía tal descuido, ni que se la tratara así.

—Señora —llamó una mujer.

—Aquí estoy, Joan —le respondió Judith—. ¿Qué quieres?

—Las mesas están servidas. Tenéis que venir.

—No, no cenaré. Por favor, di que estoy indispuesta. Mi estado servirá de excusa.

—¿Dejaréis que esa ramera se quede con él? —chilló la doncella—. ¡Tenéis que asistir!

—Estoy de acuerdo, Judith.

Joan giró en redondo. Hasta entonces no había notado la presencia de Stephen, y se ruborizó favorecedoramente. No se acostumbraba a la gallardía de los caballeros que componían la nueva familia de su ama. Hasta su modo de moverse la estremecía de deseo.

—¿Piensas abordarlo aquí? —apuntó Judith—. A veces te olvidas de guardar tu lugar, Joan.

—Es el hombre el que me induce a ello —murmuró la doncella—. Lord Gavin ha preguntado por vos.

—Me alegro de que me recuerde —replicó ella, sarcástica.

—Sí, te recuerdo —dijo Gavin desde el portón. Y agregó, dirigiéndose a la doncella:— Vete; quiero hablar con mi esposa a solas.

Stephen se levantó.

—Yo también me voy.

Clavó en su hermano una mirada dura y se marchó.

—No me siento bien —adujo Judith—. Tengo que subir a mi cuarto.

Gavin la tomó del brazo y la acercó a sí. Ella lo miraba con frialdad. ¿Cuánto tiempo hacía que no lo miraba así?

—No vuelvas a odiarme, Judith.

Ella trató de desasirse.

—¿Me humillas y pretendes que no demuestre mi enfado? No sabía que me creyeras santa. Quizá solicite mi canonización.

Él rió ante su ingenio.

—No he hecho sino mirarla y besarle la mano. Hace tiempo que no la veo.

Judith se burló.

—¡Mirarla! —le espetó—. ¡Si casi han ardido los juncos del suelo!

Él la observó, extrañado.

—¿Estás celosa? —preguntó en voz baja.

—¿De esa rubia que se muere por mi marido? ¡No! Si quisiera sentir celos, buscaría a una candidata más digna.

Los ojos de Gavin despidieron chispas por un momento. Hasta entonces nunca había permitido que nadie hablara mal de Alice.

—Esa rabia te desmiente.

—¡Rabia! —Pero Judith se tranquilizó—. Sí, me enfurece que exhibas tu pasión a la vista de todos. Me has abochornado ante el rey. ¿No te diste cuenta de cómo te miraban todos, murmurando? —tenía deseos de herirlo—. En cuanto a los celos, para que ocurra eso tiene que haber amor.

—¿Y no me amas? —preguntó él con frialdad.

—Nunca he dicho eso, ¿verdad?

Judith no podía interpretar su expresión. No sabía si había herido a Gavin o no. En todo caso, sus crueles palabras no le proporcionaron placer.

—Ven, entonces —dijo él, tomándola del brazo—. El rey nos espera para cenar y no has de insultarlo con tu ausencia. Si deseas, en verdad, poner fin a los rumores, tienes que representar el papel de esposa amante.

Judith lo siguió con docilidad, extrañamente olvidada de su ira.

Como huéspedes recién llegados, a los que se debía honrar especialmente, Gavin y Judith se sentaron junto a los reyes: Judith, a la diestra del rey; Gavin, a la izquierda de la reina. Junto a él, Alice.

—Parecéis preocupada —dijo el rey Enrique a Judith. Ella sonrió.

—No, es que el viaje y el embarazo me cansan.

—¿Embarazada ya? Sin duda lord Gavin está muy complacido.

Ella sonrió, pero no pudo dar una respuesta.

—Gavin —murmuró Alice de modo que nadie más oyera sus palabras—, he pasado mucho tiempo sin verte.

Lo trataba con cautela, pues percibía que las cosas habían cambiado entre ellos. Por lo visto, él no había olvidado su amor, de lo contrario, no habría podido mirarla de aquel modo un rato antes. Sin embargo, apenas había acabado de besarle la mano cuando apartó la vista de ella para pasearla por el salón; sólo se fijó en la espalda de su esposa, que se retiraba. Momentos después la había abandonado para seguir a Judith.

—Mis condolencias por el súbito fallecimiento de tu esposo —dijo Gavin con frialdad.

—Pensarás que no tengo corazón, pero lamento muy poco su muerte —murmuró ella con tristeza—. No era... bondadoso conmigo.

Gavin la miró con aspereza.

—Pero ¿acaso no era el marido que habías elegido?

—¿Cómo puedes decir eso? Se me obligó a ese casamiento. Oh, Gavin, si al menos hubieras esperado... Ahora estaríamos juntos. Pero estoy segura de que el rey nos permitiría casarnos.

Le apoyó una mano en el brazo. Él contempló aquella mano fina y pálida. Después volvió a mirarla a los ojos.

—¿Olvidas que estoy casado? ¿Que tengo una esposa?

—El rey es hombre comprensivo. Nos escucharía. Tu matrimonio se puede anular.

Gavin volvió a su plato.

—No me hables de anulación. He oído esa palabra tantas veces que me ha hartado para el resto de mi vida. Ella está esperando un hijo. Ni siquiera el rey disolvería el matrimonio en estas condiciones.

Gavin dedicó su atención a la reina y comenzó a hacer preguntas sobre la inminente boda del príncipe Arturo con Catalina, la princesa española.

Alice guardaba silencio, pensando en las palabras del joven. Tenía que averiguar por qué estaba harto de la palabra «anulación» y por qué se había referido al hijo de su esposa casi como si él no lo hubiera engendrado.

Una hora después, ya retiradas las mesas para dejar sitio a la danza, Gavin preguntó a su esposa:

—¿Quieres bailar conmigo?

—¿Tengo que pedir permiso? —preguntó ella, echando un vistazo a Alice, que estaba rodeada de admiradores jóvenes.

Gavin le clavó los dedos en el brazo.

—Eres injusta conmigo. No fui yo quien distribuyó los asientos a la hora de cenar. Estoy haciendo cuanto está en mi mano para tranquilizarte, pero hay cosas que no puedo controlar.

«Tal vez me estoy portando de modo irracional», pensó ella.

—Sí, bailaré contigo.

—Tal vez prefieras pasear por el jardín —sonrió él—. La noche es cálida.

Ella vacilaba.

—Ven conmigo, Judith.

Apenas habían franqueado el portón cuando él la estrechó entre sus brazos para besarla con ansias. Judith se le aferró desesperadamente.

—Mi dulce Judith —susurró el joven—, no sé cómo seguir soportando tu enfado. Me duele profundamente que me mires con odio.

Ella se fundió contra Gavin. Nunca había estado tan cerca de oírle declararle su amor. ¿Podía confiar en él, creerle?

—Ven arriba conmigo. Vamos a la cama y no volvamos a reñir.

—¿Me estás diciendo palabras dulces con la esperanza de que yo no me muestre fría en el lecho? —preguntó ella, suspicaz.

—Te digo palabras dulces porque así las siento. No quiero que me las eches en cara.

—Te pido disculpas. Eso no ha sido correcto de mi parte.

Gavin volvió a besarla.

358

—Ya se me ocurrirá algún modo para que pidas disculpas por tu mal carácter.

Judith rió como una niñita. Él le sonrió con calor, acariciándole la sien.

—Ven conmigo... si no quieres que te posea en el jardín del rey.

Ella echó una mirada por aquel oscuro sitio, como si estudiara la posibilidad.

—No —rió su esposo—, no me tientes.

La tomó de la mano y la condujo hasta el último piso de la casa solariega. La enorme habitación había sido dividida en pequeñas alcobas mediante biombos plegables de roble.

—Mi señora —murmuró Joan, soñolienta, al oírlos.

—Esta noche no harán falta tus servicios —la despidió Gavin.

La muchacha puso los ojos en blanco y se escurrió por entre el laberinto de biombos.

—Le ha echado el ojo a tu hermano —observó Judith.

Gavin arqueó una ceja.

—¿Qué te importa lo que haga Stephen por la noche?

Judith le sonrió.

—Tú la malgastas en cháchara inútil. Te ayudaré con esos botones.

Gavin se había vuelto muy hábil en desvestir a su esposa. Cuando él empezó a desprenderse de sus propias prendas, Judith susurró:

—Deja que yo lo haga. Esta noche seré tu escudero. Desabrochó el cinturón que sujetaba el chaleco sobre su vientre plano y duro y se lo deslizó por la cabeza. Después fue la túnica de mangas largas, que dejó al descubierto el pecho y la parte alta de los muslos.

Junto a la cama ardía una vela gruesa. Ella hizo que Gavin se acercara a la luz y lo estudió con interés. Aunque lo había explorado muchas veces con las manos, era la primera vez que lo hacía con los ojos. Deslizó la punta de los dedos por los músculos de su brazo y por el vientre ondulante.

—¿Te gusto? —preguntó él con los ojos oscurecidos.

Ella le sonrió. A veces le parecía un niñito preocupado por complacer. Sin contestar, se tendió en la cama y le quitó las calzas de las musculosas piernas. Gavin permanecía muy quieto, como si temiera romper el hechizo. Judith deslizó las manos desde sus pies hasta sus caderas, haciéndolas vagar por su cuerpo entero.

—Me gustas —dijo por fin, besándolo—. Y yo, ¿te gusto?

En vez de responder, él la empujó hacia la cama y se tendió sobre ella. Su pasión era tal que no pudo esperarla mucho tiempo, pero Judith también lo necesitaba con la misma urgencia.

Más tarde la retuvo en sus brazos, escuchando su respiración serena. Se preguntaba en qué momento se había enamorado de ella. Tal vez aquel día en que, tras llegar a su casa, la había abandonado en el umbral. Sonrió al recordar su propia furia por verla desafiante. Besó la frente dormida. Judith seguiría desafiante cuando tuviera noventa años. La idea le resultó atractiva.

¿Y Alice? ¿Cuándo había dejado de amarla? ¿Acaso la había amado alguna vez? Quizás aquello había sido sólo la pasión de un joven por una mujer hermosa. Porque era hermosa, en verdad, y esa noche había sido una sorpresa para él volver a verla; su fulgor lo había ofuscado en cierto modo. Alice era una mujer suave y buena, tan dulce como ácida Judith. Pero en los últimos meses él había aprendido a gustar de la gota de vinagre en la comida.

Judith se movió en sus brazos y él la acercó un poco más. Aunque la acusaba de deshonestidad, de hecho no creía sus propias palabras. Si ella estaba embarazada de otro, había concebido tratando de proteger a su esposo. Equivocadamente, sin duda, pero en el fondo por bondad. Habría renunciado a su propia vida para salvar a su madre e incluso a un marido que no la trataba bien.

La estrechó con tanta fuerza que ella despertó, medio sofocada.

—¡Me estás estrangulando! —jadeó.

Él le besó la nariz.

—¿Nunca te he dicho que me gusta el vinagre?

Ella lo miró sin comprender.

—¿Qué clase de esposa eres? —acusó Gavin—. ¿No sabes ayudar a tu marido para que duerma? —Le frotó las caderas contra el cuerpo y ella dilató los ojos—. Dormir así me causaría mucho dolor. Y tú no quieres que sufra, ¿verdad?

—No —susurró ella con los ojos medio cerrados—. No tienes por qué soportar esos dolores.

Era Gavin quien estaba excitado; Judith aún yacía en un coma de luz roja y plateada. Él le deslizó las manos por el cuerpo, como si nunca la hubiera tocado, como si su carne le fuera completamente nueva. Después de familiarizar las palmas con aquella piel suave, comenzó a reexplorarla con los ojos.

Judith gritó de ansias desesperadas, pero él se limitó a reír y le apartó las manos de los hombros. Cuando la tuvo estremecida de deseo, la poseyó y ambos alcanzaron la culminación casi de inmediato. Se quedaron dormidos así, aún acoplados. Gavin, sobre ella.

A la mañana siguiente, cuando Judith se despertó, Gavin había desaparecido. La cama estaba desierta y vacía. Joan la ayudó a ponerse un traje de terciopelo castaño, de escote cuadrado y profundo. Tenía las mangas forradas con piel de zorro. Le rodeaban el pecho y la cintura cordones dorados, sujetos en el hombro por un broche de diamantes. Durante la cena se había hablado de salir a cazar con halcones y ella deseaba participar.

Gavin la esperaba al pie de la escalera, con ojos danzarines de placer.

—¡Qué dormilona eres! Tenía la esperanza de encontrarte todavía en la cama y hacerte compañía.

Ella sonrió, provocativa.

—¿Quieres que volvamos?

—No, ahora no. Tengo algunas noticias que darte. He hablado con el rey y él accede a permitir que John Bassett se case con tu madre.

El rey Enrique era galés, descendiente de plebeyos.

Ella lo miró fijamente.

—¿No te complace eso?

—¡Oh, Gavin! —Judith se arrojó de la escalera a sus brazos. Lo estrechó con tanta fuerza por el cuello que estuvo a punto de ahogarlo.— Gracias. Miles y miles de gracias.

Él la abrazó, riendo.

—De haber sabido que reaccionarias así, habría hablado con el rey anoche.

—Pues anoche no habrías podido asimilar más de lo que tenías —le espetó ella secamente.

Él rió y la estrujó hasta hacerle pedir la libertad a gritos, pues estaba a punto de sufrir una fractura de costillas.

—¿Crees que no? —la desafió él—. Provócame un poco más y te retendré en la cama hasta dejarte demasiado dolorida para caminar.

—¡Gavin! —protestó ella, ruborizada. Y miró a su alrededor por si alguien estuviera escuchando.

Él, riendo entre dientes, la besó con ligereza.

—¿Sabe mi madre lo de su casamiento?

—No. Pensé que te gustaría decírselo personalmente.

—Me avergüenza decir que ni siquiera sé dónde está.

—Hice que John se encargara del alojamiento de mis hombres. Supongo que tu madre estará a poca distancia.

—Cierto. Rara vez se aparta de su lado. Gracias, Gavin. Has sido muy bondadoso al otorgarme ese favor.

—Ojalá pudiera otorgarte todo lo que desearas —dijo él con suavidad.

Ella lo miró, extrañada.

—Ve —sonrió él—. Da a tu madre la noticia y luego reúnete conmigo en el patio, para la cacería —la depositó en el suelo y le echó una mirada de preocupación—. ¿Estarás en condiciones de montar a caballo?

Era la primera vez que mencionaba al niño sin enfado.

—Sí —respondió ella, sonriente—. Estoy muy bien. La reina Isabel dice que el ejercicio me beneficiará.

—Bien, pero no te excedas —le advirtió Gavin.

Ella se volvió, reconfortada por aquel interés. Se sentía como volando de felicidad.

Bajó las escaleras y salió del salón grande. El enorme patio, tras las murallas custodiadas, estaba lleno de gente. El ruido era casi ensordecedor, pues todos gritaban a los sirvientes y los sirvientes se gritaban entre sí. Todo parecía tan desorganizado que Judith se preguntó cómo sería posible llevar algo a cabo. Al final del patio se alzaba un edificio largo, frente al cual piafaban los caballos, sujetados por los mozos de cuadra. Obviamente, aquellos eran los establos.

—Vaya, la pequeña pelirroja —murmuró una voz ronroneante que detuvo a Judith de inmediato—. ¿Vas camino a alguna aventurilla con un amante, quizá?

La muchacha se detuvo para mirar fijamente a Alice Chatworth, su enemiga, cara a cara.

—Debes de recordarme, sin duda —continuó Alice dulcemente—. Nos conocimos en tu boda.

—Lamento no haber podido asistir a la tuya, aunque Gavin y yo compartimos tu mensaje de eterno amor —respondió Judith en el mismo tono.

Los ojos de la otra dispararon fuego azul; su cuerpo se puso rígido.

—Sí; es lamentable que todo haya acabado tan pronto.

—¿Acabado?

Alice sonrió.

—¿No te has enterado? Mi pobre esposo fue asesinado mientras dormía. Ahora soy viuda y estoy libre. Oh, sí, muy libre. Supuse que Gavin te lo habría contado. Se mostró muy interesado por mi nuevo... estado civil.

Judith giró sobre sus talones y se marchó a grandes pasos. No, no sabía hasta entonces que Alice hubiera enviudado. Ahora sólo ella se interponía entre aquella mujer y Gavin. Ya no estaba Edmund Chatworth para estorbar a la pareja.

25

Judith continuó caminando hacia los establos, aunque no tenía idea de hacia adónde iba. Su mente sólo estaba alerta al hecho de que Alice Chatworth era viuda.

—Judith.

Levantó la vista y logró sonreír a su madre.

—¿Vas a participar hoy en la cacería?

—Sí —respondió ella, perdido el júbilo.

—¿Qué te pasa?

La muchacha trató de sonreír.

—Que voy a perder a mi madre, nada más. ¿Sabes que Gavin ha dado autorización para que te cases con John Bassett?

Helen clavó la mirada en su hija, sin responder ni sonreír. Poco a poco fue perdiendo el color y cayó en los brazos de su hija.

—¡Socorro! —logró exclamar la muchacha.

Un joven alto, que estaba a poca distancia, corrió hacia ellas y levantó al instante a Helen.

—A los establos —indicó Judith—, donde no le dé el sol.

Una vez a la sombra, Helen empezó a recuperarse casi de inmediato.

—¿Estás bien, madre?

Helen echó una mirada significativa al joven, quien comprendió.

—Os dejaré solas —dijo. Y se alejó antes de que la muchacha pudiera darle las gracias.

—Yo... no sabía —empezó Helen—. Es decir, ignoraba que lord Gavin estuviera enterado de mi amor por John.

Judith contuvo una carcajada.

—Yo le pedí autorización hace algún tiempo, pero él quería consultar con el rey. La vuestra será una boda poco habitual.

—Y muy pronta —murmuró la madre.

—¿Muy pronta? ¡Madre!

Helen sonrió como el niño sorprendido en una travesura.

—Es cierto. Voy a tener un hijo de él.

Judith cayó en un montón de heno.

—¿Daremos a luz al mismo tiempo? —preguntó, asombrada.

—Casi.

Judith se echó a reír.

—Habrá que disponerlo todo cuanto antes, para que el bebé tenga derecho a un apellido.

—¡Judith! —al levantar la vista, la muchacha vio que Gavin se les acercaba—. Un hombre ha dicho que tu madre se encontraba mal.

Ella se levantó para tomarlo del brazo.

—Ven. Tenemos que hablar.

Momentos después Gavin meneaba la cabeza, incrédulo.

—¡Pensar que yo tenía a John Bassett por un hombre sensato!

—Está enamorado. Hombres y mujeres hacen cosas insensatas cuando están enamorados.

Gavin la miró a los ojos. El oro brillaba como nunca a la luz del sol.

—Demasiado bien lo sé.

—¿Por qué no me has dicho que ella era viuda? —preguntó ella en voz baja.

—¿Quién? —preguntó Gavin francamente desconcertado.

—¡Alice! ¿Quién, si no?

Él se encogió de hombros.

—No se me ocurrió decírtelo —y sonrió—. Cuando estás cerca de mí tengo otras ideas.

—¿Tratas de cambiar de tema?

Él la sujetó por los hombros, levantándola.

—¡Maldición, no soy yo quien vive obsesionado por esa mujer, sino tú! Si no puedo hacerte razonar, trataré de hacerte comprender a sacudidas. ¿Quieres que te sacuda en público?

Pero tuvo que negar con la cabeza, extrañado, porque ella sonreía con dulzura.

—Preferiría participar en la cacería. ¿Querrías ayudarme a montar a caballo?

Él la miró con fijeza por un instante. Después la depositó en el suelo, diciéndose que jamás comprendería a las mujeres.

La cacería entusiasmó a Judith, que llevaba a un pequeño halcón encaramado a la percha de su silla. El ave apresó tres cigüeñas y la dejó muy complacida por el resultado de la jornada.

Gavin no tuvo tanta suerte. Cuando apenas había montado, una doncella le susurró un mensaje al oído. Stephen deseaba verlo por un asunto privado, a tres millas de las murallas del castillo; pedía que nadie supiera de la entrevista, ni siquiera su esposa. A Gavin lo intrigó el mensaje, que no parecía de su hermano. Abandonó el grupo, en tanto Judith se mantenía muy concentrada en el vuelo de su halcón. Maldecía a su hermano por lo bajo por apartarlo de visión tan encantadora.

Gavin no se acercó directamente al sitio indicado, sino que ató a su caballo a cierta distancia y se aproximó con cautela, espada en mano.

—¡Gavin! —exclamó Alice con una mano contra el seno—. ¡Qué susto me has dado!

—¿Dónde está Stephen? —preguntó él, mirando a su alrededor con desconfianza.

—Por favor, Gavin, aparta esa espada. ¡Me asustas! —Alice sonreía, pero en sus ojos no se veía temor alguno.

—¿Has sido tú quien me ha citado aquí, no Stephen?

—Sí. No he encontrado otro modo de tenerte a solas.

Gavin envainó la espada. Aquel sitio era silencioso y discreto, similar al claro en donde acostumbraban citarse siendo solteros.

—Conque tú también recuerdas aquellos tiempos. Ven, siéntate a mi lado. Tenemos mucho de que hablar.

El joven, aun sin desearlo, empezó a compararla con Judith. Alice era bonita, sí, pero aquella boquita de labios apretados parecía poco generosa en su sonrisa. Sus ojos azules le recordaron más al hielo que a los zafiros. Y la combinación de rojo, anaranjado y verde de sus vestiduras resultaba más chillona que brillante, a diferencia de lo que él recordaba.

—¿Tanto han cambiado las cosas que tienes que sentarte tan lejos de mí?

—Sí, en efecto. —Gavin no vio la breve arruga que cruzaba la pálida frente de la muchacha.

—¿Todavía estás enfadado conmigo? Te he dicho una y otra vez que me casaron con Edmund contra mi voluntad. Pero ahora que soy viuda podremos...

—Alice —le interrumpió él—, por favor, no sigas hablando así. —Tenía que decírselo, pero temía hacerla sufrir. Ella era muy suave y delicada, incapaz de aceptar los dolores de la vida.— No voy a abandonar a Judith, ni por anulación, ni por divorcio o cualquier otro medio anti-natural.

—No... no comprendo. Ahora tenemos la oportunidad.

Él le cubrió una mano con la suya.

—No, no la tenemos.

—¡Gavin! ¿Qué estás diciendo?

—He llegado a amarla —fue la simple explicación.

Los ojos de Alice centellearon por un momento. Luego ella recobró el dominio de sí.

—¡Pero dijiste que no te enamorarías! *Me prometiste*, en el día de tu boda, que jamás llegarías a amarla.

Gavin estuvo a punto de sonreír ante el recuerdo. Ese día se habían hecho dos juramentos. El de Judith: no entregarle nada de buen grado. ¡Y qué encantadoramente lo había roto! También él había roto su juramento.

—¿Olvidas que amenazaste con quitarte la vida? Yo habría hecho y dicho cualquier cosa con tal de impedírtelo.

—¿Y ahora ya no te importa lo que haga de mi vida?

—¡No, no se trata de eso! Sabes que siempre tendrás un sitio en mi corazón. Fuiste mi primer amor y jamás te olvidaré.

Alice levantó la vista con los ojos dilatados.

—Por tu manera de hablar se diría que ya he muerto. ¿Acaso ella se ha apoderado de todo tu corazón, sin dejarme nada?

—Ya te he dicho que tienes una parte, Alice. No hagas esto. Debes aceptar lo que ha ocurrido.

Alice sonrió. Sus ojos empezaban a llenarse de lágrimas.

—¿Debo aceptarlo con la fortaleza de un hombre?

Pero soy mujer, Gavin, una mujer débil y frágil. Aunque tu corazón se haya enfriado para mí, el mío no hace sino arder más y más cuando te veo. ¿Sabes lo que ha sido estar casada con Edmund? Me trataba como a una sierva; me encerraba constantemente en mi cuarto.

—Alice...

—¿Y no adivinas por qué? Porque me había hecho vigilar el día de tu boda. Sí, cuando estuvimos solos en el jardín, él lo supo. También se enteró de que habíamos estado a solas en tu tienda. ¿Recuerdas el beso que me diste con tanto sentimiento, la mañana posterior a la boda?

Gavin asintió, aunque no deseaba oír aquella confesión.

—Durante nuestra vida de casados él nunca dejó de recordarme las horas que yo te había dedicado. Pero yo lo soportaba todo de buen grado, casi con alegría, sabiendo que me amabas. Cada noche solitaria que pasé en vela la pasé pensando en ti y en tu amor.

—Basta, Alice.

—Dime —insistió ella en voz baja—, ¿alguna vez has pensado en mí?

—Sí —respondió él con franqueza—, al principio sí. Pero Judith es una buena mujer, bondadosa y amante. Nunca pensé que me enamoraría de ella. Bien sabes que fue un matrimonio de conveniencia.

Alice suspiró.

—¿Qué voy a hacer ahora? Mi corazón es tuyo, como siempre, y siempre lo será.

—Esto no servirá de nada, Alice. Entre nosotros todo ha acabado. Ahora estoy casado y amo a mi esposa. Tu camino y el mío tienen que separarse.

—¡Qué frío te muestras! —Alice le tocó el brazo y deslizó la mano hasta su hombro.— En otros tiempos no eras tan frío.

Gavin recordaba claramente cómo habían hecho el amor. Él, cegado por su amor hacia ella, creía que cuanto su adorada hacía era lo adecuado. Ahora, tras varios meses de pasión con Judith, la idea de acostarse con ella casi le repugnaba. El hecho de que ella no soportara el contacto físico antes ni después de la cópula... No; con Alice se trataba de puro sexo, de simple impulso animal.

Ella vio su expresión, pero no supo interpretarla. Continuó acariciándolo hasta tocarle el cuello. Entonces Gavin se levantó de inmediato. Ella hizo lo mismo, pero tomó ese rechazo como señal de creciente deseo. Se irguió audaz contra él, rodeándole el cuello con los brazos.

—Veo que recuerdas —susurró, levantando la cara para el beso.

Él se desasió con suavidad.

—No, Alice.

La joven lo fulminó con la mirada, apretando los puños a los costados.

—¿Tanto te acobarda esa mujer que le tienes miedo?

—No —exclamó Gavin, sorprendido tanto por su razonamiento como por sus arranques. El enfado no parecía natural en alguien tan dulce.

Alice comprendió al segundo que había cometido un error al revelar sus verdaderas emociones. Parpadeó hasta que en sus ojos se formaron grandes lágrimas como piedras preciosas.

—Esto es el adiós —susurró—. ¿No me vas a dar siquiera un último beso? No puedes negármelo, después de tanto como nos hemos amado.

¡Era tan delicada y él la había amado tanto! Le enjugó una lágrima con la punta de un dedo y susurró:

—No, no me privaré de un último beso.

Y la tomó suavemente en sus brazos para besarla con dulzura.

Pero Alice no buscaba dulzuras. Gavin había olvidado su violencia. Le hundió la lengua en la boca, haciendo rechinar los dientes contra sus labios. Él no experimentó el ardor inmediato de antes, sino una leve sensación de disgusto. Quería apartarse de aquella mujer.

—Tengo que irme —dijo, disimulando su repulsión.

Pero Alice se dio cuenta de que algo iba muy mal. Esperaba dominarlo a través de aquel beso, pero no había sido así. Por el contrario, Gavin parecía más alejado que antes. Ella se mordió la lengua para acallar sus palabras duras y logró adoptar una expresión debidamente entristecida, mientras él caminaba por entre los árboles hacia su caballo.

—¡Maldita sea esa zorra! —dijo la mujer con los dientes apretados. ¡Aquella diablesa pelirroja le había robado a su hombre!

Al menos, eso creía ella. Alice comenzó a sonreír. Tal vez la Revedoune creía haber conquistado a Gavin hasta el punto de manejarlo con un solo dedo, pero se equivocaba. Alice no permitiría que se la privara de su pertenencia. No; lucharía por lo suyo. Y Gavin era suyo... o volvería a serlo.

Se había esforzado mucho para llegar adonde ahora estaba: en la corte del rey, cerca de Gavin; hasta había permitido que se fugara el asesino de su esposo. Observaría a aquella mujer hasta hallar su punto débil. Entonces recobraría lo que era suyo. Aunque decidiera después deshacerse de Gavin, esa decisión tenía que ser suya, no de él.

Gavin volvió de prisa a la cacería. Faltaba desde hacía largo rato; era de esperar que nadie lo hubiera echado de menos. Elevó una silenciosa plegaria de gratitud porque Judith no lo hubiera visto besando a Alice. Todas las explicaciones del mundo no habrían bastado para apaciguarla. Pero todo eso había terminado. Pese a las dificultades, había aclarado todo con Alice y ahora estaba libre de ella para siempre.

Gavin vio a su esposa más adelante, balanceando el cebo para atraer al halcón a su percha. De pronto la deseó de un modo casi ilimitado. Azuzó a su cabalgadura y la puso casi al galope para alcanzar a Judith. Entonces se inclinó hacia adelante y le tiró de las riendas.

—¡Gavin! —exclamó la muchacha, aferrándose del pomo de su silla, en tanto el halcón aleteaba asustado.

Quienes los rodeaban rieron ruidosamente.

—¿Cuánto hace que se casaron?

—No lo suficiente.

Gavin sofrenó a los dos caballos a cierta distancia, en un claro escondido.

—¿Has perdido la cabeza, Gavin? —acusó Judith.

Él desmontó y bajó a la muchacha de su cabalgadura. Sin decir una palabra, empezó a besarla con apetito.

—Estaba pensando en ti —susurró—. Y cuanto más pensaba, más necesidad de ti sentía.

—Ya me doy cuenta —la muchacha miró a su alrededor—. Bonito lugar, ¿verdad?

—No podría ser más bonito.

—Sí, podría —respondió ella, dejándose besar.

El dulce aire de verano aumentó la pasión, así como la traviesa idea de estar haciendo algo indebido en un sitio inapropiado. Judith rió como una niña ante un comentario de Gavin sobre los muchos hijos del rey Enrique. Ella interrumpió su risa con los labios.

Hicieron el amor como si no se hubieran visto en varios años. Después permanecieron abrazados, envueltos en la cálida luz del sol y en el delicado aroma de las flores silvestres.

26

Alice miró por encima de las cabezas de los muchos hombres que la rodeaban, buscando al joven rubio, esbelto y hermoso que se recostaba contra la pared; tenía una expresión pensativa que ella reconoció como la de un enamorado. Aunque Alice sonreía con dulzura a uno de sus compañeros, ni siquiera le estaba escuchando. Su mente estaba absorta en aquella tarde en que Gavin le había confesado amar a su esposa. Lo siguió con la vista: tenía a Judith de la mano y la guiaba por los intrincados pasos de una danza.

A Alice no le importaba tener a varios jóvenes a sus pies. El hecho de que Gavin la rechazara sólo hacía que lo deseara más aún. Si él hubiera jurado que aún la amaba, tal vez ella habría estudiado alguna de las múltiples propuestas matrimoniales que se le hacían. Pero Gavin la había rechazado y, por lo tanto, ella tenía que conseguirlo.

Sólo una cosa estorbaba sus planes, y Alice proyectaba quitarla de en medio.

El joven rubio miraba a Judith como fascinado, sin quitar los ojos de ella. Alice ya lo había notado durante la cena, pero aquella pelirroja era tan estúpida que ni siquiera detectaba la presencia del admirador; no apartaba los ojos de su marido.

—¿Me disculpan? —murmuró pudorosa.

Y despidió a los hombres que la rodeaban para caminar hacia el joven apoyado contra la pared.

—Es encantadora, ¿verdad? —comentó, aunque esas palabras le hacían rechinar los dientes.

—Sí —susurró él. La palabra surgía de su alma misma. Es triste ver que una mujer como ella sea tan infeliz.

El hombre se volvió a mirarla.

—Pues no parece infeliz.

—No, porque lo disimula muy bien. Pero su infelicidad existe.

—¿Sois vos lady Alice Chatworth?

—Sí, ¿y vos?

—Alan Fairfax, mi bella condesa —respondió el joven, inclinándose en un besamanos—, a vuestro servicio.

Alice rió alegremente.

—No soy yo quien necesita vuestros servicios, sino lady Judith.

Alan observó nuevamente a los bailarines.

—Es la mujer más bella que jamás haya visto —susurró.

Los ojos de Alice chispearon como vidrio azul.

—¿Le habéis confesado vuestro amor?

—¡No! —respondió él con el ceño fruncido—. Soy un caballero y he hecho juramento de honor. Ella está casada.

—Sí, lo está, aunque su matrimonio sea muy desdichado.

—Pero no parece desdichada —repitió el joven, observando al objeto de sus amores, que miraba a su esposo con mucha calidez.

—La conozco desde hace mucho tiempo. En verdad está angustiada. Apenas ayer lloraba, diciéndome que necesita desesperadamente a alguien a quien amar, a alguien que sea dulce y gentil con ella.

—¿Su esposo no lo es? —Alan estaba preocupado.

—Pocos lo saben —Alice bajó la voz—, pero él le pega con frecuencia.

Alan volvió a observar a Judith.

—No puedo creerlo.

La joven se encogió de hombros.

—No es mi intención echar el chisme a rodar. Ella es amiga mía y me gustaría ayudarla. No pasarán mucho tiempo en la corte. Tenía la esperanza de que mi querida Judith pudiera disfrutar de algún placer antes de marcharse.

Ciertamente lady Judith era encantadora, gracias a su radiante colorido. Su cabellera rojo-dorada asomaba bajo un velo de gasa transparente. El tejido plateado de su vestido encerraba curvas abundantes. Pero lo que más llamaba la atención de Alan era la vitalidad que de ella parecía emanar. Miraba a todos, nobles o siervos, con una calma demostrativa de que se interesaba por todos. Nunca reía infantilmente; no coqueteaba ni se fingía tímida doncella. Alan estaba realmente fascinado. Habría dado cualquier cosa por recibir siquiera una mirada de aquellos cálidos ojos de oro.

—¿Querríais verla a solas?

Los ojos del muchacho se llenaron de luces.

—Sí, me gustaría.

—Yo me encargaré de eso. Id al jardín y os la enviaré. Somos grandes amigas y ella sabe que puede tenerme confianza. —Alice se interrumpió y apoyó una mano en el brazo de Alan—. Sin duda estará preocupada por la posibilidad de que su esposo la descubra. Decidle que él estará conmigo; de ese modo sabrá que no hay peligro de ser descubierta.

Alan asintió. No le disgustaba la idea de pasar un rato con la dama y tenía que aprovechar aquella oportunidad, puesto que el marido rara vez la perdía de vista.

Judith estaba junto a Gavin, bebiendo sidra fría. El baile le había dado calor; resultaba agradable reclinarse contra la piedra fría para observar a los otros. Se acercó un hombre con un mensaje que transmitió en voz baja, al oído de Gavin. El joven frunció el ceño.

—¿Malas noticias? —preguntó ella.

—No lo sé. Alguien necesita verme.

—¿No sabes quién es?

—No. Estuve hablando con un comerciante de caballos sobre una yegua. Tal vez se trate de eso —él le acarició la mejilla—. Allí está Stephen. Quédate con él. No tardaré mucho.

—¡Siempre que pueda abrirme paso entre las mujeres que lo rodean! —exclamó ella, riendo.

—Haz lo que te digo.

—Sí, mi señor —se burló Judith.

Él meneó la cabeza, pero sonreía al alejarse.

La muchacha fue a reunirse con Stephen, que tocaba el laúd y cantaba para un grupo de bonitas jóvenes deslumbradas. El mozo había resuelto aprovechar a fondo sus últimos días de libertad.

—¿Lady Judith?

—Sí —se volvió para encontrarse frente a una doncella desconocida.

—Un hombre os espera en el jardín.

—¿Un hombre? ¿Mi esposo?

—No lo sé, señora.

Judith sonrió. Sin duda Gavin planeaba alguna travesura bajo el claro de luna.

—Gracias —dijo, abandonando el salón para salir al jardín. Estaba fresco y oscuro. Las sombras secretas revelaban la presencia de varias parejas entrelazadas.

—¿Lady Judith?

—Sí.

No podía verlo con claridad, pero se trataba de un joven alto y delgado, de ojos brillantes, nariz prominente y labios algo demasiado gruesos.

—Permitidme presentarme. Soy Alan Fairfax, de Lincolnshire.

Ella saludó con una sonrisa, mientras él le besaba la mano.

—¿Buscáis a alguien?

—Supuse que mi esposo estaría aquí.

—No lo he visto.

—¿Lo conocéis vos?

El muchacho sonrió, mostrando dientes blancos e iguales.

—Os he observado y sé perfectamente quién os ronda.

Ella lo miró maravillada.

—Muy bellas palabras, señor.

Alan le ofreció el brazo.

—¿Nos sentamos aquí un momento, mientras esperamos a vuestro esposo?

Ella vacilaba.

—Como veis, el banco está a plena vista. No os pido nada, salvo un poco de conversación para un caballero solitario.

Iluminaba ese banco una antorcha fijada a la pared del jardín. Judith pudo ver con más claridad a su acompañante. Tenía labios sensuales, nariz fina y aristocrática; sus ojos, en la oscuridad, eran casi negros. Le inspiró cautela. El último hombre con quien había conversado así era Walter Demari, que la había llevado al desastre.

—Se os nota intranquila, señora.

—No estoy habituada a las costumbres de la Corte. He pasado muy poco tiempo en compañía de hombres que no fueran familiares míos.

—¿Y os gustaría subsanar esa falta? —la alentó él.

—No lo había pensado. Cuento con mi esposo y mis cuñados. Con ellos basta.

—Pero en la Corte una dama puede gozar de mayor libertad. Es aceptable tener muchos amigos, hombres y mujeres. —Alan le tomó la mano—. Me gustaría mucho ser amigo vuestro, señora.

Ella se apartó bruscamente y frunció el entrecejo.

—Tengo que volver al salón, con mi esposo —dijo, levantándose.

Alan también se levantó.

—No tenéis por qué temer. Él está distraído en compañía de vuestra amiga, Alice Chatworth.

—¡No! ¡Me insultáis!

—Por favor, no era esa mi intención —protestó Alan, desconcertado—. ¿Qué he dicho?

¡Conque Gavin estaba con Alice! Tal vez lo había dispuesto todo para que otro hombre la mantuviera ocupada. Pero ella no tenía ningún deseo de permanecer con un desconocido.

—Tengo que irme —dijo apresuradamente, girando sobre sus talones.

Gavin le salió al encuentro antes de que llegara al salón.

—¿Dónde estabas? —acusó.

—Con mi amante —replicó ella, muy serena—. ¿Y tú?

Él le apretó los brazos con fuerza.

—¿Te burlas de mí?

—Tal vez.

—¡Judith!

Ella le clavó una mirada fulminante.

—¿Verdad que lady Alice estaba hoy sumamente encantadora? El paño dorado sienta bien a su pelo y a sus ojos, ¿no te parece?

Gavin aflojó un poco las manos con una leve sonrisa.

—No reparé en ella. ¿Estás celosa?

—¿Tengo motivos?

—No, Judith, no los tienes. Ya te he dicho que la he apartado de mi vida.

Ella le espetó, burlona:

—Ahora me dirás que tu amor me pertenece.

—¿Y si así fuera? —susurró Gavin, con tanta intensidad que Judith casi sintió miedo.

Le palpitaba el corazón. En voz baja, dijo:

—No estoy segura de creerte.

Tal vez temía que, ante esa declaración, ella misma respondiera con iguales palabras. ¿Y si él las recibía con sorna? ¿Y si ridiculizaba, en brazos de Alice, lo que para ella era cuestión de vida o muerte?

—Ven, entremos. Ya es tarde.

¿Qué había en la voz de Gavin que inspiraba a la muchacha deseos de reconfortarlo?

—¿Te marchas mañana? —preguntó Gavin, limpiándose el sudor de la frente.

Se había estado adiestrando desde el amanecer en la larga liza del rey. Había allí muchos caballeros y escuderos de toda Inglaterra.

—Sí —respondió Stephen con aire lúgubre—. Me siento como si fuera a mi muerte.

Gavin rió.

—No será tan malo. Mira cómo ha resultado mi casamiento.

—Sí, pero sólo hay una Judith.

Gavin, sonriente, rascó la pesada armadura que llevaba puesta.

—Sí, y es mía.

El hermano le devolvió la sonrisa.

—¿Eso significa que todo está bien entre vosotros?

—Todo se está arreglando. Ella siente celos de Alice y se pasa la vida acusándome de connivencia con ella, pero ya comprenderá.

—¿Y en cuanto a Alice?

—Ya no me interesa. Ayer se lo dije.

Stephen emitió un silbido grave.

—¿Has dicho a tu Alice, a quien tanto amabas, que prefieres a otra? En tu lugar temería por mi vida.

—Tal vez por cuenta de Judith, pero no por alguien tan dulce como Alice.

—¿Dulce, Alice Chatworth? Realmente estás ciego, hermano mío.

Como de costumbre, a Gavin lo enfureció que alguien hablara mal de Alice.

—No la conoces como yo. Le dolió mucho cuando se lo dije, pero lo aceptó con majestuosidad, como yo esperaba. Si Judith no me hubiera capturado hasta tal punto, aún pensaría en Alice como posible esposa.

A Stephen le pareció mejor no hacer comentarios.

—Tengo planeada una espléndida borrachera para esta noche. Me beberé cuanto haya en el castillo. Así me será menos duro conocer a mi famosa prometida. ¿Te gustaría acompañarme? Celebraremos mis últimos momentos de libertad.

Gavin sonrió ante la perspectiva.

—Sí. Aún no hemos celebrado nuestra toma del castillo de Demari. Tampoco te he dado las gracias, Stephen.

El hermano le dio una fuerte palmada en la espalda.

—Ya me devolverás el favor cuando lo necesite.

Gavin frunció el entrecejo.

—¿Podrías buscarme a un hombre que reemplace a John Bassett?

—Pregúntale a Judith —dijo Stephen con un chisporroteo en la mirada—. Tal vez ella sea capaz hasta de dirigir a tus hombres.

—No se te ocurra sugerirle la idea. Se queja de que aquí no tiene nada que hacer.

—Es culpa tuya, hermano. ¿No la mantienes ocupada?

—¡Ándate con cuidado! Tal vez empiece a desear que tu heredera escocesa sea tan fea como la crees.

Judith estaba sentada en el gran salón, entre un grupo de mujeres. Todas ellas, incluida la reina, tenían delante bellos bastidores de palo de rosa y bronce. Sus manos volaban diestramente sobre la tela, haciendo correr la seda de hermosos colores. Judith guardaba silencio ante su bordado; se limitaba a mirarlo sin saber qué hacer. Gavin podía seguir con su adiestramiento cuando estaba lejos de casa, pero le había prohibido limpiar el estanque del rey ni sus despensas.

—Creo que el bordado es la más femenina de las artes. ¿No estáis de acuerdo, Majestad? —dijo Alice en voz baja.

La reina ni siquiera levantó la vista.

—Tal vez dependa de cada mujer. He visto a algunas que saben usar el arco y no por eso pierden femineidad; otras, que parecen dulces y desempeñan las artes femeninas a la perfección, pueden ser crueles en su interior.

Judith levantó la vista, sorprendida, pues la joven sentada a su lado había emitido una risita.

—¿No estáis vos de acuerdo, lady Isabel? —preguntó la reina.

—Oh, sí, Majestad, ciertamente —las dos mujeres intercambiaron una mirada de entendimiento.

Alice, furiosa por haber sido puesta en su sitio, insistió:

—Pero, ¿creéis que una verdadera mujer desearía usar un arco? No comprendo para qué, si las mujeres estamos siempre bajo la protección de los hombres.

—¿Acaso una mujer no puede ayudar a su esposo? Cierta vez me interpuse ante una flecha que estaba destinada a John —observó lady Isabel.

Varias de las mujeres ahogaron exclamaciones de horror. Alice miró a la de los ojos verdes con disgusto.

—Pero una verdadera mujer no podría cometer un acto violento. ¿Verdad, lady Judith? Es decir, una mujer no puede matar a un hombre, ¿cierto?

Judith bajó la vista a su bastidor en blanco.

Alice se inclinó hacia adelante.

—Vos no podríais matar a un hombre, ¿verdad, lady Judith?

—¡Lady Alice! —regañó la reina ásperamente—. ¡Os entrometéis en asuntos que no son de vuestra incumbencia!

—Oh... —Alice fingió sorpresa—. No sabía que la destreza de lady Judith con la espada fuera un secreto. No volveré a mencionarlo.

—No, en efecto —le espetó lady Isabel—, puesto que ya lo habéis dicho todo.

—¡Mi señora! —llamó Joan en voz alta—. Lord Gavin os requiere inmediatamente.

—¿Algún problema? —preguntó la joven, levantándose apresuradamente.

—No lo sé —fue la extraña respuesta—. Como vos sabéis, no soporta teneros fuera de su vista mucho tiempo.

Judith le clavó una mirada atónita.

—Apresuraos, que él no esperará.

Judith se contuvo para no reprenderla ante la reina. Se disculpó ante las mujeres, feliz de ver que los ojos de Alice ardían de furia.

—No sabes mantener tu lugar —observó a su doncella cuando estuvieron lejos.

—Sólo he querido ayudaros. Esa gata iba a haceros pedazos. Vos no podéis enfrentaros a ella.

—No me asusta.

—Pues debería asustaros. Es una mujer malvada.

—Sí, lo sé —concordó Judith—. Y te agradezco que me hayas sacado de allí. Casi prefiero la compañía de Alice al bordado, pero las dos cosas a la vez son insoportables —suspiró—. Supongo que Gavin no ha mandado por mí, ¿verdad?

—¿Qué motivos tendría para mandar por vos? ¿No creéis que se complacerá al veros?

Judith frunció el entrecejo.

—Os portáis como una tonta —agregó la muchacha, arriesgándose a recibir duras reprimendas de su ama—. Ese hombre os desea y vos no os dais cuenta.

Ya a la intensa luz del sol, Judith se olvidó completamente de Alice. Gavin se estaba lavando, inclinado sobre una gran tina de agua con el torso desnudo. Judith se deslizó en silencio tras él y le mordisqueó el cuello. Un momento después se encontró jadeante, pues su esposo había girado en redondo, arrojándola en la tina. Ambos quedaron igualmente sorprendidos.

—Judith, ¿te has hecho daño? —preguntó él, alargando la mano para ayudarla.

Ella se la apartó bruscamente y se limpió el agua de los ojos. Su vestido estaba echado a perder; el terciopelo carmesí había quedado adherido al cuerpo.

—No, pedazo de bruto. ¿Me tomas por un caballo

de combate, que me tratas como a un animal? ¿O tal vez crees que soy tu escudero?

Apoyó la mano en el borde de la tina para salir de ella, pero se le resbaló un pie y volvió a caer. Al levantar la vista hacia Gavin ahogó una protesta: tenía los brazos cruzados y una sonrisa que le cruzaba la cara.

—¡Te estás riendo de mí! —siseó ella, enfurecida—. ¿Cómo te atreves?

Él la tomó por los hombros y sacó del agua su cuerpo chorreante.

—¿Puedo pedir disculpas? Desde el episodio de Demari no estoy muy sereno. Tardé demasiado en reconocer tu mordisco como muestra de cariño. No deberías acercarte a mí tan subrepticiamente.

—No volverá a ocurrir, desde luego —replicó ella, mohína.

—No conozco a otra mujer, querida esposa mía, que parezca tan tentadora colgada sobre una tina. Hasta me gustaría dejarte caer en ella otra vez.

—¡No te atrevas!

Muy sonriente, Gavin la bajó poco a poco hasta que la punta de sus pies rozó el agua.

—¡Gavin! —gritó ella, medio suplicante.

Él la estrechó contra sí, pero el contacto con su cuerpo frío lo hizo aspirar bruscamente.

—Te lo mereces —rió ella—. Espero que te congeles.

—¿Contigo cerca? Lo dudo. —La alzó en brazos y añadió—: Iremos a nuestro cuarto para que te quites esa ropa mojada.

—Gavin, no pensarás...

—Pensar, cuando te tengo en los brazos, es una pérdida de tiempo. Si no quieres llamar la atención, guarda silencio y déjame hacer.

—¿Y de lo contrario?

Él le frotó la cara mojada con la mejilla.

—Verás que esos lindos mofletes tuyos se ponen muy rojos.

—¿Conque estoy cautiva?

—Sí —respondió él con firmeza.

Y la llevó escaleras arriba.

La reina Isabel caminaba junto a su esposo. Se detuvieron al ver que Gavin acababa de arrojar a Judith al agua. La reina hizo ademán de acudir en defensa de la muchacha, pero Enrique se lo impidió.

—Mira esos juegos de amor. Me agrada ver a una pareja tan enamorada. No ocurre con frecuencia que un matrimonio por intereses se resuelva en tanta felicidad.

Isabel suspiró.

—Me alegra ver que se aman. No estaba segura de que hubiera amor ahí. Lady Alice parece pensar que lady Judith no es buena pareja para lord Gavin.

—¿Lady Alice? —inquirió el rey—. ¿Esa mujer rubia?

—Sí, la viuda de Edmund Chatworth.

Enrique asintió.

—Me gustaría verla casada cuanto antes. La he estado observando: juega con los hombres como el gato con un ratón. Da la impresión de interesarse por uno y, al momento siguiente, por otro distinto. Ellos se enamoran de su belleza y soportan cualquier cosa. No me gustaría que acabaran liándose a golpes. Pero ¿en qué se relaciona esa mujer con lord Gavin y su encantadora esposa?

—No estoy segura —respondió Isabel—. Se rumorea que, en otros tiempos, Gavin estuvo muy enamorado de lady Alice.

Enrique señaló al joven con la cabeza. En ese momento Gavin se llevaba a su esposa en brazos.

—Pues ya no es así, como cualquiera puede notar.

—Tal vez no cualquiera. Lady Alice provoca constantemente a su rival.

—Debemos poner fin a esta situación.

—No —Isabel puso una mano en el brazo de su marido—. No podemos dar órdenes. Creo que sólo conseguiríamos enfurecer aún más a Alice, y ella es el tipo de mujer que busca el modo de expresarse a voluntad, cualesquiera sean las órdenes recibidas. En mi opinión, lo mejor es tu idea de casarla. ¿Podrás hallarle esposo?

Enrique siguió con la vista a Gavin, que llevaba a su esposa hacia la casa solariega, bromeando y haciéndole cosquillas; las risas de Judith resonaban por todo el patio.

—Sí, le buscaré esposo cuanto antes. No quiero que nada se interponga entre esos dos.

—Eres bueno —dijo Isabel, sonriéndole.

Él rió entre dientes.

—Sólo para unos pocos, querida mía. Pregunta a los franceses quién es buen rey y quién no.

Ella descartó el tema con un gesto de la mano.

—Eres demasiado blando, demasiado bueno para con ellos.

Enrique se inclinó para besarla en la frente.

—Si yo fuera el rey francés, dirías lo mismo del inglés.

Ella le sonrió con amor. El monarca, riendo, le estrechó el brazo.

Había otra persona muy interesada en el juego de los Montgomery. Alan Fairfax había hecho ademán de adelantarse, con la mano en la empuñadura de la espada, al ver que Gavin arrojaba a Judith en la tina. Después miró a su alrededor con aire culpable. Cualquier hombre podía tratar a su mujer como deseara sin que él tuviera derecho a intervenir.

De inmediato presenció la preocupación de Gavin por la muchacha. Le vio sacarla del agua, abrazarla y darle un beso. ¡Ésa no era la conducta de un hombre que castigara a su esposa! Arrugó el ceño al comprender que había hecho el tonto. Al entrar en la casa solariega, encontró a Alice Chatworth cruzando el salón grande.

—Querría cambiar con vos unas palabras, señora —dijo, sujetándola por el brazo.

Ella ahogó una exclamación ante el dolor, pero sonrió.

—Por supuesto, sir Alan. Podéis disponer de mi tiempo a voluntad.

Él la llevó a un costado, hacia la sombra.

—Vos me habéis utilizado y eso no me gusta.

—¿Que os he utilizado? Por favor, decidme de qué manera, señor.

—No finjáis ante mí timidez virginal. Sé de los hombres que frecuentan vuestro lecho. No os falta inteligencia, sin duda, y me habéis manipulado para vuestros propios fines.

—¡Si no me soltáis, voy a gritar!

Él le clavó los dedos con más fuerza.

—¿Acaso no os gusto, mi señora? Dicen mis amigos que no hacéis ascos al dolor.

Alice lo fulminó con la mirada.

—¿Qué estáis tratando de insinuar?

—Que no me gusta ser utilizado. Vuestras mentiras, señora, han podido causar grandes problemas a lady Judith... y yo habría sido la causa.

—¿No dijisteis que deseabais pasar un momento a solas con ella? No hice más que proporcionaros la oportunidad.

—¡Mediante trampas! Ella es una mujer honrada y feliz en su matrimonio. Yo no soy un villano capaz de recurrir a la violación.

—Pero la deseáis, ¿no? —Alice sonreía.

Él la soltó apresuradamente.

—¿Cómo no desearla? Es bella.

—No —siseó Alice—. No es tan bella como...

Y se interrumpió.

Alan sonrió.

—¿Como vos, lady Alice? No, eso es un error. Llevo varios días observando a lady Judith y he llegado a conocerla. No sólo es bella en su exterior, sino también interiormente. Cuando sea anciana y haya perdido su encanto, seguirá gozando de amor. Vos, en cambio, sois bella sólo por fuera. Si se os quitara esa hermosura, quedaría una mujer quejosa, de mente perversa e inclinación cruel.

—¡Os odio por esto! —aseguró Alice con voz mortífera.

—Algún día, cada segundo que hayáis pasado odiando se os notará en la cara —apuntó Alan con calma—. No importa qué sintáis por mí, pero no creáis que podréis volver a utilizarme.

Le volvió la espalda y la dejó sola.

Alice siguió con la vista la silueta que se alejaba. Pero su deseo de venganza era contra Judith antes que contra Alan.

Aquella mujer era la causa de todos sus problemas. Nada había sido como antes desde el casamiento de Gavin con aquella zorra. Y ahora ella se veía insultada por un apuesto mozo por las crueldades de esa Revedoune. Alice redobló su decisión de poner fin a un matrimonio que le parecía erróneo.

—Mi dulce Judith, quédate en la cama —murmuró Gavin contra su mejilla soñolienta—. Necesitas descanso. Además, el agua puede haberte provocado un resfriado.

Judith no respondió. Estaba saciada por el acto de amor. Se sentía adormecida y lánguida.

Él volvió a restregarle la nariz contra el cuello y se vistió de prisa, sin dejar de observarla. Cuando estuvo vestido, se despidió con una sonrisa, la besó en la mejilla y abandonó la habitación.

Stephen se cruzó con él al pie de la escalera.

—¡No puedo dar un paso sin oír nuevos rumores sobre ti!

—¿Qué pasa ahora? —preguntó Gavin, suspicaz.

—Se dice que castigas a tu esposa, la arrojas en las tinas de agua y luego la exhibes ante todo el mundo.

Gavin sonrió.

—Todo eso es cierto.

Stephen le devolvió la sonrisa.

—Ahora nos entendemos. Supuse que no sabías tratar a las mujeres. ¿Ella duerme?

—Sí. No bajará hasta mañana —Gavin arqueó una ceja—. Suponía que tendrías ya un tonel de vino preparado.

—En efecto —repuso su hermano, muy sonriente—. No quería que te sintieras disminuido al verme beber el doble que tú.

—¿El doble tú, mi hermano menor? —resopló Gavin—. ¿No sabes que me emborraché por primera vez antes de que tú nacieras?

—¡No te creo!

—Es cierto. Te contaré la historia, aunque es muy larga.

Stephen le dio una palmada en la espalda.

—Disponemos de toda la noche. Será por la mañana cuando nos arrepintamos de lo hecho.

Gavin rió entre dientes.

—Tú te arrepentirás con tu fea novia escocesa, pero

yo depositaré mi fatigada cabeza en el regazo de mi bella esposa, para permitirle gentilmente que me mime.

Stephen emitió un gruñido de dolor.

—¡Qué cruel eres!

Para ambos hermanos, aquella noche fue un momento especial de reencuentro. Celebraron la victoria sobre Demari y la buena suerte de Gavin en el matrimonio; se lamentaron juntos por la próxima boda de Stephen.

—Si me desobedece, la devolveré a su familia —aseguró el novio.

El vino era tan malo que tenían que filtrarlo por entre los dientes, pero ninguno de los dos cayó en la cuenta.

—¡Dos esposas desobedientes! —exclamó Gavin con voz gangosa, levantando su jarrito—. Si Judith me obedeciera, yo pensaría que algún demonio se habría apoderado de su mente.

—¿Dejando sólo su cuerpo? —sugirió Stephen, lujurioso.

—Te retaré a duelo por esa sugerencia —protestó Gavin, buscando torpemente la espada.

—Ella no me aceptaría —se lamentó Stephen, volviendo a llenar su jarro.

—¿Tu crees? Pues parecía muy contenta con Demari —Gavin había pasado de la felicidad a la tristeza en cuestión de segundos, como sólo ocurre con los borrachos.

—¡Pero si odiaba a ese hombre!

—¡Y está embarazada de él! —exclamó el mayor, como un niñito a punto de llorar.

—¡No tienes sesos, hermano! El niño es tuyo, no de Demari.

—No te creo.

—Es cierto. Me lo dijo ella.

391

Gavin, sentado a la sólida mesa, guardó silencio durante un instante. Luego quiso levantarse, pero la cabeza le daba vueltas.

—¿Estás seguro? ¿Por qué no me lo dijo?

—Dijo que prefería reservar alguna cosa para sí misma.

Gavin se dejó caer en la silla.

—¿Y mi hijo es «alguna cosa», nada más?

—No. No comprendes a las mujeres.

—¿Tú sí? —se indignó el mayor.

Stephen volvió a llenarle el jarro.

—No más que tú, sin duda. Tal vez menos, si fuera posible. Raine podría explicarte mejor que yo lo que Judith quiso expresar. Dijo que tú ya tenías a Alice y las tierras de Revedoune; por eso no quería darte más.

Gavin se levantó con la cara ennegrecida. De pronto recobró la serenidad y volvió a sentarse, con una leve sonrisa.

—Conque es una bruja, ¿eh? Mueve sus caderas delante de mí hasta volverme loco de deseo. Me maldice cuando cambio una palabra con otra mujer.

—Otra mujer a la que tú mismo admitiste amar.

Gavin hizo un gesto, como restando importancia a aquello.

—Pero ella tiene la llave que abre todos los secretos y puede liberarnos de la tensión que nos acosa.

—No veo renuencia de tu parte —observó Stephen.

Gavin rió entre dientes.

—No, de mi parte ninguna, pero he sentido cierta renuencia a... a imponerme a ella. Supuse que Demari significaba algo para ella.

—Sólo un medio para salvar tu desagradecido pellejo.

Gavin sonrió.

—Pásame el vino. Esta noche tenemos mucho por qué brindar, aparte de tu princesa escocesa.

Stephen se apoderó de la jarra antes de que Gavin pudiera tocarla.

—Eres cruel, hermano.

—Lo aprendí de mi esposa.

Gavin sonrió y volvió a llenar su jarrito.

27

—¡No puedo permitir esto! —dijo Ela con la columna vertebral muy rígida, de pie junto a Alice en una pequeña alcoba del castillo.

—¿Desde cuándo autorizas o desautorizas lo que yo deseo? —le espetó la muchacha—. Mi vida es cosa mía. A ti sólo te corresponde ayudar a vestirme.

—No es correcto que os arrojéis a los brazos de ese hombre. No pasa un día sin que alguien os pida en matrimonio. ¿No podéis conformaros con cualquiera de vuestros pretendientes?

Alice se volvió hacia la doncella.

—¿Para que ella se quede con Gavin? Antes moriría.

—¿En verdad lo queréis para vos? —insistió Ela.

—¿Qué importa eso? —Alice se acomodó el velo y la diadema—. Es mío y seguirá siendo mío.

Cuando salió del cuarto, la escalera estaba a oscuras. Alice no había tardado en descubrir que en la Corte del rey Enrique era fácil averiguar lo que deseara saber. Había muchos dispuestos a hacer cuanto ella mandara, sólo por dinero. Sus espías le habían indicado que Gavin estaba abajo, en compañía de su hermano, lejos de su esposa. Ella no ignoraba hasta qué punto podía obnubilarse un hombre con la bebida y planeaba aprovechar la oportunidad para sus propios fines. Con la mente aturdida por el alcohol, él no podría resistirse.

Al llegar al salón grande, soltó una maldición: ni Gavin ni su hermano estaban a la vista.

—¿Dónde está lord Gavin? —preguntó ásperamente a una criada que bostezaba.

El suelo estaba sembrado de sirvientes que dormían en jergones de paja.

—Salió. Es todo cuanto sé.

Alice la sujetó por un brazo.

—¿Adónde fue?

—No tengo ni idea.

Alice sacó una moneda de oro del bolsillo y observó el resplandor en los ojos de la muchacha.

—¿De qué serías capaz por una como esta?

La muchacha despertó por completo.

—De cualquier cosa.

—Bien —Alice sonrió—. Escúchame con atención.

Judith despertó de un sueño profundo al oír un leve rasguño en su puerta. Estiró el brazo antes de abrir los ojos, sólo para encontrarse con que el lado de Gavin estaba desierto. Se levantó, con las cejas fruncidas, y entonces recordó que él había comentado algo de una despedida a Stephen.

Los rasguños continuaban. Joan, que solía dormir cerca de su ama cuando Gavin se ausentaba, no estaba allí. Contra su voluntad, Judith arrojó los cobertores a un lado y deslizó los brazos en las mangas de su bata, de terciopelo verde esmeralda.

—¿Qué pasa? —preguntó al abrir, viendo ante sí a una criada.

—No lo sé, señora —dijo la muchacha con una mueca burlona—. Se me ha dicho que se os necesitaba y que teníais que acudir inmediatamente.

—¿Quién lo ha dicho? ¿Mi esposo?

La criada se encogió de hombros por toda respuesta.

Judith frunció el ceño. En la Corte pululaban los mensajes anónimos; todos ellos parecían llevar a lugares donde ella no tenía interés en estar. Pero quizá su madre la necesitaba. Era probable que Gavin, demasiado borracho para subir la escalera, requiriera su ayuda. Sonrió al pensar en la azotaina verbal que le propinaría.

Siguió a la muchacha por las oscuras escaleras de piedra hasta la planta inferior. Parecía más oscura que de costumbre, pues algunas de las antorchas adosadas a la pared no estaban encendidas. Abiertos en aquellos muros, que medían más de tres metros y medio de espesor, había feos cuartitos que los huéspedes más nobles no frecuentaban. La criada se detuvo ante uno de aquellos cuartos, próximos a la empinada escalera circular.

La muchacha dirigió a Judith una mirada incomprensible y desapareció en la oscuridad. Judith, ofendida por ese aire subrepticio, iba a protestar cuando una voz de mujer le llamó la atención.

—Gavin —susurró la mujer audiblemente.

Era un susurro apasionado. La joven quedó petrificada en el sitio. Alguien encendió yesca y la acercó a una vela. Entonces ella pudo ver con claridad. El cuerpo delgado de Alice, desnudo desde la cintura hacia arriba, asomaba en parte bajo Gavin. La luz de la vela descubrió plenamente la piel bronceada del caballero; nada había que la ocultara. Yacía sobre el vientre, con las piernas desnudas cubriendo las de Alice.

—¡No! —susurró Judith con la mano contra la boca y los ojos empañados por las lágrimas.

Deseó que aquello fuera una pesadilla, pero no lo era. Él le había mentido una y otra vez. ¡Y ella había estado a punto de creerle!

Retrocedió, alejándose de ellos. Gavin no se movía; Alice, con la vela en la mano, miraba a Judith y le sonreía desde aquella posición.

—¡No! —fue cuanto Judith pudo decir.

Retrocedió más y más, sin reparar en que la escalera no tenía barandilla.

Ni siquiera se dio cuenta de que había dado un paso en el aire. Gritó al caer por el primer escalón; después fueron dos, cinco. Lanzó frenéticos alaridos al aire, gritando otra vez, en tanto caía de costado completamente fuera de las escaleras. Cayó al suelo, allá abajo, con un golpe horrible, aunque el jergón de un caballero amortiguó un poco la caída.

—¿Qué ha sido eso? —preguntó Gavin con voz gangosa, levantando la cabeza.

—No ha sido nada —murmuró Alice.

El corazón le palpitaba de pura alegría. Tal vez la mujer se había matado en la caída; entonces Gavin sería otra vez sólo de ella.

El joven se incorporó sobre un codo.

—¡Dios mío! ¡Alice! ¿Qué haces aquí?

Paseó la mirada por su cuerpo desnudo. Sólo se le ocurrió extrañarse de no haber reparado hasta entonces en lo delgada que era. No sentía deseo alguno por esa carne que en otros tiempos había amado.

El júbilo de Alice murió ante la expresión de sus ojos.

—¿No te... acuerdas? —preguntó en tono entrecortado.

En verdad, la reacción de Gavin la había dejado atónita. Hasta ese momento había tenido la certeza de que, cuando lo tuviera otra vez en sus brazos, él volvería a ser suyo.

Gavin frunció el ceño. Estaba borracho, era verdad, pero no tanto que no recordara lo ocurrido durante la noche. Sabía perfectamente que no había ido al lecho de Alice ni la había invitado al propio.

Estaba a punto de lanzar su acusación cuando, de pronto, el gran salón de abajo se llenó de luces y ruidos. Los hombres se gritaban entre sí. Por fin se oyó un bramido que sacudió las vigas:

—¡Montgomery!

Gavin saltó de la cama en un solo movimiento, pasándose apresuradamente la chaquetilla por la cabeza. Bajó de dos en dos peldaños, pero se detuvo en el último giro de la escalera: Judith yacía allá abajo, en un jergón, con el pelo rojo-dorado convertido en una enredada masa alrededor de la cabeza y una pierna torcida bajo el cuerpo. Por un momento el corazón del muchacho dejó de latir.

—¡No la toquéis! —ordenó con un gruñido gutural, mientras bajaba de un salto los últimos peldaños para arrodillarse a su lado—. ¿Cómo? —murmuró al tocarle la mano. Luego le buscó el pulso en el cuello.

—Parece haber caído por la escalera —dijo Stephen, arrodillándose junto a su cuñada.

Gavin levantó la vista y vio a Alice en el descansillo, ciñéndose la bata con una leve sonrisa. Tuvo la sensación de que faltaba una pieza en el acertijo, pero no tenía tiempo para buscarla.

—Ya han mandado por el médico —dijo Stephen, sosteniendo la mano de Judith, que seguía sin abrir los ojos.

El facultativo vino con lentitud, vestido con una rica bata con cuello de piel.

—Abridme espacio —exigió—. Tengo que ver si hay huesos fracturados.

Gavin retrocedió, dejando que el hombre deslizara las manos por el exánime cuerpo de Judith. «Por qué?

¿Cómo?», se preguntaba sin cesar. ¿Qué hacía ella en las escaleras, en medio de la noche? Su mirada volvió hacia Alice. La mujer se mantenía en silencio, reflejando un ávido interés en la cara, en tanto el médico examinaba a Judith. El cuartito donde Gavin había despertado, en los brazos de Alice, estaba al final de la escalera. Al mirar otra vez a su mujer sintió que palidecía: Judith lo había visto en la cama con Alice. Había retrocedido, probablemente demasiado alterada como para mirar donde pisaba; eso explicaba la caída. Pero ¿cómo había sabido dónde encontrarlo? Sólo mediando la información de alguien.

—Al parecer, no hay huesos rotos —dijo el médico—. Llevadla a la cama y dejadla descansar.

Gavin murmuró una plegaria de agradecimiento. Luego se agachó para recoger el cuerpo laxo de su esposa. La multitud que lo rodeaba ahogó una exclamación: el jergón y la bata de la muchacha estaban empapados en sangre.

—Pierde el niño —dijo la reina Isabel junto a Gavin—. Llevadla vos arriba. La haré revisar por mi propia partera.

Gavin sentía ya la sangre de Judith en el brazo, a través de las mangas. Alguien le puso una mano fuerte en el hombro; no necesitó mirar para saber que se trataba de Stephen.

—¡Mi señora! —exclamó Joan cuando Gavin entró llevando a Judith.

—¡Acabo de volver y no la he encontrado! ¡Está herida! —su voz delataba el amor que sentía por su ama—. ¿Se curará?

—No lo sabemos —respondió Stephen.

Gavin la depositó suavemente en la cama.

—Joan —indicó la reina Isabel—, trae agua caliente de la cocina y busca sábanas limpias.

—¿Sábanas, Majestad?

—Para absorber la sangre. Va a perder el niño. Cuando hayas conseguido las sábanas, busca a lady Helen. Ella querrá estar con su hija.

—Mi pobre señora —susurró la muchacha—. Tanto como quería a ese bebé...

Había lágrimas en su voz cuando salió del cuarto. Isabel se volvió hacia los dos hombres.

—Ahora marchaos —instó—. Tenéis que dejarla. Vuestras mercedes no son de utilidad. Nosotras nos haremos cargo.

Stephen rodeó con un brazo los hombros de su hermano, pero Gavin se desasió.

—No, Majestad, no me iré. Ella no se habría herido si yo hubiera estado esta noche con ella.

Stephen iba a hablar, pero Isabel lo interrumpió, sabiendo que todo sería inútil.

—Podéis quedaros.

E hizo una señal a Stephen, que se retiró.

Gavin acarició la frente de Judith, mirando a la reina. —Decidme qué hacer.

—Quitadle la bata.

Gavin desató cuidadosamente la prenda; luego levantó a Judith con cautela y le deslizó las mangas por los brazos. Quedó horrorizado al ver sangre en sus muslos. Por un momento permaneció inmóvil, mirándola. Isabel lo observaba.

—Un parto no es espectáculo agradable.

—Esto no es un parto, sino un... —no pudo acabar.

—Sin duda el embarazo estaba muy avanzado para que surja tanta sangre. Será un parto, en verdad, aunque con resultados mucho menos felices.

Ambos levantaron la vista. La comadrona, una mujer gorda y rubicunda, acababa de irrumpir en la alcoba.

—¿Queréis matar de frío a la pobre muchacha? —acusó—. ¡Marchaos! No necesitamos hombres —dijo, mirando a Gavin.

—Él se queda —intervino la reina con firmeza.

La partera miró a Gavin un momento.

—En ese caso, id a traer el agua. La doncella tarda demasiado en subir con ella la escalera.

Gavin reaccionó de inmediato.

—¿Es el esposo, Majestad? —preguntó la mujer cuando él hubo salido.

—Sí, y este era su primer hijo. —La gorda resopló.

—Pues debería haber cuidado mejor de ella, Majestad, y no dejarla vagar por las escaleras durante la noche.

En cuanto Gavin dejó el agua dentro de la habitación, la mujer siguió dándole órdenes.

—Buscadle alguna ropa y mantenedla abrigada.

Joan, que había entrado detrás de Gavin, revolvió el arcón y le entregó un grueso vestido de lana. El muchacho vistió con cuidado a la herida, sin dejar de observar la sangre que manaba de ella. La frente de Judith se cubrió de sudor. Él la enjugó con un paño fresco.

—¿Se curará? —susurró.

—No puedo asegurarlo. Depende de que podamos sacar todo el feto y detener la hemorragia.

Judith, gimiendo, movió la cabeza.

—Mantenedla quieta o nos dificultará la tarea.

—Judith —dijo Gavin en voz baja—, no te muevas. Y le sujetó las manos. Ella abrió los ojos.

—¿Gavin? —susurró.

—Sí, pero no hables. Quédate quieta y descansa. Pronto estarás bien.

—¿Bien? —ella no parecía tener plena conciencia de su estado. De pronto la sacudió una violenta contracción. Las manos de la muchacha estrecharon las de Gavin. Levantó la vista, desconcertada—. ¿Qué ha pasado?

Sólo entonces empezó a centrar la vista. La reina, su doncella y otra mujer, arrodilladas a su lado, mirándola con preocupación. Otra contracción la sacudió.

—Vamos —dijo la partera—. Tenemos que masajearle el vientre para ayudarla.

—¡Gavin! —exclamó Judith, asustada, jadeante por el reciente dolor.

—Tranquila, mi amor. Pronto estarás bien. Ya tendremos otros hijos.

Ella dilató los ojos, horrorizada.

—¿Otros hijos? ¿Mi bebé? ¿Estoy perdiendo al bebé? —su voz se elevó casi histéricamente.

—Por favor, Judith —rogó Gavin, tranquilizándola—. Tendremos otros.

Un nuevo dolor atravesó a la joven, que miraba a Gavin, recobrando los recuerdos.

—Caí por la escalera —dijo en voz baja—. Te vi en la cama con tu meretriz y caí por la escalera.

—Judith... éste no es momento...

—¡No me toques!

—Judith —repitió él, casi suplicante.

—¿Te desilusiona que yo no haya muerto? ¿Como ha muerto mi hijo? —parpadeaba para alejar las lágrimas—. Vete con ella, si tanto la quieres. ¡Quédate con ella en buena hora!

—Judith...

Pero la reina Isabel tomó a Gavin por el brazo.

—Sería mejor que os fuerais.

—Sí —reconoció él, viendo que Judith se negaba a mirarlo.

Stephen lo esperaba junto a la puerta, con las cejas arqueadas en una pregunta.

—Ha perdido al niño y aún no sé si ella se salvará.

—Vamos abajo —propuso su hermano—. ¿No te permiten estar con ella?

—Judith no lo permite —respondió Gavin, inexpresivo.

Stephen no volvió a hablar sino cuando estuvieron fuera de la casa solariega. Apenas empezaba a salir el sol; el firmamento estaba gris. La conmoción causada por la caída de Judith había hecho que los habitantes del castillo se levantaran antes de lo acostumbrado. Los hermanos tomaron asiento en un banco, junto al muro.

—¿Por qué salió a caminar por la noche? —preguntó Stephen.

—No lo sé. Cuando tú y yo nos separamos, caí en una cama: la más próxima, allá al final de la escalera.

—Tal vez despertó y, al descubrir que no estabas, salió a buscarte.

Gavin no respondió.

—Hay algo en esto que me ocultas.

—Sí. Cuando Judith me vio, yo estaba en la cama con Alice.

Hasta entonces Stephen nunca había expresado una opinión sobre su hermano, pero en aquel momento se le oscureció el rostro.

—¡Pudiste haber causado la muerte de Judith! ¿Y porqué? Sólo por esa perra... —se interrumpió al ver el triste perfil de Gavin—. Estabas demasiado borracho para desear a una mujer. Y si deseabas hacer el amor, Judith te esperaba arriba.

Gavin miró al otro lado del patio.

—Yo no me la llevé a la cama —dijo en voz baja—. Estaba dormido y oí un ruido que me despertó. Encontré a Alice conmigo. Pero no me emborraché tanto como para haber podido llevarla a mi cama sin recordarlo.

—¿Qué pasó, entonces?

—No lo sé.

—¡Yo, sí! —exclamó Stephen con los dientes apretados—. ¡Eres un hombre sensato en todo, salvo cuando se trata de esa bruja!

Por primera vez en su vida Gavin no defendió a Alice. Stephen continuó:

—Nunca has sabido verla tal como es. ¿No sabes que se acuesta con la mitad de los hombres de la Corte?

Gavin se volvió a mirarlo.

—No pongas esa cara de incredulidad. Está en boca de todos los hombres... y de casi todas las mujeres, sin duda. Mozo de cuadra o conde, cualquiera le da igual, mientras tenga el equipo necesario para complacerla.

—Si ella es así, tal vez sea por culpa mía. Cuando la tomé era virgen.

—¡Virgen! ¡Ja! El conde de Lancashire jura haberla hecho suya cuando ella sólo tenía doce años.

Gavin no podía creer todo aquello.

—Mira lo que te ha hecho: te ha dominado y utilizado. Y tú lo has permitido. Hasta has suplicado pidiendo más. Dime, ¿qué método empleó para impedir que te enamoraras de Judith desde el principio?

Gavin lo miraba sin ver. Estaba reviviendo la escena del jardín, el día de su boda.

—Juró matarse si yo me enamoraba de mi esposa.

Stephen recostó la espalda contra el muro de piedra.

—¡Por los clavos de Cristo! ¿Y tú la creíste? ¡Esa mujer mataría de buen grado a miles de personas antes de poner en peligro un solo cabello de su propia cabeza!

—Pero si le pedí que se casara conmigo —insistió Gavin—. Antes de haber oído siquiera nombrar a Judith, le pedí que se casara conmigo.

—Y ella prefirió a un conde muy rico.

—Pero su padre...

—¡Gavin! ¿No puedes mirarla con la vista despejada? ¿Crees que su padre, ese borracho, ha dado una sola orden en toda su vida? ¡Ni siquiera los sirvientes le obedecen! Si él fuera un hombre enérgico, ¿habría podido ella escapar tan fácilmente para encontrarse contigo en el campo por las noches?

A Gavin le resultaba difícil creer todo aquello de su Alice, tan rubia y delicada, tan tímida. Cuando lo miraba con grandes lágrimas en los ojos, le derretía el corazón. Recordó aquella amenaza de suicidio. Él habría hecho cualquier cosa por ella, aunque ya entonces sentía una enorme atracción hacia Judith.

—No estás convencido —adivinó su hermano.

—No estoy seguro. Es difícil matar los viejos sueños. Ella es hermosa.

—Sí, y tú te enamoraste de esa hermosura. Nunca te preguntaste qué había debajo de ella. Dices que no la llevaste a tu cama. ¿Cómo pudo aparecer allí?

Como Gavin no respondía, Stephen continuó:

—La muy ramera se quitó la ropa y se acostó a tu lado. Después envió a alguien en busca de Judith.

Gavin se levantó. No quería oír más.

—Voy a ver si Judith está bien —murmuró.

Y caminó nuevamente hacia la casa solariega. Durante toda su vida, desde los dieciséis años, había cargado con responsabilidad sobre cosas y hombres. Nunca había tenido, como sus hermanos, tiempo libre para cortejar a las mujeres y aprender a conocer su carácter. Las mujeres que pasaban por su cama desaparecían muy pronto. Ninguna se mantenía algún tiempo cerca de él, riendo y conversando. Él había llegado a creer que todas las mujeres eran tal como él recordaba a su madre: bonitas, dulces y suaves. Alice parecía ser el epítome de esos rasgos; como resultado, se había enamorado de ella casi de inmediato.

Judith era, en cierto modo, su primera mujer. En un principio lo había enfurecido por no ser obediente, como debía serlo toda señora. Prefería entrometerse con sus registros contables que ocuparse de las sedas de bordar. Era apabullante en su belleza, aunque no parecía reparar en ella. No dedicaba horas enteras a su atuendo. En verdad, dejaba la elección de sus galas en manos de su doncella. Judith parecía ser todo lo indeseable, lo poco femenino. Sin embargo, Gavin se había enamorado de ella. Era honrada, valiente, generosa... y lo hacía reír. Alice, en cambio, nunca había demostrado sentido alguno del humor.

Se detuvo junto a la puerta de Judith. Estaba seguro de no amar ya a Alice, pero ¿sería ella tan traicionera como Stephen decía? ¿Como decían también Raine y Miles? ¿Cómo había llegado ella a su cama, si no era por los motivos que daba Stephen?

Se abrió la puerta y la partera salió al pasillo. Gavin la tomó del brazo.

—¿Cómo está?

—Duerme. El niño ha nacido muerto.

Gavin aspiró hondo para tranquilizarse.

—¿Mi esposa se recobrará?

—No lo sé. Ha perdido demasiada sangre. No sé si era del niño o si sufrió algún daño interno en la caída.

Gavin perdió el color.

—¿No dijisteis que perdía sangre por el niño? —No quería creer que hubiera otro problema.

—¿Cuánto tiempo hace que os casasteis con ella?

—Casi cuatro meses —respondió él, sorprendido.

—¿Y ella era virgen cuando la tomasteis?

—Sí —confirmó él, recordando el dolor que le había causado.

—El embarazo estaba avanzado. El niño estaba ya bien formado. Yo diría que concibió en los primeros días.

Quizá por eso perdió tanta sangre: porque el niño ya estaba crecido. Es demasiado pronto para saberlo.

Se volvió para retirarse, pero Gavin la detuvo por un brazo.

—¿Cómo se sabrá?

—Si la hemorragia cesa y ella sigue con vida.

Él le soltó el brazo.

—Decís que duerme. ¿Puedo verla?

La vieja rió entre dientes.

—¡Oh, los jóvenes! Son insaciables. Os acostáis con una mujer mientras otra os espera. Ahora rondáis a la primera. Deberíais elegir entre una y otra.

Gavin se tragó la respuesta, pero su entrecejo fruncido hizo que la mujer perdiera la sonrisa.

—Sí, podéis verla —respondió la mujer al fin, en voz baja.

Y se encaminó hacia la escalera.

La lluvia caía a latigazos. El viento doblaba los árboles casi por la mitad. Los relámpagos lanzaban sus destellos y, allá lejos, un tronco se hendió por el medio. Pero las cuatro personas qué rodeaban el diminuto ataúd, recién depositado en tierra, no reparaban en ese torrente frío. Se bamboleaban ante el vendaval, pero sin notarlo.

Helen, de pie junto a John, flojo el cuerpo, se apoyaba pesadamente en él. Tenía los ojos secos e irritados. Stephen permanecía al lado de Gavin, por si éste requiriera su ayuda.

Fueron John y Stephen quienes intercambiaron una mirada, mientras la lluvia les corría por la cara y goteaba sobre la ropa. John se llevó a Helen, a paso lento, mientras Stephen hacía lo mismo con su hermano. La tormenta había estallado de pronto, cuando el sacerdote empezaba a leer el servicio ante el pequeño ataúd.

Stephen y John parecían estar guiando a dos personas ciegas e indefensas a través del cementerio. Los llevaron a un mausoleo y allí los dejaron para ir en busca de los caballos.

Gavin se dejó caer pesadamente en un banco de hierro. La criatura había sido varón. Su primer hijo. En los oídos le resonaba cada una de las palabras que había dicho a Judith sobre ese niño, pensando que no era suyo. Escondió la cabeza entre las manos.

—Gavin —dijo Helen, sentándose junto a él para echarle un brazo sobre los hombros. Se habían tratado muy poco desde aquel día en que ella se lamentara a gritos por no haber matado a su hija antes que permitirle casarse con él. El correr de los meses había cambiado muchas cosas. Ahora Helen sabía lo que representaba amar a alguien, y reconocía ese amor en los ojos de Gavin. Veía el dolor que le causaba la pérdida del hijo y el miedo de perder a Judith.

Gavin se volvió hacia su suegra, olvidada toda hostilidad entre ambos. Vio y recordó sólo que ella era la madre de su amada. La rodeó con los brazos, pero sin estrecharla. Fue Helen quien lo abrazó y quien sintió el calor de sus lágrimas a través del vestido empapado por la lluvia. Y así, ella también halló desahogo para sus propias lágrimas.

Joan se había sentado junto a su ama. Judith dormía, descolorida y con el pelo húmedo por el sudor.

—Se recuperará pronto —dijo la doncella a Gavin, sin esperar la pregunta.

—No estoy tan seguro —respondió él, tocando la mejilla caliente de su esposa.

—Es que sufrió una caída horrible —adujo la muchacha, mirando a Gavin con intención.

Él se limitó a asentir, más preocupado por Judith que por el curso de la conversación.

—¿Qué pensáis hacer con ella? —continuó Joan.

—¿Qué puedo hacer? Sólo espero que se reponga cuanto antes.

Joan movió la mano en un gesto despectivo.

—Me refiero a lady Alice. ¿Qué castigo pensáis imponerle por la mala treta que os ha jugado? ¡Treta! —resopló—. ¡Una treta que podría haber costado la vida a mi señora!

—No digas eso —gruñó Gavin.

—Vuelvo a preguntaros: ¿qué castigo habéis pensado?

—¡Cuida tu lengua, mujer! No sé de ninguna mala treta.

—¿No? En ese caso diré lo que debo decir. En la cocina hay una mujer que llora a mares. Dice que lady Alice le dio una moneda de oro para que condujera a mi señora hasta donde vos estabais, en la cama con esa meretriz. La muchacha dice que se creyó capaz de cualquier cosa por el dinero, pero no había pensado en el asesinato. Dice que es culpable de la muerte del bebé y de la posible muerte de lady Judith. Teme ir al infierno por lo que hizo.

Gavin comprendió que era hora de enfrentarse a la verdad.

—Me gustaría ver a esa mujer y hablar con ella —dijo en voz baja.

Joan se levantó.

—Traeré a la muchacha, si la hallo.

Gavin permaneció sentado junto a Judith, observándola. Notó que le iba volviendo el color natural.

Algo más tarde, Joan regresó trayendo a rastras a una asustada sirvienta.

—¡He aquí a la puerca! —exclamó, dando a la muchacha un fuerte empellón—. Mira a mi pobre ama, allí tendida. Has matado a un bebé y es posible que ella también muera. ¡Una señora que nunca ha hecho daño a una mosca! ¿Sabes que muchas veces me regañaba por no tratar bien a bazofias como tú?

—¡Silencio! —ordenó Gavin. Era obvio que la criada tenía mucho miedo—. Cuéntame lo que sabes sobre el accidente de mi esposa.

—¡Accidente! ¡Ja! —resopló Joan. Pero calló ante la mirada de Gavin.

La muchacha, arrojando miradas furtivas a los rincones del cuarto, narró su historia en frases vacilantes, entrecortadas. Al fin, se arrojó a los pies de Gavin.

—¡Salvadme, señor, por favor! ¡Lady Alice me matará!

La cara de Gavin no mostró piedad alguna.

—¿Y tú me pides ayuda? ¿Qué ayuda prestaste a mi esposa o a nuestro hijo? ¿Quieres que te lleve a la tumba donde lo hemos sepultado?

—No —lloró la muchacha, desesperada, tocando el suelo con la cabeza.

—¡Levántate! —ordenó Joan—. ¡Ensucias el suelo de esta habitación!

—Llévatela —dijo Gavin—. No soporto verla.

Joan levantó a la criada tirándole del pelo y la llevó a puntapiés hacia la puerta.

—Oye —intervino Gavin—. Llévala a John Bassett y dile que la proteja.

—¡Que la proteja! —estalló la doncella. Y endureció la mirada. Con voz falsamente sumisa, dijo: —Sí, señor.

Una vez que hubo cerrado la puerta torció el brazo a la muchacha.

—Mata al bebé de mi señora y debo hacerla proteger —murmuró—. No, me encargaré de que reciba lo que merece.

Cuando la tuvo en el tope de la escalera, apretó con más fuerza el brazo de la aterrorizada sirvienta.

—¡Basta! ¡Quédate quieta! —gruñó John Bassett, que no se había alejado mucho de aquella habitación en los últimos días—. ¿Es ésta la mujer a quien lady Alice sobornó?

No había una sola persona en el castillo que ignorara la historia de la traición de Alice.

—Oh, señor, por favor... —rogó la muchacha, cayendo de rodillas—. No dejéis que me maten. No volveré a hacer nada de eso.

John iba a hablar, pero clavó en Joan una mirada de disgusto y levantó a la muchacha. La doncella permaneció varios minutos siguiéndolos con la vista.

—Lástima que él se la llevara —dijo una voz serena a su espalda—. Podrías haberme ahorrado el trabajo.

Joan giró para enfrentarse a Alice Chatworth.

—Preferiría veros a vos al pie de la escalera —le espetó. Los ojos azules de la enemiga echaron llamas.

—¡Pagarás esto con tu vida!

—¿Aquí? ¿Ahora? —la provocó Joan—. ¿Por qué vaciláis? Estoy en el borde de la escalera

Alice tuvo la tentación de dar a aquella muchacha un fuerte empujón, pero Joan parecía fuerte y ella no podía arriesgarse a perder esa batalla.

—Después de lo que has hecho, cuida tu vida —le advirtió.

—No; cuidaré mi espalda, porque la gente como vos ataca por ahí. Contratáis a alguien para que haga el trabajo sucio y después sonreís llena de hoyuelos, como una inocente.

Joan la miró fijamente y se echó a reír. Siguió riendo mientras se alejaba, hasta llegar a la habitación de su señora. Gavin y la partera velaban sobre Judith.

—Se ha iniciado la fiebre —dijo la anciana en voz baja—. Ahora las plegarias serán tan útiles como cualquier otra cosa.

28

Judith soñaba. Sentía el cuerpo acalorado y dolorido; le costaba concentrarse en lo que estaba ocurriendo. Allí estaba Gavin, sonriéndole, pero su sonrisa era falsa. Detrás de él, los ojos de Alice Chatworth relumbraban triunfalmente.

—He ganado —susurró la mujer—. ¡He ganado!

Judith despertó poco a poco. Surgió del sueño con nerviosismo, pues le parecía tan real como el dolor del cuerpo. Se sentía como si hubiera dormido durante varios días en una tabla. Movió la cabeza a un lado.

Gavin dormía en una silla, junto a la cama. Aun dormido se lo veía tenso, como dispuesto a levantarse de un salto. Estaba ojeroso y los pómulos le sobresalían bajo la piel. Su barba mostraba un crecimiento de varios días.

Judith lo miró por varios segundos, intrigada, preguntándose por qué su marido estaba tan demacrado y por qué le dolía tanto el cuerpo. Movió la mano bajo las mantas para tocarse el vientre. Ya no estaba duro ni levemente redondeado, sino hundido y blando. ¡Y qué horriblemente vacío!

Entonces lo recordó todo. Recordó a Gavin acostado con Alice, aunque había dicho que ya no la quería. Judith había empezado a creerle, a soñar un buen futuro para ambos, en la felicidad que tendrían cuando naciera el niño. ¡Qué necia había sido!

—Judith —murmuró Gavin con voz extrañamente ronca. Se sentó en el borde de la cama y le tocó la frente—. La fiebre ha pasado —dijo con alivio—. ¿Cómo te sientes?

—No me toques —susurró ella—. Aléjate de mí.

Gavin asintió, con los labios reducidos a una línea dura.

Antes de que ninguno de ellos pudiera hablar, se abrió la puerta, dando paso a Stephen. La expresión preocupada de su cara dejó sitio a una amplia sonrisa al encontrarla despierta. Se acercó a paso rápido por el lado opuesto de la cama.

—Mi dulce hermanita —murmuró—. Teníamos miedo de perderte.

Y le tocó el cuello con suavidad.

Ante la aparición de un rostro familiar y amado, Judith sintió que se le llenaban los ojos de lágrimas. Stephen frunció el entrecejo y miró a su hermano, pero éste sacudió la cabeza.

—Vamos, tesoro —dijo él, abrazando a la muchacha—, no llores.

—¿Era varón? —susurró ella.

Stephen se limitó a asentir con la cabeza.

—¡Lo he perdido! —gritó ella, desesperada—. Ni siquiera ha tenido la oportunidad de vivir y lo he perdido. Oh, Stephen, tanto como deseaba yo a ese niño. Habría sido bueno, amable y bellísimo.

—Sí —concordó Stephen—, alto y moreno como el padre.

Los sollozos eran desgarradores.

—¡Sí! Cuando menos mi padre tenía razón con respecto a los varones. ¡Pero ha muerto!

Stephen miró a su hermano. Era difícil determinar quién era el más desesperado, si Judith o él.

Gavin nunca había visto llorar a su esposa. Ella le

414

había demostrado hostilidad, pasión, humor... pero nunca aquel horrible dolor. El hecho de que no lo compartiera con él le inspiró una profunda tristeza.

—Judith —dijo su hermano—, tienes que descansar. Has estado muy grave.

—¿Cuánto hace que estoy enferma?

—Tres días. La fiebre ha estado a punto de llevarte.

Ella sollozó. De pronto se apartó de él.

—¡Stephen, tú debías ponerte en viaje! Llegarás tarde a tu propia boda.

Él asintió con aire sombrío.

—Tenía que casarme esta mañana.

—Y la has abandonado ante el altar.

—Espero que se haya percatado de mi retraso antes de llegar hasta allí.

—¿Le has enviado algún mensaje?

Él movió la cabeza en un gesto negativo.

—A decir verdad, me he olvidado. Estábamos preocupadísimos por ti. No sabes cuán cerca has estado de la muerte.

En realidad, Judith se sentía débil y muy cansada.

—Tienes que volver a dormir.

—Y tú ¿irás a conocer a tu novia? —preguntó la muchacha, dejándose acostar.

—Ahora sí, ya seguro de que la fiebre ha cedido.

—Promételo —exigió ella, fatigada—. No debes comenzar tu matrimonio como comenzó el mío. Quiero algo mejor para ti.

Stephen echó un vistazo a su hermano.

—Lo prometo. Partiré en menos de una hora.

Ella asintió. Se le cerraban los ojos.

—Gracias —susurró. Y se quedó dormida.

Gavin se levantó de la cama al mismo tiempo que su hermano.

—Yo también me he olvidado de tu casamiento.

—Tenías otras cosas en que pensar —fue la respuesta—. ¿Sigue enfadada contigo?

Stephen recibió una mirada cínica.

—Más que enfadada, diría yo.

—Háblale. Explícale lo que sientes. Dile la verdad sobre Alice. Te creerá.

Gavin miró a su esposa dormida.

—Tienes que preparar tu equipaje. Tu novia escocesa te despellejará.

—Si se conformara con mi pellejo, se lo daría de buen grado.

Los dos salieron de la habitación, cerrando la puerta.

—En Navidad —dijo Gavin, estrechando a su hermano contra el cuerpo, sonriente—. Tráenos a tu esposa en Navidad.

—Lo haré. ¿Hablarás con Judith? Él asintió.

—Cuando esté más descansada. Y yo, bañado.

Stephen sonrió. Gavin no se había apartado de aquel cuarto durante los tres días de fiebre. Le dio un afectuoso coscorrón y se alejó por el pasillo.

Cuando Judith volvió a despertar, la habitación estaba a oscuras. Joan dormía en un jergón, cerca de la puerta.

—Joan —susurró. Se sentía algo más fuerte, con la cabeza despejada y muy hambrienta.

La muchacha se levantó de inmediato.

—Mi señora —dijo, muy sonriente—. Lord Gavin dijo que ya estabais mejor, pero no quise creerle.

—Quiero un poco de agua —pidió Judith con los labios resecos.

—Sí —Joan reía alegremente al acercarle la taza—. No tan deprisa, señora.

Se abrió la puerta, dando paso a Gavin, que entró con una bandeja de comida.

—No quiero verlo —dijo Judith con firmeza.

—¡Vete! —ordenó él a la doncella.

La muchacha dejó la taza y se retiró apresuradamente.

Gavin dejó la bandeja en una mesa pequeña, junto a la cama.

—¿Te sientes mejor?

Ella lo miró con fijeza, pero sin responder.

—Te he traído algo de caldo y un trozo de pan. Debes de tener mucha hambre.

—No quiero nada de ti. Ni comida ni compañía.

—Estás actuando como una niña, Judith —observó él con gran paciencia—. Volveremos a hablar cuando te sientas bien.

—¿Crees que el tiempo me hará cambiar de idea? ¿Acaso el tiempo me devolverá al bebé? ¿Me permitirá el tiempo abrazarlo, amarlo, ver el color de sus ojos?

Él retiró las manos de la bandeja.

—También era mi hijo. Yo también lo he perdido.

—¡Conque al menos de eso estás enterado! ¿Tengo que darte el pésame por tu pérdida? Ni siquiera lo creías tuyo. ¿O también mentiste al respecto?

—No te he mentido, Judith. Si quisieras escucharme, te lo contaría todo.

—¿Escucharte? —dijo ella con serenidad—. ¿Acaso tú me has escuchado alguna vez? Desde que nos casamos he tratado de complacerte, pero cuanto yo hacía te enfurecía. Siempre me hacías sentir que me estabas comparando con otra.

—Judith —insistió él, tomándole la mano.

—¡No me toques! Tu contacto me mancilla.

Los ojos del joven pasaron de grises a negros.

—Tengo algo que decirte y lo diré, aunque trates de

impedirlo. Gran parte de lo que dices es cierto. Estuve enamorado de Alice o creí estarlo. Me enamoré de ella antes de haber oído una palabra suya. Inventé una imagen de mujer y ella se convirtió en esa imagen. Nunca pasamos mucho tiempo juntos, sólo breves momentos de vez en cuando. En realidad yo no la conocía; sólo veía en ella lo que deseaba ver.

Judith no respondió. Gavin no pudo leerle los pensamientos.

—Me resistí a amarte —prosiguió él—, convencido de que mi corazón pertenecía a Alice. Ahora sé que me equivocaba, Judith. Hace mucho tiempo que te amo. Tal vez te amé desde el principio. Sé, con certeza, que ahora te amo con todo mi corazón, con toda mi alma.

Hizo una pausa para observarla, pero la expresión de la enferma no cambió.

—¿Quieres que me arroje a tus brazos y te declare mi gran amor? ¿Es eso lo que esperas de mí?

Gavin quedó atónito. Tal vez era eso lo que esperaba.

—¡Por tu lujuria ha muerto mi hijo!

—¡No fue mi lujuria! —exclamó Gavin, apasionado—. Me hicieron caer en una trampa. Stephen y yo nos excedimos en la bebida. Podría haber estado durmiendo con un leopardo sin saberlo.

Judith sonrió gélidamente.

—¿Y disfrutaste del leopardo y sus garras, como antes?

Gavin la miró con frialdad.

—He tratado de explicarte mi conducta, pero no escuchas. Te he declarado mi amor. ¿Qué más puedo hacer?

—Al parecer, no comprendes. *No me importa* que me ames o no. Tu amor carece de validez, porque lo das libremente a quien te lo reclame. En otros tiempos habría hecho cualquier cosa por oír esas palabras, pero ya no me son dulces al oído. La muerte de mi hijo me ha quitado de la mente cuentos de hadas tales como el amor.

Gavin se echó hacia atrás en el asiento. No sabía qué más decir.

—Me he equivocado en todo sentido. Tienes derecho a estar enfadada.

—No —sonrió ella—, no estoy enfadada. Tampoco te odio. Simplemente, la vida contigo me resulta intolerable.

—¿A qué te refieres?

—Suplicaré al rey que pida mi divorcio al Papa. No creo que el mismo pontífice me exija vivir contigo después de esto. Retendrás la mitad de mis tierras y...

Pero se interrumpió, pues Gavin acababa de levantarse.

—Te enviaré a Joan. Tienes que comer —dijo él. Y se marchó.

Judith se recostó en las almohadas. Se sentía exhausta. ¿Cómo creer en el amor cuando sólo veía a Alice asomando bajo su cuerpo desnudo?

Judith permaneció en cama tres días más. Dormía mucho y comía con abnegación, pero estaba tan deprimida que la comida tenía poca importancia para ella. Se negaba a recibir a nadie, especialmente a su esposo. Joan prefería reservarse sus opiniones y apenas hablaba con su señora.

En la mañana del cuarto día le arrebató los cobertores.

—Hoy no permaneceréis en cama. Hay mucho que hacer y necesitáis ejercicio.

Tomó una bata nueva, tendida a los pies de la cama para reemplazar la de terciopelo verde, estropeada por la sangre. También era de terciopelo, pero de color gris intenso, con amplio cuello de visón y un borde de la misma piel a lo largo de la parte frontal y alrededor del bajo. Un intrincado bordado de oro le cubría los hombros.

—No quiero levantarme —protestó la muchacha, volviéndose.

—¡Pues lo haréis!

Judith estaba aún demasiado débil para resistirse. Joan tiró de ella sin dificultad y le ayudó a ponerse la bata. Luego la condujo hasta el asiento de la ventana.

—Ahora os quedaréis aquí mientras pongo sábanas limpias.

La brisa de verano refrescaba agradablemente la cara de la enferma. Desde allí se gozaba una espléndida vista del jardín. Se recostó contra el marco para observar a la gente que se movía abajo.

—¿Gavin? —dijo alguien junto al joven, en voz baja.

Él estaba solo en el jardín, sentado en un sitio donde pasaba largos ratos en los últimos días. Aquella voz lo hizo girar en redondo. Era Alice, con la piel radiante por la luz de la mañana. Gavin había postergado deliberadamente su enfrentamiento con ella, pues no confiaba en sus propias reacciones.

—¿Cómo te atreves a acercarte a mí?

—Por favor, permíteme explicar...

—No, no puedes explicar nada.

Alice apartó la vista, llevándose una mano a los ojos. Cuando volvió a mirarlo había allí dos grandes lágrimas centelleantes. Gavin se preguntó cómo era posible que aquellas lágrimas hubieran tenido, en otros tiempos, el poder de conmoverlo. ¡Qué diferentes eran las de Judith!

Grandes sollozos desgarradores que parecían destrozarla. Judith lloraba por dolor, no para aumentar su belleza.

—Lo hice sólo por ti —dijo Alice—. Mi amor por ti es tan poderoso que...

—¡No me hables de amor! Dudo que sepas lo que significa esa palabra. ¿Sabes que he interrogado a la muchacha a quien pagaste para que te llevara a Judith? Lo planeaste bien, ¿no?

—Gavin, yo...

Él la aferró por los brazos para sacudirla.

—¡Has matado a mi hijo! ¿Eso no significa nada para ti? Y has estado a punto de matar a mi esposa... la mujer que amo —apartó a Alice de un empujón—. Podría llevarte ante un tribunal por lo que has hecho, pero me siento tan culpable como tú. Fui un necio al no comprender cómo eras.

Alice levantó la mano y le dio una bofetada en plena cara. Él se lo permitió, sintiendo que la merecía.

—Aléjate de mi vista. Siento la tentación de retorcerte el cuello.

Alice giró en redondo y huyó del jardín.

Ela salió de entre las sombras.

—Os dije que no lo buscarais. Os dije que era preciso esperar. Él está muy enfadado y vos os lo merecéis. —La vieja doncella quedó intrigada al ver que su ama se alejaba por un callejón, por detrás de la cocina.

Alice se apoyó contra la pared. Le temblaban los hombros. Ela se le acercó para atraerla hacia su amplio seno. Esta vez, la muchacha lloró sinceramente.

—¡Él me amaba! —dijo entre grandes sollozos—. Él me amaba y ahora no. Ya no me queda nada.

—Silencio, tesoro —la tranquilizó Ela—. Os quedo yo. Siempre os quedaré yo. —La estrechaba contra sí como cuando Alice era una encantadora niñita que lloraba por la escasa atención de su madre—. Lord Gavin es sólo un hombre, pero hay otros. Sois muy bella. Habrá muchos que os amen.

—¡No! —replicó la joven, con tanta violencia que se le estremeció todo el cuerpo—. Lo quiero sólo a él, a Gavin. ¡Otro no me sirve!

Ela trató de calmarla, pero no pudo.

—Lo tendréis —aseguró al fin.

Alice levantó la cabeza, con los ojos y la nariz hinchados y rojos.

—¿Me lo prometes?

Ela asintió.

—¿Acaso no os he dado siempre lo que deseabais?

—Sí —reconoció la joven—. Y ¿me traerás a Gavin?

—Lo juro.

Alice sonrió. Luego, en un raro arrebato de afecto, dio a Ela un rápido beso en la mejilla. Los viejos ojos se nublaron. Ela era capaz de cualquier cosa por aquella dulce niña, tan incomprendida por quienes la rodeaban.

—Vamos arriba —dijo con dulzura—. Diseñaremos un vestido nuevo.

—Sí —sonrió Alice, sorbiendo ruidosamente por la nariz—. Esta mañana vino un mercader que trajo lanas francesas.

—Vamos a verlas.

Judith había presenciado por la ventana parte de la escena, pero sólo hasta el momento en que su esposo se volvió para hablar con su amante.

—Quiero ver al rey, Joan —dijo, apartándose de la ventana.

—No podéis pedir al rey Enrique que suba hasta aquí, mi señora.

—No es ésa mi intención. Si me ayudas a vestirme, bajaré para hablar con él.

—Pero...

—¡No discutas!

—Sí, señora —aceptó Joan con voz ronca.

Una hora después, la enferma reapareció en el salón grande, apoyándose con pesadez en el brazo de su doncella. Un joven se acercó a saludarla.

—Alan Fairfax, mi señora, por si no me recordáis.

—Claro que os recuerdo —Judith logró sonreír un poquito—. Sois muy amable al ayudarme.

—Un placer. ¿Deseáis ver al rey?

Ella asintió con gravedad. Tomó el brazo de Alan y él la condujo hasta la cámara real. Era un cuarto elegante, de grandes vigas, con paneles de madera que fingían pliegues y suelos de roble cubiertos de alfombras persas.

—¡Condesa! —exclamó el monarca al verla. Tenía en el regazo un manuscrito iluminado—. No deberíais haber abandonado el lecho tan pronto. —Apartó el libro y la tomó por el otro brazo.

—Ambos sois muy amables —agradeció ella, mientras la ayudaban a sentarse—. Me gustaría hablar con vos, Majestad, sobre un asunto privado.

Enrique hizo una señal a Alan, que los dejó solos.

—¿Cuál es ese asunto tan importante que os ha obligado a fatigaros para hablar conmigo?

Judith bajó la vista a sus manos.

—Quiero divorciarme.

El rey Enrique guardó silencio durante un momento.

—El divorcio es una grave empresa. ¿Tenéis motivos?

Había dos tipos de divorcio, y tres motivos para cada uno de ellos. Lo mejor que Judith podía pedir era una separación que le permitiera vivir alejada de su esposo por el resto de su vida.

—Adulterio —dijo en voz baja.

Enrique estudió la respuesta.

—Si se autorizara el divorcio por ese motivo, ninguno de los dos podría volver a casarse.

—Yo no quiero hacerlo. Ingresaré en un convento. Para eso fui preparada.

—¿Y Gavin? ¿Le negaríais vos el derecho de tomar una nueva esposa que le diera hijos?

—No —susurró ella—. Él tiene sus derechos.

El rey la observaba con atención.

—En ese caso, tenemos que buscar un divorcio que anule el casamiento. ¿No estáis ligados por vínculos de parentesco?

Ella volvió a menear la cabeza, pensando en Walter Demari.

—¿Y Gavin? ¿No estaba comprometido con otra?

Judith levantó el mentón.

—Propuso casamiento a otra mujer.

—¿Quién era ella?

—Lady Alice Chatworth.

—Ah... —Enrique, suspirando, se reclinó en la silla—. Ahora la dama es viuda y él quiere desposarla.

—En efecto.

El monarca frunció el entrecejo.

—No me gusta el divorcio, pero tampoco me gusta que mis condes y condesas sean tan desdichados. Esto costará mucho. Estoy seguro de que el Papa exigirá una donación de una capilla o de un convento.

—Lo haré.

—Permitidme pensarlo, lady Judith. Debo conversar con las demás personas involucradas antes de tomar una decisión. —Y llamó: —Alan, llevad a la condesa a su cuarto y encargaos de que pueda descansar.

Alan, con una amplia sonrisa, acudió para ayudarla a levantarse.

—Lady Judith parecía muy triste —comentó la reina Isabel, que entró en el momento en que Judith se retiraba—. Sé lo que se siente al perder a un hijo.

—No se trata de eso. Al menos, no es sólo el niño lo que la aflige, quiere divorciarse de Gavin.

—¡No! —la reina dejó caer el tejido en el regazo—. Nunca he visto a dos personas tan enamoradas. Discuten, sí, pero he visto a lord Gavin alzarla en brazos para besarla.

—Al parecer, no es lady Judith la única persona que recibe sus besos.

Isabel guardó silencio. Pocos hombres eran fieles a sus esposas. Ella sabía que hasta su esposo, algunas veces...

—¿Y lady Judith pide el divorcio por ese motivo?

—Sí. Al parecer, Gavin propuso casamiento a lady Alice Chatworth antes de su enlace con Judith. Es un contrato verbal y causal de divorcio, siempre que esa mujer acepte a Gavin.

—Lo aceptará —dijo Isabel, furiosa—. Para ella será una alegría quedarse con Gavin. Se ha esforzado mucho por conquistarlo.

—¿De qué estás hablando?

La reina contó brevemente a su esposo los rumores que circulaban por el castillo sobre el motivo por el que lady Judith había caído de la escalera.

Enrique frunció el entrecejo.

—No me gusta que ocurran esas cosas entre mis súbditos. Gavin debería haber sido más discreto.

—No se sabe si él llevó a la mujer a su cama o si ella misma se puso allí.

El rey rió entre dientes.

—¡Pobre Gavin! No quisiera estar en su situación.

—¿Has hablado con él? No creo que desee este divorcio —aseguró Isabel.

—Pero si estaba comprometido con lady Alice antes. de casarse...

—En ese caso, ¿por qué se casó ella con Edmund Chatworth?

—Comprendo —dijo el monarca, pensativo—. Creo que esto necesita más investigación. Hay más de lo que aparece a simple vista. Dialogaré con Gavin y con lady Alice.

—Espero que te demores mucho con esas conversaciones.

—No comprendo.

—Si se permite que Judith se separe de su esposo, el matrimonio estará acabado; pero si se los forzara a permanecer juntos, podrían comprender que se aman.

Enrique le sonrió con afecto. Su esposa era una mujer sabia.

—En verdad tardaré mucho tiempo en enviar un mensaje al Papa. —Al ver que ella se levantaba, agregó—: ¿Adónde vas?

—Deseo cambiar unas palabras con sir Alan Fairfax. Tal vez esté dispuesto a ayudar a una dama en apuros.

Enrique le echó una mirada de desconcierto. Luego recogió su manuscrito.

—Sí, querida mía. No dudo que tú manejarás todo esto sin mi ayuda.

Dos horas después se abrió violentamente la puerta de Judith. Gavin entró a grandes pasos, con la cara oscurecida por la furia. Judith levantó la vista del libro que tenía en el regazo.

—¡Has pedido el divorcio al rey! —vociferó él.

—En efecto —respondió ella con firmeza.

—¿Piensas revelar nuestras diferencias ante todo el mundo?

—Sí, si es necesario para liberarme de ti.

Gavin la fulminó con los ojos.

—¡Qué mujer tan terca eres! ¿Nunca ves más allá de tu opinión? ¿Nunca razonas?

—Tu modo de razonar no es el mío. Tú quieres que te perdone una y otra vez el adulterio. Lo he hecho muchas veces, pero ya no puedo. Quiero liberarme de ti e ingresar en un convento, como debería haber hecho hace tiempo.

—¡Un convento! —exclamó él, incrédulo.

Después sonrió con aire de burla. Dio un rápido paso en dirección a la muchacha y le rodeó los hombros con un brazo. La levantó de la cama para besarla, y no fue un beso suave. Pero su misma brusquedad excitó a Judith, que le rodeó el cuello con los brazos, estrechándose violentamente contra él. Gavin la soltó de pronto y la dejó caer en el colchón de plumas. Los costados blandos se elevaron a su alrededor.

—Pues vete convenciendo de que nunca te librarás de mí. Cuando estés dispuesta a admitir que yo soy el hombre que necesitas, ven a buscarme. Tal vez te acepte a mi lado otra vez.

Giró en redondo y salió con paso firme antes de que Judith pudiera decir una palabra.

Joan estaba de pie en el vano de la puerta, con cara de adoración.

—Pero, ¿cómo se atreve...? —balbuceó Judith. Pero se interrumpió ante la expresión de su doncella—. ¿Por qué me miras así?

—Porque os equivocáis. Ese hombre os ama. Os lo ha dicho y vos no queréis entenderlo. He estado de parte vuestra, señora, desde que os casasteis, pero ya no.

—Pero esa mujer... —protestó la joven, con voz extraña y suplicante.

—¿No podéis perdonarlo? Él creyó amarla. No sería tan hombre si estuviera dispuesto a olvidar a una mujer amada con sólo ver a otra. Le exigís mucho.

—¡Pero mi bebé! —exclamó Judith con lágrimas en la voz.

—Os he explicado ya la traición de lady Alice. ¿Por qué seguís cargando la responsabilidad sobre vuestro esposo, señora?

Judith guardó silencio durante un momento. La pérdida de la criatura dolía mucho. Tal vez quería culpar a alguien, y Gavin era una persona adecuada para cargar con todo. Pero sabía que Joan decía la verdad con respecto a Alice. Aquella noche las cosas habían ocurrido con demasiada rapidez; ahora, pasados varios días, se daba cuenta de que Gavin había estado demasiado inerte sobre el cuerpo de Alice.

—Él dice que os ama a vos —continuó la doncella en voz más baja.

—¿Es que te pasas la vida escuchando detrás de las puertas? —le espetó Judith.

Joan sonrió.

—Me gusta saber qué les pasa a las personas que me interesan. Él os ama, señora. ¿Qué sentís vos por él?

—Yo... no lo sé.

Joan barbotó un juramento que escandalizó a su ama.

—Vuestra madre debería enseñaros algunas cosas además de llevar registros contables, señora. No creo haber visto a otra mujer tan enamorada como vos lo estáis de lord Gavin. No habéis apartado los ojos de él desde que desmontó de aquel caballo blanco, el día de vuestra boda. Sin embargo, le resistís a cada instante... y él a vos —agregó antes de que Judith pudiera interrumpirla—. ¿Por qué no dejan vuestras mercedes de reñir y hacen otros bebés? Me gustaría tener uno que cuidar.

Judith sonrió. Sus ojos se llenaron de lágrimas.

—Pero él no me ama, en realidad. Y aunque así fuera, está furioso conmigo. Si me acercara a decirle que no quiero el divorcio, que... que...

La doncella se echó a reír.

—Ni siquiera podéis decirlo. Lo amáis, ¿verdad?

La señora hizo una pausa, seria, antes de responder.

—Sí, lo amo.

—Ahora tenemos que trazar nuestros planes. Vos no podéis ir en su busca: le daríais motivos para jactarse eternamente. Además, no sabríais cómo hacerlo. Os mostraríais fría y lógica, en vez de llorar y suspirar.

—¿Llorar y...? —Judith parecía ofendida.

—¿Os dais cuenta de lo que quiero decir, señora? Cierta vez vos dijisteis que yo daba demasiada importancia al aspecto personal, y yo dije que vos le dabais demasiado poca. Por una vez tenéis que usar vuestra belleza en beneficio propio.

—Pero ¿cómo? Gavin me ha visto con todos los ropajes. Mi aspecto no le causará efecto alguno.

—¿Eso pensáis? —Joan se echó a reír—. Prestadme atención. En pocos días haré que lord Gavin esté arrastrándose a vuestros pies.

—Sería bonito, para variar —sonrió Judith—. Sí, me gustaría.

—Dejad las cosas de mi cuenta. Abajo hay un mercader italiano que trae paños...

—¡No necesito más ropa! —protestó Judith, echando un vistazo a los cuatro grandes arcones que tenía en el cuarto.

La doncella sonrió con aire secreto.

—Dejad que yo me encargue de los hombres. Vos limitaos a descansar, porque necesitaréis de todas vuestras fuerzas.

La noticia de que Judith pedía el divorcio se esparció como fuego por toda la Corte. El divorcio no era algo desacostumbrado, pero aquel matrimonio era muy reciente. Las reacciones fueron extrañas. Las mujeres (herederas huérfanas o jóvenes viudas) acudieron en tropel a Gavin, percibiendo que su largo amorío con Alice Chatworth había terminado. Por lo visto, su encantadora esposa no tenía reclamación alguna que hacer. Para ellas Gavin era un hombre sin vínculos amorosos, que pronto necesitaría a una de ellas como esposa.

Pero los hombres no corrieron en busca de Judith. No eran dados a actuar primero y a pensar después. La reina mantenía a la joven a su lado, otorgándole un tratamiento preferencial o (según el modo de ver masculino) custodiándola como una osa a sus cachorros. Los hombres sabían también que el rey Enrique no solía retener en la Corte a una pareja distanciada, pues no le gustaba el divorcio y habitualmente despedía a los súbditos que estaban en esa situación. En verdad, lady Judith era encantadora y muy rica, pero con demasiada frecuencia uno sentía sobre sí los ojos de Gavin cuando contemplaba durante demasiado tiempo a aquella belleza de ojos dorados. Más de uno expresó la opinión de que una buena paliza habría impedido que Judith hiciera públicas sus diferencias.

—¿Señora?

Judith levantó la vista de su libro y sonrió a Alan Fairfax. Su nuevo vestido era muy sencillo: tenía un escote cuadrado y largas mangas ajustadas; bajaba hasta más allá de sus pies, de modo que formaba un pequeño charco de tela en el suelo cuando ella se levantaba. Para caminar, tenía que cargar parte de la falda sobre el brazo. Los costados estaban bien ceñidos por ataduras. Pero lo original era su color: negro como la medianoche.

No tenía cinturón ni manto. Le rodeaba el cuello una filigrana de oro con grandes rubíes. Judith llevaba el pelo suelto sobre la espalda y sin cubrir. Había vacilado ante el vestido negro, preguntándose hasta qué punto era adecuado; no sospechaba que el negro haría brillar su piel como una perla. El oro del collar reflejaba el tono de sus ojos y los rubíes quedaban en un segundo plano bajo el fulgor de su cabellera rojo-dorada.

Alan apenas logró contenerse para no mirarla con la boca abierta. Por lo visto, Judith ignoraba que estaba volviendo locos a los hombres de la Corte, y no sólo a su esposo.

—¿Vais a permanecer dentro en un día tan hermoso? —consiguió balbucear el muchacho.

—Así parece —sonrió ella—. A decir verdad, hace varios días que no me alejo mucho de estos muros.

Él le ofreció el brazo.

—¿Y no querríais pasear conmigo?

Judith se levantó, aceptando su brazo.

—Sería un verdadero placer, amable señor.

Tomó aquel brazo con firmeza, feliz de conversar otra vez con un hombre. Desde hacía varios días todos parecían evitarla. La idea la hizo reír en voz alta.

—¿Os divierte algo, mi señora?

—Se me ha ocurrido que debéis de ser un hombre valiente. En esta última semana he comenzado a pensar que quizás esté enferma de peste o de algo peor. Basta que yo mire a un hombre para que él huya subrepticiamente como si corriera un peligro mortal.

A Alan le tocó entonces el turno de reír.

—No sois vos quien los ahuyenta, sino vuestro esposo.

—Pero quizá... pronto no sea ya mi esposo.

—¿Quizá? —inquirió Alan, arqueando una ceja—. Me parece percibir ahí una nota de incertidumbre.

Judith guardó silencio por un instante.

—Temo que soy transparente.

Él le cubrió una mano con la suya.

—Os enfadasteis mucho... y con razón. Lady Alice...
—se interrumpió al notar que ella se ponía rígida—. No
ha sido correcto de mi parte mencionarla. ¿Habéis per-
donado a vuestro esposo?

Judith sonrió.

—¿Es posible amar sin perdonar? Si es posible, ese
parece ser mi destino.

—¿Por qué no os acercáis a él y ponéis fin a este dis-
tanciamiento?

—¡Oh, no conocéis a Gavin, lord Alan! Tendría que
soportar sus jactancias y sus sermones.

Alan rió entre dientes.

—Entonces necesitáis que él venga por propia voluntad.

—Es lo que dice mi doncella, aunque no me ha indicado cómo lograrlo.

—Sólo hay una manera. Vuestro esposo es hombre
celoso, señora. Si dedicáis parte de vuestro tiempo a otro,
lord Gavin no tardará en reconocer su error.

—¿Y a qué hombre? —preguntó Judith, puesto que
conocía a tan pocas personas en la Corte.

—Me ofendéis profundamente —rió el joven, con
un fingido gesto de desesperación.

—¿Vos? ¡Pero si no tenéis interés alguno en mi causa!

—En ese caso, tendré que obligarme a pasar algunos ratos con vos. En verdad, será una tarea dificilísima.
Pero os debo un favor.

—No me debéis nada.

—Claro que sí. Se me usó para jugaros una mala pasada, señora, y quisiera compensarlo.

—¿Una mala pasada? No sé a qué os referís.

—Es un secreto mío. Pero no sigamos enredados en asuntos serios. Este día es para el placer.

—Sí —reconoció ella—. Nos conocemos muy poco. Habladme de vos.

Alan sonrió, provocativo.

—Mi vida es larga y muy interesante. Creo que mi historia nos llevaría todo el día.

—En ese caso, comenzad ahora mismo —rió la muchacha.

29

Alan y Judith abandonaron el ruido y la confusión de la casa real para caminar hacia el parque boscoso que rodeaba las murallas del castillo. La caminata era larga, pero ambos disfrutaron de ella.

Para Judith fue una tarde interesante. Ahora comprendía que nunca había tratado con los hombres. Alan era entretenido, y el día pasó con rapidez. Al joven le fascinó tratar con una mujer tan bien educada. Rieron juntos ante las confesiones de Judith, quien contó que sus doncellas solían llevarle en secreto relatos románticos para que ella se los leyera en voz alta. Alan estaba seguro de que la muchacha no tenía conciencia de lo poco ortodoxo de su infancia. Sólo avanzada la tarde habló ella de su vida de casada. Contó cómo había reorganizado el castillo de Gavin, y mencionó de pasada sus tratos con el armero. Alan empezaba a comprender los arrebatos de Gavin; cualquier hombre necesitaba mucha fortaleza para hacerse a un lado y permitir que su esposa impusiera sus propias órdenes.

Conversaron y rieron hasta que el sol estuvo bajo en el cielo.

—Tenemos que regresar —dijo Alan—, pero detesto dar por terminada la diversión.

—Estoy de acuerdo —sonrió la muchacha—. De verdad me he divertido. Me alegra alejarme de la Corte, donde hay tantos rumores y rencillas disimuladas.

—No es mal sitio... a menos que uno mismo sea el blanco de la maledicencia.

—Como yo ahora —observó ella con una mueca dolida.

—Sí. Hacía años que no se contaba con tan buen tema de conversación.

—Sir Alan —rió ella—, ¡qué cruel sois conmigo!

Lo enlazó por el brazo y le sonrió.

—¡Ajá! —siseó una voz a poca distancia—. ¡Es aquí donde te escondes!

Judith giró en redondo y vio a Alice de pie a un lado.

—¡Pronto será mío! —se jactó la mujer, acercándose a ella—. Cuando se libre de ti volverá a buscarme.

Judith dio un paso atrás. La luz que brillaba en aquellos ojos azules no era natural. Sus labios se curvaban, mostrando los dientes desiguales que habitualmente ocultaba con tanto cuidado.

Alan se interpuso entre ambas.

—¡Marchaos, lady Alice! —amenazó en voz baja.

—¿Te ocultas detrás de tu amante? —chilló Alice sin prestarle atención—. ¿No puedes esperar el divorcio para buscar a otros?

La mano de Alan se cerró sobre el hombro de Alice.

—Marchaos y no regreséis. Si os veo otra vez cerca de lady Judith, tendréis que responder ante mí.

La mujer quiso decir algo más, pero aquella mano clavada en su hombro se lo impidió. Giró en redondo sobre un solo talón y se marchó a grandes zancadas.

Alan se volvió hacia Judith, que seguía a la mujer con la mirada.

—Parecéis algo asustada.

—Y lo estoy —reconoció ella, frotándose los brazos—. Esa mujer me da escalofríos. Antes la creía enemiga mía, pero ahora casi me inspira compasión.

—Sois bondadosa. Cualquier mujer la odiaría por lo que os ha hecho.

—Yo también la odiaba. Tal vez aún siento lo mismo, pero no puedo culparla por todos mis problemas. Muchos han sido causados por mí misma y por...

Se interrumpió, bajando la vista.

—¿Y por vuestro esposo?

—Sí —susurró ella—. Por Gavin.

Alan estaba muy cerca. Caía rápidamente la oscuridad. Habían pasado juntos el día entero. Tal vez fue por la luz delicada de su cabellera y sus ojos: él no pudo evitar besarla. Le tomó la barbilla en la mano para levantarle la cara y la besó en los labios, susurrando:

—Dulce y encantadora Judith, te preocupas demasiado por los otros y muy poco por ti misma.

Judith se sobresaltó, pero aquella caricia no le pareció ofensiva. Tampoco muy estimulante. Mantuvo los ojos abiertos y observó las pestañas de Alan contra sus mejillas. Sus labios eran suaves y agradables, pero no encendían fuego en ella.

Un momento después, se abrió el mundo y brotó el infierno. Judith se vio violentamente apartada de Alan y arrojada contra un árbol. Por un instante perdió el sentido. Miró a su alrededor, aturdida. Alan estaba en el suelo, manando sangre por la comisura de la boca, y se frotaba la mandíbula, moviéndola con cuidado. Gavin se inclinó como para atacarlo otra vez.

—¡Gavin! —gritó ella, arrojándose contra su esposo.

Él la apartó sin prestarle atención.

—¿Cómo os atrevéis a tocar lo que me pertenece? —gruñó al caballero—. ¡Pagaréis esto con vuestra vida!

Alan se puso inmediatamente de pie y echó mano de la espada. Se miraban echando chispas, sin hablar, con las narices dilatadas de cólera. Judith se interpuso, enfrentándose a su esposo.

—¿Quieres pelear por mí después de haberme abandonado voluntariamente?

Al principio él pareció no escuchar, no reparar siquiera en su presencia. Poco a poco apartó la vista de Alan para mirar a su esposa.

—No he sido yo quien te ha abandonado —dijo, sereno—. Has sido tú.

—¡Pero tú me has dado justos motivos! —estalló ella—. Durante toda nuestra vida de casados te has resistido cada vez que traté de ofrecerte amor.

—Nunca me has ofrecido amor —fue la respuesta.

Judith lo miraba con fijeza. Estaba olvidando su furia.

—No he hecho otra cosa desde que nos casamos, Gavin. He tratado de satisfacerte en todo, de ser como tú querías; pero tú querías que yo fuera... ¡ella! Y yo no puedo ser sino yo misma.

Bajó la cabeza para disimular sus lágrimas. Gavin dio un paso hacia ella, pero se volvió para mirar a Alan con odio. Judith sintió la tensión y levantó la vista.

—Si le tocas un solo cabello, lo lamentarás —advirtió.

Gavin, con el entrecejo fruncido, quiso decir algo, pero poco a poco acabó por sonreír.

—Había empezado a pensar que mi Judith ya no existía —susurró—. Pero sólo estaba oculta bajo un manto de dulzura.

Alan tosió para disimular una carcajada.

Judith irguió la espalda y echó los hombros hacia atrás. Se alejó de aquellos dos, disgustada porque ambos se rieran de ella.

Gavin la observó un momento, sin decidirse entre el deseo de pelear con Alan Fairfax y el de correr tras su esposa. Judith venció con holgura. En tres largos pasos la tuvo en sus brazos. Alan se apresuró a dejarlos solos.

—Si no te quedas quieta, te pondré en la rama de un árbol hasta que no puedas moverte.

La horrible amenaza la inmovilizó. Gavin se sentó en el suelo con ella, sujetándole los brazos.

—Así me gusta más —dijo, al verla más serena—. Ahora yo hablaré y tú escucharás. Me has humillado en público. ¡No! —se interrumpió—. No digas nada hasta que yo haya terminado. Puedo soportar que me ridiculices en mi propio castillo, pero ya estoy harto de que lo hagas delante del rey. Y ahora toda Inglaterra se ríe de mí.

—Al menos eso me da cierto placer —dijo Judith, presuntuosa.

—¿De veras, Judith? ¿Esto te ha dado placer?

Ella parpadeó con rapidez.

—No. Pero no es culpa mía.

—Cierto. Eres inocente de la mayor parte. Pero te he dicho que te amo y te he pedido perdón.

—Y yo te he dicho que...

Él le apoyó dos dedos en los labios y ahogó con ellos sus palabras.

—Estoy cansado de reñir contigo. Eres mi esposa, me perteneces y quiero tratarte como corresponde. No habrá divorcio —sus ojos se oscurecieron—. Tampoco volverás a pasar la tarde con jóvenes caballeros. Mañana abandonaremos este nido de chismosos para volver a casa. Allí te encerraré en una torre, si hace falta, y sólo yo tendré la llave. Tardaremos mucho tiempo en acallar las risas en toda Inglaterra, pero se puede conseguir —hizo una pausa, sin que Judith hablara—. Lamento mucho la mala pasada de Alice. También yo he derramado muchas lágrimas por el niño que hemos perdido. Pero con divorciarnos no cambiaremos nada. Sólo espero dejarte embarazada pronto, para que eso cure tu herida. Pero si no lo crees así, no importa: voy a hacer las cosas a mi modo.

Gavin lo había dicho todo con decisión. Judith, sin responder, permaneció quieta entre sus brazos.

—¿No tienes nada que decir? —preguntó él.

—¿Y qué podría decir? No creo que se me permita dar una opinión.

Él tenía la vista perdida en la verde campiña.

—¿Tanto te repugna la idea?

Judith no pudo contenerse por más tiempo; se echó a reír. Gavin la miró con extrañeza.

—Dices que me amas y que me retendrás encerrada en una torre, donde pasaremos noches de pasión. Admites que la mujer a quien juraste amar ha sido falsa contigo. Me dices todo esto y me preguntas si me repugna la idea. Me has dado lo que más deseaba desde el momento en que te vi por primera vez, en la iglesia.

Él continuaba mirándola.

—Judith —murmuró, vacilante.

—Te amo, Gavin —sonrió ella—. ¿Es tan difícil de comprender?

—Pero hace tres días... el divorcio...

Esta vez fue ella quien le apoyó dos dedos en los labios.

—Me has pedido perdón. ¿Podrás perdonarme tú?

—Sí —susurró Gavin, besándola. Pero se retiró bruscamente—. ¿Y qué me dices de ese hombre que te ha besado? ¡Voy a matarlo!

—¡Pero no! Ha sido sólo una muestra de amistad.

—Pues no me parecía...

—¿Te estás encolerizando otra vez? —acusó ella con chispas en los ojos—. Me he pasado días enteros viendo cómo te manoseaban las mujeres.

Él rió entre dientes.

—Debería haber disfrutado de la ocasión, pero no fue así. Me has arruinado para toda la vida.

—No comprendo.

—Las mujeres sólo hablaban de trapos y... cremas faciales —explicó Gavin con un chisporroteo en la mirada—. He tenido problemas con las anotaciones contables y ninguna de ellas ha sabido ayudarme.

Judith se preocupó de inmediato.

—¿Has dejado otra vez que ese panadero te robe? —Y quiso levantarse—. Vamos, anda. Tengo que ver eso inmediatamente.

Gavin la ciñó entre los brazos.

—¡No te irás! ¡Al diablo con los registros! ¿No puedes usar tu dulce boca para algo que no sea parlotear?

Ella le sonrió con aire inocente.

—¿No soy vuestra propiedad y vos el amo?

Él ignoró la pulla.

—Pues ven, esclava, y busquemos una guarida secreta en este oscuro bosque.

—Sí, mi amo. Como vos mandéis,.

Y se adentraron en el bosque tomados de la mano.

Pero no estaban solos. Alice había presenciado sus palabras de amor y juegos. Los observaba con ojos febriles.

—Venid, pequeña —dijo Ela, llevándosela por la fuerza.

Miró con odio a la pareja que caminaba por entre los árboles, entrelazando los cuerpos. ¡Esos demonios jugaban con su Alice! La provocaban y se reían de ella hasta enloquecer a la pobre niña. Pero ya lo pagarían bien caro.

—Buenos días —susurró Judith, acurrucándose contra su marido.

Él la besó en la frente, sin responder.

—¿Es cierto que nos vamos hoy?

—Solo si tú quieres.

—Oh, sí que quiero. Estoy harta de chismes, de miradas ladinas y de hombres que me hacen preguntas indecentes.

—¿Qué hombres? —inquirió Gavin, frunciendo el entrecejo.

—No me confundas —replicó ella. De pronto se sentó en la cama, dejando caer las mantas—. ¡Tengo que hablar con el rey ahora mismo! No puedo permitir que siga adelante con el divorcio. Tal vez se pueda detener al mensajero.

Gavin tiró de ella para acostarla en la cama y le deslizó los dientes por el tendón del cuello. Habían hecho largamente el amor en el bosque, pero estaba lejos de sentirse saciado.

—No hay prisa alguna. El Papa no recibirá ningún mensaje.

—¿Cómo? —se extrañó Judith, apartándose—. ¿Qué estás diciendo? Hace varios días que pedí el divorcio al rey.

—El mensaje no fue enviado.

Judith se apartó a viva fuerza.

—¡Exijo una explicación, Gavin! Hablas en acertijos.

Él se incorporó.

—El rey Enrique me reveló tu solicitud y preguntó si yo también quería el divorcio. Respondí que era un absurdo imaginado por ti debido a tu enfado. Le dije que te arrepentirías en poco tiempo.

Judith abrió la boca para hablar, con los ojos muy grandes. Por fin barbotó:

—¡Cómo te has atrevido a ...! ¡Yo tenía todo el derecho...!

—Judith —interrumpió él—, no se puede otorgar el

divorcio a cualquier mujer que se enfade con su marido. De ese modo no quedarían matrimonios.

—Pero tú no tenías derecho...

—¡Tengo todo el derecho del mundo! Soy tu esposo y te amo. ¿Quién puede tener más derechos que yo? Ahora ven aquí y deja de hablar.

—¡No me toques! ¿Cómo voy a mirar al rey después de lo que me has dicho?

—Lo has mirado estos días y no pareces haber sufrido daño alguno —apuntó él, mirándole los pechos desnudos.

Ella se cubrió con las mantas hasta el cuello.

—¡Te has reído de mí!

—¡Judith! —exclamó Gavin en voz baja y amenazadora—. Te he soportado muchas cosas en este caso. He soportado las risas y el ridículo, todo con intención de apaciguarte. Pero basta ya. Si no te comportas debidamente, te pondré sobre las rodillas para darte una buena zurra en ese bonito trasero. ¡Ahora ven aquí!

Judith iba a desafiarlo, pero acabó por sonreír y se acurrucó contra su pecho.

—¿Por qué estabas tan seguro de que no me divorciaría de ti?

—Porque te amaba lo suficiente como para impedirlo. En verdad te habría encerrado en una torre antes de verte en brazos de otro.

—Pero has soportado las burlas por el divorcio.

Gavin emitió una risa despectiva.

—No tenía intenciones de hacerlo. No sabía que tu rabieta llegaría a ser de público conocimiento. Claro, que había olvidado hasta qué punto es chismosa la Corte. Aquí nadie hace nada sin que todos lo sepan.

—¿Cómo se divulgó la noticia?

—Por las doncellas, supongo. ¿Cómo se supo lo de la treta de Alice?

Judith levantó la cabeza.

—¡No vuelvas a mencionarme a esa mujer!

Gavin volvió a estrecharla contra su pecho.

—¿No sabes perdonar? Esa mujer me ama, tal como en otros tiempos yo creí amarla. Lo ha hecho todo por ese amor.

Judith soltó un suspiro exasperado.

—Aún no puedes pensar mal de ella, ¿eh?

—¿Sigues celosa? —inquirió él, sonriente.

Ella lo miró con mucha seriedad.

—En cierto sentido, sí. A ella siempre la imaginarás perfecta. Todo cuanto ha hecho lo interpretas como actos de amor. La creerás siempre pura y perfecta. A mí, en cambio...

—¿A ti qué? —le provocó él.

—Yo soy terrenal. Represento a la mujer que tienes y puedes poseer. Alice representa el amor etéreo.

Él frunció el entrecejo.

—Dices que me equivoco, pero ¿qué otro motivo tuvo ella para hacer lo que hizo?

Judith movió negativamente la cabeza.

—Codicia. Te cree suyo y piensa que yo te he robado a ella. No te ama más de lo que me ama a mí... descontando el hecho de que tú tienes con qué dar a su cuerpo algún placer... por breve que sea.

Gavin arqueó una ceja.

—¿Me insultas?

—No, pero escucho los rumores que corren. Los hombres se quejan de que tiende a la violencia.

Gavin ahogó una exclamación.

—No volvamos a hablar de esto —dijo con frialdad—. Eres mi esposa y te amo, pero aun así no quiero que te ensañes con alguien tan desdichado. Tú has ganado, ella ha perdido. Con eso debería bastarte.

Judith parpadeó para alejar las lágrimas.

—Te amo, Gavin. Te amo profundamente, pero temo que no tenga tu amor íntegro mientras la enfermedad de Alice Chatworth siga carcomiéndote el corazón.

Gavin frunció el ceño, estrechándola con más fuerza.

—No tienes motivos para tenerle celos.

La muchacha iba a hablar, pero calló. ¿De qué servirían sus palabras? Siempre tendría que ceder un trocito del corazón de su esposo a una gélida belleza rubia. Y no había palabras que pudieran alterar esos sentimientos.

Despedirse de sus conocidos en la Corte no fue fácil para Judith. La reina, en especial, había llegado a ser su amiga. En el momento de hacer la reverencia ante el rey, sintió que enrojecía. Lamentaba haber pedido el divorcio, pero al menos se había dado cuenta de su error y ambos seguían unidos. Levantó la cabeza con una sonrisa. El saber que Gavin la amaba tanto como ella a él hacía que valiera la pena haber pasado por tanto bochorno, por tantas burlas.

—Echaremos de menos vuestro bello rostro, señora —dijo Enrique, sonriente—. Espero que volváis pronto a visitamos.

Gavin la rodeó con un brazo, posesivo.

—¿Su bello rostro o la diversión que ha proporcionado?

—¡Gavin! —se escandalizó la muchacha.

El rey echó la cabeza atrás y bramó de risa.

—Es cierto, Gavin —dijo al cabo—. Puedo asegurar que no me he divertido tanto en muchos años. No creo que haya muchos matrimonios tan fascinantes como éste.

Gavin le devolvió la sonrisa.

—Será cuestión de vigilar a Stephen. He oído decir

que su novia, la escocesa, lo amenazó con un puñal en la noche de bodas.

—¿Lo hirió? —preguntó el rey, preocupado.

—No —fue la sonriente respuesta—, pero imagino que no pudo dominar igualmente su carácter. Tal vez la mujer tuviera motivos para encolerizarse. Después de todo, Stephen llegó a su propia boda con tres días de retraso.

El rey Enrique sacudió la cabeza.

—No lo envidio —aseguró, sonriente—. Al menos, uno de los hermanos Montgomery está perfectamente.

—Sí —reconoció el joven, acariciando el brazo de su esposa—. En verdad todo está bien.

Terminaron de despedirse y abandonaron el salón grande. Les había llevado la mayor parte del día hacer el equipaje para iniciar el viaje de regreso. En realidad deberían haber esperado hasta el día siguiente, pero todo el mundo parecía tan dispuesto a partir como Judith y Gavin. Contando el tiempo pasado en el castillo de Demari y la estancia en la Corte, llevaban muchas semanas ausentes.

Mientras ellos montaban a caballo y se despedían con la mano de las personas reunidas para saludarlos, sólo una los observaba con preocupación. Alan Fairfax no había podido hallar un momento para estar a solas con Judith, como esperaba. Temprano por la mañana, Alice Chatworth había abandonado el castillo con sus sirvientes y sus pertenencias. Todos los de la Corte parecían creer que la mujer aceptaba su derrota al ver a la pareja reconciliada, pero Alan pensaba distinto. Tenía la sensación de conocer a fondo a aquella mujer. Alice había sido humillada y buscaría venganza.

Cuando la partida de Montgomery estuvo fuera de las murallas, Alan montó a caballo y los siguió a discreta distancia. No venía mal andarse con cautela... al menos hasta que lady Judith estuviera a salvo tras las murallas de su propio castillo.

Alan, sonriendo, flexionó la mandíbula dolorida por el golpe del día anterior. No había expresado de viva voz sus temores, sabiendo que lord Gavin le atribuía un interés muy poco caballeresco por su esposa. Tal vez fuera cierto, en el fondo. Tal vez en un principio lo había sentido. Pero comenzaba a mirar a Judith como a una hermana menor.

Suspiró y estuvo a punto de reír en voz alta. Al menos, podía reconocerlo ante sí mismo: dado el modo en que ella miraba a su marido, no tenía esperanzas de encontrar en ella nada más.

30

El agua templada era algo celestial contra la piel desnuda de Judith, pero mejor aún que el agua era la libertad. No había chismosos de la Corte que los observaran, haciendo comentarios sobre su conducta indecorosa. Y en verdad la conducta que ahora observaban era muy indecorosa para un conde y su condesa, propietarios de vastas propiedades. Habían viajado durante tres días antes de ver aquel encantador lago azul, una esquina del cual estaba oculta por sauces llorones. En él estaban ambos, jugando como niños.

—Oh, Gavin —dijo Judith, con voz que era mezcla de risita y susurro.

La risa de Gavin resonó profundamente en su garganta. La levantó en vilo sobre el agua y la dejó caer otra vez. Llevaban una hora jugando de ese modo, persiguiéndose para besarse y tocarse. Las ropas yacían en la orilla, amontonadas, mientras ellos se movían sin estorbos en el agua.

—Judith —susurró Gavin, acercándose—, haces que olvide mis deberes. Mis hombres no están habituados a semejante descuido.

—Tampoco yo estoy habituada a tanta atención —replicó ella, mordisqueándole el hombro.

—No vuelvas a empezar. Debo regresar al campamento. —Ella suspiró, comprendiendo que era verdad.

Caminaron hasta la orilla y Gavin se vistió de prisa. Luego esperó a su mujer, impaciente. Ella sonrió.

—¿Cómo quieres que me vista si me estás mirando así? Vuelve al campamento, que yo te seguiré dentro de un ratito.

—No me gusta dejarte sola —protestó él con el entrecejo fruncido.

—Estamos muy cerca del campamento. No puede pasarme nada.

Él se inclinó para darle un feroz abrazo.

—Perdóname si te protejo demasiado. Es que estuve muy cerca de perderte por lo del niño.

—No fue por eso por lo que estuviste a punto de perderme.

Él, riendo, le dio una palmada en el trasero mojado.

—Vístete, pícara, y vuelve cuanto antes al campamento.

—Sí, mi señor —sonrió ella.

Al quedar a solas, Judith se vistió con lentitud, disfrutando de aquella soledad que le permitía un momento para sus cavilaciones. Los últimos días habían sido un deleite: por fin, Gavin era suyo. Ya no ocultaban su mutuo amor. Una vez vestida, no regresó al campamento; prefirió sentarse bajo un árbol a disfrutar de aquel lugar apacible.

Pero no estaba sola. A poca distancia había un hombre que apenas se había alejado de ella desde el comienzo del viaje, aunque Judith no lo hubiera visto ni supiera que estaba tan cerca. Alan Fairfax se mantenía discretamente oculto, pero la vigilaba sin molestarla. Después de seguirla durante varios días, empezaba a tranquilizarse. Varias veces se había preguntado por qué la custodiaba así, puesto que ella contaba con su marido, que apenas se apartaba de su lado.

Distraído en maldecirse por su estupidez, no oyó los pasos que se acercaban por detrás. Una espada descendió contra su sien con fuerza brutal. El joven cayó hacia adelante, entre las hojas del suelo.

Sin previo aviso, Judith sintió que le arrojaban una capucha sobre la cabeza y le sujetaban los brazos por atrás, impidiéndole todo forcejeo. La sofocante tela ahogó sus gritos. Un hombre se la cargó a la espalda, dejándola casi sin respiración.

Él secuestrador pasó junto al cuerpo inerte de Alan y echó una mirada interrogante a la mujer montada.

—Déjalo. Él dirá a Gavin que ésta ha desaparecido. Entonces él vendrá por mí. Y ya veremos a cuál de las dos prefiere.

El hombre no reveló lo que pensaba. Se limitaba a cobrar su dinero y a ejecutar la tarea encomendada. Cargó el bulto en la montura y siguió a Alice Chatworth a través del bosque.

Alan despertó rato después, confundido y con un horrible dolor de cabeza. Al levantarse, tuvo que apoyarse contra un árbol. A medida que se le aclaraba la vista, recordó a Judith y comprendió que debía informar a Gavin, para que ambos pudieran iniciar la búsqueda. A tropezones inició la marcha hacia el campamento.

Gavin le salió al encuentro a medio camino.

—¿Qué haces aquí? —acusó—. ¿No te bastó con tocar a mi mujer en la Corte? ¿Crees que voy a perdonarte otra vez la vida?

—¡Han secuestrado a Judith! —exclamó el joven, llevándose una mano a la cabeza palpitante.

Gavin lo sujetó por el cuello y lo levantó en vilo.

—¡Si le has tocado un solo cabello te...!

Alan ahogó una exclamación y, olvidándose del dolor de cabeza, se liberó de aquella mano.

—Eres tú quien puede haberle hecho daño. Aunque no lo creas, lady Alice es capaz de cualquier fechoría. Y tú has dejado a Judith sin protección.

—¿Qué estás diciendo?

—¡Qué necio eres! Alice Chatworth ha tomado prisionera a tu esposa... y tú no haces sino hablar.

Gavin se quedó mirándolo con fijeza.

—Alice... mi esposa... ¡No te creo!

Alan le volvió la espalda.

—Me creas o no, no seguiré perdiendo el tiempo en charlas. Iré solo a buscarla.

Gavin no volvió a pronunciar palabra: giró en redondo y regresó al campamento. Pocos instantes después, él y varios de sus hombres estaban ya a lomos de caballo y alcanzaban a Alan.

—¿A la casa de Chatworth?

—Sí —fue la grave respuesta.

Fueron las únicas palabras que intercambiaron los caballeros, mientras cabalgaban juntos en pos de los secuestradores.

—Bienvenida a mi casa —dijo Alice cuando cayó la capucha. La joven secuestrada respiró con dificultad—. ¿No te ha gustado el paseo? Lo siento mucho. Las mujeres como tú están habituadas a lo mejor, sin duda.

—¿Qué quieres de mí? —preguntó Judith, tratando de calmar su dolor de hombros, pues las sogas que le sujetaban las muñecas casi le dislocaban los brazos.

—De ti, nada —aclaró Alice—. Pero tienes lo que es mío y quiero su devolución.

Judith alzó el mentón.

—¿Te refieres a Gavin?

—Sí —se jactó Alice—. Me refiero a Gavin. Mi Gavin. Siempre mío.

—¿Por qué no te casaste con él cuando te lo propuso? —preguntó Judith con calma.

Alice abrió mucho los ojos. Sus labios se curvaron en una mueca que dejó los dientes al descubierto. Sus manos se convirtieron en garras que buscaron la cara de la muchacha.

Judith se apartó y aquellos garfios no la alcanzaron. Ela sujetó con fuerza el brazo de su ama.

—Vamos, tesoro, no os alteréis. Ella no vale la pena.

Alice pareció relajarse.

—¿Por qué no vais a descansar? —la tranquilizó la doncella—. Yo me quedaré con ella. Tenéis que lucir vuestro mejor aspecto cuando llegue lord Gavin.

—Sí —reconoció Alice en voz baja—. Tengo que lucir como nunca.

Y se retiró sin mirar a Judith.

Ela sentó su cuerpo grande y blando en una silla, cerca de la que ocupaba Judith, y tomó un tejido.

—¿Qué casa es ésta? —preguntó la muchacha.

La doncella no levantó la vista.

—La finca Chatworth, una de las que posee lady Alice, mi señora —respondió con aire de orgullo.

—¿Por qué me han traído?

Ela hizo una breve pausa en su tejer, pero lo reanudó de inmediato.

—Porque mi señora desea ver nuevamente a lord Gavin.

—¿Y tú crees eso? —apuntó Judith, perdiendo la compostura—. ¿Crees que esa loca sólo quiere ver a mi esposo?

Ela arrojó el tejido en su regazo.

—¡No os atreváis a llamar loca a mi señora! Vos no la conocéis como yo. No ha llevado una vida fácil. Hay motivos.

Y cruzó el cuarto a grandes pasos hacia la ventana.

—Bien sabes que está demente, ¿verdad? —insistió Judith en voz baja—. El hecho de que Gavin la haya rechazado la ha llevado a la locura.

—¡No! —exclamó la anciana doncella. Pero se calmó—. Lord Gavin no podría rechazar a mi Alice. Ningún hombre podría rechazarla. Es hermosa y siempre lo ha sido. Incluso cuando era un bebé, fue la más encantadora de cuantas he visto.

—¿Estás junto a ella desde que era niña?

—Sí, siempre junto a ella. Cuando nació, yo ya había dejado atrás la edad de tener hijos propios. La pusieron bajo mi cuidado y ha sido como un don del cielo para mí.

—Serías capaz de cualquier cosa por ella.

—Sí —afirmó Ela—. Sería capaz de cualquier cosa.

—Hasta de matarme para que ella se quedara con mi esposo.

La anciana miró a Judith con ojos preocupados.

—Nadie va a mataros. Es que lady Alice necesita volver a estar con lord Gavin, y vos no lo permitís. Vos sois egoísta. Le habéis quitado a su hombre y no sentís piedad ni simpatía por el dolor de mi ama.

La muchacha sintió que perdía los estribos.

—Me ha mentido, me ha engañado, ha hecho cuanto ha podido para quitarme a mi esposo. Una de sus tretas costó la vida de mi hijo.

—¡Un hijo! —siseó Ela—. Mi adorable señora no puede tener hijos. ¿Sabéis vos cuánto desea uno? ¡Un hijo de lord Gavin, el que vos le robasteis! Si perdisteis lo que debía ser de mi señora, bien merecido lo tenéis.

Judith iba a decir algo, pero se interrumpió. La doncella estaba tan loca como su ama. La defendería contra todo cuanto se le dijera.

—¿Y qué pensáis hacer conmigo?

Ela volvió a su tejido, notando que la prisionera estaba más tranquila.

—Seréis nuestra... huésped durante algunos días. Cuando venga lord Gavin, se le permitirá pasar algún tiempo con lady Alice. Cuando vuelvan a estar juntos, él comprenderá que la ama. Sólo harán falta unos pocos días, tal vez unas pocas horas, para que él se olvide de vos, pues en verdad estaba enamorado de lady Alice mucho antes de su casamiento. Ése habría sido un verdadero matrimonio de amor, no por interés, como el que lo llevó a vos. Ahora mi señora es una viuda rica, que puede aportar vastas tierras a la familia Montgomery.

Judith permanecía en silencio, contemplando el movimiento de las agujas. La anciana doncella tenía una expresión satisfecha. La muchacha habría querido hacerle muchas preguntas: cómo pensaba Alice liberar a Gavin para que pudiera casarse nuevamente, por ejemplo. Pero la prudencia le impidió formularlas. Habría sido inútil.

Durante la feroz cabalgata hasta la casa solariega de Chatworth, Gavin guardó silencio. No podía convencerse de que hallaría a Judith prisionera de Alice. Sabía del engaño practicado por Alice en la Corte y no ignoraba lo que se decía de ella, pero en verdad no encontraba malignidad en aquella mujer. Aún la consideraba una muchacha muy dulce, a la que el amor por él había llevado a grandes extremos.

El portón principal estaba abierto. Gavin arrojó a Alan una mirada de triunfo: en aquel lugar no se podía tener cautiva a una heredera.

—Gavin —exclamó Alice, corriendo a su encuentro—. Tenía la esperanza de que vinieras a visitarme.

Estaba más pálida que nunca; lucía un vestido de seda azul que hacía juego con sus ojos.

Gavin desmontó y se mantuvo a distancia, tieso.

—¿Está mi esposa aquí? —preguntó con frialdad.

La mujer dilató los ojos.

—¿Tu esposa? —preguntó con inocencia.

Alan alargó una mano y la sujetó por el antebrazo.

—¿Dónde la tienes, grandísima perra? No tengo tiempo para tus juegos.

Gavin le dio un fuerte empellón que arrojó al joven contra su caballo.

—¡No vuelvas a tocarla! —advirtió. Y se volvió hacia Alice—. Quiero una respuesta.

—Entrad —invitó Alice. Pero se interrumpió al ver la expresión de Gavin—. Ella no acostumbra visitarme.

—En ese caso, nos vamos. La han secuestrado y tenemos que buscarla.

Alice, viendo que estaba a punto de montar otra vez, se arrojó contra él.

—¡No! ¡No me dejes, Gavin! ¡No me dejes, por favor!

Él trató de apartarla.

—Vuestra esposa está aquí.

Al volverse, Gavin vio a Ela de pie en el umbral.

—La mujer está aquí, a salvo, pero no seguirá estando a salvo si hacéis daño a mi lady Alice.

Gavin se puso junto a aquella anciana en un segundo.

—¿Me amenazas, vieja bruja? —Y volviéndose hacia Alice—: ¿Dónde está?

Los ojos de la rubia desbordaban grandes y encantadoras lágrimas. No dijo palabra.

—¡Pierdes el tiempo! —advirtió Alan—. Tenemos que echar abajo esta mansión hasta hallarla.

Gavin dio un paso hacia la casa.

—¡No la hallarás!

Gavin giró en redondo. La voz era una versión distorsionada de la de Alice: chillona y aguda. Su boquita, contraída en una mueca, descubría dientes muy torcidos. ¿Cómo era posible que él no hubiera reparado nunca en ese detalle?

—Está donde ni tú ni hombre alguno podrán encontrarla —continuó Alice, dejando caer por primera vez su fachada de dulzura delante de Gavin—. ¿Me crees capaz de dar a esa ramera mi mejor cuarto? ¡Sólo merece el fondo del foso!

Gavin dio un paso hacia ella, sin poder creer en aquel drástico cambio. No se parecía siquiera remotamente a la mujer que él había amado.

—No sabes que ella se ha entregado a muchos hombres, ¿verdad? Que el niño que perdió ni siquiera era tuyo, sino de Demari —Alice le puso una mano en el brazo—. Yo podría darte hijos varones —su voz y su cara eran una caricatura de la mujer que él había creído conocer.

—Y por esto descuidabas a Judith —apuntó Alan en voz baja—. ¿Ves ahora lo que todos los demás vemos?

—Lo veo, sí —exclamó Gavin, asqueado.

Alice retrocedió, con los ojos enloquecidos. Recogió sus faldas y echó a correr, seguida por Ela. Alan iba a perseguirlas, pero Gavin dijo:

—Déjala. Prefiero recuperar a mi esposa antes que castigar a Alice.

La mujer corría de un edificio al otro, ocultándose, acechando, mirando furtivamente a su alrededor. Gavin la había mirado como si ella le diera asco. De algún modo sabía que Ela la seguía, pero su mente parecía incapaz de pensar sino en una sola cosa a la vez. En ese momento, sólo podía comprender que otra mujer le había robado a su amante. Subió apresuradamente los escalones de la torre, asegurándose de que nadie la siguiera.

Judith levantó la vista. Alice estaba en el vano de la puerta, con el pelo en desorden y el velo torcido.

—¡Bueno! —exclamó con un destello salvaje en los ojos—. ¿Crees que lo vas a recuperar?

Judith se acurrucó contra las sogas. Tenía la garganta irritada por tanto gritar, pero las murallas eran demasiado gruesas y nadie la oía.

Alice cruzó a paso rápido el cuarto y tomó un pote de aceite caliente del brasero. Sobre el aceite flotaba una mecha, lista para ser encendida. La rubia sostuvo el recipiente con cuidado y caminó hacia su prisionera.

—Cuando esto te haya comido la mitad de la cara, él ya no te verá hermosa.

—¡No! —susurró Judith, apartándose tanto como podía.

—¿Te doy miedo? ¿Hago de tu vida un infierno, como tú lo has hecho de la mía? Yo era una mujer feliz antes de que te entrometieras. Mi vida no ha sido la misma desde que oí tu nombre por primera vez. Tenía un padre que me amaba; Gavin me idolatraba; un conde muy rico pidió casarse conmigo. Pero tú me los has robado a todos. Mi padre apenas me reconoce. Gavin me odia. Mi rico esposo ha muerto. Y todo por tu culpa.

Se alejó de Judith para sepultar el pote de aceite entre las brasas.

—Tiene que estar caliente, hirviendo. ¿Qué pasará cuando pierdas tu belleza?

Judith comprendió que era imposible tratar de hacerla razonar, pero lo intentó.

—Con perjudicarme a mí no recuperarás a tu esposo. En cuanto a tu padre, ni siquiera lo conocí.

—¡Mi esposo! —se burló Alice—. ¿Crees acaso que quiero recuperarlo? Era un cerdo. Pero en algún momento me amó. Cambió después de asistir a tu boda. Tú le hiciste creer que yo no era digna de él.

Judith no podía hablar. Mantenía la vista fija en el aceite que se calentaba.

—Señor —dijo Ela, nerviosa—, tenéis que venir. Tengo miedo.

—¿Qué pasa, vieja bruja?

—Mi señora. Temo por ella.

Gavin hubiera llegado a grandes extremos para no hacer daño a una mujer. Aun después de ver a Alice como realmente era, no podía exigirle que revelara dónde estaba Judith. Pero sujetó a Ela por un brazo.

—¿Qué estás diciendo? Estoy harto de este juego del escondite. ¿Dónde está mi esposa?

—Yo no quería hacer daño alguno —susurró la doncella—. Sólo traté de que vos volvierais a mi ama, porque ella lo deseaba mucho. Siempre trato de darle lo que desea. Pero ahora tengo miedo. No quiero que lady Judith sufra daño ninguno.

—¿Dónde está? —insistió Gavin, apretándole el brazo con más fuerza.

—Ella ha cerrado la puerta con llave y...

—¡Vamos! —ordenó Gavin, empujándola hacia adelante.

Él y Alan la siguieron a través del patio hasta la torre. «Dios bendito», rezaba el esposo, «que Judith no sufra ningún mal.»

A los primeros golpes descargados contra la puerta, Alice dio un respingo. Sabía que el cerrojo no resistiría mucho tiempo. Sacó de entre sus ropas un puñal largo y afilado y lo puso contra el cuello de su prisionera en tanto desataba las sogas.

—Vamos —indicó, sujetando el aceite en la otra mano. Judith sintió el filo contra su cuello y el calor del pote cerca de la mejilla. Sabía que el menor movimiento sobresaltaría a aquella nerviosa mujer, haciéndole soltar el aceite o hundirle el puñal en la garganta.

—¡Arriba! —ordenó Alice, obligándola a subir lentamente por una estrecha escalera que llevaba al tejado. Ella se mantenía a un costado, lejos del borde. Rodeaba a Judith con un brazo y retenía el cuchillo contra el cuello de la muchacha.

Gavin, Ela y Alan irrumpieron en la habitación segundos después. Al encontrarla desierta subieron por la escalera. Los tres quedaron petrificados al ver a Alice, con expresión enloquecida, sujetando a Judith.

—Mi dulce lady Alice... —comenzó Ela.

—¡No me dirijas la palabra! —ordenó el ama, apretando las manos—. Dijiste que lo recuperarías para mí, pero él me odia. ¡Lo sé!

—¡No —exclamó Ela, adelantándose un paso—. Lord Gavin no os odia, mi señora. Protege a su esposa porque es propiedad de él, sólo por eso. Ahora venid y hablaremos. Sin duda lord Gavin comprenderá lo que ha pasado.

—¡No! Míralo. ¡Me desprecia! Me mira con una mueca, como si yo fuera la más detestable de las sabandijas. ¡Y todo por su ramera pelirroja!

—¡No le hagas daño! —advirtió Gavin.

Alice carcajeó.

—¡Que no le haga daño! Le haré algo más que eso. Mira. —Levantó el pote de aceite. —Está muy, pero muy caliente. Le llenará la cara de cicatrices. ¿Qué dirás cuando ya no la veas tan hermosa?

Gavin dio un paso adelante.

—¡No! —chilló Alice. Y empujó a Judith contra una chimenea, cerca del borde, ordenando—: ¡Sube!

—¡No! —susurró Judith. Aunque estaba muy asustada, su miedo a la altura era aún mayor.

—Haz lo que te ordena —dijo Gavin en voz baja. Por fin comprendía que Alice no estaba en su sano juicio. Judith hizo un gesto de asentimiento y subió al borde del tejado. Frente a ella se levantaba la chimenea. Se aferró de ella con los brazos muy rígidos.

Alice se echó a reír.

—¡Tiene miedo de estar aquí! Es como una niña. ¡Y tú preferías a esta perra! Yo soy una verdadera mujer.

Ela apoyó una mano en el brazo de Gavin, que iba a adelantarse. Las dos mujeres estaban en una posición precaria. Judith tenía los ojos vidriosos de miedo y los nudillos blancos por la fuerza con que apretaba el ladrillo. Alice meneaba el puñal y el pote de aceite hirviente.

—Sí —dijo Ela—. Vos sois una verdadera mujer. Bajad, para que lord Gavin pueda comprenderlo.

—¿Tratas de engañarme? —preguntó Alice.

—¿Alguna vez os he engañado?

—No —la rubia dedicó una momentánea sonrisa a la anciana—. Eres la única persona que siempre me ha tratado con bondad.

Aquella momentánea distracción le hizo tambalearse. Ela manoteó desesperadamente, empujando a su ama hacia el tejado de la casa solariega. Al mismo tiempo, Alice se aferró de ella. La anciana cayó por el costado y tardó varios segundos en llegar al suelo de piedras. Alice rodó hacia atrás, lejos del borde, gracias al sacrificio de su doncella. Pero el pote de aceite cayó con ella y chorreó desde la frente hasta la mejilla. La mujer empezó a dar gritos espantosos.

Gavin dio un salto hacia Judith, que seguía inmóvil. Su extremado temor a las alturas había hecho que se aferrara a la chimenea con mano de hierro, salvándole la vida. Los alaridos de Alice llenaban el aire.

Gavin aflojó los dedos de su esposa del ladrillo, uno a uno, y la estrechó contra sí. Estaba tensa y con el corazón palpitante.

—¡Mira lo que me has hecho! —aulló Alice en medio de sus dolores—. ¡Y Ela! ¡Has matado a mi Ela, la única que me amaba de verdad!

—No —respondió Gavin, mirando con gran piedad el rostro mutilado de Alice—. No hemos sido Judith ni yo quienes te hemos hecho daño. Has sido tú misma. —Mientras levantaba en brazos a Judith, se volvió hacia Alan—. Encárgate de ella y no dejes que muera. Tal vez esa cicatriz sea el justo castigo por sus mentiras.

Alan miró con disgusto a aquella mujer acurrucada, pero caminó hacia ella.

Gavin llevó a su esposa hasta el cuarto de abajo. Ella tardó algunos minutos en relajarse.

—Ya ha pasado todo, mi amor —susurraba él—. Estás a salvo. Ella no podrá volver a hacerte daño.

Y la estrechó con mucha fuerza.

Los gritos de Alice se iban acercando, ya reducidos a roncos gruñidos de dolor. Gavin y Judith la vieron pasar, guiada por Alan hacia abajo. La herida se detuvo aún para arrojar a Judith una mirada cruel, pero se volvió al encontrarse con la expresión de pena de la muchacha. Alan se la llevó de allí.

—¿Qué será de ella? —preguntó Judith en voz baja.

—No lo sé. Podría entregarla a los jueces, pero creo que ya ha sufrido suficiente castigo. Su belleza no volverá a servir de trampa a los hombres.

Judith lo miró, sorprendida, estudiando sus facciones. —Me miras como si me vieras por primera vez —observó él.

—Quizá sea así. Estás libre de ella.

—Ya te he dicho que había dejado de amarla.

—Sí, pero una parte de ti era de ella, una parte a la que yo no podía llegar. Ahora ya no le perteneces. Eres total y completamente mío.

—¿Y eso te complace?

—Sí —susurró ella—. Me complace profundamente.